JN021292

存在のすべてを

塩田武士

朝日新聞出版

存在のすべてを

目次

装画　野田弘志《THE-9》（姫路市立美術館所蔵）
装幀　高柳雅人

存在のすべてを

序章――誘拐――

【大日新聞連載企画『誘拐ドキュメントA案』――警察庁、神奈川県警、横浜支局、厚木支局／各担取材メモから作成――】

《平成三（一九九一）年十二月十一日》

始まりは仏滅の夜だった。

日没から既に一時間半余りが経過した午後六時すぎ、季節感のない薄手のパーカーを羽織った少年が、自転車で学習塾からの帰途に就いていた。この日の神奈川県中部地方の日中は秋を思わせる陽気で、夜になってもパーカー一枚で過ごせるほど気温が高かった。自転車なら湿り気のない風が気持ちよかっただろう。

「敦之君」

住宅街に中年の男の声が浮かび上がった。

立花敦之がブレーキに指を掛けたのは、知った声を聞いたからではなく、反射的なものだった。

「はい」

礼儀正しく応じた敦之に、マスクをした小柄な男が「今、塾の帰り？」と尋ねた。敦之が答えようとしたそのとき、突然、背後から顔に布のようなものを被せられた。

恐怖と首元に引っ掛かった布のせいで叫び声を上げることもできず、少年はいとも簡単に二人組の男に抱えられた。混乱する中で敦之が聞いたのは、鉄製ドアがスライドする音と男たちの荒い息遣い。すぐさまバンの後部座席に放り込まれた。

粘着テープで手首と足首をそれぞれ束ねられる間、低い声が耳元に押し付けられた。その中で敦之が憶えていたのは「静かにしてろ」「逃げたら殺す」――。

助けを求める声は出せなかったが、代わりの役割を果たしたものが二つあった。自転車が倒れる音とバンが急発進する音だ。

拉致現場から約五〇メートル離れたところにあるタバコ店で、六十七歳の女性店主が犯行を目撃していた。暗がりでよく見えなかったものの、この二つの音が加わったことで最低限の状況判断が可能になった。

「子どもが拐われたかもしれません」

店主の一一〇番通報は午後六時九分。拉致事案として覚知し、機動捜査隊員二名と最寄りの警察署から強行犯係の刑事と鑑識がタバコ店に向かった。

現場に残された自転車とタイヤ痕、聞き込みの状況から、警察は連れ去り事案として午後六時二十六分に緊急配備をかけた。

事件が次の段階に差し掛かったのは、その十六分後だった。

午後六時四十二分、厚木市内の輸入家具販売会社経営、立花博之方から妻の明美による一一〇番があった。

「明日の朝十時までに、二千万円用意しろと言われたんです……」

明美と犯人と思しき男との通話内容、小学六年の長男・敦之の未帰宅、タバコ店前の市道が通塾ルートであることから、神奈川県警は身代金目的誘拐事件と断定。県警本部の大部屋を対策室に充て、総合指揮本部「L1」を設置。本部長、刑事部長、捜査一課長ら幹部が続々と入室し、捜査員たちが外部から傍受されないよう確保した臨時の「共通系」無線チャンネルのテストを始めた。

また地元の警察署にも「現本（げんほん）」と呼ばれる現地捜査本部を組織し、同時に東京の警察庁でも総合対策室を設け、警視庁捜査一課特殊班から同庁に出向中の特殊事件捜査指導官一名を厚木に向かわせた。

総勢二百七十九名。それでも、人が余ることはない。

隣接する警視庁、山梨県警、静岡県警も「L1」を立ち上げ、それ以外の道府県警も臨時無線の傍受態勢を整えた。

ほどなく、県警から申入れを受けた神奈川県警記者クラブは報道協定を締結。警察庁も日本雑誌協会に報道の自制を申し入れた。

立花邸は、小田急小田原線の最寄り駅から徒歩二十五分ほどの住宅街にあった。大小さまざまな民家やアパートが建ち並ぶ、統一感があるとは言い難い地区だ。車二台が停められる庭付き八十坪の家は、周囲の環境から見て十分に立派だった。

周辺に高い建物はなく、路上駐車をすると目立ってしまうような、犯人からすれば見張りにくい場所と言える。

所轄の刑事二名が「一次潜入」した約十五分後、県警捜査一課特殊班の捜査員六人が、電気工事業者に扮して順次被害者宅に入った。

電話の自動録音機や無線などの機材を設置。男性主任と紅一点の女性捜査員のペアが、通報者である被害男児の母親、立花明美から話を聴いている最中に夫の博之が帰宅した。顔面蒼白の両親には被害に遭う心当たりはなかった。博之の会社にも、明美が属する母親同士のコミュニティにも「トラブルはない」ということだ。

打ち合わせを続けるうち、一つ意外な問題が浮上した。

「うちに二千万もの大金はありません」

会社社長の博之は「かき集めても七百万が限界です」と、苦渋の表情を見せた。このようなケースで公的機関が身代金を立て替えることは、まずない。警察の介入が疑われるからだ。

「犯人側と金額交渉しなければなりません」

息子を助け出すためのお金を満足に用意できないことに対して、忸怩たる思いを抱いてか、明美はずっとハンカチで目元を拭っていた。一方、博之は金策に自信なげで、日ごろ彼の事業が荒波に揉まれていることを捜査員たちは察した。

近くに住んでいた警察幹部宅に「前進拠点」が設けられ、午後八時になってそこからおにぎりなど簡単な夜食が、立花家に届けられた。犯人への対応だけでなく、被害者の心身がすり潰されぬようにケアしていくことも警察の重要な仕事だ。

「犯人との交渉は確かに大変なことですが、悪いことばかりではありません。長く話すほど相手の情報が得られ、解決に近づきます」

夫婦には小学二年生の長女がいて、誘拐については話さなかったものの、よくない状況であることは分かっている様子だった。大人たちが群れている家の中にいても落ち着かないだろうし、両親にしても幼い娘に過酷な場面を見せたくなかった。結果、長女は明美の両親が預かることになり、祖父母が迎えに来て千葉市内の自宅に連れて行った。

「お兄ちゃんはママが大好きだから、絶対帰ってくるからね」

玄関先で長女から励まされ、明美はまた泣いた。

立花家の「被害者対策班」は、夫婦に休むように呼び掛けたが、当然ながらその夜は寝ずの番となった。明美には何度か、電話の呼び出し音の幻聴が聞こえたが、実際には犯人からの動きはなかった。

そして翌日、神奈川県警は日本の犯罪史上、類を見ない展開に直面することになる。

《同十二日》

翌朝の午前五時過ぎ、寝室から出てきた明美が朝食をつくり始め、女性捜査員も台所に立ってコミュニケーションを図った。博之を含め男が八人も家にいる状態だ。不安で堪らない明美にとって、この女性捜査員は心強い存在になった。

警察からの要請もあって博之は開店前に銀行へ入り、ほぼ全預金に当たる五百二十万円を下ろした。要求額の四分の一程度で、交渉は難航が予想された。

庭付き八十坪は持ち家で住宅ローンもなく、高級車の「セルシオ」も即金で購入している。だが、好況の恩恵を受けていた本業の売上げが夏ごろから悪化し始め、支店の出店が裏目に出た。「景気の実感」と「経済の実態」との乖離(かいり)が、人々を呑み込もうとしている、そんな時期だった。

捜査幹部は、犯人側の下調べが不十分なのではないか——と見立てた。これまで警察が介入した身代金目的誘拐事件で、犯人が現金を奪取して逃げ果せた例はなく、あまりにリスクが高い犯罪と言えた。それ故に入念な準備を要するのが基本で、拐かす子どもの家の経済状況は、最も重要なデータと言える。

警察はここに犯人の準備不足、延いては彼らのスキを感じ取ったのだ。

「L1」は県警捜査一課特殊班と、誘拐事件の経験がある刑事や機捜隊員ら――指定捜査員――に招集をかけ、二十五人の中核チームを結成し身代金の受け渡しに備えた。

午前十一時五十七分、立花家のリビングの電話が鳴った。

身代金を運ぶ博之が受話器を上げると、ボイスチェンジャーを使った声が聞こえた。

「国道一二九号線沿いにあるファミリーレストラン『テキサス』に向かえ」

逆探知を警戒してか、電話は四秒で切れた。あまりに呆気ない内容に、捜査員たちも拍子抜けする。「身代金の有無」「目的地への到着時間」という要となる情報が抜け落ちているため、警察はさほど時間に追われることなくレストランに先行班を潜入させ、包囲網をつくり上げた。

曇り空の下、博之が運転する「セルシオ」が「テキサス」に到着したのは電話を受けてから四十六分後。犯人から「テキサス」に電話があったのはその五十分後の午後一時三十三分だった。

「そのまま一二九号線を北上して相模原に入れ。県道五〇八号沿いのタイヤショップ『ファルコン』の看板裏にある指示書を見ろ」

ボイスチェンジャーの声が聞こえていたのは、わずか八秒。今回も「身代金の有無」と「目的地への到着時間」がなかった。

午後二時十分に「ファルコン」に到着。看板にあったのは乱雑に千切られた白紙で「八王子・小宮公園で待て」とだけ記されていた。筆跡を隠すため、定規を使って文字が書かれていた。

事件が県と都を跨ぐことになった。

通常、越境捜査は「捜査共助課」を間に挟む必要があるが、誘拐事件の場合は事情が異なる。特殊班の刑事は日ごろから相互協力の重要性を痛いほど認識しているため、広域訓練などを通して少なくとも近隣県の〝同業者〟をよく知っている。

このときも、神奈川県警特殊班の警部補が、警視庁特殊班の警部補に「そっちへ行くから」と電話を入れるだけでよかった。ややこしい手続きは後回しにして、警部補の連絡一本で警視庁の刑事部長以下が慌ただしく動き始めるのだ。これ一つ取っても、誘拐がいかに一分一秒を争う事件であるかが分かる。一般的に「東京」と「神奈川」は犬猿の仲と言われるが、特殊に限っては「オールジャパン」ということだ。


八王子に向かう「セルシオ」を追っていた捜査員たちは、一連の流れにズレを感じていた。誘拐事件特有の「張り」のようなものが感じられなかったからだ。

予報通りに落ち始めた雨を「セルシオ」のワイパーが払った。

そして午後二時二十七分、横浜市中区の住宅から一一〇番が入った。通信指令から回された連絡に接し、「L1」にいた警察幹部の間に衝撃が走った。

「誘拐?」

県警捜査一課長、大野健太郎の眉間に深い皺が寄った。

通報してきた男は「孫が誘拐され、身代金を要求された」と話しているという。

身代金目的誘拐事件は、警察組織がその捜査能力を結集して解決に当たるものだ。これを許せば世の中の秩序が成り立たなくなる重大事件である。故に万に一つも成功しないハイリスクな犯罪なのだ。それにもかかわらず……。

県警が未だかつて想定していなかった、前代未聞の事態。

二児同時誘拐——。

遡ること約一時間半前、横浜市中区山手町の木島茂方に、ボイスチェンジャーを使った声で「孫の亮を預かっている。午後三時までに古い札で現金一億円を用意しろ」「警察に知らせると取引はなし。孫は帰らない」旨の脅迫電話がかかってきた。

被害男児の内藤亮は四歳で、複雑な家庭環境下にあった。母親の内藤瞳と夫との婚姻関係は事実上破綻し、現在は別居状態。母子家庭だが、瞳は無職だった。高校を中退して家出を繰り返していた彼女は、二十一歳のときに父親の茂から勘当を言い渡され、結婚の際も両親を式に呼ばなかったという。

だが、瞳は母親の木島塔子とは連絡を取り合っており、茂も孫の存在があるためそれを黙認していた。家の敷居を跨ぐことは許さなかったが、たまに祖母が会うことで亮の成長を見守っていたのだった。

この日、午後一時過ぎに犯人から電話を受けた塔子は、すぐさま同じ横浜市内に住む娘に電話した。だが、瞳は「公園で友だちと遊んでるわよ。金のない家の子をさらっても仕方ないじゃん」「私、今から出掛けるから」と、真剣に取り合わずに電話を切ったという。心配になった塔子は瞳の家に行ったものの既に姿はなく、近くの公園を捜しても娘と孫を見つけることができなかった。

木島茂は健康食品会社「海陽食品」を創業し、六十五歳の現在も社長を務め、年間売上げ一千億円超を誇る海陽グループの陣頭指揮を執っていた。自宅にいた茂は塔子から電話の件を聞くや否や、すぐにメインバンクの支店長に電話をかけ、現金を用意するよう指示。支店で用意できた五千万円を持ち帰り、残りの五千万円は後に行員が自宅まで運んだのだった。

娘と連絡が取れず、孫の居場所も分からず、途方に暮れた木島夫妻は自分たちの手には負えない、と半ば観念する形で通報した。

それまで「L1」の視線は全て厚木に向いていた。だが、何の前触れもなく第二の矢が死角から飛んできたことで、神奈川県警は戦場の広さを再認識する必要に迫られた。

「L1」には、逆探知や指定現場の情報サポート、無線機等の機材運搬、弁当の用意、報道対策などの任務で百人ほどが詰めている。山手での一報が入ったとき、広い部屋が静まり返った。

通信指令室から回され、木島茂と通話したのは「L1」にいた県警捜査一課特殊班管理官、三村智也だった。三村は身代金誘拐事件の捜査経験者で、被害者家族の現金持参人――マルK――を全面的にサポートする「マルK指導」を担当したこともあるエキスパートだ。

「木島さん、今後犯人から連絡があった場合、注意してほしいことが一つあります。メモのご用意はよろしいでしょうか?」

「ええ、どうぞ」

「犯人が警察を装って電話してくることがよくあります。通報したかどうかを確認するため、カマをかけてくるんです。そういうときは、絶対にシラを切ってください」

「じゃあ、実際にあなた方から連絡がある場合はどうすればいいんですか?」

さすが一代で企業をつくり上げた経済人だけあって、木島茂は落ち着いていた。

「どうしても電話しなければならないときは『佐久間』という名前を使います。佐久間さんというお知り合いはいますか？」

「いえ、少なくとも親しい人間にはおりません……私はこれからどうすればいいんでしょうか？」

「もうすぐ最寄りの警察署から二名の刑事がそちらに到着するはずです。まずは彼らの指示に従ってください」

電話を切った三村が捜査一課長の大野を見ると、彼は座ったまま天を仰ぎ頭を抱えていた。

「盆と正月が一遍にきましたね」

三村が話し掛けると、大野は「この年になって、こんな年玉をもらうとはな」と苦笑いした。無線に臨電、厚木の住宅地図が張り出されている殺風景な部屋に、収まりきらないほど濃密なガスが充満していた。

捜査員は厚木方面に全力で投入している。無い袖は振れない状況で、誘拐事件に対応できる捜査員を倍増させなければならない。

「万事休す、か」

「L1」に届けられた横浜市中区の住宅地図を見つめていた大野が「よしっ」と、叩き上げらしい切り替えの速さで、部下に強い視線を送った。

「三村、何人か連れてマル害宅に行ってくれ」

三村管理官は「待ってました」とばかりに立ち上がると、絶望的な雰囲気が漂う総合指揮本部にささやかな朗報をもたらした。

「確かに最悪の状況ですが、唯一ツイてるとすれば、二件目が山手で起こったことです。所轄に中澤がいます」

「あいつ、韓国じゃなかったのか?」

「さっき、奥さんと子どもを残して、一人で帰ってきたみたいですよ」

「L1」からの指令を受け、中澤洋一は警察署を飛び出した。

刑事の家族旅行は大抵、罪滅ぼしだ。妻が行きたがっていたソウルで過ごすことになり、課長や同僚に白い目で見られながら、遅い〝夏休み〟を取ったのだった。

ロッテワールドで柄にもなくジェットコースターに乗り、夜は明洞の焼肉店でたらふく肉を食べた。そして、ホテルに戻ったときに受け取ったのだ。魔のメッセージを。

至急、連絡を乞う——。

木島邸から二〇〇メートルほど離れたところで後輩が運転する車から降り、刑事一課強行犯係のもう一人の後輩、先崎隆明とともに「一次潜入」を開始した。

木島邸は都会のお屋敷街によくあるように、高い塀とガレージによって道路と隔てられている。端にある細い石段を上がっていくと白い鉄製門扉があり、中澤はインターホンを鳴らして「佐久間です」と告げた。

門扉を開けて先崎とともに敷地に入る。ちょうど駐車場の上に位置する庭には芝が敷かれていて、シクラメンやパンジー、サイネリアが花壇を明るく染め、リビングの大きな窓の近くにある椿が白い花を咲かせていた。

午後二時三十九分、所轄刑事の中澤と先崎は通報から十二分後に木島邸に入り、茂、塔子、お手伝いの女性の三人に簡単な自己紹介をした。その後すぐ、玄関先の螺旋階段横にあった電話機をリビングまで引っ張っていき、簡易録音機を設置。これで本格的な装置を持つ県警本部特殊班の捜査員が到着するまでの間、最低限、犯人の声を録音する手立ては整った。

続いて、NTT宛に逆探知の同意書を書いてもらう。人命がかかっているとは言え、通信事業者からはこの「発信元探索」が刑法三十七条の「緊急避難」に該当するか否か、シビアに判断される。被害者家族の同意書へのサインは必須だ。近所の民家につくった「前進拠点」からバイク部隊の捜査員が立ち寄り、彼に同意書を預けNTTの電話局で待機している「逆探知班」に渡してもらう。

その後、中澤と先崎は二台のビデオカメラで身代金一億円の撮影に入った。犯人が古い札を指定してきたのは一種の知恵で、新札だと紙幣番号が連番になるため、足がつきやすくなる。

とにかく、所轄の「一次潜入」は時間との勝負だ。二十一畳のリビングに掛かっている時計の針が、犯人が指定する午後三時へ刻々と近づいていく。

午後二時五十一分、三村管理官が捜査一課で性犯罪を担当する女性刑事、通信担当技官の二人を連れて「二次潜入」した。厚木の立花家の「二次潜入」が六人だったことを考えると、半分の人員となる。変装する時間すらなかった。

機材の音が犯人に聞こえないよう、リビングのガラステーブルに毛布を敷き、A3用紙大の自動録音機を置く。受話器と録音用のカセットテープが装備されているもので、通話内容は自動で無線転送される。

隣のダイニングテーブルにも毛布を敷いて、螺旋コードのハンドマイクがついた箱型の指揮系無線を設置する。捜査員全員がワイヤレスイヤホン――コルチ――を耳に入れ、直接無線が聞けるよう準備を整えた。被害者宅で無線が鳴って、犯人に聞こえては一大事だ。

三村が特殊班で旧知の中澤を玄関先まで呼んだ。

「どうだ、リフレッシュできたか?」

「ええ。現場がソウルだと、なおよかったんですが」

品のいい銀髪をかき上げて笑った後、三村は声を潜めた。

「分かってると思うが、人数が足りん」

「厚木は動きそうですか？」

「いや、こっちが本命だ」

「本命？　ということは、向こうは囮ですか……」

神奈川県警と警察庁の話し合いでは【誘拐事件が同時に起こる偶然性】【厚木事件の特殊性――「身代金の確認」と「目的地への到着時間」の欠如――】【ボイスチェンジャー使用の共通性】などの点が注目され、両警は同一犯と判断。厚木事件を囮にして捜査員を県中部に集中させ、体制が脆弱になったスキをついて山手の被害者から金を奪う――それが警察の見立てだった。

身代金目的誘拐が成功しないのは、警察力を一点に集中させて水も漏らさぬ包囲網を張り巡らせるからだ。犯人側はその裏をかき、同じ県警内であれば少なくとも捜査能力を半減できると踏んで、犯行のシナリオを描いたに違いない。大胆不敵な計画であれ、実際に県警内部の混乱は続いていた。

犯人が厚木から八王子に舞台を移したのは時間稼ぎだろうが、百戦錬磨の警視庁捜査一課特殊班の協力が得られたのは不幸中の幸いだった。神奈川県警は中核チームのうち、半数を山手方面へ転戦させた。

それでも、捜査体制を立て直すのは容易ではなかった。誘拐事件に及第点で対応できる刑事は決して多くない。中澤が外国から呼び戻されるのは必然だったのだ。

「中澤、おまえが『マルK指導』だ」

「えっ、俺、今所轄ですよ」

「バカ野郎。残ってる面子でまともにマルKができるのは、俺かおまえぐらいだろ」

「じゃあ三村さんがやってくださいよ」

「俺は、これからドライブだ」

瞬時に意味を汲み取った中澤は、それが今ある手駒の最善手かもしれない、と考え直した。

「相棒は？」

通常、マルK指導は男女のペアで組むことが多い。緊急事態が起きたときに一人では対応しきれない。

「いや、一人でやってくれ。後で厚木から水野が来る。奴をマル害対策の班長にする。それまではおまえが仕切れ」

「勝ち目なんかないじゃないですか」

「負けなきゃいいんだよ。じゃ、頼んだぜ」

小柄ながら剣士の三村は立ち姿が様になる。中澤はきれいに伸びた背を見送ると、両頬を叩いて気合いを入れた。これから極限まで神経が磨り減ることになる。玄関ホールとリビングを隔てるドアを開けた中澤は、自らの重責に身震いした。

三村が抜け、しばらくはたった四人で「被害者対策班」の職務を全うしなければならない。これまでも多くの修羅場を潜ってきた中澤だったが、初めて経験する「マルK指導」は比較にならないほどきつい現場になりそうだった。

もうすぐ三時になる。中澤は自分がこの場の責任者であることを告げ、茂と塔子に「私は誘拐事件を経験していますから、安心してください」と語り掛けながら、自分にも暗示をかけた。

「改めて、犯人から電話がかかってきたときのシミュレーションをしましょう」

三村が置いていったバッグから、コミュニケーションボードを取り出した。ペラペラのホワイトボードで、書いては消しを繰り返す。バッグには他に、犯人とのやり取りの具体例が書かれた指導カードが入っていたが、中澤はこれを無視した。会話の中で受け答えに当て嵌まるカードがない可能性があり、適切なものを選んでいる時間もない。

「まず、私を含めて『刑事さん』と呼ばないようにしてください。咄嗟に出てしまっては大変ですから。ご家族以外は誰もいない、そう考えて会話してください」

老眼鏡をかけた木島茂がペンを走らせるのを見て、中澤は電話交換機の性能上、逆探知に時間がかかること、会話を引き延ばすほどに、犯人の情報——年齢層、方言、知能程度、背景音——が得られることを説明した。

「そしてぜひ、お孫さんの声を確認してください」

中澤がそう言うと、塔子がハンカチで目尻を拭いた。

この誘拐事件が特異なのは、被害男児の母親の行方が未だつかめないこと、そして、内藤亮の近影が一枚もないことだ。赤子のころの写真が数枚あるだけで、瞳は一人息子の写真を撮ってすらいなかった。育児放棄の可能性が高く、実の親から見放され、その実家が裕福なばかりに誘拐された子どもが、中澤は不憫でならなかった。

木島邸を後にした三村智也管理官は、タクシーで「横浜スタジアム」東の大桟橋通りに向かった。「横浜大洋ホエールズ」のファンである三村だが、シーズン・オフの球場に用はない。会計を済ませると、路上に停まっているバンに素早く乗り込んだ。

車は後部座席がくり抜かれ、中央に鎮座するデスクの上に住宅地図や筆記具などが載っていて、すぐ取れる位置に無線のハンドマイクが五、六個ぶら下がっている。

誘拐事件では県内のどこでも交信できる「基幹系無線」と、主に現場捜査員がやり取りに使うトランシーバーが用意される。「L2」ではこれらの無線を同時に捌(さば)かなければならないため、複数の捜査員が乗り込むことになる。どこの無線が鳴っているか分かりにくいので、マイクを取り違えるのはよくある話だ。

特殊移動現場指揮車「L2」は無理をすれば八人ほど収容できるが、今車内にいるのは運転手を含めて五人。実際に身代金受け渡しの攻防が始まれば、現場に近い「L2」が司令塔になる。

犯人たちの思惑通り、確かに捜査体制に乱れは生じた。だが、現場の双頭とも形容すべき「L2」と「マルK指導」に、三村・中澤という冴えに冴えた刑事を配置できたことは、大規模警察が故の粘り腰と言える。

敏腕管理官は「被害者対策班」「身辺警護班」「先行遊撃班」などの編成を矢継ぎ早に指示していった。

先ほど三村が言った「ドライブ」とは「L2」のことであり、中澤も三村が司令塔なら戦えるかもしれない、と思ったのだった。


午後三時七分、電話が鳴った。木島家のリビングに緊張が走る。

先崎が無線のハンドマイクを握り「入電、入電」と呼び掛ける。「L1」と「L2」、そして無線を持つ全捜査員が耳を澄ませた。

茂が半円形の白い革ソファから絨毯に下りて膝をつき、コミュニケーションボードとマジックペンを持った中澤が隣に座る。捜査員は示し合わせたように耳のコルチを押さえた。中澤が頷くと、茂が自動録音機についている受話器を上げた。録音用のカセットテープが回り始める。

「おい、何で警察がいるんだ」

ボイスチェンジャーを使ったふざけた声だったが、被害者を威圧するには十分な先制パンチだった。中澤は絶句する茂に〈カマかけ〉と書いて見せた。

「あんたか、あんたが亮を誘拐したのか？」

電話が切れた。逆探知は失敗。中澤が茂に労(ねぎら)いの言葉を掛けようとしたそのとき、また電話が鳴った。

ボードの文字を素早く消した中澤が、先崎の「入電、入電」の声を聞いてから、茂に合図を送る。

「はい、木島でございます」

「あっ、木島さん？」

今度はボイスチェンジャーを使っていない男の声だった。

「神奈川県警のもんですがね。ついさっき、犯人から電話があったでしょう？」

犯人だ。中澤の〈はんにん〉という字を見た茂は「はぁ？　警察？　何言ってるんだ、あんたは！」と声を荒らげた。

「いやいや、違うんです、木島さん。そっちにいるうちのもんに用があるんです。緊急で。ちょっと代わってもらえませんか？」

中澤は〈はんにん〉というボードを押し出した。想定していた以上に巧みに誘導してくる。捜査員たちはその狡猾さに、そして初めて聞く犯人の太い声に、体を強張らせた。

「あんた、亮をさらった人だね。何遍も言うが、警察には知らせてない。亮が無事に帰ってくれば、金はくれてやる」

「いや、本当に県警のもんなんですよ……」

「だから、警察には知らせてないって言ってるだろ！」

電話が切れた。今度も相手の発信元は不明だった。

「木島さん、すごくよかったです。相手はかなりの手練でしたが、お見事でした」

中澤は茂を褒めた。確かに臨機応変に対応していたが、大きな声を出して相手を威圧し、また「金はくれてやる」と上からものを言ったのは減点対象だった。対応するのが男性の場合、犯人に強く当たってしまって、状況を悪化させる危険性がある。

だが、中澤は決して注意はしなかった。褒めて、褒めて、褒めまくる。そうして被害者との信頼関係を築いていくのだ。これからも茂は余計な言動で混乱を招くかもしれないが「マルK指導」の一丁目一番地は、感情の抑制である。怒らず忍び、焦らず考える。

「次は相手の情報を引き出すために、もう少しスローペースで話してみましょうか……」

相手を傷つけないよう言葉を選びながら、軌道修正を図る。

とりあえずは合格だ。まもなく、犯人が本格的に動いてくることを予想し、中澤は綿のズボンで手のひらの汗を拭った。


被害者宅の「架電系無線」から会話内容をつかんだ「L2」の三村は、やはりこちらが本命だ、との認識を強くした。警察の関与を執拗に確かめてくるのがその証拠だ。彼は「L1」に詰める幹部と相談し、厚木班からさらに四人の刑事を山手に向かわせた。

「奴らは囮を使う以上、短時間で勝負してくるはずです。金の受け渡しは、マル害宅の近くになると思われます」

三村からの提案を受けた「Ｌ１」と警察庁は、木島家を中心に南北三キロ、東西四キロの範囲に「先行遊撃班」の捜査員を投入する決断をした。数的不利を知恵と度胸で克服しようとしたが、目算が外れたときのことを考えるとめまいがしそうだった。

これが現在進行形と言われる特殊事件の難しさだった。殺人や窃盗は、既に起こった「過去」に対する捜査だ。だが、誘拐や立てこもりは自分たちの判断一つで成否が分かれてしまう――。

三村は地図を睨み「先行遊撃班」を▽県立図書館▽マリンタワー前交差点▽黄金橋▽代官坂上交差点▽簑沢入口交差点▽善行寺付近▽山手警察署――の七つのポイントに振り分けた。自然に見えるよう、捜査員の移動には一二五ccのバイクや軽四輪自動車も使う。

もし、犯人が見当違いの方向へ指示を飛ばしてきたら……いやむしろ、その確率の方が高いのではないか。「Ｌ２」のパイプ椅子に座る三村は、不安に押し潰されそうになった。

手の震えが止まらないのは、何年ぶりだろうか。

「被害者対策班」の刑事たちに情報が入ってきた。

内藤瞳を伊勢佐木町のパチンコ店で発見したものの、帰宅を拒否。捜査員が車で事情を説明したにもかかわらず、パチンコ店に戻ろうとしたため、現本（げんぽん）のある山手署に同行を求めた。

現在は酒気帯びの状態で警察の事情聴取を受けており「亮は日暮れまでには家に帰る」と、まるで他人事だという。やはり、息子の近影一枚所持せず、育児放棄や虐待が疑われる状況とのことだ。

情報はコルチを通して捜査員の耳に入ってくるので、茂や塔子に動揺を与えるような話が漏れる恐れはない。

二年前まで県警本部の特殊班にいた中澤は、幼児誘拐事件を経験している。そのときは被害者の

「身辺警護班」の任に就き、三村が「マルK指導」を務めた。幸い逆探知で捕まるような素人だったため、特に被害もなく迅速に解決できた。

だが、今回の事件はのっけから異様な展開を見せた。厚木の件は囮の可能性が高まっているものの、同時に児童・幼児誘拐が起こり、一方の被害者は身代金が用意できず、もう一方は子どもの親に育児放棄の疑いがある——何から何まで変だ。

被害者として〝筋がいい〟のはこの木島家のみ、と考えているのは中澤だけではないはずだ。大半の刑事の頭にチラついているだろう「狂言」の可能性。だが、犯人の構成図がどうであれ、目の前の茂と塔子は孫の亮を家族だと思っている。

全ては連れ去られた男児を保護してからだ。

中澤は喉を潤すため、お手伝いの女性が用意してくれたミネラルウォーターを口に含んだ。

午後三時二十分、電話が鳴った。

「入電、入電」

リビングの中が一瞬にして張り詰めた空気に戻り、中澤の合図で茂が受話器を上げた。

「金はつくったか?」

ボイスチェンジャーの声。厚木の男と感じが似ている。

「できました。一億ですね?」

「警察には知らせてないな?」

中澤は〈まごをかえして〉と書いて茂に見せる。

「はい。孫を返してもらえるなら、ずっと黙っています。絶対に誰にも……」

「一度しか言わないからメモをしろ」

中澤が引き延ばす仕草をする。

「少し待ってください。メモを準備しますので」

「早くしろ！　用意してるだろ。他に誰かいるのか？」

「いえ、いません！　信じてください。手が、動揺して手が震えてるんです」

茂はなかなかの役者だった。中澤は「その調子だ」というように親指を立てた。

「石川町に亀の橋という小さな橋がある」

「メモします。待ってください」

「ダメだ。石川町の亀の橋だ。その近くに『マンテン』という喫茶店がある」

「『マンテン』ですか？　どういう字を書くんです？」

「満天の星の『満天』だ。三時四十分までに金を持って来い。いいか、必ず一人で来い」

中澤がボードに〈まごのこえきかせて〉と書き終えると同時に「電断」となった。

リビングに人数分のため息が漏れる。

いよいよ、本格的な戦いが始まった。


「『L２』から先行三班。アベックで『満天』に潜入、店内で待機」

三村は「先行遊撃班」のうち、計四班を周辺に飛ばした。一班二名が店内に潜入、三班計六名が現場を遊撃。「L２」に情報を送った六名はその後、「捕捉班」として近辺に残る。それ以外の班は「満天」の周囲二〇〇メートルの範囲で「二線配置」についた。

先行遊撃、捕捉、二線配置――誘拐事件の捜査員はこうしてスロットのように役割を変え、いくつもの顔を持って臨機応変に対応する。高度な訓練を受けずしては、到底務まらない。

だからこそ、困るのだ。二つ同時に誘拐事件が起こっては……。

三村は続々と入る「現着」の報告を捌いた。

「満天」は木島家から直線距離で約一・三キロ。包囲網の範囲内であることに胸を撫で下ろしたが、一方で石川町には内藤瞳のアパートがあり、「犯人の土地鑑」と「狂言の可能性」の両方を感じ取った三村は、先入観を排除しようと頭を振った。

バンの屋根を雨が叩いている。

六十五歳の「マルK」に悪天候、一億円の重量を考えると条件がいいとは言えない。不測の事態は避けられないかもしれない、と考えると三村は憂鬱になった。

段々と陽が落ちてきた。果たして日付が変わるころまでに、男児を保護できるだろうか。


茂の首にネックレスのようなループアンテナをかけた後、専用のベストを着せて超小型のS型無線機を左右のポケットに差し込んだ。送信機、受信機ともタバコの箱半分の大きさしかなく、二〇センチほどあるアンテナは柔らかく曲がる素材なので邪魔にならない。セーターとジャンパーを重ね着して装備を目立たなくすれば準備完了だ。

だが、耳にコルチを入れ、無線の送受信のテストを始めたときから茂は苛立ち始めた。

「刑事さん、本当に間に合いますか?」

刑事とは呼ばない約束だったが、茂は既に心ここにあらずの状態だった。

班長の水野と同時に機材班が入り、身代金が入ったバッグの底に「ミュージックトレーサー」を縫い付けているが、思ったより時間がかかっていた。これはバッグを持ち上げると捜査員のコルチに音楽が流れる装置で、視界が確保できない状況で効果を発揮する。だが、バッグを解体されてしまうと警察の介入が露呈してしまう点もあり、実際に役立つか否かは未知数だった。

「早くしてくれ！」

堪りかねたように声を荒らげた茂に、中澤が近づいた。

「大丈夫です。先行班が現場に入ってますので」

「あんたらのことがバレないか？　連中は思ったより知恵があるぞ」

「誘拐は二度三度起こせるような事件ではありません。犯人は間違いなく手探りの状態です。その点、我々には経験が味方しています」

中澤は自信に満ちた口調で語り掛けた。頭の中は混乱し続けていたが、そう話すことで自らを落ち着かせるより他なかった。

玄関を出るとき、塔子が茂の腕にしがみつき「お願いします、お願いします……」と涙声を出して頭を下げた。

「大丈夫だ。亮は絶対に連れて帰る」

茂は妻を振り切るような形で、両手に二つのボストンバッグを持った。バッグと装置の重さを含めると、十キロ以上になる。それでも茂はフラつくことなく外へ出た。

午後三時三十一分、茂は助手席に身代金を乗せ、運転し慣れているという「セドリック」のアクセルを踏んだ。

その約一〇〇メートル後を先崎が運転する「ブルーバード」が追い掛ける。中澤は後部座席でスーツの上着を羽織った。茂とつながるS型無線機と班長の水野との連絡に使うトランシーバー。胸元に二つのループアンテナをつけ、左腕の袖の中にコードを通し、手のひらにトランシーバー用の小型マイクを握っている。

マルK指導としての装いを整えると、緊張感が増してきた。

中澤は雨滴を払うワイパーの向こうを走る車を睨んだ。茂に備え付けたS型無線が確実に届くのは、一五〇メートルが限度だ。つかず離れずを意識して、先崎がアクセルをコントロールする。

「前方に小学校が見えますね。そこを左折して坂を下ってください」

中澤の声は茂のコルチに届いている。現金持参人にとって「マルK指導」ほど頼りになる存在はなく、だからこそ中澤が対象を見失うことは許されないのだ。

「セドリック」は坂を下った後、小学校を「U」の字で回って今度は坂を上がり、赤信号で停まった。

今のところ問題はなく、中澤は誰にも聞こえないよう小さく息を吐いた。


「先行三班から『L2』。現着しました。窓際の席に着きます」

茂が出発して七分後、カップルに扮した男女の刑事が「満天」に到着した。

先行三班の報告によると、室内は奥に四人掛けのソファ席が二つ、窓際に刑事たちが座る二人掛けのテーブル席が一つ、カウンターにはスツールが五脚。最大十五人収容の小さな店で、これ以上の捜査員の潜入は不可能だ。張り込みにくい現場と言えた。客はカウンターに座っている六十代と思しき白髪の男が一人。怪しければ後に尾行をつける。

「L2」の三村に「L1」から内藤瞳についての追加情報が寄せられた。

瞳は現在、入籍している男とは音信不通の状態で、吉田悟(よしださとる)という男と同居しているとのことだが、この吉田が今年十月に岐阜市内で起こった金庫荒らしで指名手配中であることが分かった。

岐阜県警によると吉田は窃盗の前科二犯で、事件を起こしてからは横浜に帰っていないらしい。複数犯で奪った金が約百二十万ということは、大した〝仕事〟ではない。逃走資金は底を突いているだろう。同棲している女の実家が資産家の場合、これを狙う可能性は十分にある。

今日の午後三時過ぎに神奈川県警を名乗って木島家に電話してきた男は、ボイスチェンジャーを使っていなかった。今、岐阜県警に協力を依頼して、その声が吉田のものではないか確認している。男が吉田であれば、亮が無事でいる確率は高まる。刑事の本能として無論、三村は犯人に手錠をかけたい。だが、誘拐の場合はまず、被害者の安全こそが大切だった。被疑者を逮捕(パク)っても、子どもが亡くなっては敗北なのだ。

恐らく、亮の実父は子どもが誘拐されたことを知らないだろう。「L2」の硬い椅子に座る三村は、愛情の薄い環境で育った男の子に思いを馳せた。

茂がハンドルを握る「セドリック」は、山手本通りの代官坂上交差点を通り過ぎ、緩やかな上り坂を進んでいた。中澤の車は、無関係の車二台を挟んで追尾している。

「次の汐汲坂(しおくみざか)の交差点ですが、右折して奥の女学院沿いの道に入ってください」

中澤が案内したにもかかわらず、茂は手前の道に右折してしまった。

「あれっ、違ったか。しまった……」

焦る茂に中澤は落ち着いて声を掛けた。

「大丈夫です。我々が停まって壁をつくりますから、そのままバックしてきてください」

茂は急いでバックし、汐汲坂通りに軌道修正した。一方通行ではないものの道路幅は狭く、何より急な下り坂だった。

「セドリック」のブレーキランプが頻繁に灯り、刑事たちにはそれが「マルＫ」の苛立つ心情を表しているように映った。

後輩の先崎が運転する「ブルーバード」は茂の車から少し離れて慎重についていく。幼稚園を通過し、元町四丁目に出た。

「左折して一方通行の道を進んでください」

細かい商店が並ぶ元町仲通りを時速二〇キロで前進する。歩行者の傘が邪魔で何度も減速しながら、片側二車線の本牧通りに出る。時刻は既に午後三時四十四分だった。

「時間をオーバーしてる。大丈夫か？」

不安な心境を吐露する茂に、中澤は「店に電話がかかってきてないので、問題ありません」と穏やかに返答したが、内心には真逆の焦燥があった。

本牧通りの元町交差点を左折して、一方通行の「石川商店街」に入る。人通りがあるにもかかわらず「セドリック」は乱暴に前に進んだ。

「木島さん、通行人が急に方向転換する可能性があります。もう少し速度を落としてください」

「でも、もう約束の時間は過ぎてるだろ」

「ここで事故を起こしてしまっては、元も子もありません」

冷静さを取り戻した茂は、中村川と「ひらがな商店街」との間の道を良識ある速度で通過し、ＪＲ「石川町駅」の高架を潜った。右手に短い「亀の橋」が現れた。

「交差点を左折してください。『満天』が見えましたか？」

「見えた。あそこか！」

「駐車スペースまで誘導します。左折して……そうです。そのまま南へ行ってください。信号を越えたところに、急な上り坂があると思います」

「この坂を上るのか？」

「はい。すぐ左手、遠くに崖が見えますね？　道沿いに四、五台分の駐車スペースがあるはずです」

「あった。どこに停めればいい？」

「空いているところに、頭から突っ込んでもらって構いません」

「セドリック」の前を通るとき、中澤は両手にボストンバッグを持って走る茂を見た。

中澤は車内で待機する先崎に手を上げて外に出た。傘を差して歩きながら腕時計を見る。七分遅れの到着だった。咳をするフリをして左手マイクのプレストークボタンを押す。

「班長、現場南側の花屋に向かいます」

「了解」

水野は近くの路上に停めた車の中で中澤の報告を受け、それを「基幹系無線」で総合指揮本部や現場捜査員に伝える。

「木島さん、店の中に革ジャンを着た男とショートカットの女のアベックがいますね？　窓際に座っていると思いますが、二人は警察です」

落ち着かせるための声掛けだったが、茂からの返事は語気が鋭かった。

「時間が無ぇ」

午後三時四十七分、「マルK」が現着した。

奥のソファ席……右側の方に座り……ボストンバッグを真横に置いて、ハンカチで顔を拭いている……。

潜入班から入ってくる情報で、三村は「満天」の店内を立体的にイメージした。

雨の中、一方通行の多い道で七分遅れなら優秀だ。やはり中澤に仕切らせてよかった。三村は缶に入った烏龍茶を口に含んで次の展開に備えた。

問題はこれからだ。犯人がどのようにして連絡してくるか。店の出入口横の台にピンク色の公衆電話がある。そこに電話してくるのか、レポ――連絡員――を仕立てるのか。それによって対応も変わってくる。

いずれにせよ、もうすぐ犯人との攻防が始まるのだ。

午後三時五十分、茂のテーブルにホットコーヒーが届いた。

そのとき――ピンクの公衆電話が鳴った。

「入電」

捜査員の緊張した声がバンの中に響く。「L2」では複数の無線を処理するためコルチを入れない。声はエンジン音でかき消される。

「木島さん、おられますかぁ？」

店主の男の呼び掛けに「私です」と答えた茂が、電話の前まで移動した。

潜入している刑事が押し殺した声で実況する。

「もしもし、お電話代わり……」

「遅かったな」

「えっ……申し訳ない。迷ってしまって」

「地元で迷子になったのか？　警察の指示だな」

「だから、警察には言ってないですよ」

「日産『セドリック』。ナンバーは……」

「ちょっと、何で知ってるんだ？」

「見えてるんだよ、木島さん」

「じゃあ、近くにいるんですね。金はすぐに渡すから、亮を連れて来てくれ。それで終わりにしよう。なっ？」

「駄目だ」

「何で……だったら、せめて亮の声だけでも聞かせてくれ」

「花屋あるだろ？」

「はっ？　何だって？」

「花屋の前の一方通行の道を東へ三〇〇メートル進め。『シネマ』っていうレンタルビデオ屋がある」

「ちょっと待ってくれ、メモが追いつかない。花屋……一方通行……レンタルビデオ『シネマ』……」

「レンタルビデオ屋に『ハラスのいた日々』っていう映画のビデオがある。そのパッケージを開けてみろ」

「そんな一遍に話さんでくれ。ハラスの何だって？」

「『ハラスのいた日々』だ。いいか、車は置いていけ」

「歩いて行くのか？　雨が……」

「ちょっと待ってくれ、おい、もしもし！　もしもし！」

「急げ」

両手にボストンバッグを下げた茂が、店から飛び出してきた。

先ほど車で通った中村川沿いから一本南の一方通行に入って、花屋にいる中澤の目の前を通り過ぎた。その小路もまた「ひらがな商店街」の一角だった。

中澤は対象を見失わないよう周囲の視線に気をつけながら尾行を始める。

茂は店に入る前と明らかに雰囲気が変わっていた。一瞬見えた彼の目が血走っているように思えた。

潜入していた刑事が茂のメモを回収しているはずだが、電話の言葉からも会話の推測は成り立つ。まず、犯人は到着時間の遅れを指摘し、茂はこれに狼狽した。犯人が見張っていることを告げなければ、「じゃあ、近くにいるんですね」という流れにはならない。

だが、これはカマをかけただけの可能性が高い。木島家に関して、予め下調べをしていれば、被害者にプレッシャーをかける個人情報などいくらでも用意できる。恐らく犯人は時間通りに着いたとしても、遅れたのは警察のせいだ、と言っていただろう。

そして亮を連れて来ることも、声を聞かせることも断られた。

だが、当の茂は犯人の手のひらの上で踊らされている。小雨の中、商店や民家が密集した道を傘も差せない状態で走っていた。両手のボストンバッグは、これから間違いなく六十五歳の男の体力を蝕んでいくだろう。

中澤はさりげなく振り返った。班長の水野が後方約五〇メートルを歩いている。

「先行班がレンタルビデオ『シネマ』確認」

水野から店と映画の情報、先ほどの電話メモの内容が入ってきた。中澤は近辺に視線を走らせながら、茂に声を掛けた。

「木島さん、中澤です。前方に本牧通りの交差点が見えますね？　『シネマ』はその手前約四〇メートルの地点、進行方向左手にあります……『ハラスのいた日々』は犬の日本映画らしいです」

茂がさらにペースを上げて走った。

「もう少しペースを落としてください。恐らくそこは中継地点です。まだ先があります……木島さん、ビデオパッケージの中に指示書があったら、すぐに読み上げてください。小声でも拾えますから」

先行遊撃から犯人捕捉へと移行した刑事たちが、酒屋の客などに扮して見張りをする中、茂が「シネマ」に入って行った。息を切らしながら「ちょっと、すみません」と店員に呼び掛けた。

「はい……」と、警戒する若い男の声が聞こえる。

中澤は店の前をゆっくり通り過ぎたが、ガラスドアに複数のポスターが貼ってあって、中の様子は見えなかった。耳元に神経を集めるようなイメージで、コルチから聞こえる会話に集中した。

「〝ハラスの日々〟という映画ありますか？」

「〝ハラスの日々〟ですか？　ちょっと確認しますね。少々お待ちください」

「日本映画らしいです」

「えーっと……あっ、これかな？『ハラスのいた日々』」

「それです！」

「こっちの棚ですね……これです」

「あっ、そうですか？　どうもありがとうございました」

どうやら目的のビデオを見つけたようだ。

茂の荒い息とプラスチック系の雑音が聞こえる。

「えー、元町ショッピングストリート『家具の松平』……店頭の電話台、一番下の引き出し」


石川町の喫茶店とレンタルビデオ店、今度は元町の家具屋。

三村は横浜市中区の住宅地図に視線を落としながら、もうそろそろではないか、と予想して鉛筆を置いた。

三つの店が一キロ圏内にある。今のところ不審人物の報告はないが、犯人はいずれかで様子を窺っているはずだ。

幹部との話し合いで三村は「犯人は短時間で勝負してくる」と主張し、事実、設定した南北三キロ、東西四キロの範囲内で事件が動いている。確かに見込み通りだったが、一方で厚木を睨みながらの捜査になるため、核となる刑事の絶対数が足りていない。

元町ショッピングストリートでの張り込みは、痛し痒しである。捜査員たちが人通りに紛れることができる反面、犯人もまた然り。

「先行二班から『L2』。『家具の松平』の店内に木製の電話台を確認」

地図上の家具店は赤鉛筆で丸く囲っている。現場からの報告をメモし終えた三村は、赤丸の隣に三番目の現場として「③」と書き込んだ。

犯人は急いでいる。ここで身代金を獲る可能性は十分にあった。

午後四時五分。喫茶店「満天」で電話を受けてから十五分しか経っていないにもかかわらず、周囲からは既に昼の表情が消えていた。

「交差点すぐのところに銀行がありますね？　そのまま進んでください」

中澤は茂の後方約七〇メートルの地点を歩いている。

「大体の場所は分かる」としっかりした声で返事があったものの、その濡れた体はフラつき始めていた。

最も陽が短い季節で、雨も降っている。薄暗い夕方だったが、このシーズンだからこそ、人の集まる場所は華やかでもあった。

六年前に車道と歩道が石畳となった元町ショッピングストリートは、歴史ある店と流行ショップのモザイクで、新旧それぞれに個性的なデザインの店が集まり、歩くだけで心浮き立つような洗練された雰囲気が漂っている。

ファッション、雑貨、貴金属にレストラン。店舗ひしめく約六〇〇メートルの通りにはクリスマスのイルミネーションが早くも灯っていて、電球色の輝きが街ゆく人々を柔らかく包んでいた。

落ち着いた雰囲気の買い物客が多い元町の通りにあって、木島茂の風体は異様であった。

雨で白い前髪が額に張り付き、手持ちのボストンバッグから雨粒が滴っている。それでいて荒い息で小走りに移動するため、歩道の人々はあからさまに彼を避けた。鬼気迫るその様子は、たとえ知人であっても声を掛けるのをためらう、そんな異様なオーラを発していた。

「木島さん、電話台は店頭ということでしたが、雨ですから店内にあります。入口すぐの左手、マホガニー調の深い色で高さが約一メートル。引き出しは五段。この一番下に、恐らく指示書があるはずです」

中澤は傘の角度を変えながら、できるだけ通行人に顔を見られないよう努めた。一八二センチの身長も目立つが、顔の彫りの深さもやや度が過ぎている。数年前に流行った言葉で言えば「ソース顔」であり、先輩刑事からは「とんかつソース顔」とからかわれた。刑事としては残念なことに「尾行には不向き」という自覚があり、だからこそ神経を尖らせていた。

茂は元町四丁目を抜け、どんどん歩道を進んでいく。

中澤は地元の所轄刑事でありながら、この近辺で買い物をすることがほとんどなかった。景気に陰りが見えたと言われるが、洒落たセレクトショップや入ることをためらうような宝石店は十分に眩しい。

晴れていれば背中一面に夕陽を浴びていただろう。だが今、茂に降り注いでいるのは情容赦のない雨である。茂はもはや走ることができず、石畳の上をつらそうに歩いている。脚よりむしろ、腕の疲労が大きそうだった。

やっとの思いで目的地に着き、濡れた頭を振りながら店の中に入った。「家具の松平」は間口の狭い昔ながらの家具屋だ。

「L2」からの事前の指示通り、潜入していた捜査員が店主に話し掛ける。その応対中に茂が電話台を見つけ、一番下の引き出しを開けた。その模様を向かいの薬局で警戒していた刑事が実況する。

店から出て近くのビルの前で止まった茂が、庇（ひさし）の下で両手のバッグを置いた。自らの腕を労るように交互に揉んだ後、「はぁ、はぁ」と呼吸を乱しながら、紙切れの文字を読み上げた。

「『港の見える丘公園』の展望台に、金を置いてすぐに去れ。警察がいないことを確認したら金を回収し、その後、孫を解放する。一人でも刑事がいれば、孫は……死ぬ」

また公園か……。

厚木の事件も最終的な現場が八王子の公園となり、そこで停滞している。

三村は住宅地図で「港の見える丘公園」を俯瞰して見た。

地元でもよく知られる風致公園だったが、昭和五十年代に入って記念館と文学館ができて文化的な雰囲気が色濃くなった。確か今年になってバラの庭のようなものができたと地元紙で読んだ記憶があるが、まだ地図には反映されておらず、現場のイメージが難しかった。

いずれにせよ、展望台にバッグを置けということは、ここが最終地点ということだ。

人員配置の指示が迫られる三村は缶入りの烏龍茶を飲み干し、犯人像や優先順位について考えをまとめようと頭を絞った。

この犯人は現実的だ。映画や小説のように「奪取の方法」に重点を置いてもうまくいかないことを知っている。それよりも「警察の捜査能力そのもの」を低下させ、混乱に乗じて身代金を奪おうとしているのだ。包囲網の中で奪取するより、包囲網を築かせないうちに拝借する方が成功率は高い。風邪は「ひかない」に越したことはないのだ。

だったら、どうすればいい――。

犯人にとっては警察の介入が「ある」か「ない」かが、最大の関心事だ。「ない」と判断すれば、あっさりとバッグを取りに来るだろうが、もし「ある」ことに気づかれれば……。奴らは無理をせずに姿を消し、永久に子どもは戻らない。

犯人は捕まえたい。身代金も守りたい。だが、まず警察が果たすべきは「絶対に見つからないこと」だ。

周辺の人員を減らすことは、現場指揮官として相当勇気のいることだった。今の日本警察の誘拐捜査は百点満点を目指すものだ。「被害者保護」「犯人逮捕」「身代金確保」——全てにおいて結果を出さなければ、失敗の烙印を押される。

だが、誘拐事件はリアルタイムオペレーションだ。刑事ドラマのような派手な見せ場や奇跡的な逆転劇はない。あるのは「決断」だけだ。

特殊事件のプロとして、三村は現場でいつも「立てこもり」と「誘拐」の違いを痛感する。いずれも緊張を強いられ、柔軟性を求められる厳しい戦場だが、決定的に異なる点がある。

立てこもりは訓練をするほどに自信がつくのに対し、誘拐は訓練をするほどに不安になる——現場が定まらず、選択肢が多すぎるからだ。

三村は公園の展望台すぐ西にあるホテルに目をつけた。ここの上階なら俯瞰のポジションを押さえることができるだろう。「先行遊撃班」を偵察に向け、人の数や利用できそうな遮蔽物を確認するとともに、別班にはホテル側へ事情を説明して「前進拠点」をつくるよう指令を下した。

手持ちの赤鉛筆でコツコツと机を打っていた三村は、大きく息を吐いて背もたれに上半身を預けた。幸い犯人からの時間の指定はない。入念に配置を考えれば、最善の陣形を整えられるはずだ。

マルKが暴走しない限り。

指示書を読み上げたビルの庇の下で、茂はハンカチで顔を拭って呼吸を整えていた。

中澤はマルKが体力の限界に近づいていることを察知し、またS型無線の電池交換をしておいた方がいいと考え、その旨を班長の水野に伝えた。

茂は両腕をグルグルと回した後に両肩をすとんと落とし、弱音を振り払うかのように大きく息を吐いた。

「L2」から班長経由で、近くの喫茶店「ダンテス」のトイレで電池の交換をするよう指示があった。

「木島さん、犯人からの時間指定はありません。一度無線の電池交換をしましょう」

「喫茶店？」

「はい。『ダンテス』という店です」

場所を説明する中澤の言葉を遮り、茂が「そんな危ないことできるわけないだろ」と語気を強めた。

「こちらの態勢を整えるのに時間が必要ですし、無線の電池も換えた方が安心です」

「あいつらがどこで見てるか分からん。喫茶店に入るのは不自然だ」

マルKが状況に慣れ、段々とコントロールが利かなくなってきた。悪い流れだったが、中澤は心を落ち着かせて呼び掛けた。

「無線が使えなくなってしまうと、何かあったときに対応できません。一旦『ダンテス』で電池を交換しましょう」

「いや、もうこのかばんを置くだけだろ？　こっちは捕まえてもらわなくていいから。孫が帰ってきたらそれでいいから」

「木島さん、犯人は警察に気づいていません。心配だからカマをかけてるんです。確かに指示書の言葉は……」

「ここで一人、話してるのは変だ。悪いが行かせてもらう」

「少しでいいので、話を聞いてください。お願いします」

「かばんを置くだけだから」

茂は両手にボストンバッグを持つと、雨の中を走り始めた。

「木島さん、歩いてください。犯人の思う壺です。木島さん……」

中澤は舌打ちを堪え、早足でマルKの後を追った。

最も恐れていたことが起こった。社会的地位の高い者の堪え性のなさ、プライドが裏目に出た形だ。

人目につくことを嫌がっていた茂だったが、皮肉にも血相を変えて走る彼の姿を誰もが振り返っていた。


「マルK指導から『L2』。マルKが喫茶店の入店を拒否。展望台に向けて走り出しました」

水野から連絡を受けた三村は、無線のハンドマイクを机に叩きつけたくなる衝動に駆られた。

先行遊撃班の捜査員たちから、少しずつ情報は入っていたが、まだ公園内部の様子が分からないままだった。受け渡し場所の展望台が見下ろせるはずのホテルにも「前進拠点」を築けていない。

準備が整わないうちに事態が動き始めてしまった。

犯人が展望台にいて、すぐにバッグを受け取った場合、確実に被疑者を確保できるかどうか。

実はこの最終段階の動きについて、神奈川県警と警察庁で意見が分かれていた。

バッグを取りに来た者を引っ張って芋づる式に検挙しようと主張する神奈川県警に対し、警察庁は受取人を尾行して一網打尽を目指したい考えだ。それぞれに大きなリスクを背負うことになる。受取人を拘束することで警察の介入に気づかれる県警案と尾行に失敗すれば身代金を奪われる察庁案。

人命尊重の観点からは察庁案に分があるものの、たった一つの手掛かりを失う危険性も軽視できない。だが、直接犯人に触る県警案は、受取人の黙秘で青写真が崩壊する。

誘拐事件ではその都度最善手を指し続けなければならない。正解がないことだってある。それでも、警察は世間から「結果論」という刀で斬られる。できて当然、できなければ失態。

「横浜スタジアム」の一・五倍ほどある広い公園は、北から【フランス山地区】【展望広場地区】【イギリス山地区】【近代文学館地区】――の四エリアで成り立つ。複数の「先行遊撃班」から園内の状況が引きも切らずに入ってくるが、角度や高低が障害になって、身を隠しながら展望台が目視できる場所がほとんどなかった。それにこの天候ではカムフラージュになるような人出も期待できない。

ホテルに人員を回した方が現実的かもしれない――三村は、この公園を選んだことに犯人の〝実力〟を見た。

「マルK指導から『L2』。マルKがショッピングストリートを抜け、堀川沿いの道を公園方面へ移動中」

前方にフランス橋が見えてきたとき、茂がつんのめって転倒しそうになった。

何とか体勢を立て直すと、一旦、バッグを置いて再び両腕を回した。脚も腕も相当疲れているのだろう。

「木島さん、そのまま右折して坂を上ってください。三〇〇メートルほど行くと右手に交番が見えてきます。その向かい側から公園に入ることができます。ご存じだと思いますが、急な坂ですので、ゆっくり進んでください。時間はありますから」

そのルートには「先行遊撃班」の刑事たちの目があった。「身辺警護班」も車で坂を走っている。

だが、茂は坂には目もくれず、信号を渡るとフランス山地区から公園に入っていった。

中澤は驚いて木島に呼び掛けたが、返事はなかった。中にはまだ捜査員がいないはずだ。

「木島さん、戻ってください、木島さん」

石畳のエントランスから半円形の石段を駆け上がっていく茂は、顎を上げて喘いでいた。辺りはどんどん青みを増し、陽が沈みかけていた。オレンジ色の街灯の中で、雨が斜線を描いている。

中澤も公園に入るよりなかった。ここで見失うわけにはいかず、S型無線の傍受範囲からも外れてしまう。傘が煩わしかったが、茂と同じように差さずに歩くのは不自然だ。

長い石段を上る途中、茂は「ぜぇ、ぜぇ」と息を切らしてバッグを石段に置き、膝に手をついた。体力が限界に達しているのだ。

「ダメだ。来んでくれ。あとは……置くだけ……から……くれ」

茂の声が不明瞭に途切れる。距離に問題はないはずだ。だとすれば、S型無線の電池が切れかかっている……。

中澤は何度か呼び掛けたが、応答はなかった。人気（ひとけ）のない公園ほど尾行しにくい場所はない。石段を上り切ると、広場に出た。ヒマラヤスギやプラタナスの大木が、弱い灯りの中で不気味に浮かんでいる。

茂は旧フランス領事官邸の遺構前を通り、フラつきながらも前へ進んだ。もう細い体に走る力は残っていない。

石段を下り【展望広場地区】に入った。ここからあと三十段ほど石段を上がれば、展望台に着く。しかし――。

茂は階段に足を掛けたところで「はぁー」と大きく息を吐き、そのまま石段の上に倒れ込んだ。バッグを手放し、拳で胸を叩いてもがいている。重たい身代金を持って走り続けた結果、呼吸困難に陥ったのだ。

中澤は石段を下りた所にある、ぬかるんだ地面を踏み締めて、五〇メートル先で苦しんでいる茂を助けるべきか、判断に迷った。

「マルKが呼吸困難を起こして蹲(うずくま)ってます。接触しますか？」

なかなか返事がなく、中澤は苛立った。情報は班長の水野から「L2」の三村へ伝わっているはずだ。

茂は前方で仰向けになり、大きく口を開けて呼吸を続ける。容赦なく雨に降られているので、早く何とかしてやりたかった。

「触らず様子を見てください」

水野から届いた無情の指令に、中澤は少し間を置いてから「了解」と返した。

茂は石段に腰を掛け、猫背になってぎこちない深呼吸を繰り返している。見ていられなかった。

それから大儀そうに両手でバッグをつかむと、満身創痍の状態で一段ずつ階段を上がっていった。

語り掛けたくても、無線の電池が切れている。ただ見守ることしかできず、中澤の心の奥深くから犯人に対する怒りが込み上げてきた。同時に、それは被害者家族と信頼関係が築けなかった、自らの不甲斐なさに跳ね返ってきた。

展望台で弧を描くライトグリーンの屋根は、鳥が翼を広げているような姿で、場の雰囲気によく合っている。茂はその下に二つのバッグを置き、石畳のサークルまで歩いた。そして、手すりをつかんで何かを願うように頭を垂れ、乱れた息を鎮めた。

午後四時三十五分。冬の陽は既になく、夜景となった街では、人々のいつもの生活が続いている。中澤の位置から見えるのは、横浜ベイブリッジの「H」型の主塔が灯す淡い光。過酷な現実の前では、その幻想的な美しさが他人事のような冷たさを帯びている。

この数時間で一気に老け込んだ男は、展望広場を見渡した後、来た道を引き返して石段を下り始めた。

マルKが立ち去ってから、三十分が過ぎた。

警察と犯人の睨み合いは、音もなく続いている。固まった体を伸ばした三村は、パイプ椅子に座って腕を組んだ。体の節々に疲れが滲むのを自覚して、五十代に入ったのだと痛感する。

雨の中、十キロ以上のバッグを持って走り続けることは、六十五歳の人間にとっては苦行だっただろう。犯人からの連絡に備えるため自宅に帰った木島茂は、まもなく高熱を出して寝込んだという。心身ともに死力を尽くしたに違いない。今後は、動きがあれば妻の塔子に動いてもらうことになる。

しかし、まずは目の前の身代金だ。三村は瞼を閉じて、頭の中で配置をイメージした。

「港の見える丘公園」は、やはり難敵だった。

まずは指定現場直近の【展望広場地区】――遮蔽物がないため、ここに捜査員を置くのはリスクが高すぎた。この雨では清掃作業員がいても怪しまれる。展望広場南の【イギリス山地区】――沈床花壇はフラットな広場で、背の高い草木が皆無。その西側にあるバラ園は初々しく、秋の見頃を過ぎた今は閑散として見通しがいい。「大佛次郎記念館」はバラ園と門で隔てられ、その南側の【近代文学館地区】――「神奈川近代文学館」はさらに霧笛橋の奥にあって受け渡し場所から遠すぎた。【フランス山地区】に至っては、距離や視界を考えれば、もはや〝現場〟でもない。

これほど張り込みにくい場所はなかった。

沈床花壇東側の通路に一人、バラ園近くのイギリス館に隣接する駐車場の車の中に二人、「大佛次郎記念館」と霧笛橋の付近に二人。【フランス山地区】に三人の捜査員を置くのが限界だった。

二線配置は現場を中心に半径二〇〇メートル以内に設定した。

頼りは展望広場前に建つ四階建てのホテルだけだ。

立地の良さを活かしてブライダルにも使われるようだが、部屋数は少なく、身を隠すには理想的な環境だった。ホテル側に協力してもらい、展望台が見える二階の和室を確保して「前進拠点」を設営、無線機を持ち込んだ。その他、一階の喫茶店に捜査員を潜り込ませ、窓際のフリースペースにも定期的に人を送って見張りを続けている。

「捕捉四班から『L2』」

午後五時十二分、霧笛橋近くにいた捜査員から一報が入った。強張った声に職業的な勘を働かせ、三村は応答した。

「霧笛橋の上で不審者が一名」

「人着(にんちゃく)は？」

「中肉中背の男で、三十～四十代。黒っぽいジャンパーを着ています。傘を差しているため、人相は確認できません」

「ずっといるのか？」

「一度橋の上にいるのを見掛け、五分ほどして戻るとまだいました」

「橋の上で何もせずにいるのか？」

「そう思われます……」

「どうした？」

「橋を渡って沈床花壇方面に向かいそうです……」

不意に交信が途絶えた。何かあったのだ。三村は呼び掛けずに、連絡を待った。

「捕捉四班から『Ｌ２』……不審者がこちらに気づいた可能性があります」

「状況は？」

「不審者から視線を感じました。その後すぐ、足早に橋へ引き返し、途中にある階段で下りていきました。追いますか？」

「感触は？」

「有線を見られた可能性があります」

二件目の誘拐事件発生でコルチが足りなかったのだ。一部の捜査員が有線イヤホンをつけていた。

「今、新山下方面の長い階段を下っています」

「追ってくれ。ただし、触るな」

三村はすぐに「Ｌ１」に連絡し、事情を説明した。尾行を二人に増やすことを提案したが、気づかれる可能性があるため却下された。二線配置のうち、二班を新山下方面へ向かわせた。

直感は黒――。

「捕捉四班から『Ｌ２』……不審者が走り出しました。歩いての追尾が難しいです」

ここで捜査員が走れば、間違いなく尾行だと気づかれる。

「歩いて追尾してくれ」

三村はもどかしさに歯嚙みした。

橋の上で様子を窺い、展望台方面へ向かうも捜査員らしき人影を見て橋へ引き返す。新山下方面へつながる薄暗い階段を利用して、さらに走り始めた。

考えるほど最初で最後の手掛かりのような気がした。男が警察の存在に気づいたのなら、取り逃がす方が危ないのではないか。

三村はもう一度「Ｌ１」に連絡し、男を取り押さえるか尾行の人員を増やすか、どちらかを選択しなければ、被害男児の危険が増すと訴えた。

三十秒ほどの協議で、新山下方面に向かっている二線配置の四名に尾行の応援を命じることに決めた。三村が二線配置のメンバーに連絡しようとしたタイミングで、追尾中の捕捉四班から無線が入った。

「対象を見失いました」


リビングのシャンデリアもダイニングの大きな円形照明も、見た目には明るかった。

だが、この家の暗く淀んだ空気が、広さと寒さを同義にしている。誰も話さないどころか、滅多に物音も立てない。張り詰めた糸はさながら蜘蛛の糸のように「被害者対策班」の刑事たちを搦め捕っていた。

午後十時五分、高熱を出している木島茂は眠りから覚めず、妻の塔子はリビングのソファでぼんやりと座っていた。

捜査員のコルチに「Ｌ１」から情報が入った。

「立花敦之を川崎市内で保護」

捜査員同士が目配せし、塔子に気づかれないように安堵の息を呑み込む。

敦之は川崎市内の倉庫で発見されたらしい。外傷もなく、受け答えもできるという。

木島茂の暴走で中澤は刑事としての自信を半ば喪失していたが、事件発生以来、初めてもたらされた朗報によって少なからず慰められた。

これで捜査を山手方面一点に集中でき、敦之から何らかの情報が得られる可能性が出てきた。そして大きかったのは、犯人が男児を殺さなかった点だ。誘拐犯に最低限の人の心があるのなら、交渉の余地はまだある。

中澤は茂の様子を見ようとリビングを出た。二階へ続く螺旋階段の手すりを触ったとき、嫌な予感が脳裏をよぎった。

もし、立花敦之誘拐が囮なら、殺さないのは当然ではないか。むしろ、倉庫から敦之が消えたことを知ったら、状況は悪化するのではないか。霧笛橋の男が刑事の存在を疑い、その上、敦之の保護を知れば、犯人は追い詰められるに違いない。

中澤はこれまでの刑事人生で、犯罪者の視野が極端に狭くなる一瞬、箍(たが)が外れたときの凶暴性に何度も触れてきた。

心の闇の中から自分の知らない自分が浮き上がってくる衝動は、抑制できない。


雨は既に上がっていたが、密室には湿った気の流れが充満していた。

立花敦之保護の一報が入ったときはにわかに活気づいた「L2」だったが、置かれた状況に引き戻されるのに時間はかからなかった。

実際、内藤亮誘拐に関する続報は入ってこず、霧笛橋で目撃された不審者も消えたまま。「忍」の現場が続いていた。

既に【フランス山地区】の門は閉ざされ、人がいては不自然なため、捜査員一名だけを残して二線配置を手厚くした。

相変わらず、展望台には容易に近づけなかった。複数の刑事が通行人を装って、展望広場をうろつくのが関の山だ。ホテルでの警戒も喫茶店が閉まり、フリースペースで粘るのもつらくなってきた。「前進拠点」の和室もカーテンを閉め切って、隙間から交代で展望台を見張っていたが、死角だけはどうしようもなかった。

身代金が入った二つのボストンバッグは、約六時間、微動だにせず夜風を受けている。

午後十時二十三分、疲れを含んだ静寂を破ったのは、現場からの無線だった。

「捕捉一班から『L2』。バッグのミュージックトレーサーが鳴っています」

三村がトランシーバーのハンドマイクを離すと、一斉に他の無線が鳴り始めた。「L2」の捜査員が手分けして応答する。

現場付近の捜査員のコルチに電子音楽が流れたのだ。つまり、バッグが持ち上げられた――。

「『ホテル前進拠点』から『L2』。男が身代金のバッグを両手に持って、広場を徒歩で南進中。二十代~三十代、ネズミ色の膝丈コート。メガネを着用」

野郎、とうとう出てきやがった――三村は興奮して両手の指を鳴らした。今度こそは逃さないと、地図上で二線配置のポイントを確認する。

「捕捉三班から『L2』。男は二十~三十代。グレーのコート、メガネを着用。西側出口へ向けて直進中」

人着は一致している。三村が思い描いた現場絵図では、暗い中で刑事たちの目が蛍光発色していた。皆が常軌を逸した目力で、男を睨んでいるに違いない。三村の心臓が早鐘を打つ。

「捕捉五班から『L2』。男が公園を出ました。信号待ちしています」

堂々とした足取りに違和感を覚えた。身代金のバッグを持って、信号待ち？　ひょっとして連絡係（レポ）か？

「捕捉五班から『L2』。交差点を歩いて渡っています」

三村は捕捉五班と六班に尾行を命じた。これから車やバイクに乗る可能性も十分にあり、直近待機の二線配置の捜査員にも注意を促した。

どう出る？　いつまで歩くつもりだ。

「捕捉五班から『L2』……」

妙な間が空き、三村は「どうした？」と短く呼び掛けた。

「交番に入って行きました……」

「何？　交番……」

交差点を渡ってすぐの角地にある派出所だ。

その意味に気づくと、三村は全身が脱力した。

犯人でもレポでもない、善意の第三者。バッグが「遺失物として」届けられた以上、元に戻すこともできない。

霧笛橋にいた男が、三村の中で漆黒の影となって走り去っていく。デスクに両肘をついて銀髪を掻きむしる。

印刷された内藤亮の赤子のころの写真に目をやった。近影一枚ない子ども。犯人は二度と同じ手は使わない。そしてそれは、誘拐事件の終わりを意味していた。

犯人にとって、子どもを帰すメリットは何一つなかった。

《平成六（一九九四）年十二月十四日》

その日もまた、仏滅だった。

日没後の午後五時過ぎ、横浜市中区山手町の木島方のインターホンが鳴った。

応対した木島塔子の耳に「ぼく……」という消え入りそうな声が届いた。

「僕？　誰？」

「りょう」

「えっ、亮ちゃん？　亮ちゃん？」

塔子はエプロンをしたまま、上着も羽織らずに玄関ドアを開けた。

サンダルを突っ掛けた足で、訳も分からず芝生の上を懸命に走った。白い門扉の向こうに子どもがいた。

「亮ちゃん？　本当に？」

塔子が門扉を開けると、リュックを背負った男の子が半歩後退りした。

「亮ちゃん！」

それまでの長い人生において経験したことのない激情の波に呑まれ、塔子は胸が詰まって何も言えなくなった。言葉の代わりを務めたのは、遅れて流れた滂沱(ぼうだ)の涙だった。

膝をついて強く抱き締める。いくら密着しても足りることはなく、塔子は小さな体を確かに抱きながら嗚咽を漏らした。

そして、思い出したように体を離して顔を見た。間違いなかった。

澄んだ夜空の下に舞い降りたのは、七歳に成長した自分の孫だった。

第一章――暴露――

1

芳名帳に記入を終えて筆ペンを置くと、アルコールスプレーのポンプを押した。

横浜市内の寺院。門田（もんでん）次郎（じろう）は黒のクラッチバッグを脇に挟み、消毒液のついた両手をハエのようにこすり合わせた。手指の皮膚が触れ合って鳴る乾いた音が、当たり前のようにそこかしこで聞こえる。この二年の間に細やかな除菌は日常となった。

令和三（二〇二一）年十二月――。橙色のライトが鈍く光る葬儀用テントから参道に出た門田は、係の女性の指示に従って待合室に入った。奥行きのある室内にはパイプ椅子が百脚ほど並んでいるが、埋まっているのは半分程度で、後ろの方は随分と空（す）いていた。

門田は顔見知りの刑事たちに目礼し、周囲に人のいない後方の席に着いた。ウイルスへの物理的な対策というより、人間関係の密度の結果だ。

師走も半ばを過ぎて極端に陽が短くなっている。室内には適度に暖房が利いているが、換気のためにドアが開けっ放しになっているため、冷気が足元にまとわりつく。コートを丸めてバッグとともに膝の上に置くと、特にすることがなくなった。スマホの画面を見ている者が一定数いるものの、時間潰しにそぐわない場なので門田は観察に徹した。

元刑事の通夜ということもあり、参列者の大半が男だ。型崩れしている喪服がちらほらと目につくが、それは体格の良さからくるものだと分かる。

人のスーツが気になるのは、門田の礼服がオーダーメイドだからだ。何事にも凝り性で、スーツも自分の体に合ったものを長く着る主義である。四十代半ばごろから、かつてお世話になった人が鬼籍に入ることが多くなり、フォーマルも行きつけのテーラーで仕立てた。それから十年ほど経つが、お直しは一度だけで、くたびれてもいない。

雑談する者が少ない静かな待合室で、門田は五十四歳という自らの年齢を考えずにはいられなかった。今年の七月には、二度も葬儀に参列した週があった。いずれも会社のOBだったが、そのうち友人を送らねばならなくなる。同じ冗談で笑い合えた人たちがこの世からいなくなるのは、両親が他界したときとは別種の悲しみがある。

半世紀も生きていると、分かっていたはずの寿命の輪郭が明瞭になってきて「自分は何を残せたか」などと一丁前な感傷に浸るようになる。会社員にとっては定年という区切りも迫ってくるため、気が滅入るのだ。

白髪をきれいに七三で分けた男が入って来ると、前方で男たちが一斉に立ち上がった。現役の年齢ではなさそうなので、門田は彼が神奈川県警の幹部OBであると察した。こうした小さなひとコマに、組織の特徴が表れるものだ。白髪の男はそこで何人かの参列者と話すと、待合室を出て本堂へ向かった。

いつの間にか、本堂から読経の声が聞こえてきた。新型コロナウイルスの感染対策として、親族など一部の関係者のみを本堂に集めているようだ。

昨日の午後三時すぎ、元神奈川県警中澤洋一刑事の訃報を聞いた。見知らぬ電話番号の相手は中澤の妻で、門田は「お忙しいところ、失礼いたします」と言ったその声音だけで事態を察した。

「今朝、主人が亡くなりました」

訃報はいつも死角から飛び込んでくるもので、これぱかりは慣れることがない。門田は悔やみを述べて電話を切った後、しばらくの間会社のデスクに肘をついて放心した。

最後に会ってから、二年と少し経っている。まだ街の至る所に消毒液が置かれる前の話だ。横浜市内の焼き鳥屋で、中澤はうまそうに焼酎のお湯割りを飲んでいた。それから半年ほど過ぎてから手紙が届き、知らされたのだ。

肺にガンがありました。喫煙者の宿命です——。

ある程度の年齢になると、人間関係によって連絡手段は異なる。中澤と門田は電話で手短に済ませることが多かったが、その知らせをもらって以来、手紙でやり取りを続けた。震える線の文字が増えるごとに、門田は少しずつ心の整理を始めていった。

微かに聞こえる読経の声が、記憶にかかった薄い膜を剝がしていく。

出会いのきっかけは、あの三十年前の事件だ。「厚木」と「山手」で発生した二児同時誘拐——。

発生当時、門田は大日新聞(だいにちしんぶん)横浜支局の二年生記者だった。市内の警察署を担当する、いわゆるサツ回り。

被害者のうち、立花敦之は発生翌日に無事保護されたが、内藤亮については行方不明の状態が続いた。横浜支局が振り出しの門田は在局三年のうち、最後の一年三ヵ月はこの誘拐事件の取材にどっぷりと漬かった。

当時所轄の刑事だった中澤は、神奈川県警本部の捜査一課特殊班での経験が買われ、身代金受け渡し時に、現金持参人――マルK――に寄り添って指示を与える「マルK指導」を担った。後に県警本部担当の先輩記者からこのことを知らされた門田は「絶対に食い込め」と発破をかけられたのだった。

何とか自宅の住所（ヤサ）を割ったのはいいが、まともに相手にされるとは思っていなかった。ほとんど面識のない状態で家に行って、歓迎されるわけもない。

中澤の自宅は、親の代からある横浜市内の一軒家だった。インターホンを押すときの指先の緊張は、今も覚えている。

対応してくれたのは母親だったが、中澤は玄関先に出るのを渋っている様子だった。五分ほどして出てきた中澤の背の高さと顔の彫りの深さに、門田は圧倒された。現場経験の長い三十八歳の刑事と大学を出て二年目の新聞記者。端（はな）から格が違っていた。

「大日か。何の用だ」

仏頂面の中澤に気圧（けお）されて何も言えない門田に、中澤は「帰れ」と吐き出すように言って背を向けた。為す術（すべ）もなく引き返そうとしたが、刑事の右手を見てハッとした。

「吹いてるんですか？」

門田は半ば条件反射的に、ノズルのついたスプレー缶を指差した。

「そうだけど……何だ？　あんたもやるのか？」

「今、Ｍｋ-Ⅱのスジ彫りしてます」

ガンダムのプラモデルは一九八〇年代前半に訪れたブームのころから慣れ親しんでいる。

「えっ、そうなの？　俺はＦ90のシールドを吹いてたんだよ」

「僕も持ってます。まだ箱の中ですけど」

「そうか、じゃあちょっとだけ見るか？」

「ぜひ」

思わぬ展開に門田は自分でも戸惑いを覚えた。「マルK指導」を務めるような刑事とガンプラが結びつくとは思わなかった。

「でも、事件のこと聞くんだろ？」

一歩踏み出した門田に、中澤が思い出したように言った。

「聞きます」

「何にも言わんぞ」

「構いません。ガンプラ見せてください」

中澤はスプレー缶に目をやりながら「それで記者が務まるのか？」と心配げに聞いた。

「まぁ、明日からがんばります」

「三流だな」

「いえ、我流です」

「じゃ俺と一緒だ」

ニヤリと口の片端を上げた中澤は玄関ドアを開けると「おーい、お客さんだ」と家の中に呼び掛けた。

二階の角部屋に中澤の部屋があり、入った瞬間、門田は空間が放つ濃密なオーラに魅せられた。

ガンダムのプラモデルの箱があちこちでタワーをつくり、奥にある作業台に気合いの入った〝現場〟があった。優に五十本はある竹串が林立し、先端のクリップにプラモデルのパーツが挟まれている。塗装したパーツを乾かしているのだ。塗料は無論のこと、作業台にはカッティングマット、ニッパー、ピンセット、彫刻刀、紙やすり、綿棒などが整然と並んでいた。これらは全て門田の家にもある。

お盆に紅茶とお菓子を載せて入ってきた中澤の妻は、呆れるように言った。

「いい年してみっともないですよねぇ。捨ててくださいって言ってるんですけど……」

「とんでもない！　この部屋は宝島ですよ。まず、奥さんの右隣にある高速機動型ザクの勇姿を見てください。こちらのZ（ゼータ）ガンダムの一部シールドと足先は本来、プラスチック丸出しの朱色なんです。それがどうでしょう、何とも深みのある色に仕上がっています。技術と愛情の結晶ですよ……誇らしい」

門田の熱弁に中澤は「ありがとう……」と目頭を押さえんばかりに感激した様子で、反対に彼の妻は「へぇー、お仲間なんですか？」と、憐れむように目を細め「ごゆっくり」と言って部屋を出た。

門田はこのやり取りだけで、家での中澤の立場を察した。そしてそれは、プラモデル愛好家たちに共通する肩身の狭さを象徴するものだった。漫画やおもちゃは大人になると卒業するもの、という風潮は確かに存在していた。年の離れた刑事と記者は、世間の無慈悲な抑圧の被害者として同盟を組んだのだ。

ガンプラの前では、年齢や立場など大した問題ではなかった。以降、互いの家を行き来し、刑事と記者は信頼関係を深めていくのだった。

遠くからの薄い読経を聞くうちに、中澤がこの世にいない現実を嚙み締め、門田は寂しさと虚しさで胸が苦しくなった。

三十年の間に数え切れないほど一緒にご飯を食べ、ガンプラ愛を語り合った。ＳＮＳで仲間を見つけ、ＹｏｕＴｕｂｅで加工法を学べない時代に、一人の同志の存在がどれほど大切だったか。

刑事は私生活の人間関係に神経を使う。何がトラブルの原因になるか分からないからだ。酒を飲む店では必ず「客の筋」を見極めている。警察関係者だと知った上で絡んでくる酔っ払いは、減点法の組織に勤める身には危険すぎた。その点、野心のない若い記者で、しかも共通の趣味を持つ門田は、中澤にとって数少ない本音を語れる相手だったのだろう。

そして、二人にはもう一つの共通項があった。言うまでもなくそれは、出会いのきっかけになった二児同時誘拐だ。世間が興味を失って時効が成立しても、中澤は「この目で面（ツラ）を拝みたい」と、調べ続けていた。

係の女性に案内されて、参列者が本堂に向かった。コロナ対策で焼香を済ませると、そのまま帰るような流れになっていて、故人の顔も見ることができない。遺影の写真は門田が三年前に撮ったものだ。顔の皺には六十年以上の歳月が表れているものの、端整なつくりに柔和な笑みがよく似合っていた。

本堂にいるのは、親族と一部の警察関係者だけのようだ。焼香の後、遺影を見つめて別れを告げると、中澤の妻や長女に悔やみを述べ、寺院を後にした。

香典返しの小さな紙袋を下げ、門田は呆気ない思いで駅への道を歩いた。中澤の顔が見られなかったことで、死の実感が今ひとつ得られないでいる。大事な節目の儀式をも阻もうとするウイルスが憎らしかった。

「門田さん」

背後から声がして、門田は足を止めた。不意の呼び掛けに警戒しながら振り返る。喪服を着た二人組の男が立っていた。短髪で背の低い男に見覚えがある。

「先崎さん？」

先崎はニコリともせず頷いた。堅物そうな表情を見ているうちに、この中澤の後輩刑事の記憶が蘇ってきた。最後に会ってから、二十年ほど経っているだろうか。

「憶えてくださってたんですね」

先崎とは中澤と一緒に何度か酒を飲んだことがあるが、視線すら合わせようとしない彼と仲良くなれるはずもなかった。中澤がいくら「門ちゃんはいい奴だよ」と間に入っても、先崎は頑なだった。だが、門田はそれも仕方がないと諦めていた。警察には一定数「ブンヤ嫌い」がいる。

「もちろんです。最後にお会いして二十年ぐらいですか」

「十八年です」

即答する先崎の堅苦しさは、あのころのままだった。規律が服を着て歩いているような男だ。門田より三つほど上だったので、もう数年もすれば定年だろうが、顔も体も引き締まっている。

「中澤さんのことは残念ですね」

単に知っている顔だから呼び止めたのか、それとも何か話でもあるのか。判断がつかなかった門田は間合いを計った。一緒に電車に乗ることになれば気詰まりなので、場合によってはタクシーを使うことも考えなければならない。

先崎は「ええ」と短く答えてから、隣の背の高い白髪の男を見た。先崎より年嵩であることは分かるが、こちらは温厚な笑みを湛えている。

「あの、今から少し、時間をいただけませんか？」

やはり用があったのだ。うっすらと予想していたとしても、意外には違いなかった。

「何も悪いことはしてませんよ」

門田の軽口に、先崎は感情の見えない目をして「存じています」と返した。

「では、近くの喫茶店にでも行きますか？　開いてるかな、この時間」

シラけた雰囲気を取り繕うように門田が言うと、先崎は「いえ、車を用意していますので」と、有無を言わさぬように頭を下げた。

本職の圧力に「まるで任意同行だな」と内心で苦笑した門田は、二人組の後について歩き始めた。

2

プリウスが夜の横浜を法定速度の範囲で丁寧に走る。

横浜と言っても、近未来感あふれる「みなとみらい」ではなく、落ち着いた市内の道だ。全国の都市部にある、ありふれた景色が窓の外に流れていく。

近くのコインパーキングに停めていたプリウスの運転席に座った白髪の男は「富岡(とみおか)と申します」と最低限の自己紹介をした。彼も元神奈川県警の刑事ということだ。門田は先崎とともに後部座席に座った。

人を招待しておいて、二人はなかなか用件を切り出さなかった。静かすぎる車内で、門田は少しずつ不安になってきた。

通夜帰りに警察関係者の車に乗せられる、という不気味な流れで、心弾むような展開は期待できない。

赤信号で車が止まったとき、先崎がバッグから雑誌を取り出した。

「これ、読まれました？」

手渡されたのは写真週刊誌『フリーダム』の最新号だった。先崎とスキャンダル雑誌とは予想外の組み合わせだ。薄い雑誌の中程に付箋が貼ってある。

「いえ……えっ、うちの、大日新聞の不祥事ですか？」

「違います」

「じゃあ県警の？」

「それも違います」

身内の不祥事以外で先崎の感興をそそる記事が載っているということだ。未だかつて『フリーダム』に調査報道を求めたことがなかった門田は、興味津々の様子で老眼鏡をかけた。

「ちょっと停めますね」

富岡が静まり返った夜の公園脇にプリウスを停めた。車酔いへの配慮か、走行中のルームランプの使用を考えたのか。いずれにせよ「真剣に読め」というメッセージに違いなかった。

門田は付箋が貼られた、見開き一ページの白黒写真の記事に視線を落とした。電球色のルームランプに照らされた見出しに、いきなり右ストレートを叩き込まれた気になった。

〈第2弾　イケメン人気画家は誘拐事件の被害者だった！〉

よく知っている「港の見える丘公園」の展望台の写真がメインで、サブは店のような場所から出てくるトレンチコートの細身の男。美しい二重瞼にかかる長い前髪が印象に残る一枚で「イケメン」の煽りが誇張ではないことがよく分かる。

この写真をメインに据えなかったのは、恐らく「第1弾」の再掲だからではないかと、門田は職業的な勘を働かせた。「第2弾」のテーマは誘拐であり、やや古ぼけた展望台の写真は「三十年前の身代金受け渡し現場」に違いない。そして、もう一つ確かなことは、サブ写真のトレンチコートの男が内藤亮であることだ――。


刑事たちの視線を意識しつつ、門田は目で文字を追い始めた。

一九九一年十二月に発生した神奈川の二児同時誘拐。記事は事件の概要をまとめ、内藤亮――記事中ではR君――が三年後の九四年になって突如、祖父母の家に姿を現したこと、それによって全国的な騒動になったことなどについて表面的に触れている。

亮は今、如月脩という人気の写実画家であるらしい。SNSで発表した「まるで写真のような」美少女の絵が話題になり、その作品数の少なさから入手困難な画家の一人という。

原画はB4用紙より少し小さいサイズの「4号」でも百万円近い値がつくものの、如月作品を一手に引き受ける銀座の某画廊には「予約の連絡が引きも切らない」と、記事は書いている。

この某画廊が唯一、如月脩と社会をつなぐ出島であった。謎の画家は素性を明かさず、三十代の男であること以外、メディアに情報がなかった。作品が売れて全国に散っているため、ここ数年は画廊で個展を開くこともない。話題になったSNSも如月個人のものではなく、画廊のアカウントだ。

だが『フリーダム』の記者たちが、画廊を張り込んで取材を進めた結果、ついにその姿を押さえることに成功し、想像以上に端整な面立ちをしていたことから「写真もの」として記事にしたのだ。門田は「第1弾」の記事を読んでいないものの――ミステリアスな画家は超絶イケメンだった!――

という類の見出しが、容易に想像できた。

「第2弾」では写真を見た読者、もしくはネットユーザーからタレコミがあったのか「如月脩が誘拐被害児のR君」であることを「衝撃の事実」として伝えている。だが、全体的には誘拐事件のおさらいと、如月脩の経歴をまとめただけの代物で内容は薄い。「如月脩＝R君」という情報が全ての原稿だ。

週刊誌を先崎に返した門田は、腕を組みながら唸った。

「まぁ、いい気持ちにはなりませんね。名前をイニシャルにしてるのに、顔は晒すっていうのがどうも……」

頭の中で『フリーダム』の記事から分かることを整理し、門田は相手の出方を窺った。

「それが週刊誌、というかメディアの仕事でもあるわけで」

週刊誌からメディアと言い換えたことで、先崎が新聞記者による他人事の構えを牽制する。先回りして退路を断つというやり口が狭い車内を取調室に変え、その剝き出しの鋭さに私的な人間関係の線を切ってきた刑事の刃を見た。

新聞はここまで品のない記事を載せない、と反発を覚える一方で、政治の力学を知った風に受け流し、検察のシナリオ捜査を盲目的に報道する〝お行儀のよさ〟が品格と言えるのかと、自嘲することも忘れなかった。

「まぁ、警察もよくやらかしますから」

運転席の富岡が間に入り、再びプリウスを動かした。老練な役割分担に、やはり取調室だなとの印象を抱いた門田は、これからの展開に向けて気を引き締めた。

「反響があるんですか？」

「門田さんがご存じないぐらいなので」

「ネットには？」

「上がってますが、幸いニュース群に埋もれています」

門田が内藤亮の顔を知っているのは、亮が引き取られた木島家を訪れて取材を申し込んだ際、学校から帰ってきた彼と会ったことがあるからだ。県内の進学校に通っていた亮は当時高校二年生だったが、年齢に見合わぬ色気のようなものを漂わせていた。

門扉の前で名刺を差し出すと、彼は「申し訳ないです」と頭を下げ、名刺を受け取らずに玄関ドアへ向かった。そのまま一度も振り返らずに家の中へ消え、門田は空虚な心持ちで帰路に就いたのだった。

「画家になってたのか……」

門田は車の外に視線をやり、週刊誌に載っていた亮の姿を思い浮かべた。この記事が出てほんの数日で中澤が死んだことになる。もちろん偶然なのだが、何か事が動くときは点と点を結ぶ〝奇しくも〟の線が引かれることがよくある。

一連の事件が時効を迎えたのは二〇〇六年の師走。亮はその九ヵ月前に高校を卒業し、進学せずに姿を消した。それから十五年して、週刊誌によって初めて彼の消息が判明したのだ。門田が時効後もこの事件への興味を失っていないことは、中澤を通して先崎に伝わっていたのだろう。世間の耳目を集めぬこの記事も、関わった刑事や記者にとっては大切な節目だった。

「先崎さんは中澤さんと同じ班でしたね」

「被害者対策班で、内藤亮の祖父母の木島家に詰めてました」

当時所轄の若手刑事だった先崎は、第二誘拐の被害者宅である木島邸へ中澤と一緒に「一次潜入」した。

祖父の木島茂が現金持参人――マルＫ――となり、中澤が「マルＫ指導」、先崎が車の運転手を務めた。茂が身代金バッグを指定場所に置いて帰宅し、寝込んでしまった後もずっと木島邸で警戒していた。修羅場で捜査をしていた刑事にとって、この前代未聞の未解決事件は忘れられないものだろう。

発生から三年して、突如内藤亮が帰ってきたときは、衝撃的だった。門田は既に横浜支局を離れていたが、臨時取材の応援に駆け付けた。

三年もの間、誰かと暮らしていたのだ。亮と暮らし、ご飯を食べさせていたのは何者なのか――インターネットが普及していない一九九四年当時、新聞、テレビ、週刊誌の間で報道合戦が繰り広げられた。

誰もが解決するものと思っていた。だが、肝心の亮は頑なに口を閉ざし、刑事以外にも少年課や女性の警察官と会話することはあったが、「憶えてません」「知りません」と繰り返すのみだった。メディアは犯人による脅迫や木島茂が経営する「海陽食品」のトラブルなどを書き立てたが、最も多かったのが「親をかばっている」という説だ。

狂言説は発生時からずっと燻（くすぶ）っていたが、実際、事件後に母親の内藤瞳が九州地方へ引っ越したり、内縁の夫が金庫盗で逮捕されたりと、世間が疑うには十分な動きを見せた。亮が母親ではなく、ほとんど付き合いがなかった祖父母のもとへ帰ったことで、両親から虐待を受けていたと、週刊誌は既成事実として報じていた。

しかし、最も捜査の壁となったのは、木島家の警察に対する姿勢だった。

身代金受け渡しの指定現場となった「港の見える丘公園」で、一人の捜査員が犯人一味に見られた可能性があり、その後尾行に失敗していた——報道協定解除後に新聞各社は総合指揮本部の判断が正しかったのか、疑問を投げ掛ける記事を掲載した。

もともと警察に対して懐疑的だった茂は、このことを知るとさらに態度を硬化させ、門田が取材した親しい知人によると、通報したことを本気で後悔していたという。

孫が帰ってきて、次第に騒ぎが沈静化するに連れ、木島夫妻は警察への協力を拒むようになっていった。中澤はこの祖父母が亮から何か聞いているのではないかと睨んでいた。だが、最後まで壁を突き崩せないまま、夫妻は世を去った。

「コロナがあったんで、最後に中澤さんと話したのは電話でした。そのときも事件の話になって、言ってましたよ。『この目で面を拝みたい』って」

門田にも全く同じことを言っていた。中澤にとって、余程心残りだったのだろう。

帰ってきた被害者の協力を得られない状況下で、神奈川県警はできる限りの捜査を進めた。遺留品が少なく、敷鑑も薄い。亮の所持品や警察のフリをして木島家に電話をかけてきた男の声紋も鑑定したが、目ぼしい成果は得られなかった。

「内藤亮は画家になってたんですよ」

先崎が念を押すように言ってきたのは「共有しているはずの情報」が前提にあるからだろう。しかし、門田は「画家」と聞いても明瞭な輪郭を思い描けずにいた。

苦しい捜査の中でも、いくつかの筋は浮かんでいた。記憶の霧を晴らす中で、尾崎康夫（おざきやすお）という名前が浮かんできた。取材メモにあった「サラ金」の文字。消費者金融を営み、詐欺の前科を持つ男。

そして、尾崎と同じ詐欺事件で捕まった男がいた。

野本雅彦（のもとまさひこ）——。

「野本ですか……」

プリウスが信号で止まった。

「ええ。野本と尾崎は、瞳の内縁の夫で、金庫盗で捕まった吉田悟と接点があります」

都内のビルで行われていた違法賭博の出入りリストに三人の名があった。誘拐事件発生時、吉田は指名手配で逃走中だったが、あとの二人のアリバイは曖昧なままだった。しかし、被害者と関係性が薄いうえ、怪しむべき金の流れがあるわけでもなかったので、潰しきれないまま捜査線上から消えたのだ。

「野本雅彦の弟が、画家でした」

名前は忘れてしまったが、確かに野本の弟は絵描きだった。知名度が高ければ調べたはずだが、海馬（かいば）を刺激するような事実は何もない。

「事件と関係する可能性は低いかもしれませんが、妙に気になってしまって」

ここまできて、門田は自分がこの車に乗せられている理由が分かった。

「時効になって久しい事件です。今更手帳を持って調べるわけにもいきません」

「大体のところは分かりました」

つまり、先崎は新聞社の人脈を当てにしているのだ。言われるまでもなく、門田は調べるつもりだった。

安酒を飲んでいるときに「家族旅行をブチ壊されたからな」と言っていた中澤の顔を思い出す。妻子と韓国にいたところを呼び戻されたのだ。肩身の狭い思いをして、一人飛行機に乗った刑事を想像すると頬が緩む。

だが、それは中澤の照れ隠しに過ぎなかった。目の前で被害者家族の精神がボロボロになっていく様を見ていたのだ。一刑事としての忸怩たる思いを抱えたまま、旅立ってしまった。

たまに警察組織の窮屈さを愚痴った中澤は、多趣味で軽快に生きる年下の記者のことを羨ましがった。しかし、酒が深くなると彼は冗談めかして言うのだった。

「結局、門ちゃんは何でブンヤやってるの？」

気がつけば、プリウスは横浜駅へ向かっていた。年齢的にもまた関係性においても、無理に会話を続けるようなメンバーではなく、ＥＶモードで走る車内は殊更静かだった。

「あのとき、自分も現場にいたんです」

運転席から富岡の声がした。

「現場……ですか？」

「ええ。『港の見える丘公園』です。霧笛橋に不審人物がいたのを憶えてますか？」

「橋の階段を下りて、行方を晦ませた男ですね？」

「その男を尾行したのが私です」

中肉中背、三十〜四十代、黒っぽいジャンパーで傘を差していた……今でもすぐに特徴を挙げることができる。警察と犯人をつなぐ唯一の接点。この不審者を泳がせるべきか、職質をかけるべきかは、未だにどちらが正しいとは言えない。結果として尾行に失敗し、手掛かりを失った。

あのとき、現場の刑事は報告した。

有線を見られた可能性があります——。

コルチが足りず、有線イヤホンをしていた。耳から垂れ下がるコードを犯人に見られたかもしれない——富岡はそのときの捕捉四班の刑事だったのだ。

門田が「そうだったんですか……」と声を漏らした後、車内は再び静まり返った。

世間では忘却の彼方の事件でも、忘れられない者たちがいる。時効を迎えようが、被害者や捜査員が鬼籍に入ろうが、今もけじめを必要としている存在がある。

「結局、門ちゃんは何でブンヤやってるの？」

また中澤の声が蘇った。

サラリーマン生活も終わりが近づく中、その過去からの問い掛けが門田の肩に重く圧し掛かった。

3

ゆっくりと脚立から下りると、数歩下がって仁王立ちになった。

ガレージミラーと壁をつなぐ金具の部分が、黒い粘着テープでグルグル巻きになっている。意外に手こずったが、一応ミラーには駐車場側から外の歩道が映っていた。

「まっ、こんなもんか」

ひと仕事終え、門田は脚立を抱えて支局の階段を上がっていった。

一階は無理をすれば六台停められるガレージ。二階は編集部で、三階が門田のデスクがある総務部だ。

大日新聞宇都宮支局は手狭で、人の密度の高い編集部よりはマシだが、三階もくつろげるほど広くはない。

脚立を肩にかついだまま三階の薄いドアを開けると、庶務の下田悦子がデスクから視線を上げ「あぁ、お疲れ様です」と気のない様子で声を掛けてきた。細身ではあるが、今年五十路を迎えた貫禄が備わっている。

「支局長はもう、便利屋だよね」

「記者って最終的にガレージミラー直すんですね」

「入社面接のときに聞いときゃよかったよ」

円滑な支局運営を業務とする支局長にとって、出入り業者のバンがガレージミラーに当たって金具を破損させる、という三流事故の処理は腕の見せ所である。業者から事情聴取して相手に非を認めさせた上で、本社に画像付きの報告書を送付。新しいミラーを発注し、粘着テープで応急処置をする。

ここまでの流れを半日で済ませた門田だったが、だからと言って評価も給料も上がらない。入社三十年にもなると、できて当たり前なのである。

かつて写真現像用の暗室だった部屋が物置になっている。脚立を元の位置に戻した後、門田は奥にある支局長室に入った。

総務部にはもう一人庶務の女性がいたが、先週、夫の転勤が原因で辞めてしまった。後任の採用面接も無論〝便利屋〟の仕事だ。本社の人事担当者と連絡を取りながら、宇都宮版で「従業員募集」の社告を書く。

泉のように湧いてくる雑務をこなしているだけで一日が過ぎていくのは、慣れてしまえば楽なのだが、心の張りを保つのには苦労する。

門田は六畳の支局長室にある、少しだけ上等な革の椅子に座り、ノートパソコンで社告の原稿を仕上げた。それから一旦室外に出て、サーバーのコーヒーをマグカップに注いで席に戻った。

ゆったりと席に座って、コーヒーを口に含む。可もなく不可もないいつもの味なので、特に不満はなかった。

デスクに置いてあったファイルを手に取り、大昔に書いた縦書きの原稿に目を通した。

【大日新聞連載企画『誘拐ドキュメントA案』――警察庁、神奈川県警、横浜支局、厚木支局／各担取材メモから作成――】

事件発生から五年のタイミングで始めた連載企画。門田が目を通しているのは、各担当記者がつくった膨大な量の取材メモを時系列にまとめた仮の原稿だ。固有名詞や細かな捜査情報を惜しげもなく書き出したため、編集局からボツを言い渡されたA案。当時執筆者の一人だった門田はこの判断に抗議したが、今考えれば掲載しなくてよかったと思う。刑事の心理描写や会話文はもちろん、取材に拠るものだが、ニュージャーナリズム的手法が新聞の求める正確性とは合致していない。

話し言葉に関しては一言一句同じ、ということはあり得ないだろう。それでも、門田は幻になった「A案」が、最も事実に近い記録だと確信している。

冒頭の《平成三（一九九一）年十二月十一日》の日付を見ただけで、今もすぐに光景を思い浮かべることができる。

あの日、門田は本来いるはずのない所にいた――。

――――

入社二年目。門田は横浜支局で警察署と地裁サブ担当として、日々事件漬けの生活を送っていた。平成という時代を迎えるにはまだ寝ぼけまなこで、昭和の「身を粉にして」の精神が本流を成す、そんな時代に新聞社という白夜のような会社に入ったことが門田の躓きの原因だった。

ポケベルが鳴れば公衆電話まで走り、カメラのフィルムケースから十円玉を引き抜いて会社へ連絡を入れる。上司から告げられるのは大抵、事件事故の現場で、すぐに駆けつけて取材を始める――事件記者に公私の境界線は存在せず、特に新人、若手は常に臨戦態勢を強いられるのだ。

当時、門田は休日であれ、自分の担当区域を出ることは許されず、どうしてもという場合はデスクの許可が必要だった。しかし、特別な用事がなければ散々嫌味を言われ、運が悪ければその流れで仕事を振られて休日を潰される可能性すらある。黙って管内を抜け出すのは必然であった。

その日は門田にとって重要な一日だった。大学のゼミで一緒だった女の子と有楽町でデートをしていたのだ。映画を観た後、新橋の大衆居酒屋で巨大なホッケを突きながら、大手飲料会社に勤めている彼女の愚痴に耳を傾けた。学生時代から付き合っていた彼氏と別れたと聞いて誘ってはみたものの、ありふれた友人同士の雰囲気のまま時間だけが虚しく流れていった。脈があるのかないのかを見定めている最中に、彼女から「実は会社にいい感じの人がいるんだよね」と言われて撃沈。

一応「相談」の態はとっていたが、前のめりになろうとする男友だちへの牽制であることは明らかだった。

せめて腹いっぱい食べて帰ろうと諦めたとき、ポケベルが鳴った。いつもなら絶望の吐息を漏らすところだが、気まずい食事の中にあっては恵みの雨だ。

「ちょっと、ごめん」

支局からの連絡が何であれ、門田はこのまま帰ることにした。店にあるピンクの公衆電話から支局に電話すると、デスクの切羽詰まった声がした。

「今、どこにいる？」

「えっと……管内です」

「本当か？」

「何か事件ですか？」

「誘拐だ」

デスクの声音から単なる連れ去り事案ではないと察した門田は「すみません、東京にいます」と蚊の鳴くような声で答えた。

「バカ野郎！」

デスクのカミナリが落ち、受話器を持ったまま九十度に腰を折る。振り返ると、心配そうに女友達が門田の方を見ていた。最悪の休日だ。

「五分したらもう一回電話してこい！」

席に戻った門田は、烏龍茶を頼んで一気に飲み干し、大丈夫かと尋ねる彼女に「何の問題もない」と強がった。

「かなり怒られてるように見えたんだけど」

「確かに攻めか受けかで言うと、受けの展開だったかな」

自分でもよく分からない捨て台詞を残して、門田はもう一度支局に電話をかけた。

「おまえ今、都内のどこにいるんだ？」

「新橋です」

「シメた。おまえサッチョウに入れ」

「へっ？　サッチョウですか？」

門田の頭の中で漢字変換される前にデスクの怒鳴り声が飛んだ。

「警察庁だよ！」

エレベーターホールを出て左手へ。赤絨毯が敷かれた廊下を見て「お上りさん」の心境で恐る恐る先へ進む。

門田は生まれて初めて官庁街にある警察庁に足を踏み入れた。本来なら横浜支局で待機しているはずが、脈なしのデートに現を抜かしたせいで異境に放り込まれることになった。警察庁担当は、警視庁や大阪府警など大規模警察の本部担当を経験した猛者たちが集う、言わば現場サツ回りの「上がり」だ。そんな場所で二年生の所轄担当に何ができるだろうか。

記者室が、幹部たちの執務室がある上階のフロアにあることにも圧を覚える。開け放たれたドアから中に入ると、門田は部屋の大きさに圧倒された。記者クラブは新聞、テレビ、通信の十数社で構成され、約三〇メートル四方の空間に人が溢れていた。中央にソファセットが二つあり、その周囲にマスコミ各社が使う長机が点在している。県警本部にあるようなボックスタイプではなく、目隠しは長机の正面にある背の高い仕切りのみ。前後の視界は遮断できるが、左右は丸見えである。

「あの、記者の方ですか？」

出入口すぐのところにいた女性に声を掛けられ「大日の門田と申します」と名乗ると、彼女は部屋の奥に向かって「藤島さーん、ご同僚の方です！」と呼び掛けた。

仕切りから顔を覗かせたのは、黒く豊かな髪をオールバックにした大柄な男だった。

「あっ、門田君？」

中央のソファは二つとも中年の男たちが占拠していて「宝塚のときは……」などと、自分たちが経験したと思われる誘拐事件について話していた。

「いやぁ、助かったよ。君、タイプが速いんだって？」

自己紹介が終わるや否や藤島に拝まれた門田は、曖昧に頷いた。実際、ワープロを使い慣れてはいるものの、支局のデスクからはただ怒られただけで何も聞いていない。

大日新聞の仕切りの向こう側には、横並びの長机と椅子が三脚、奥には資料が入ったキャビネットがあった。長机の上はファイルと地図が散乱し、電話とＦＡＸに雪崩かかっていた。

「あの、他の方は？」

各社とも三～五人の態勢を組んでいたが、大日だけ人がいなかった。

「事件ってさ、門田君。『今日だけは勘弁』って日に起こるわけさ」

警察庁担当のキャップである藤島光一は、警視庁キャップや社会部デスクを経た編集委員である。事件畑で酸いも甘いも嚙み分けた彼にとって、察庁は最後の記者クラブになるだろう。そんな大先輩であるにもかかわらず、藤島は門田に対しかなりフレンドリーに接した。

「本当は俺含めて三人なわけ。でも、一人がイレギュラーな異動で、もう一人がインフルエンザ」

「確かに今日は避けてほしかったですね……」

「だろ？　君もこれから、冴えないことばっかだよ。でもさ、俺みたいな事件屋は編集局長にもなれないだろうし、これから支局長にでもなって、定年迎えて年金生活よ」

「はぁ」

「こんな誘拐とは無縁になるだろ？　だからさ、好きなようにやりたいわけ。局から『警視庁担当を応援に向かわせる』なんて言われたけど『冗談じゃない』って断ったよ。俺が必要なのは、情報を整理してくれるアシスタントだ」

フレンドリーではあるが、かなり変わった記者ということはすぐに分かった。横浜支局のデスクが藤島の後輩らしく、どういう経緯でこうなったかは不明だが、一つ確かなことは大日新聞だけ「ベテランと新人」の二人態勢であることだ。

「何も分からないまま来たんですが、こちらでは何をすればいいんですか?」

　これがいつものデスクなら「バカ野郎、そんなことも分からないのか!」という枕詞があるのだが、藤島は「まぁ、訳分からんわなぁ」と一から説明してくれた。

「身代金目的の誘拐事件はね、察庁と現場警察が協力して捜査するんだよ」

　地元の県警が総合指揮本部の「L1」を立ち上げると同時に、警察庁も「総合対策室」を設置する。「L1」が傍受する無線は警察庁もリアルタイムで聴くことができ、誘拐捜査の経験則から現場警察に助言するという。

「察庁の仕事を二つに分けると『事件指導』と『報道協定』ね。あと十分もしたら、レクが始まるから、資料に目を通しといて。門田君の主な仕事は、俺と一緒にレクに出て、内容をタイプして本社に送ること。OK?」


　静かな支局長室で、門田はファイルに挟んである立花敦之の写真を眺めていた。

　頬のふっくらとした愛嬌のある少年。ジャイアンツの野球帽をかぶり、何かいいことがあったのか得意そうな顔で自転車に跨っている。このどこにでもいるような男の子が、学習塾の帰りに突然車に放り込まれて拉致された。社会人の自分でも想像しただけで身がすくむ。ましてや小学六年生の男児にとっては、耐え難い恐怖の中で過ごした時間だったろう。

　門田にとっていろんなことが初めてで、長いキャリアを積んだ今振り返っても、あの警察庁で得た経験は鮮烈だった。

会見場のレクで百以上の質問を繰り出す察庁担当の猛者たち、報道協定下にもかかわらず立花邸の付近をタクシーで流すメディア、それに対し激しく抗議する警察、長机の下で寝袋に収まって仮眠を取る記者——そう言えば、会見場の隅にある三段ベッドの寝床を確保するため、藤島から場所取りを命じられ、朝刊締切前から横になって顰蹙を買ったのだ。

藤島光一は面白い記者だった。することがなくなると、一人静かに本を読み、フラッといなくなったと思えば、誰も知らない被害者家族の情報を取ってくる。立花家が身代金の四分の一ほどしか用意できないことをレクの前につかみ「これFAXしといて」と門田にメモを渡すのだった。大柄だが威圧感はなく、いつも飄々としていた。

事件が動いたのは翌十二月十二日の正午前。犯人から立花邸に電話が入り、市内のファミリーレストランに向かうよう指示があった。たった四秒の通話に、記者たちは納得がいかなかった。犯人からの最初の連絡ということでも興奮状態にあったが、その朝に警察から「身代金について現金化できたのは、五百二十万円」と知らされていたからだ。要求額の二千万円にはほど遠い金額。

「犯人から身代金について確認があったでしょう！」

「本当に五百二十万だけ運んだんですか？」

「レストランには『何時までに来い』と言われてるんですか？」

記者からは質問が矢継ぎ早に飛んだ。だが、実際に立花博之が用意できたのは、五百二十万円だけだった。

この最初の電話から藤島はしきりに首を傾げ、本社に立花博之の会社を調べるよう頼んでいた。

その後、犯人は指定のファミリーレストランに連絡し、相模原市内のタイヤショップの看板裏にある指示書を見るように命じた。指示書に書いてあったのは「八王子・小宮公園で待て」。

博之がタイヤショップに着いたのは午後二時十分で、レクはその約十分後。事件の舞台が東京に移ったことで、記者クラブの各社は警視庁担当との連絡も密にした。

そして、午後二時四十分過ぎ、警察庁の広報課長が一枚のメモを片手に記者室に飛び込んできた。いつもは落ち着いてキャリア然としている彼が、中央のソファ近くで声を張り上げた。

「各社、至急集まってください！　重大事案の発生です！」

その直後、各社のデスクにある電話が一斉に鳴り始めた。

支局長室でそのけたたましい呼び出し音を思い出した門田はマグカップのコーヒーを飲み干し、再びファイルを手にした。

内藤亮誘拐事件は、最初のレクから波乱含みの展開だった。


警察庁の会見場は記者室と広報室の間にあり、それぞれの部屋から出入りすることができる。約一五メートル四方で、自由に組み替えられる長机とパイプ椅子が主役の味気ない空間。部屋の隅に三段ベッドが二つあり、昨晩、門田はここで場所取りをしたのだった。

午後三時過ぎ、警察庁捜査一課長真木慎一は、一人で約四十人の記者と対峙していた。捜査一課から四人、広報課からも六人出ていたが、彼らは会見場のサイドでひたすらメモしている。

このレクの約二時間前に、横浜市・山手に住む健康食品会社社長、木島茂・塔子夫妻の孫、内藤亮が何者かに拐われ、犯人から身代金一億円を要求する電話があった。真木一課長は「不確定要素が多い」として「厚木」との関連については明言を避けた。

「でも『厚木』と同一犯と見ていいんですよね？」

「被害男児の内藤亮の写真はないんですか？」

「なぜ祖父母の方に身代金の要求があるんですか？」

「両親は何をしてる人なんですか？」

「子どもが拐われたとき、目撃者はいなかったんですか？」

興奮状態の記者から発せられる質問は、ほとんどが〝宿題〟となった。

「とりあえず、ちょっとまとまった時間をください」

サンドバッグ状態の真木一課長に対し「随時答えをください！」「次のレクは何分後ですか？」と声が飛ぶ。

「厚木」との兼ね合いでなし崩し的に報道協定が成立したことで、記者クラブの警戒心が高まっていた。一切の取材を封じられる協定は、記者にとって一時的にペンを没収されるに等しい。それに各々が長年の仕事の中で、公務員の「聞かなければ答えない」「隠せるものは隠す」という習性を嫌というほど見てきている。

新人の門田は、先輩記者たちの圧力に息苦しさを覚えるほどだった。

発生地に絡め、クラブでは事件を「厚木」「山手」と呼ぶようになる。皆がまさかの【二児同時誘拐】という展開に興奮し、一方で長丁場になることに辟易して、思うように情報収集できない苛立ちを栄養ドリンクとともに喉の奥に流し込んだ。

その後、断続的に「山手」関連の情報が入ってきた。茂の会社が「海陽食品」であること、亮の母親の瞳は夫と別居状態で未だ連絡が取れていないこと、亮が一人っ子であること。この時点で記者たちは、内藤瞳の動向に注目していた。一人息子が誘拐されたにもかかわらず、ほとんど情報がないのはおかしい。

午後三時半に開かれるはずのレクは五分遅れで始まった。捜査一課長の真木は気忙しく会見場に入り、前方の席に座るや否や「遅れて申し訳ない。犯人から連絡がありました」と話した。会見場には五十人以上の記者が詰めかけ、立ち見が出るほどだった。

「順を追って話します。午後二時五十分過ぎ、神奈川県警捜査一課の捜査員が、先行潜入していた地元署の刑事と合流。速やかに自動録音装置等の機材を設置しました。午後三時七分に犯人から入電。ボイスチェンジャーを使った声で『おい、何で警察がいるんだ』と。木島茂が『あんたか、あんたが亮を誘拐したのか?』と応対すると、電断しました」

その一分後に、神奈川県警を名乗る不審な男から入電した、と真木が告げると、場内がざわついた。記者たちは一言一句の省略を許さず、やり取りを正確に記録するため「方言は?」「『何言ってるんだ、あんたは』は、声を荒らげるように言ったのか?」などと一課長を質問攻めにし、短い会話を再現するのに十五分の時間を費やした。

会見中、捜査一課刑事からメモを見せられた真木は「犯人側から動きがありました。続きは……広報課長から」と逃げるように会見場を去った。

記者から「ちょっと待ってくださいよ!」「メモには何が書かれてたんですか!」「逐一報告する約束でしょ!」「報道協定の意味分かってんのかよ!」と怒号が飛ぶ。新人の門田でも、何か重要な展開があったことが分かった。

イレギュラーな形で後を任された広報課長からは、内藤瞳を横浜市伊勢佐木町のパチンコ店で発見し、現在警察署で事情を聴いていることや「厚木」の事件で博之が東京・八王子の「小宮公園」

に到着したことなどが伝えられた。

「息子が誘拐されてるのにパチンコをしてるって、常軌を逸してますよ」

「狂言と見てるんじゃないですか？」

「母親は息子の写真を持ってるんですか？」

記者たちの興味が「山手」に集中するのを横目に、藤島は「厚木」との関連を気にしていた。

「門田君、俺は『厚木』が囮じゃないかと睨んでるんだ」

さらに広報課長のレクの途中、捜査一課ナンバー2の理事官がノートを手に会見場に入ってきた。

「犯人側からの動きがありました。まず午後三時二十分、木島家に架電があり、身代金運搬に関する指示がありました」

「三時二十分って、さっきの一課長のレクの十五分も前の話じゃないですか！」

「つまり、先ほど一課長はそのことを知っていたってことでしょ？」

「何で真木さんが来ないんですか！」

記者たちの言う通り、恐らく真木は身代金運搬に関して知っていたのだ。どこまで話すかのラインを見極めていたと思われる。だが、起こったことを迅速に正確に明かすことが報道協定締結の条件であり、少しでも「ルール違反」に目を瞑れば、今後捜査の不備を隠そうとする動きにつながる。経験豊かな記者たちは、これまで何度も公職に就く者のミスリーディングに煮え湯を呑まされてきた。

「報告の遅れについては後ほど質すことにして、まずは何があったかを把握しましょうか。理事官、午後三時二十分のやり取りから教えてください」

クラブで最年長の藤島が優先順位を決める形で、記者たちは一旦、口を噤んだ。

レクでは録音音声を聴くことはおろか、会話をまとめた文書すら出ない。門田はひたすらペンを走らせ続けた。

木島茂は五千万円入りのボストンバッグを二つ、計一億円を両手に持ち、午後三時三十一分に自前のセダン車で家を出たという。

「現金持参人は指定時間から七分遅れで、つまり午後三時四十七分に石川町の喫茶『満天』に到着。同五十分、犯人と思われるボイスチェンジャーを使った声で、次の指示がありました。なお、犯人側の声はマイクで拾いきれないので、持参人のメモをもとに会話を再現しました……」

理事官が通話内容を読み上げ、犯人がカマをかけたり、再び身代金を運ばせたりして木島茂を揺さぶっていることが明らかになった。

やり取りを確かなものにしていく中で、門田は現実に事件が起こっていることを肌で感じ昂った。ここから四〇キロほど離れた隣県で、六十五歳の男が雨に打たれながら身代金を運んでいるのである。

「店の中に不審者は?」

「身代金のバッグは二つで何キロになるんです?」

「バッグに仕掛けはあるんですか?」

記者たちの質問に理事官は「持ち帰って検討」を繰り返す。

午後四時十五分、一課長が会見場に入ってきて理事官と入れ替わった。真木の表情の険しさから解決の目処が立っていないことが分かる。

「喫茶『満天』への入電以降の動きをお知らせします」

木島茂がレンタルビデオ店「シネマ」に到着したのは午後三時五十六分。犯人の言葉通り、映画『ハラスのいた日々』のビデオパッケージの中に指示書があり「元町ショッピングストリート『家具の松平』　店頭の電話台　一番下の引き出し」のメモが入っていた。

ごく狭い範囲で事件が動いている。門田の頭には犯人の土地鑑、指示書の形状、不審者の有無などいくつもの疑問が浮かんだ。

真木は「質問は最後に受け付けます」と、記者たちの胸中を見透かすように言ってレクを続けた。

「現金持参人が『家具の松平』に到着したのが午後四時七分。店内にあった電話台の引き出しから指示書を発見しました。読み上げます……『港の見える丘公園』の展望台に、金を置いてすぐに去れ。警察がいないことを確認したら金を回収し、その後、孫を解放する。一人でも刑事がいれば、孫は死ぬ」

真木の掠れた声は緊張に震え、事件が重大局面を迎えたことを伝えた。

身代金運搬の最終目的地、内藤亮を殺害する明確な意思。いずれも重い情報であり、犯人側に絶対に見られてはならない状況で捜査に当たる刑事たちのプレッシャーはいかばかりか。

記者たちの質問が五十を超えたあたりで、一課長は「一旦、持ち帰らせてください」と言い残して小走りで会見場を後にした。

午後五時のレクで、木島茂がバッグを置いて帰宅した旨が告げられた。

門田は犯人との会話や指示書の内容を大急ぎでタイプして本社に送り、横浜市中区の住宅地図をコピーして、木島邸→「満天」→「シネマ」→「家具の松平」→「港の見える丘公園」の到着時間と各区間の距離を赤鉛筆で書き込んでいった。

以降、午後八時までは一時間置きにレクが開かれ、公園の形状や展望台がよく見えるホテルに「前進拠点」を築いたこと、帰宅した木島茂が高熱を出して寝込んだこと、内藤瞳と同棲中の男が岐阜市内で起こした金庫盗で指名手配されていることなどが明らかになった。

夕方以降「厚木」「山手」それぞれの現場は完全に沈黙。大方の質問の回答が得られると、記者室を包んでいた興奮は徐々に鎮まっていった。

だが、午後十時のレクで伝えられた捜査情報が、再びメディアを勢いづかせることになる。

「午後五時十二分ごろ『神奈川近代文学館』前の霧笛橋で、捜査員が不審な男を発見し、追尾いたしましたが、現在のところ所在不明です」

唐突に話し始めた真木の真意を測りかね、記者たちは最初、互いに視線を交わし合った。

「それは尾行に失敗したということですか？」

全国紙のベテラン記者が尋ね「尾行するか否かの判断も非常に難しいものでした」と半身でかわすような答えを得たことで、彼らの嗅覚が働き始めた。

「不審者を取り逃がしたということになりませんか？」

「尾行したということは、事件との関連性が高かったということでしょ？」

熱を帯びてくる記者に対し、真木は陽に焼け、若干頬がこけている顔に感情を表さず淡々と対応した。

「誘拐事件は現在進行形で動きます。安易な職質で被害男児の安全を脅かす可能性が十分にあります」

「そもそも何で五時間も経ってから報告するんです？　不審者の発見は捜査の中核を成す重要情報でしょ？」

「さっき、迅速な情報開示を約束したばかりでしょ!」

真木は先ほどの質問を利用する形で「事件との関連性を判断するのに時間を要した」という苦しい言い訳に終始した。

だが、門田は警察庁、神奈川県警、いずれかで情報漏れの可能性が出てきたのではないかと察した。協定解除後、一社に抜かれて各社の怒りを買うより、風船が膨張する前に、つまり協定内でコントロールが利く間に対処してしまおうと考えたのではないか。

情報は表に出すタイミング一つで威力を増したり減じたりできる。門田の隣に座っていた藤島は言葉を発さず、自分の取材ノートを眺めていた。

押し問答が繰り返されている途中で、部屋に入って来た捜査一課の刑事が真木にメモを差し出した。二、三言葉を交わした後、改まった表情で前を見た。

「今『厚木』の立花敦之に関する情報が入りました」

安否に関わる情報だと直感した記者たちは、一斉に一課長の顔を見た。

「午後十時五分、川崎市内の倉庫で無事保護」

会見場がどよめき、自然と拍手が起こった。半数が部屋を出て、本社への連絡のため各社のスペースへ走って行った。

「僕も行きましょうか?」

門田が指示を仰ぐと、藤島は「いや、県警担当から入ってるだろ」と素っ気なく返した。

事件発生以来初めてもたらされた朗報に、場の空気が和んだ。真木が椅子から腰を浮かし、退室しようとしたとき、別の一課刑事がメモを持ってきた。真木は「人着は?」などと刑事に質問した後、記者室に向かって「『山手』で動きがありました。集まってください!」と声掛けした。

再び立ち見が出るほど記者が溢れ返った会見場で、真木はメモに目を落としながら話し始めた。

「午後十時二十三分『港の見える丘公園』展望台で、男が身代金の入ったバッグを持って移動しました」

一瞬にして場が静まり、記者が走らせるペンの音が殺風景な部屋に響いた。

「男は二十〜三十代。グレーのコートにメガネを着用。西側出口から外へ出て、信号を渡った先にある派出所にバッグを持って行きました」

「派出所？」

会見場の真ん中辺りから裏返ったような声がした。

「身代金を遺失物として届けたということです。男と事件との関連性は不明ですが、今のところ関与は薄いとの見立てです」

あまりに呆気ない幕切れに、あちこちでため息が漏れた。身代金のバッグが「落とし物」として届けられるなど誰が予想していただろうか。

門田が隣を見ると、珍しく眉間に皺を寄せた藤島が「危ないな」とつぶやいた。彼は後輩の視線に気づくと「子どもを帰すメリットがない」と首を振った。

そうして門田はようやく、事の重大性に気づいたのだった。

一か八かの勝負に敗れた犯人に「リスク要因」を解き放つ利点は米粒ほどもない。

同時期に拐われた子どもたちに割り当てられた残酷な明暗。門田は記者の無力を痛感し、本社への報告のため席を立った。

――


三十年前の濃密な二日間。支局長室で記憶を旅した門田は「マルK指導」として事件の最前線に立っていた中澤洋一の死を再認識した。

デスクにあった写真週刊誌『フリーダム』の記事に目をやる。場所は恐らく画廊の前。トレンチコート姿の前髪の長い男は、この三十年で内藤亮から如月脩へと変わった。

「危ないな」と言った藤島の声が蘇る。

あのとき、亮に何があったのだろうか。なぜこの子は無事に帰って来られたのだろうか。

「空白の三年」の間、誰と過ごしたのだろうか――。

4

試し刷りのDMが、プリンターから吐き出された。

はがきサイズの一枚を手に取り、土屋里穂(つちやりほ)は近づけたり離したりして出来栄えを確認する。

メインは六枚の絵画。油彩が四作、日本画とアクリルが一作ずつで、里穂は肩口まである黒髪を後ろで結んだ後、画家の名前とタイトルを入念にチェックした。

新宿「わかば画廊」の一階にある狭い事務室で、今度はノートパソコンに向かい、画家たちにDMの画像を添付してメールを送った。続いてエクセルの「送付リスト」に数名の住所を書き足していく。

里穂が企画したグループ展の開催が、一ヵ月半後に迫っていた。「わかば画廊」と関係が深い若手画家たちが「日常の美」をテーマに出品するもので、食器を洗う男の指先や陽の光が差し込む朝の書斎など独自の切り口で描かれた作品が、ＤＭの裏面に紹介されている。

百貨店の美術画廊に七年勤務し、父親の画廊の手伝いをして三年。初めて自分一人で企画した展覧会を開く。「これは」という画家は百貨店時代から連絡を取り続け、美大の卒業制作でスカウトしたり、ＳＮＳで声掛けしたりして信頼関係をつくってきた。そして、ようやくグループ展が開けるほどのメンバーが揃った。気がつけば六人のうち四人は三十代になっていた。

里穂が時間をかけて集めた六人は、それぞれ既視感のない絵を描く。強い個性はひと握りにしか許されない「専業画家」へのパスポートだ。そのパスポートに信用を与えることが、画商の仕事である。才能を伸ばし、世間に認知してもらうためにできることは何か。頭の中のイメージを実現していくのは簡単なことではない。

「送付リスト」の書き足しを終えると、里穂は事務室から展示スペースへ移動した。父の啓介（けいすけ）が始めた約十五坪の小さな画廊は、今年四十周年を迎える。「何回店をたたもうと思ったか」と父はよく言うが、努力と強運が引き寄せた四十年だった。

里穂が生まれた一九八七年ごろから景気が上向き、自ら才能を見出したＤＡＩＫＩ　ＡＫＡＺＡＷＡのイラストが飛ぶように売れ、この二階建てのビルを買い取った。外国の港町をイメージした色彩豊かで軽快な作風は、バブル時代の明るさを象徴するものの一つだ。ここ数年はバブル懐古の一定需要があって、新作が高値で売れている。

ＤＡＩＫＩ　ＡＫＡＺＡＷＡ以外にも、日本画家の山本臨光（やまもとりんこう）との縁にも恵まれた。今では大家として知られる画家も、三十年前は鳴かず飛ばずだった。苦しい時期に臨光の住む京都へ足繁く通い励まし続けたおかげで、啓介はこの巨匠の作品を最も多く手掛ける画商になったのだ。

平日の午後、店内には一人の客もない。チーク材を使った床は経年が深い色合いを醸し、白壁にゆったりとした間隔で飾られる絵画には控えめにライトが当たっている。単価が高い商売であることは分かっているが、物音一つしない画廊を歩いていると不安になることもある。

二階に上がって、里穂は常設展示している絵の前に立った。陽が落ちる寸前、山から見える民家の灯り。藍色の空が色濃くグラデーションを見せ、枯れ木の向こうに点在する家々で始まる夜の暮らし。『戻れるなら』というタイトルも含めてもの悲しいこの写実画は、里穂が小さいころからずっと画廊にあった。

父が友人の画商から買い取った「作者不詳」の一品で、いろいろ聞き回っても画家の名前は分からなかった。ヒントは右下に入っている「T．N」のサインのみ。この絵は非売品だが、里穂が『戻れるなら』を眺めていると、父は「おまえと一緒で貰い手がないねぇ」などと、昭和のおやじ丸出しでからかってくる。大きなお世話だが、シンパシーを感じるのも事実で、時折無性に観たくなるのだった。

大家の絵もあれば、作者不詳の作品も飾っている。決して大きくはないが、知る人ぞ知る画廊。百貨店の美術画廊で働くうちに、里穂は少しずつ父の偉大さに気づいていった。美大出身で画家を目指していた父は純粋に絵が好きで、特にこれからの絵描きを大切にした。里穂は学生のころまで、ふらっと店にやって来る客と時間を忘れて美術談義している父を呆れて見ていたが、今はそのありがたみがよく分かる。

そんな環境で育った者にとって、デパートは迷宮であった。

都内の大学で西洋美術史を学んだ里穂が、百貨店大手の「福栄（ふくえい）」に入社したのは二〇一一年。五次にわたる試験を突破し、二ヵ月の間各部署でダイジェストのような研修を終えた後、本店勤務となった。初任地から本店に配属され、周囲からは優秀だと褒めそやされたが、里穂自身は入社の目的がはっきりしていたからだと思っていた。

大学二年のとき、ミラノの大学に一年間留学し、流暢とは言わないまでも十分イタリア語でコミュニケーションがとれるようになった。面接では西洋美術史を経済の面から論じ、役員たちに面白がられて採用された経緯がある。専門性に助けられて狭き門を突破したので、即戦力として期待されている、という若い自負を胸に社会への扉を開いた。

里穂は呉服、美術、宝飾を扱う「呉美宝（ごびほう）」という客単価の高い部署に所属することになった。最初に「美術画廊」勤務になったのだが「福栄」は百貨店の中でも特にヒエラルキーを重んじる社風だった。平社員の里穂の上には四つの役職があり、さらにその上には仕入れや展示会の企画をする「統括」がいて、〝下剋上〟は赦されない。

言い換えれば「出る杭は打たれる組織」ということだ。新人として「美術画廊」の平社員という最下層に身を置いた里穂の日常は、理想とはかけ離れていた。

中元と歳暮のノルマは父と友人に泣きついて何とか凌いだが、食品担当の同期は受注件数が高く設定されているため、不足分の自腹購入を余儀なくされた。ノルマは部署間での競争心を煽る。駐車場係や出入りの化粧品会社の社員にも目標の数字が設けられる状況に、ビジネスの厳しさが滲んでいた。

後で先輩に「親がね、店をやってたり、中小企業の社長をやってたりする子どもは、中元歳暮が捌きやすいから採用されやすいのよ」と教えられ、会社が「わかば画廊」の顧客を計算に入れていた可能性に気づき、学生気分が抜けていなかった身に冷水を浴びせられた。

　里穂の躓きは「統括」のバイヤーに直接声を掛けられたことに始まる。二年後の個展開催をお願いするため、あるベテラン洋画家の邸宅へ挨拶に行くことになった。本来は新人の里穂には関係のない話だが、この画家と父の啓介に交流があった。

　固定客の多い描き手だったため、バイヤーとしては何とか確約を取り付けたい。そこで洋画家と面識のある里穂に白羽の矢を立てたのだ。要するにご機嫌取りである。

　その甲斐あって個展の開催が決まったのだが、バイヤーに気に入られたことで「美術画廊」の先輩との間に軋轢が生じた。中でも比較的年が近かった町田(まちだ)という先輩女性社員に目の敵にされるようになった。表面上は何事もないように時間が流れていく。だが、シフトを決める町田は、里穂の出勤日を巧妙に細工した。「美術画廊」で最もハードなのは、一夜で行う展示替えだ。町田から発表されるシフトでは大抵、里穂が出番になっていた。休みの希望も何かと理由をつけて叶えてもらえず、友人との付き合いに影響した。

　新人は、開店前に職場の備品を揃える「用度係」を務めるが、これがバカにならない重労働だ。用度品を扱う部署までテープやダンボールを取りに行くのだが、経費チェックが厳しいので希望通りにもらえるとは限らない。重たい包装紙を台車に載せ、フロアを行き来するのも大変だった。発注ミスがあると、よその部署に借りに行かなければならず、町田から長々と説教される。

　二人の関係性の悪化が明らかになっても、周囲は見て見ぬフリを決め込んだ。「福栄」の「呉美宝」には個人ノルマがなく、気張ろうがサボろうが給料は変わらない。売った人が梱包や発送という雑務をこなすので、がんばるほど損だとする風潮すらあった。

　個展を企画するのは「統括」で、太客の個人情報を握っているのが「外商」という構図の中では、

「美術画廊」は店番だけをしていればいい、との蔑み（さげすみ）が暗黙の了解としてあった。その淀んだ空気は職場での会話に表れ、美術に関する肩の凝る議論は避けられて、専ら社員や画家の噂話に終始した。

こうして里穂は、少しずつ精神を削られていく。

入社二年目のとき、ある裕福そうな婦人が人気風景画家の個展にふらりと訪れた。一点ずつじっくりと観て回った彼女は、鉢植えのレモンを描いた小品に目をつけた。鮮やかな黄色の実に雨が降りかかる味わい深い作品。

「私も好きなんです」

一人で店番をしていた里穂が頃合いを見計らって声を掛けると、婦人も「これ、いいわよねぇ」と顔をほころばせた。

五十万円の絵がいとも簡単に売れ、里穂は喜んだ。「南雲（なぐも）とお伝えください」と言い残し店を後にした婦人を見送り、作品タイトルに売却済みを知らせる赤丸のシールを貼っているとき、上司のマネージャーが青い顔をしてすっ飛んできた。

「ひょっとして、南雲さんに絵を売ったの？」

里穂が頷くと、しばらくしてマネージャーにバックヤードへ連れて行かれた。そこには「外商」の担当者が仏頂面で座っていて、開口一番「何で勝手なことするの」と睨まれた。彼によると、先ほどの南雲夫人は著名スポーツ選手の妻だった。

「あの人なら最低でも五十号の絵は買ってくれるから。何で四号なんだ。そんなもん庶民に買わせればいいんだよ。もう一回来てくれなんて言えないよ。どうしてくれるんだよ、全く」

男は話すうちに怒りが込み上げてきたのか「だから半端に知識のある奴は嫌いなんだよ。余計なことすんなよ」と言い放った。

里穂は自分の好きな絵をお客さんに認めてもらえて純粋に嬉しかった。父の啓介は大切にしている作品が売れると嬉々として画家に電話し、その日の晩はおいしそうにウイスキーを飲んだ。絵が売れて恨まれるなど想像もしていなかった。

「『余計なことした』ってひどいよね？」

町田から心にもない励ましを受けたとき、里穂は初めて「ダメかもしれない」と思った。

次の年、個展のトークショーで司会をすることになった。未だ平社員の里穂にとってそれは抜擢と言えたが、以前「統括」のバイヤーとともに家に行ったあの洋画家の個展だったので、流れとしては自然だった。

「まさか里穂がそんな大役を任されるとはな。俺の商売にも関わることなんだから、失礼のないようにしろよ」

憎まれ口は叩いても、付き合いの深い画家のイベントなので上機嫌だった。里穂は父に助けてもらいながら作品解説や創作哲学についてまとめ、約一ヵ月の間、休日も費やして要点がそのまま答えとなるような質問表をつくった。自負できるほど完成度の高い原稿ができた。

「まぁ、こんなもんだろ」

何度も原稿に手を入れてくれた父も満更でもなさそうで「当日、見に行こうかな」などと怖いことを言うので、必死に押し留めた。

だが、トークショーが開催される二週間前になって、里穂は男性のマネージャーから呼び出された。原稿の出来について褒められ、入社して以来、初めてとも言える充実を感じたが、喜びも束の間「このレベルの原稿があれば、誰が司会をしても大丈夫だと思うんだ」と言われて雲行きが怪しくなった。

「今回は森尾さんに任せようと思う」

森尾は「美術画廊」に十年勤務するアシスタントマネージャーだ。経済産業省の高級官僚の娘で、華はあるが仕事はできない。得意なはずの英語を話している場面を見た者はなく、定時になるとすぐに帰る。「使えないので画廊に塩漬けにされている」と陰口を叩かれても、分不相応な役職についているのが「福栄」という会社をよく表していた。新宿にある小さな画廊の娘とは格が違うのだ。

「でも『統括』からも私に指名がありましたし……」

「あっ、それならもう話がついてるんだ。こちらとしてもトークショーで人集めたいし、役割分担というかね。実力のある君が原稿を書いて、場馴れしてる森尾さんがマイクを握るっていう。うちの層の厚さだと思うんだよね」

言い訳するマネージャーの口調には、もはや決定事項という圧があった。要するに美人を舞台に上げて客集めしたいのだ。サクラは用意するものの、画家に恥をかかせるわけにはいかない。

手柄を横取りされて脱力した里穂は、一人暮らしのマンションに帰って思いきり泣いた。画家のためを思い一生懸命調べて書いた原稿をコネ入社の、着飾ることしか能のない女に奪われた。イタリア語もバロックの代表的画家、カラヴァッジョの研究も何の役にも立たない。

流れのない川ではただじっと浮いていることが最善であると、里穂はようやく理解した。これからうまく世渡りして、結婚も出産も諦めて「統括」のバイヤーになったとしても、規模の縮小が避けられない百貨店では、満足のいく企画はできないだろう。作品を買い取らず、画廊からの企画を受け付けるだけの、高い場所代を請求するだけの存在になっていく。

大切な顧客の情報を「外商」が握っている以上、目利きのコレクターとは彼らを通してのコミュニケーションとなる。当たり前だが、商売が前提となっているのだ。しかし、額の向こうに現金が透けて見えるような、あまりに露骨な環境に里穂は胸焼けした。

それからは「営業時間＝就業時間」という百貨店の鉄則を忠実に守り、当たり障りなく日々を過ごすようになった。

そして入社六年目のとき、ある男が「美術画廊」に現れたことで、里穂の人生はさらに坂道を転げ落ちていく。


苦い過去の記憶をさまよった後、里穂はメールの確認をしようと一階の事務室に戻った。置きっ放しにしていたスマホの画面に「ＬＩＮＥ」の受信通知があった。奇しくも「福栄」時代の後輩からだった。

三浦奈美（みうらなみ）は宝飾の担当だったが、職場の席が近かったためよく顔を合わせた。関西出身の奈美はさっぱりした性格で、思ったことをすぐに口に出すタイプだ。里穂とはまるで毛色が違うものの、不思議と馬が合った。飲みに行ったときに関西弁で繰り出される彼女の愚痴は、モノマネまで上手くほぼ芸の域に達していた。奈美のおかげで溶けていったストレスは数しれない。

〈この如月脩って人、里穂さんが気になるって言ってた画家じゃないですか？〉

メッセージのすぐ下に見開きの雑誌の写真があった。

タップすると**〈第２弾　イケメン人気画家は誘拐事件の被害者だった！〉**という見出しが目に飛び込んできた。

メインの写真はひと目で「港の見える丘公園」の展望台だと分かった。そしてサブの写真を見たとき、里穂は「えっ」と漏らしてスマホ画面を近づけた。

トレンチコートの細身の男——内藤亮だった。「誘拐」という言葉がそれを裏付けることを彼女は知っている。

乱れる鼓動に急かされるように記事を読んだ里穂は、目を閉じて右手の指でこめかみを押さえた。ストレスを感じたときに出る癖だ。

記事にあるのは一九九一年に起きた神奈川二児同時誘拐事件だ。里穂は今、二重の驚きに翻弄されていた。

一つは、如月脩と内藤亮が同一人物であったこと。百貨店時代にSNSを通して知った美人画は、写実画ブームの昨今の中でも頭一つ抜けてうまかった。いや「うまい」という表現が軽く思えてしまうほどの迫力があった。如月脩の絵には「かわいさ」や「細かさ」とは一線を画す冷徹さが感じられる。王道のリアリズムとも言うべき筆の冴えである。

里穂は内藤亮の絵も知っていた。彼が自分だけに見せてくれた数々の作品。風景画が多かったが、そこにはまるでケレン味のない模写することへの執念が感じられた。誰にも言えず密かに思っていたこと——如月脩と内藤亮の線が似ている——が、思わぬ形で証明された。

そう、二つ目はまさしく「思わぬ形で」という点だ。週刊誌の報道によって、亮が画家になっていたことを知り、誘拐事件の被害児であることを晒された。静かな画廊で、里穂は驚きと怒りによって混乱した。芸術とは何ら関わりのない過去を、それも三十年も前の被害をなぜ今さら……。

彼は大丈夫だろうか。

思い出の中の亮はいつも柔らかいベールの向こうにいて、青い時代まで遡れば懐かしさと切なさ、そしてじんわりとした温かさに包まれる。

内藤亮とは高校の同級生だった。

出逢いは高校に入学する三ヵ月前。あんな妙なところに座っていた彼は、やはりただ者ではなかった。

第二章——接点——

1

【兵庫新報東京支社記者／磯山恵子／電話取材】

あっ、いえ、とんでもないです。友田さんにはいつもお世話になっていまして。お役に立てればいいんですが、私は美術の専門というわけではありませんので……えぇ、そうですね。一応担当はあるんですが、少ない人数で切り盛りしてますので。政治からアンテナショップまで、兵庫県に関わる人や事柄を紹介している関係で「六花」さんも何度か取材してるんです。

えぇ、もちろん、東京で個展を開く兵庫出身の画家さんに話を聴くんですけどね、もともと「六花」の岸さんが高校まで神戸にいらして、うちの古い記者と親交があったそうなんです。そうです。岸朔之介さんです。

朔之介さんがお年なので、今はご長男の優作さんが中心になって経営してはるんですけど。お二人とも熱心で、今みたいなブームが来る前から写実絵画を多く手掛けている印象ですね。私が取材した画家も写実でした。売れっ子作家を何人も抱えてるんで、経営は手堅いと思いますよ。

あぁ『フリーダム』の件ですね。私もびっくりしました。あんな展開になるなんて……。私「六花」さんのツイッターのアカウントをフォローしてるんですけど、それで如月脩さんのことを知ったんです。えぇ、そうです。如月さんは個人アカウントを持ってなくて、「六花」さんが窓口になってます。

バズってましたねぇ。最初に話題になったのは『女子高生ハッカー』です。もう六、七年前になりますか。ブレザーの制服を着た女子高生が、ノートパソコンに向かっている、あれです。流し目で画面を見る感じが妙に艶っぽいんですよね。いわゆる美人画の一種なんでしょうけど、如月さんの絵は特別な存在感があると、素人目に見ても分かります。少女はものすごくリアルに描かれてるのに、女子高生でハッカーという非現実的なところと、何て言うんでしょう……それが今っぽいというか。

すみません、専門家の方みたいに言葉が出てこないですけど、バズったのはまぐれやないと思います。

誘拐があったとき、私は姫路の中学校に通ってたので、お恥ずかしい話、この週刊誌の記事を読むまで知らなかったです。二児同時誘拐って、考えられない事件ですよね……えっ、取材してはったんですか？　警察庁で？　私は新人のときに署回りをしただけなんですけど、そんな私でも大変やったんが想像できます。はぁ……それで調べてはるんですね。友田さんからは詳しいことを聞いてなかったもんで。

男前ですよねぇ。私も最初に写真を見たときはびっくりしました。あっ、そうです。あの写真の背景は「六花」です。いきなり知ってる画廊が週刊誌に載ったんで、朔之介さんにメール送ったんですよ。そらめちゃくちゃ怒ってはりましたね。優作さんもカンカンらしいです。表に顔を出さないっていうのは、本人の強い希望みたいなんで。ちゃんとした理由は知りませんけど、美術の世界も妬みやっかみが多いんで「顔で売れてる」って言われるのも癪やと思うんです。本人にはあれほどの実力があるわけですから。

第二弾はやりすぎですよねぇ。だって如月さんは当時四歳やったわけでしょ？　それを人気画家になってるからってプライバシーを無視するのはどうも……確かに私たちも人のこと言えないかもしれませんが。

第一弾のときでも怒り心頭でしたから、朔之介さん、第二弾の記事が出たときは出版社に「法的措置も辞さない」って抗議したそうです。雑誌の方もお金ないですから、あんな小さい記事で裁判されたら大損ですよね。かなり腰砕けみたいで、もうネットには記事を残してないそうです。「六花」にしたら大事な作家ですからね。全力で守らないと。えぇ、あの若さでかなり高いですよ。もともと写実の売れっ子は画料が高いんですけど、如月さんは経歴が不明で受賞歴もありませんから……えっ、画料ですか？

ちょっと待ってくださいね。ちょっとデスク周りが散らかってまして。門田さんは『美術業界年報』をご存じですか？　あぁ、そうですか。これ一年に一回出版されるんですけど、ここに画家のデータが載ってるんです。日本画と洋画、あと掛け軸なんかの……あった、あった。ちょっと見てみます。

如月さんは洋画だから……あっ、ありました。プロフィール短っ。でも、画料はめっちゃ高いですね。二十五万って書いてある。一号あたりの額なんで、四号で百万円です。週刊誌が書いていた通りですね。

あとの情報が極端に少なくて。「無所属」だからどこの団体にも所属してなくて、最終学歴や受賞の記載がなくて、出身地のみ「神奈川」と。問い合わせ先は「六花」で、画廊の住所が書いてます。

　これはもう「六花」に当たるしかありませんけど、難しいでしょうね。朔之介さんも優作さんも、何も話さないと思いますよ。

　年報の情報源ですか？　いいえ、自己申告ではありません。聞いた話ですけど、影響力のある百貨店に取材してるそうです。一流どころが個展を開きますから、情報が集まってくるみたいで。あっ、百貨店の人なら何かご存じかもしれませんね。

　何人か知ってますよ。あぁ、全然。大丈夫です。ちょっと名刺を探しますから、後ほどメールしますね。アドレスを伺ってもいいですか……。


【百貨店「福栄」元社員西尾義明（にしおよしあき）・／ウェブ会議システムにて取材】


申し訳ありません。本来なら直接お目に掛かりたいんですけど、脚を悪くしているものですから。やっとコロナも落ち着き始めたので、出掛けたいんですけどね。また年が明けると、感染者が増えそうなんで。第六波、来るんでしょうねぇ。門田さんは接種されましたか？　そうですか。私もあまり副反応がなかったんですが、妻は高熱を出して寝込んでましたよ。

　というわけで、動画で失礼します。昨年定年を迎えましてね。慎ましく暮らせばやっていけるだろうと、雇用は延長しませんでした。私はワガママを言って、ずっと現場にいさせてもらってたんで、長く居座ることに後ろめたさを感じてましてね。

日本は百貨店に美術画廊がありますけど、世界的に見ると希なことなんですよ。画家が大きな賞を受賞すると、必ず有名百貨店で個展をしますから。一種のステータスになってるんですね。よく画家の経歴にどこそこ百貨店で個展って書いているでしょ？

こちらからお声掛けすることもあれば、画廊からの売り込みも数多くあるので、気の合う画商とは今でも連絡を取ってます。画商もいろいろですけど、私が好きだったのはこれからの才能を伸ばそうとする人です。お客さんがたくさん来場してくださったり、イベントが盛り上がったりしていい展示会ができると、企画に関わるバイヤーとしては嬉しいですよ。

あぁ、それを言われると耳が痛いですね。一枚の絵が売れると、取り分は基本的に百貨店が四、画廊が四、画家が二の割合です。十万円の絵が売れても画家に入るのは二万円ということになります。絵画は高いですからね。百貨店が持つ信用と富裕層を取り込める確率なんかを考えると、いい場所とは思います。人件費がかかっていますから。

画廊も売り込みが大変ですし、広告宣伝費も負担しますから。例えば美術雑誌に広告を打つとしますよね？　この場合、広告費用を出すのは画廊で、百貨店はロゴを貸すぐらいです。

いやぁ、専業画家は本当にひと握りですよ。小説家や漫画家は増刷できる強みがありますけど、絵は一点ものですからね。版画という手もありますけど、原画とは別物ですし、刷る数を抑えないと価格が維持できません。

私は美大出身なんですけど、諦めて就職してよかったと思います。少なくとも私には腕一本で食べていく才能はありませんでしたから。

あぁ、そうそう「六花」ですね。ついつい前置きが長くなってしまって。私が「六花」の岸さん——朔之介さんの方ですが——を知ったのは、三十年以上前になります。一九八〇年代半ば、まだ

「美術画廊」で販売員をしていたころです。

朔之介さんは私よりひと回りぐらい年上なんですが、情熱的な人で私が美大出ということもあって、よく語り合ったんです。

週刊誌の件ですよね？　如月さんの絵は原画で観たことがないので印象のレベルですけど、かなりの手練ですね。モチーフに対して誠実ですよ。ひと口に写実絵画と言ってもいろいろありまして、細密に描き込んでいるものもあれば、ぼんやりと描いているけれど離れて観ると具象になるものもあります。如月さんの場合は恐らく前者だと思うんです。原画は相当の迫力でしょうね。難しいんですけど、冷ややかなほど「実」に忠実でありながら、華みたいなものがあるんですよ。だから惹きつけられるんです。

残念ながら、詳しくは知らないんです。これは私だけじゃなくて、大半の美術関係者がそうなんじゃないでしょうか。個展どころか、取材できたところがないというんですから、普通ではないですね。

全く売り込みなし、SNSだけで人気作家になったわけで、時代とは言え強運の持ち主ですよ。絵描きはシャイな人が多いので、理想的な売れ方じゃないですか？　いえ、彼については岸さん親子と話したことがないんですよ。優作さんが窓口になってるそうですが、電話インタビューすらNG。ごく一部の関係者しか正体を知らなかったようです。取材は専らメールによる回答ですから、本人かどうか確認のしようがない。未だかつてあれほどガードが堅い画家はいませんでした。

でも、週刊誌を読んでやっと事情が分かりました。神奈川の誘拐事件で被害に遭っていたんですね。今になって突然暴かれるというのもかわいそうな気がします。どうでしょうねぇ、余計に出て来られなくなったんじゃないですか。芸術家というのは、雑音を嫌いますから。スイッチが入ると、四六時中作品のことを考えている人種なんでストレスには弱いですよ。

あぁ、磯山さんから伺っています。そうですよねぇ。未解決ですから、犯人は逃げ果せているわけでしょ？　当時取材されていた記者さんなら、何があったのか追求したいですよね。でもねぇ、如月さんのことは本当に知らないんですよ。以前「美術画廊」にいた女性社員が彼のファンだったらしくて「個展ができたら絶対バズる」って教えてくれたんですけど……それとなく優作さんに当たった結果、反応が悪かったんで。

朔之介さんですか？　退社する際にメールで挨拶して以来、連絡を取ってないんですよ。個展でもずっとお世話になってた人なんですけど、とうとう関係が修復できなかったというか……喧嘩という次元ではなくて、こちらが一方的に悪いんです。

今も悔やんでることなんですけど、もう三十年ほど前になるのかなぁ。私が「仕入れ」でアシスタントバイヤーをしていたときです。朔之介さんがえらく入れ込んでる画家がいましてね。実績はなかったんですけど、確かに相当のレベルでしてね。あっ、そうそう、その画家も写実でした。いくつぐらいの方だったか。私と同世代だったと思うんですが、風景画が中心で、川の絵なんて驚きましたよ。光の表現が多彩で水が清らかなんですよ。きっと気の遠くなるような作業でしょうけど、構図といい、配色のセンスといい、陳腐で恐縮ですが、天才的でしたね。

だから、私も個展の開催に大賛成で、上司に報告したんです。上司も作品を観て、これなら大丈夫だろうって太鼓判を押したんですけど……結局、企画が潰れちゃったんですよ。

ええ。しばらくして上司が「あの個展無理だわ」って。詳しくは言えないんですけど、要するに圧力がかかったんです。いやぁ、狭い世界ですからねぇ。大げさかもしれませんが、勝者が総取りの、悲惨な人生の上に成り立っているところはあります。外野から眺めていた私でも、墓場まで持って行かなければならないことをいっぱい見聞きしていますから。

その個展がダメになったとき、朔之介さんが烈火のごとく怒りましてね。「あんたとは縁を切る」「見損なったで」って、関西弁でまくし立てられましてね。彼が働き盛りの年代で、私も三十そこそこでしたから、ちょっと言い合いみたいになったんです。完全にこっちに非があるんですけど、私の中でどこか「百貨店と一画廊」みたいな傲慢さがあったと思います。

それから何となく関係を修復したんですけど、小さな痼が残ったまま現在に至る、という感じで。あのとき、もっときちんと謝るべきだったと、後悔してるんです。

圧力に関しては勘弁してください。あまり思い出したくもありませんし。

いえ、その画家はそれきり消息を知らないので、芸術の道を諦めたんでしょうね。えっ、名前ですか？　何だったかなぁ……当時の手帳見れば、分かるかもしれませんが……あっ、野口、いや野本だ。

野本貴彦という画家でした。

2

昨日までの寒さとは打って変わり、昼下がりの千葉市内は風が柔らかかった。

時間を追うごとに視界が明るくなっていく印象で、歩いていて気持ちがいい。門田は外したマフラーを丁寧に折りたたんでからバッグに入れた。

宇都宮から新幹線と在来線を乗り継いで二時間半と少し、ようやく最寄り駅に着いた。目的地までは残すところ二キロ弱。タクシーに乗ってもよかったが、暖かい陽射しに誘われて歩くことにした。

「トキ美術館」は世界初と言われる写実絵画専門の美術館だ。入口につながる緩やかなスロープは、右手に打ちっぱなしの壁が続き、天辺の向こう側に木々の緑が見える。左手は棒状の鉄骨が「林立」という感じで立ち並んでいる。

著名な建築賞を受賞している建物は広大な自然公園に隣接し、見る角度によって積み重ねたキューブのようにも、ゆっくりと進む飛行船のようにも見え、外観は軽やかで洗練されたデザインだ。

門田の足取りは柄にもなく力強かった。この昂りは、久方ぶりの感覚だった。これまでも記者としていろんな現場を踏み、善悪かかわらず「人間」と接してきた。

自宅アパートから出てきた殺人事件の容疑者の男に声を掛け、脅されながらも取った一問一答。ずっと憧れていた指揮者がタクトを振ったラフマニノフを会場で聴き、その直後に一緒にお酒を飲んで名前を覚えてもらった土曜の夜。

気後れするような場面に引きずり出され、滅多に臨場できない場所で涙し、仕事をしていく中で門田は成長してきた。心が動く現場を経て、今の自分がある。

あまり野心がないせいか編集局幹部や編集委員になれず、半端な経歴に嘆息するときはあるものの、海千山千を相手に曲がりなりにもブンヤ稼業を続けてきた。

支局長として裏方に回り、職場の運営と管理に軸足を移してからは、もうあの心躍る感覚は味わえないと思っていた。

だが、懇意にしていた刑事が亡くなったことで、過去から語り掛けられた。見方を変えれば、それは老記者にしか経験できないことではないか。

「結局、門ちゃんは何でブンヤやってるの?」

深酒した中澤洋一によく言われた言葉。ライフワークになるようなテーマを持てなかった記者の引き出しは「書きっ放しの原稿」で溢れている。門田はこのまま、サラリーマンとして社を去るものだと思い込んでいた。

しかしただ一つ、自分には霧の向こう側を知りたいと願う事件がある——門田にはこれが、大日新聞記者としての最後の現場取材になることが分かっていた。

内藤亮と野本貴彦が、画廊「六花」を介してつながった。

拐われた男児と捜査線上に浮上した人物の弟。被害者と被疑者側の人物が、同じ画廊の取り扱い作家であった。軽々に偶然とは片付けられない事実。

この関係は時効後、内藤亮が画家になったからこそ浮上したものだ。つまり、警察関係者が知らない筋となる。三十年前、警察庁の記者クラブでお世話になった藤島光一のような本格派の事件記者ではない門田にとって、捜査機関が未踏の雪原を歩くのは初めての経験だった。齢五十四にして、未知の扉を開ける。

そう言えば藤島は今、どうしているだろう。元気ならば八十代半ばだ。門田は記者室で一人、静かに読書していた姿を思い出した。彼は週刊誌の記事のことを知っているだろうか。

出入口の自動ドアの前に、小柄な門田よりさらに背の低い男が背を丸めて立っていた。皺の目立つナイロン素材のジャンパーにジーンズという出で立ちで、ボリュームに乏しい頭髪が乱れている。

「又吉(またよし)さんでいらっしゃいますか?」

門田が語り掛けると、男は気弱そうな笑みを見せて頷いた。

又吉圭(けい)は元「福栄」の西尾義明に紹介してもらった。二日前のオンライン取材で野本の名前が出たとき、門田は緒(いとぐち)をつかむため執拗に食い下がった。インタビューを終えたその日の夜、西尾から

「野本貴彦のことを知っている画家を思い出した」とメールが届き、早速仲介を頼んだのだった。

捜査線上に浮上した野本雅彦が生きていれば六十五歳だ。その弟の貴彦と同世代であるなら又吉は六十代ということになるが、彼の風貌からはそれ相応の疲れが透けている。

「西尾さんから久しぶりに電話があってびっくりしたんですけど、用件が野本君のことだと知ってもっと驚きました」

「トキ美術館」は一階から入り、地下一階、地下二階と降りていく三層構造で、中庭のある回廊型建築となっている。

ギャラリーは白を基調とし、天井には星のように小さなライトがたくさん埋め込まれている。明るいながらも陰影がはっきりし、作品が際立つように工夫されていた。回廊は人間の目の形に近く、奥に長く伸びていく設計だ。

「いやぁ、迫力ありますね……」

最初のギャラリーは静物画の企画展示で、四十点ほどの写実絵画が飾られている様は圧巻だった。

剝かれた皮が螺旋を描くレモンや自立する洋梨が銀の皿に盛られた作品は、黒が背景になっているからこそモチーフが際立つ。テーブルの上に並ぶパンや菓子が正確に写し取られた作品では、白い陶器製のポットや皿が気品のある光沢を見せている。

「何か、こちらに迫ってくる感じですね。原画を観ると、やっぱり写真ではないと分かります」

門田は本格的な写実絵画の原画を初めて観た。門外漢にも伝わるほど、一枚一枚の絵に確実な存在感がある。

「これはよくリアリズム絵画の本に書いてるんですけどね、写真は単眼なので焦点以外はボヤけますよね？　でも、絵画は画家の両目の視差で対象を捉えるので、全てにピントが合う。だからより立体的で、門田さんのおっしゃる『迫ってくる』感覚が味わえるんだと思います」

写実画家の又吉は門田の反応が嬉しかったらしく、マスク越しでも生き生きし始めたのが分かった。

「よく『写真みたい』って言われますが、もちろん、技術的なことを褒めてもらっているのは分かるんですけど、画家はもう一歩先を目指して描いているので……」

ちらりと垣間見せた又吉の自負心に合わせ、門田は「完成までに時間がかかるんでしょうね？」と合いの手を入れた。

「そうですね。早い人でも一年に四、五作ってとこじゃないですかね。中には一枚の絵に数年間ずっと手を入れ続ける画家もいますから」

「恥ずかしながら絵画の世界に疎いもので、長い歴史の中で写実絵画専門の美術館がなかったことが驚きですね」

「専門の、となると世界にもほとんどないんじゃないですか」

門田は歩きながら、写真の登場や識字率の向上で、写実画が実用性を失っていった経緯を又吉から聴いた。

「戦後の抽象画全盛時代は特に肩身が狭かったと、先輩作家がよく話しています。美大では『抽象をやらなければ画家じゃない』という雰囲気だったそうです」

「じゃあ、諦めた人も多かったんじゃないですか？」

「そうでしょうね。ただ、いつの時代も一定数は需要があるんです。昔から『不景気になると写実が売れる』って言われてましてね。状況が不安定だと確実なものを求める心理が働くのかもしれません」

又吉に続いて地下一階へと続く階段に足を掛ける。

「この美術館を開館する前に、私など足元にも及ばない写実画家の人たちに館長が相談したらしいんですよ。そうしたら『うまくいかないんじゃないか』って答えが返ってきたみたいで」

「どうしてですか?」

「専門的に勉強できるところも熱心に取り扱う画廊も少なかったですし、一つのジャンルとして評価されている、との思いが希薄なんですよ。ちなみに館側が相談したのは日本を代表する写実画家の人たちですからね。それにもかかわらず、そんな気弱な答えが返ってきたことに真実があると思います」

地下一階には展示室が四つある。

人物画が並ぶ中、門田はある絵の前で足を止めた。ジーパンのまま眠っている女性。白いカーテンから入る柔らかい光が穏やかな午後を表しているようで、特に皺の描写に惹かれた。半透明の白いカーディガンやジーンズに入る皺は、人の形や動きを留める記録のような正確さがあり、女性を中心にして波打つベージュのシーツは現実に見たことがあると錯覚しそうな存在感だった。

先ほどの静物画は鑑賞者に迫ってくる立体感を持っていたが、眠る女性を収めた光景にはベールの向こう側のような叙情性がある。

「同じ写実と言っても、描き手によって全く世界観が異なるんですね」

「えぇ。ただリアルに描いてるんじゃなくて、やっぱり画家が持っているバックボーンが表に出てきますから、モチーフに対する解釈がまるで違ってくるんです」

「確かに自分の部屋に欲しくなりますね。絵の世界観を自分なりに考えるだけで面白そうです」

また一つ趣味が増えそうだと思うと、弾んだ気持ちになる。だが、これだけ細密に描くとなると相当の価格になるだろうことは、素人の門田にも分かった。実際、如月脩の作品もかなり高額だ。

「でも、自分には手が出ないでしょうね」

「『トキ美術館』の成功とSNSの普及で、ようやくジャンルとしての『写実』に光が当たり始めました。画家が少ないので、今は需要に供給が追いついていない状況です。海外からの注文もありますから。で、目端の利く画商は、青田買い状態」

「単価の高くない若い画家に声を掛けるわけですね？」

「大体五十万ぐらいまでの小品がよく売れるんです。でも、若いときからこの美術館にあるような大作に挑戦しないと、腕は上がりませんから。画廊に言われるまま、小さな売り絵ばかり描いていると、いたずらに才能が消費されるだけで……」

と、ここまで気持ちよく話していた又吉だったが、本来の気弱さが顔を出したのか「まっ、自分みたいな半端な絵描きは偉そうなこと言えないんですけど」と自嘲気味に笑った。

「今日もここに来るまで、懇意にしてる画商に『四号までの美人画』を頼まれましたよ。経済的に助かるんですけど、年中ずっと描いてるんで体のあちこちが悲鳴を上げてましてね」

「年をとると、調子のいい日が少なくなっていきますよね」

「そうなんです。もう細かいところを描き始めると、同じ姿勢で十時間以上固まってるんで、手首と腰、あと目がやられるんです」

「目が疲れると頭も痛くなってきますから」

「画家にとって目は命ですからね。特に写実は見えているものを忠実に捉えていきますから、凝視する時間が長いんですよ」

又吉は笑いながら話してはいるが、五十代半ばの門田にはその声音に切実さがこもっているのが分かる。心なしか、画家が少し小さくなったように見えた。

展示室には個性的な美人画が並ぶ。椅子に腰掛けている女性が、斜めに切り取られた光と陰の中で強張りを解いた一瞬。ゴツゴツとした石が透き通る川に、着衣のまま身を横たえた少女が、頭を少し浮かせて向ける強い視線——展示されている各作品の前で立ち止まるため、緩やかな歩調で少しずつ前へ進んだ。

次のギャラリーには日本を代表する写実画家の風景画が特集されていた。そのうち門田は、ひと際大きな作品に目を奪われた。

縦が二、横が四メートルほどのスケールで、圧倒的な臨場感がある。広大な畑の向こうに林があり、さらにその奥には山肌を白く染める山脈が悠然と構える。向かって左手の山が噴火し、風向きで形を変える煙は、白とグレーを両極に繊細な色分けがなされていた。そして、巨大なキャンバスの上半分は晴れ渡る空であり、やや白みがかった山頂付近から高度が増すにつれて色濃く凜(りん)とした青になる。噴火の煙と冴える空の対比が大自然の懐の深さを表現している、息を呑むばかりの大作である。

門田はやや離れた位置から作品を眺め、一体どの部分から描き始めたのだろうかと、長い旅路を歩んだであろう芸術家に脱帽した。

「このキャンバスを置けるアトリエを見つけるだけでもひと苦労ですね。先ほども話しましたけど……完成までに何年ぐらいかかったんだろ?」

興奮も手伝って、最後は独り言のようになった。それほど門田の想像を超えた作品が目の前にあった。

「『芸術に完成はない。諦めただけだ』」

「えっ？」

唐突に格言めいた口調になったので、門田は何事かと隣に視線をやった。キャンバスに広がる蒼い空を観る目が、いかにも楽しげだった。

「ダ・ヴィンチの言葉です。よく野本君が言ってました」

再び野本の名が出たことで、門田は取材のギアを一つ上げた。

「又吉さんは、野本さんと同じ美大に通われていたんですか？」

「ええ。でも在学中はそんなに話す間柄じゃなかったんですが、卒業後に同じ予備校で講師をしてたんで、そのときに仲良くなりました」

「お二人とも写実画を描かれてたんですよね？」

「そうです。でも、野本君と私じゃ次元が違いました」

「『福栄』の西尾さんも野本さんの作品を絶賛されていましたよ」

「今は展示されてませんが、私はこの美術館に一作だけ買い取ってもらったことがあるんです。写実の殿堂であるこの美術館に飾られるのは誇らしいことなんですけど、野本君が……そのぉ……王道を進んでいれば、ここにたくさんの作品が掛かってたと思います」

又吉の言い淀んだ部分にこそ、門田の取材目的があった。それほど才能のある画家なら、なぜ又吉の言う「王道」を歩まなかったのか。

「西尾さんのお話では、彼が野本さんの作品を観たのは〝幻の個展〟の企画段階のときだけだったと。それ以降は名前を聞かなかったとおっしゃってるんです」

「企画段階で中止になった『福栄』の個展ですね？　『六花』さんの？」

「ええ。岸朔之介さんがえらくご立腹だったとか」

「私も朔之介さんを知ってますからね。相当怒ってましたよ」

「野本さんも落ち込んでたんじゃないですか？」

「そうですね……かなり気合いを入れて描いてましたから。でも、どこかで予感はあったんじゃないかな」

「圧力がかかった、と聞いてるんですが？」

「圧力」という言葉を聞いた又吉が、投げやりな笑みを浮かべた。門田はその反応を気にしつつ、相手の言葉を待った。

「まぁ、話し出すとキリがないんで、今も美術の世界っていうのは狭いもんですけど、昔はもっと閉鎖的だったんです。文化系なのに体育会系というか。縦のラインは絶対で、それを守らないと専業で食べていくことは至難の業で」

「縦というと、師匠のような存在がいると？」

「私らの場合は、美大の先生がそれでした。野本君も私もその先生が所属する『民展』っていう大きな公募団体に籍を置いていました。作品を広く募集して入選作を決める、あれです」

門田はひと昔前に全国紙がスクープした、ある団体展に関する報道を思い出した。審査の裏でコネと金が動き、不透明な選考が行われていたことを明らかにした記事だった。

「公募展には大作を出すんですけど、それを観てもらうのも先生だし、個展を開く画廊を決めるのも先生。つまり、美大出身者の私たちは、その師匠に当たる教授に引き立ててもらえないと、未来はないわけです」

「公募展と美大も関係があるんですね？」

「もちろんです。教授は審査員をしてましたから。団体によって違うんですけど、私らが所属していた『民展』は、入選のさらに上の特選を二回取ると会員になれる。それから何度か審査員をやってから、大臣賞みたいな大きな賞をもらって、徐々に単価を上げていくんです」

「では、必然的に主従関係が強化されるわけですね？」

「そうです。公募展も出品料で成り立ってますから、できるだけ多くの人を囲いたい。だから私たちの美術の予備校でも、生徒を『民展』に勧誘するんです。さっきも言いましたけど、具体的に話すと日が暮れますし、思い出してもあまり気持ちのいいものじゃありませんから、この辺にしときますけど」

何となく先が見えてきたが、門田は口を挟まず又吉の話に耳を傾けた。

「私は金を包んだり、派閥に引き入れたりっていう政治的な動きが苦手でしたが、野本君はもっと向いていなかった。あんまり愚痴を言うタイプじゃないんですけど、時々安酒を飲みに行くと『絵だけ描いてたいな』なんて漏らしてました。傍から見ていても、つらそうでしたよ」

いかに優秀な記者でも、管理職になってから組織人に化けてしまう人間を門田はこれまで何人も見てきた。美術の世界が同様であっても驚きはない。

「団体展の審査もそうですが、ある特定の地位を得ようと選挙活動するときなんかも大金が動いてました。『シーバスリーガル』の箱にちょうど一千万円入るって話をよく聞きましたよ」

門田はかつて中澤洋一が言っていたことを思い出した。

「身代金の一千万をさ、『オールドパー』の箱に詰めろって言ってくる犯人もいたよ。あれ、ちょうど万札が千枚入るんだ」

美術と誘拐がウイスキーの箱でつながり、門田は苦笑した。金が動くと人が狂う。

「団体展で入賞すると、教授から『個展やるか』と声が掛かって、貸し画廊が紹介されます」

「貸し画廊?」

「画廊は大きく分けて『企画画廊』と『貸し画廊』の二つがあります。『企画画廊』の方は、作品を買い取ったり、若手を育てたりして画家と密接に関わるんですが、『貸し画廊』は基本的に個展の場所を提供するのみです」

「では、野本さんの教授もそうだったんですね?」

「ええ。貸し画廊を紹介されても、目利きの画商と付き合うことにはならないので、ただ場所代を払うだけです。もちろん、その場所代は自分で払って、どうもその一部が教授にキックバックされてたみたいなんです」

「それ、間接的に弟子からお金を取ってることになりませんか?」

「そうです。でも普段から『売り絵なんか描くな』って言われてるんで、自分で企画画廊に売り込むこともできず、講師のほかにもバイトするんで、絵を描く時間なんてないんです」

「つまり、描いた絵が売れないどころか、絵を描く時間もない、と」

「野本君の教授は特に野心の塊で、学生のことを奴隷のように扱ってましたからね。創作と関係ないところで消耗したことで精神的に限界がきてしまって、とうとう『民展』を辞めてしまったんです」

それから「六花」と「福栄」につながるのかと、門田は勘を働かせながら耳を傾けた。

「団体を辞めるってことは、教授と袂(たもと)を分かつということで、これまでの経歴を捨ててしまうことです。画家を続けていくことは限りなく困難になります。だから、私も必死になって止めたんです。でも、そのとき彼には出会いがあって……」

「『六花』の岸朔之介さんですね？」

「ええ。朔之介さんは慧眼の持ち主ですからね。三十代だった野本君も人生を変えるなら今しかない、と踏み切ったんでしょう」

「福栄」の西尾が話していた「圧力」の背景が見えてきた。懐かしそうに回想していた又吉の表情は、過去を明かすごとに複雑な色合いを帯びていく。

「さっきのダ・ヴィンチの至言と共通するんですけど、野本君はよく『不可能だから信じられる』って言ってました。これも誰かの受け売りかもしれませんが」

不可能だから信じられる——門田はこの言葉に、極限を目指す芸術家の純粋さと危うさの両面を見た。

「しかし、教授一人敵に回したからといって、百貨店の運営にまで影響しますかね？」

「いやいや、一人じゃないですよ。その教授にも師匠がいて、その師匠にも頭の上がらない大御所がいる。その大御所が別の百貨店で個展を開くなんて言い出したら、売上げの計算が成り立ちませんよ。しかもそんなお偉い人たちは大臣クラスとご飯を食べますから。百貨店はつまらぬ義理立てをするような組織じゃありませんよ」

話がきなくさい方へ向かっていく。門田の要領を得ない表情を見た又吉は「三十年前はネットもありませんから、みんな『そういうもの』だと思っていたということです」と、声に諦念を滲ませた。

確かに今、ネットの出現によりあらゆる分野で「そういうもの」で成り立っていた倫理観が崩れつつあるが、三十年前となると別世界だ。

一人の才能のある若い画家が熱意のある画商と出会い、コネクションで成立する組織を飛び出した。だが、そこに待っていたのは、芸術とはかけ離れた現実だった。

「野本さんとは連絡を取られてますか？」

「いえ、もう三十年ほど音信不通で」

「えっ、では『福栄』の個展がなくなったぐらいからということですか？」

「そうですね……多分」

「それ以降、野本さんが画家として作品を発表されたというのは？」

「いえ、聞いたことないですね。絵は描いてないいんじゃないかな」

「予備校の講師の方はいつ辞めたんですか？」

「憶えてないですね……申し訳ない」

野本はいつ消えたのか。それが問題だった。

考え込む門田の隣で「年賀状で分かるかもしれないな」と又吉がつぶやいた。

3

三十年前、あの橋の上に立っていた男。

中肉中背、三十〜四十代、黒っぽいジャンパーで傘を差していた――それが全ての情報だ。唯一の目撃者で、当時「捕捉四班」として特殊移動現場指揮車「L2」に報告したのが、富岡である。

中澤の通夜の後、先崎とともに現れたのは、今になっても事件のことが忘れられないからだろう。対象を見失いました――幻となった誘拐ドキュメントの企画原稿A案に書かれた富岡の言葉。その少し前、彼は男にイヤホンのコードを見られた可能性があると告げていた。

「マルK指導」だった刑事が亡くなり、これからも関係者が一人ずつ世を去っていく。尾行を果たせなかった刑事として、富岡は何を思ってプリウスのハンドルを握っていたのだろうか。

今年最後の日曜日。曇り空の下、レザースニーカーを履いた門田は、当時の住宅地図を片手にひたすら現場を歩き回った。

かつて木島茂が住んでいた邸宅から身代金の第一指定場所である喫茶「満天」までの道では、商店の並ぶ元町仲通りがアスファルトから石畳になっていた。第二指定場所のレンタルビデオ店「シネマ」前の通りは「リセンヌ小路」というしゃれた名前がついて、第三指定場所の「家具の松平」があった元町ショッピングストリートは、歩道にベンチが設置されるなどして景観が変わっている。

三つの指定現場はいずれも店舗だったが、今や跡形もない。木島茂が乗っていた「セドリック」と中澤と先崎が乗り込んだ「ブルーバード」も現在は生産が終了している。厚木の被害者家族である立花博之が運転していた「セルシオ」もそうだ。

それら一つひとつが三十年という歳月を表していた。そして最後、第四の指定場所となった「港の見える丘公園」もまた、時の流れに身を委ねている。

門田は霧笛橋から赤レンガの「大佛次郎記念館」前に移動した。展望台方面を見て沈床花壇の変わりようを目の当たりにする。平成三年当時は、もっとだだっ広い空間で植物などほとんどなかった。中央に構える花で囲まれた噴水は、確かもっと端の方にあった。そして最も変わったのは、つるバラが絡まったアーチが二列、ずらりと奥に続いていることだ。五年前にリニューアルされ「香りの庭」として百種類ほどのバラが植えられている。今は色褪せたつるが巻き付いているだけだが、春になれば花と葉で厚みを増したアーチが、陽の光で明るく彩られるのだろう。

あのとき、このドミノのように連なるアーチがあれば、十分な目隠しになったはずだ。下見に来た犯人たちが、開けた視界を利用しようと企てたに違いないと、現場に立つと実感が湧く。沈床花壇にあと二組でも「捕捉班」がいれば、尾行もうまくいったかもしれない。

門田はそこからほんの少し歩いて足を止めた。南西にあったバスの停留所がなくなって小路が通り、その先が噴水広場になっている。隣にある「山手111番館」は、赤茶けた瓦屋根に白壁の二色が美しく際立つスパニッシュ型の洋館で、現在は横浜市が管理しているが、当時は個人が所有していたと門田は記憶している。

ここからイギリス館やバラ園へつながる道には昔、黒いアーチのようなものがあった。このバラ園も五年前のリニューアルの際に「イングリッシュローズの庭」として英国風ガーデンに生まれ変わっている。今はシーズンオフの寂しさがあるとは言え、草木のボリュームは旧バラ園の開園当時とはまるで違う。

「イングリッシュローズの庭」と共存するように建つのが「イギリス館」だ。「山手111番館」と同じく赤茶けた瓦屋根と白壁が上品で、船の窓を思わせる丸窓が特徴的である。かつては館の前に駐車場があり、事件当日は捜査車両に「捕捉班」の刑事が潜んでいた。

早い日没で気温が下がっていく中、エンジンも毛布もかけられないまま、二人の刑事はよく見えない展望台を睨み続けた。

門田は旧バラ園の正面出入口を抜け、視界の広い展望広場に出た。短い石段の上に等間隔で設置された十一本の白い柱が、緩やかに弧を描くライトグリーンの屋根を支えている。

上がった石段をすぐに下りて現れるのが、石畳でできた円形の展望スペースだ。門田は腰の高さほどの鉄製柵に両手を置いて、港町を一望した。

先ほどまで頭上を覆っていた雲が薄れ、控えめな陽が淡青い空を照らしていた。さほどの標高ではないものの、横浜の街を俯瞰していると気持ちが晴れてくる。集合住宅の向こうに倉庫群があり、積み重ねられたコンテナやキリンの群れのように伸びるクレーンが見える。カーブを描く首都高湾岸線の奥にある大きな橋は横浜ベイブリッジだ。

門田はベイブリッジの「H」型の主塔を目にしたとき、中澤の話を思い出した。

「マルK指導」として、疲労困憊の状態だった木島茂の後を追い続けた。一度は倒れたものの、気力を振り絞って重たい身代金のバッグを展望台に置いた茂は、手すりをつかんで横浜の街並みを前に頭を垂れたという。その際に中澤の位置から見えたのが、幻想的な光に照らされるベイブリッジの主塔だった。現場の刑事にとっては、事件の迫真性と悠然と佇む建造物との対比が印象的だったようだ。

山下ふ頭の方角を見た門田は「おぉ……」と熱っぽい声を上げた。

すかさずスマホを向けて撮影を始める。望遠の倍率を変えながら写真を撮っていると、背後から声が掛かった。

「ガンダムですか?」

振り返ると、スーツ姿の先崎がニコリともせずに立っていた。

一八メートルのガンダムが横浜に出現したのは、二〇二〇年の夏。期間限定オープンしている「GUNDAM FACTORY YOKOHAMA」の目玉企画として、メディアにその全貌を明らかにしたのは、その年の十一月末だ。

一般公開されると、門田は早々に観に行き、初代モデルを再構成した「RX―78F00」ガンダムが、河村隆一の歌う『BEYOND THE TIME』に合わせて光を放ったのを見て胸を熱くした。動きは少ないものの、幼いころからプラモデルをつくっている身としては、実物大のガンダムが手を開くだけでも可動域を計算し感激してしまう。

その初代モデルが横浜の港湾を背景に、正面を向いて立っている。遠くのドックにいるガンダムが、頭から足の先まではっきりと見える。丘の上から見たからこそ、大きさが鮮明に伝わってきて、門田は初代モデルの見栄えにため息をついた。

そしてその勇姿を記録している最中、先崎に声を掛けられたのである。

「遅くなりまして、申し訳ありません」

まだ約束の十分前だったが、先崎は律儀に腰を折った。

「いえいえ、こちらが早過ぎたので」

港町の空は、時間の経過とともに晴れ間が広がってきた。門田の隣に並んだ先崎が佳景に目を細める。日曜日にもかかわらず、きちんとネクタイを締めている様を見て、ジャケットを羽織ってきてよかったと胸を撫で下ろす。

「実物大と聞きましたが、大きいですねぇ。アレに暴れられると、県警はお手上げです」

珍しく冗談を言ったのは、呼び出した相手への気遣いか。いずれにせよ、出会ってから四半世紀ほど経ち、少しだけ距離が縮まった気がした。

「横浜市内は大丈夫じゃないですかね。基本的に宇宙で戦いますから」

「あぁ、そうか」

「まぁ、地上戦のシーンもありますが」

ぎこちなく会話が途切れ、互いに苦笑いする。五十代も半ば、友だちづくりが下手になって何十年と経つ。友人が減ることはあれ、増えることはほとんどない。

「日曜日にお呼び立てして申し訳ありません。例の件でお話がありまして」

「いや、実は私も先崎さんにご報告したいことがあったので」

「というと、画家の筋ですか？」

門田は頷いた後、これまでの取材経過を時系列で振り返った。

兵庫新報記者の磯山恵子からは、週刊誌『フリーダム』の報道に対し、画廊「六花」を経営する岸親子が憤慨していること、如月脩の一号当たりの画料が二十五万円であることなどを聞き、百貨店「福栄」の西尾義明からは、約三十年前に開催予定だった岸朔之介の持ち込み企画が圧力によって頓挫したことなどを教えてもらった。

門田はそれらを簡潔に話していった。

「朔之介が企画したのは、ある画家の個展だったんですが、その画家こそ野本貴彦だったんです」

「えっ、野本？　ということは、野本と『六花』がつながったってことですか？」

「そうです。言い換えれば、内藤亮と野本貴彦には、画廊『六花』という共通点がある、と」

先崎は「ちょっとメモしていいですか？」と断って、立ったままコートの内ポケットから手帳を取り出し、ボールペンを走らせた。

「さらに、貴彦と同じ美大出身で、美術の予備校で講師仲間だった又吉圭という画家にも会いました」

門田は、貴彦がかつて「民展」という公募団体に所属していて、美大時代の教授の支配下にあったこと、業界に怪しげな金が乱れ飛んでいたこと、売り絵を描かせてもらえず、教授の息のかかった貸し画廊でしか個展を開けなかったこと——など抑圧の構図について説明した。

「話を聞いた又吉という画家もプロで写実画を描いてるんですが、貴彦の絵は本職から見ても相当な才能だったようなんです」

「門田さんは貴彦の絵をご覧になったことはあるんですか?」

「いえ。しかし、岸朔之介から売り込みを受けた『福栄』の西尾氏も、かなりの実力だったと話していたので、プロが褒めそやす実力があったんでしょう。だからこそ、芸術本来と関係のないところで疲弊してしまう環境に嫌気が差していたんだと思います」

「お話の流れから察するに、貴彦は我慢の限界がきて、教授から離れて後ろ盾を失ったということですね?」

「ええ。『民展』を抜け、個人的に『六花』の取り扱い作家になったんですから、教え子たちの上に君臨する教授からすれば重大な裏切り行為になるんでしょう。それで『福栄』の個展に圧をかけて、企画を潰したんだと思います」

「これまでのしがらみを断ち切って大海原に出てみたものの、算段が甘く漂流する羽目になった、と」

同じエピソードを聞いても随分捉え方が違うものだと、門田は思った。野本貴彦に対し、同情的に受け取った自分に対し、先崎はやや突き放して状況を理解したようだ。既にこの画家を被疑者として考えているのかもしれない。

「その又吉という画家と貴彦は、いつごろまで交流があったんですか?」

「二人は年賀状――ちょっとした絵を入れたものらしいですが――をやり取りしていて、又吉さんに確認してもらったところ、最後の年賀状は平成三年だったそうです」

言うまでもなく、先崎は「野本貴彦が誘拐事件後に消えた」という現実に焦点を合わせているだろう。知るほどに主軸に吸い寄せられていく感覚は、門田自身も抱いている。

「貴彦には家庭があったんですか？」

「妻はいたそうですが、子どもはいなかったと」

それから会話が途切れ、自ずと景色を楽しむ時間となった。

門田の視線の先は、自然と「RX−78F00」に定まる。ちょうど一年ほど前に一般公開されたので、中澤は既に病魔に侵されていた。手紙に記載はなかったが、彼は山下ふ頭まで実物大を観に行ったのだろうか。

最後の方は相手を気遣うあまり、なかなか手紙を出せなかった。世話になった分の恩返しができていない後悔が、中澤の死後、門田の中で日に日に大きくなっている。


「座りませんか？」

先崎がライトグリーンの屋根を支える柱を指差していた。柱にまとわりつくように設置された、幅の狭いU字型ベンチ。並んで座ると窮屈なので、柱を真ん中に背中合わせの形に落ち着く。互いの顔をあまり見なくて済む、中年同士にはちょうどいい塩梅のベンチだ。

「ここにボストンバッグが二つ、置かれたんですね」

柱にもたれた門田が、円形の展望台を見ながら言った。

「ええ。雨に濡れて。と言っても、私は直接見てないですが」

当時、所轄署の若手刑事だった先崎は、中澤とともに木島邸へ「一次潜入」した。身代金の受け渡しに際しては、中澤を乗せて「ブルーバード」の運転手を担ったのだった。

「最初の指定場所である喫茶『満天』の近くで中澤さんを降ろしてからは、無線を聞きながら付近を車で流してたんです」

「先崎さんにとっても忘れられない事件なんですね」

「もちろんです。犯人との電話のやり取り、移動しているときの車中の緊迫感。若かったこともありますが、刑事人生であれほど張り詰めた現場はありませんでした。大日さんの記事にもありましたが、誘拐は現在進行形の事件です。たった一つの判断ミスで被害者の命が失われるかもしれない」

時が経つにつれ、中澤は事件のことを少しずつ漏らし始めた。酒の席ではあったが、現場に立っていた刑事の話を聴く度に、現実の重みに身が引き締まった。

「もうほんと極限状態でしたから。木島さんも我々も。私はね、中澤さんの話で忘れられないエピソードがあるんです」

門田は柱から少し顔を出し、頷いて先を促した。

「木島さん、この公園に来る前に暴走したでしょ？」

態勢を整える時間を稼ぐため、「L2」から指令を受けた中澤は元町ショッピングストリートの「ダンテス」という喫茶店でS型無線の電池交換を提案した。だが茂は「あいつらがどこで見てるか分からん。喫茶店に入るのは不自然だ」と拒否し、それからコントロールが利かなくなったのだ。中澤が誘導したルートではなく【フランス山地区】から公園に入り、雨に打たれながら展望台へと走った。

「原稿にも書きましたけど、あのとき、茂さんは倒れたんですよね？」

「ええ。目の前で高齢のマルKが呼吸困難に陥って倒れてね、拳で胸を叩いてもがいているわけですよ。誰だってすぐに手を差し伸べたい。でも、それができなかった。中澤さんは指示に従うしかなかった」

「深呼吸を繰り返して、身代金入りのバッグをここに……」

「実はあのとき、木島さんはしばらく泣いてたんですよ」

「えっ……倒れたときにですか？」

初耳だった。三十年経ってようやく姿を現した事実。

「深呼吸で少し落ち着きを取り戻した後、右手で目元を覆って、しばらく泣き続けた、と」

娘を勘当した手前、茂は亮に会うことができなかった。しかし、やはり彼は孫を愛していたのだ。だから喫茶店に行かなかった。だから一刻も早く身代金を渡したかった。

一代で会社を有名企業グループにまで成長させた人だ。並外れた胆力の持ち主に違いない。それでも、誘拐犯の前ではあまりに無力だった。既に若さは失われ、バッグを運ぶことすらままならない。そんな自分が不甲斐なく、孫が心配で堪らず、心が張り裂けたのだろう。

結果的に亮は帰ってきた。だが、それは奇跡的な幸運に過ぎず、犯人たちの愚行が帳消しになるわけではない。雨に降られながら、咽（むせ）び泣く男の姿を想像した門田は、また一つ子どもを人質に取る「誘拐」の卑劣さを知った。

「木島さん、帰宅後に高熱を出して寝込んだでしょ？　心身ともに限界だったんですよ」

今、門田は新聞記者として相反する感情の間（はざま）で揺れていた。事件の新たな一面を知ることができた喜びと、被害者に関する重要な証言を刑事から引き出せなかった忸怩たる思い。

中澤が黙っていたのは、被害者の尊厳を守るためだろう。「刑事と新聞記者」としての信頼関係は間違いなくあった。だが、どこまでいっても二人は「刑事と新聞記者」だった。中澤は万に一つの確率でも、書かれることを恐れたのだ。

昔の自分なら幼く拗ねたかもしれない。しかし、今の門田には中澤の情の深さが沁みる。いい人と巡り合えたという感謝が胸に残った。

「今日、ここに来るまで、現場を歩いてきたんです」

門田が話し掛けると、先崎は「いろいろと変わってたでしょう」と返した。その口ぶりから、彼も最近になって歩いただろうことが窺えた。

「街もまた、生き物なんだと痛感しました」

「全く。当時からあるものと言えば……あのホテルは健在ですね」

先崎が視線をやったのは、展望台広場に面して建つ四階建てのホテル。神奈川県警はその一室を「前進拠点」に設定し、また喫茶店やフリースペースから展望台を見張り続けた。

「あんな結末になるとは思いませんでしたね」

門田は警察庁の会見場であちこちから漏れたため息を思い出した。身代金のバッグが「落とし物」として派出所に届けられるなど、あの場にいた記者の誰一人として想像していなかった。

「ミュージックトレーサーが鳴ったときは、富岡さんもかなり気合いが入ってたそうです。直前にマル対を見失ってますから、余計に……同じ刑事として気持ちは分かります」

緑豊かな庭と海が見渡せる広場、文学館や洋館といった文化施設が一体となり、昔から市民に親しまれてきた公園。だが、あの事件を知る者にとっては、憩いとはほど遠い苦味のある場所だった。

「今日は門田さんから有益な情報をいただけました。実は私の方からもお伝えしたいことがありまして」

ようやく本題に入るようだ。

門田は背中合わせに座る先崎から、A4大の茶封筒を受け取った。中は用紙が一枚入っているだけだ。警察がつくる事件のチャート図だとすぐに分かった。

上部に【「ソーラーシステム」社債詐欺事案】と印字されている。

「これは？」

「五年前に県内で被害が相次いだ詐欺事案ですが、立件できずに終わったものです」

先崎によれば、太陽光発電施設の運営を謳う架空の会社「ソーラーシステム」の上場前の社債購入を提案し、振り込まれた金を詐取するというものだ。被害者宅へ連日、証券会社の社員を装った人物から高値で社債の転売を依頼する旨の電話がかかってきて、標的を信用させる手口である。社債取引詐欺の典型と言える。五年前と言えば二〇一六年ごろか。至る所に防犯カメラがあり、ネットシステムによる記録が発達した現代では、身代金目的誘拐は非現実的な事件となった。その代わりに犯罪件数を伸ばしたのが特殊詐欺と言われており、チャート図に目を落とした門田は、二つの犯罪に一定の親和性を見るのだった。

チャート図には「名簿」「実行犯」「機材」など役割と思しき記述の下に、捜査対象者の氏名と生年月日が書いてある。グループは指示役から末端を含めて三十人ほどだろうか。門田はそこに「野本雅彦」の名を見つけて、ハッと顔を上げた。

「野本……」

「そうです。主犯格に黒木充（くろきみつる）という男がいますが、こいつはマル暴です。黒木は過去に『海陽食品』の商品に難癖をつけてトラブルを起こしてるんです」

「海陽食品」のサプリメントを飲んで七人が胃腸炎を起こしたとして五百万を要求したが、風評被害を恐れた会社側は警察に届けずに示談していた。黒木の名前は一度、誘拐事件の捜査線上に上がったが、犯罪事実を固めきれないままこの筋は消えた。

点と点で存在していた男たちが、時効後に特殊詐欺事件でつながった。

野本貴彦と内藤亮、野本雅彦と黒木充。事件の中心地に野本兄弟の影がある。

「よく見つかりましたね」

「もう時効になって十五年の事件ですから、埋もれてしまってました。詐欺が立件できていれば違った展開になっていたかもしれませんが」

中澤の死をきっかけに、かつての捜査員たちがまた情報交換を始めたのかもしれない。先崎の情報は確かな一歩だった。

「野本雅彦と黒木か……二人ともまだ生きてますよね？」

「野本は六十五で、黒木は六十九歳。どこにいるのかさっぱり分かりませんが……門田さん」

「はい？」

「何か気づきませんか？」

「何かと言われますと……」

意味ありげな先崎の視線を受けた後、門田は再びチャート図に目を落とした。そして「実行犯」の下にあった氏名を見て絶句した。指先に力が入ったせいで、用紙に不自然な皺が入った。

立花敦之――。

氏名の下に書かれた生年月日が、その不条理を現実と裏付けていた。

それは三十年前、厚木で誘拐された男児に違いなかった。

4

左手に流れていく色とりどりのコンテナが、レゴのように積み重なっている。

乗客も疎らな市バスに揺られる里穂は、目的地が近づくと父とのバカバカしい遊びを思い出し、口元だけ歪めて笑った。去年だったか一昨年だったか、画廊の中であまりに暇だったため、父の啓介が言い始めたのだった。

「里穂、『マジカルバナナ』しよ」

昔のクイズ番組で流行った、関連ワードをリズムに乗せて数珠つなぎにしていくゲームだ。土屋家ではしりとりと並び何となく始まる家族の戯れだったが、楽しかったのは小学生までで、とうに忘れ去っていた。

里穂は「急に何?」と眉根を寄せたものの、父が「バナナと言ったら、黄色」と強引に始めてしまったので、うまく乗せられてしまった。親の脳トレと思って付き合ったのだが「死角」というワードに対して父が発した言葉が今、市バスの中で蘇ったのだ。

「『死角』と言ったら『横浜港シンボルタワー』!」

本牧ふ頭で市バスから降りた里穂は、あまり車のない駐車場を突っ切ってタイルの通路に出た。緑の細い葉をモコモコと茂らせるカイヅカイブキが、工事現場のコーンよろしく等間隔に植えられているのを見て、里穂は少しずつ記憶を呼び覚ましていった。

「横浜港シンボルタワー」は実質の高さが五〇メートルほどの信号所で、横浜港に出入りする船舶に「I」や「O」などのアルファベットを表示して入出港などの合図を送る。白くシンプルなデザインで、上部には三六〇度の景色が見渡せる展望室があるものの、エレベーターやエスカレーターがないため階段で上り下りしなければならない。

父が「マジカルバナナ」で連想した「ハマの死角」というキャッチフレーズが、里穂には一番しっくりくる。観光客にも地元住民にも「ちょうど見えない」ような存在感で、「穴場」という表現では少しだけ寂しさが足りない。

古墳のような形をした「芝生マウンド」の中央に長い階段が走り、その上にタワーがそびえている。里穂はその正面に立ち、スマホで写真を撮った。一時期は春になると「芝生マウンド」の斜面にピンク色の芝桜が咲き誇っていたが、二、三年前に植えるのをやめてしまったと聞いた。

マウンドの上にある円形広場に来た里穂は、しばらくベンチに座って海を眺めた。色も形もまるで異なる船が十隻ほど浮かぶ港の景色。周囲にいるのは夫婦と思しき高齢の男女のみ。開放的でとても気持ちのいい場所だ。

いつの間にやら物や事で溢れる日常を過ごし、意味を見出すことに躍起になっている。だからこそ特徴のない空間に身を任せると、少しホッとする。束の間スマホを手放すだけでいい。静かな時間を得ると、わざわざ自分から疲れにいっている日々の暮らしが見えてくる。

ちょっとだけ心の容量を回復させると、里穂はベンチを立った。さらに階段を上がってタワーへ向かう。ホタテ貝の上に富士山などの小品を頂く立体作品「遙かなるもの・横浜（貝）」は縦横六メートル、ステンレス製で経年による色むらを見せる。タワーはこの人目を引くオブジェの裏でひっそりと口を開けている。

ベンチと自動販売機のある空間を先へ進むと、後はひたすら階段が続く。七段ほど上がると向きが変わる折返しの造りで、青→緑→黄→赤と、六メートル上がるごとに階段の色が変化する。展望室までは味気ない運動を繰り返すことになるので、ゴールまでの大体の距離が分かれば励みになる。

里穂は気合いを入れるため、肩口まである髪を後ろでまとめた。一度足元を見てから、無線のイヤホンを耳に入れる。あのときと同じ白いスニーカーとジョージ・ウィンストン。

あれから十八年と十一ヵ月。今思い出しても、変な出会いだった。

二〇〇三年一月。見える範囲にサブスクやSNSがなく、音楽が聴きたければ律儀にCDを買い、喜怒哀楽を吐き出したければブログや掲示板に書き込んだ。今よりも幾分時の流れが遅く、まだ「BBS」という言葉が通じた牧歌的な時代。

里穂は一人「横浜港シンボルタワー」の階段を上がっていた。

高校入試を目前に控え、本来なら一つでも多くの英単語を憶え、一問でも多くの数式を解いている時期。もちろん、進学校を目指す里穂にとって学力の向上は重要だったが、それよりも日に日に高まる緊張への対策が優先課題だった。

兄弟姉妹がいなかったので、昔から「おひとりさま」には慣れていた。適当に電車に乗って、気が向いた駅で降りてカフェに入る。ぼんやりと紅茶を飲みながら最近観た映画の印象的なシーンを思い浮かべ、小説や詩集の世界に入り込んで至福に浸る。

横浜の家から新宿の画廊までは、片道一時間以上かかるので、あまり頻繁には出掛けなかったが、好きなイラストレーターの作品が展示されるときは遊びに行くこともあった。

思えばこのころから既に、里穂は一人の時間をうまく使っていたのかもしれない。蓄積した情報や感情を整理するための友は、丁寧に創り込まれたフィクションの世界。そうして心のマッサージを受けた後、希望を抱いたり間違いに気づいたりしてきた。

その日は午前中に家を出て、書店に寄ってからふらりと駅に向かって電車に乗った。当てのないお出掛けの行き先が「横浜港シンボルタワー」に決まったことに理由はない。強いて言えば「紛らわせる」のではなく「空っぽ」にしたかった。

バスを降りて「芝生マウンド」のベンチでしばらくボーッとした後、タワーに向かった。展望室で海を見ることにしたのだ。

　里穂はＭＤを替えてジョージ・ウィンストンの『Ｌｏｎｇｉｎｇ／Ｌｏｖｅ』を再生した。冒頭の澄んだ高音から切なさを訴えかけるような抒情的な主題が好きで、物心ついたときから父が聴いているピアノ曲だ。友だちから借りた宇多田ヒカルやケツメイシもＭＤに落としているが、これまでも主にインスト曲を摂取して生きてきた。

　交通の便が悪く、友だちと騒げる場所でもないので頻繁に来ることはない。だが、里穂はタワー展望室の窓越しに見るのんびりとした海が好きだった。

　休日にもかかわらずほとんど人がいない。里穂は一段飛ばしで快調に飛ばしていく。階段の色が青から緑に変わり、折り返して黄色になったところで慌てて足を止めた。

　階段の小さな踊り場に人が座っていた。

「あっ、ごめんなさい……えっ？」

　里穂が目を見開いたのは、その男の人が折りたたみの小ぶりな椅子に腰掛けていたからだ。

　普通、こんなところに座る？

　里穂の頭はすぐに「普通ではない」との答えを弾き出したものの、三つの理由から容易に立ち去ることができなかった。

　一つは彼が絵を描いていたこと。次にその彼が同年代だったこと。最後に里穂の好きな物静かな雰囲気をまとっていたこと――「ハマの死角」らしく、全く予想外なところに人がいたものだ。

　そもそもこの殺風景な狭い踊り場で、何をモチーフにしようというのか。気になって仕方なかった里穂は、ＭＤの再生を止めてイヤホンを外した。

「あの……何を描いてるんですか？」

見ず知らずの人に話し掛けるなど、奥手な里穂にとってはかなり大胆な行動だった。

「階段」

「階段？　ここの……この目の前の？」

「まぁ……」

「ちょっと見せてもらっていいですか？」

男の子は黙ったまま用紙を載せたカルトンごと里穂に寄越した。長い前髪をうるさそうに払ったが、特に気分を害した様子はなかった。

彼の二重瞼の目をチラッと見てから、デッサンに視線を移した。そして、そのあまりに精密な描写に息を呑んだ。

中央に白いセンターラインが入っている七段ほどの黄色い階段は、正面に見える平面の部分——蹴込み板——が派手に黒ずみ、段の手前に突き出た部分——段鼻——の溝が疲れたようにくすんでいる。縦桟タイプの手すりが放つ白い光沢から、折り返す階段の裏側に潜む陰に至るまで、恐ろしく細密に描いている。

奇を衒わず、ひたすら模写に徹する姿勢に狂気が垣間見えた。曲がりなりにも画廊の娘として育った里穂には、彼に宿る写実の才がひしひしと伝わってきた。

父に見せたい——。

自分好みということは、父好みでもあるはずだ。里穂は長いスカートの裾が地面に着かないよう気をつけながら、彼の椅子の横にしゃがんだ。

「あまりに線がしっかりしているので驚きました。観察眼も鋭いですし」

里穂は相手の言葉を待ったが、彼は軽くお辞儀しただけだった。

「その……理由というか、何で階段を描いてるんですか？」

ここにスケッチに来るなら、普通は海を描く。お世辞にも美しい場所とは言えない。

「あんまり人が来ないから」

拍子抜けするような答えに「まぁ、確かに……」と相槌を打つ。

「でも、海とかきれいですよ」

里穂がそう言ってカルトンを返すと、彼は「ここ、細かく描けるから」と言ってデッサンに戻った。ステッドラーの青い鉛筆の芯が、画用紙にこすれる心地いい音がする。

ひと目では気づかない汚れや凹みを素早く写し取っていく様は、別世界の人のようだった。同じ色の瞳を持っていても、一度に吸収できる情報量がまるで違うのだ。

「美大目指してるんですか？」

「いや、特に」

「でも、もったいないですよ！」

特に表情を変えることなく帰り支度を始めた彼を見て、里穂は自らの厚かましさにようやく気づいた。そして、馴れ馴れしく声掛けしたことが急に恥ずかしくなった。本当はもう少しわきまえた人間だと伝えたかったが、何を話しても相手に関係のない言い訳になることぐらいは分かっていた。

立ち上がって椅子をたたんだ彼は丁寧にピーコートのボタンを留めた後、カルトンの画用紙を外して里穂に差し出した。

「よかったら」

慌てて立ち上がり、突然の贈り物を両手で受け取った里穂は言葉に詰まった。近づけて観ると、対象が迫ってくるような強さがある。

これまでに経験したことがないほど胸が高鳴り、嬉しさが込み上げてきた。

背の低い里穂は見上げるようにして礼を言うと「大事にします」と画用紙を抱くように持った。

大きなバッグを肩掛けにした彼は小さく頭を下げると、階段を降りていった。先ほどまでの喜びが焦りに変わり始める。

もう会えないのだろうか——そう思うと無性に寂しくなった。

「あのっ」

呼び掛けたのはいいが、振り向いた彼の顔を見てしまうと浮かんでいた言葉が霧散していく。里穂は必死になって「次」につながる糸を探した。

「私の父が新宿で画廊をしてます。『わかば画廊』っていうんです。よかったら、遊びに来てください」

頷いた彼に「お礼がしたいからっ」と告げると、鼓動が乱れて後が続かなくなった。里穂は自分でも頬が強張っているのが分かった。

「それ、何聴いてるの？」

彼にイヤホンを指差されているのに気づいた里穂は、流行りの歌にしようかと迷ったが、結局「ジョージ・ウィンストンです」と正直に答えた。

返事を聞いた彼が一瞬、目を大きくし、すぐさま透き通るような笑みを見せた。

里穂の頭の中で勝手に薄いベールがかかり、その向こう側に彼の笑顔があった。それまでも片想いをしたことはあったが、そういった気持ちと一線を画す衝動が胸の内に起こった。

これが恋か、と他人事のように思う。里穂は喜びや寂しさを混ぜ合わせた複雑な感情を持て余し、何度か深呼吸した。

どこの高校だろう——姿が見えなくなってから、再びその場にしゃがみ込んだ。彼の通っている学校に通えたらどれだけ幸せだろうか。

目の前の階段と彼のデッサンを見比べ、里穂は打ちのめされている自分に気づいた。そして「あっ」と声を出してから、頭を軽くたたいた。名前を聞くのを忘れてしまったのだ。

里穂は画用紙を胸に抱いたまま、展望室に向かって階段を駆け上がった。上から彼が見えるかもしれない。

せめてもう少し、彼を感じていたかった。

5

受信メール欄にゴシックの文字があるのを見て、里穂は条件反射的にカーソルを合わせた。画家への取材依頼かもしれないなどと勝手な期待をして、ろくに件名も確認せずにクリックした里穂は、途端にうんざりした声を出した。また新聞広告の「お願い」だ。全国紙の子会社から大幅な値引きの提案を受けるたびに、紙媒体の生き残りの厳しさを目の当たりにする。まだ知名度のある画家の個展なら、広告を出しても反響があるのかもしれない。だが、これからの才能に投資する「わかば画廊」の若手の名前を載せたところで、反応はないに等しい。網は狭まるが、絵に興味のある人が読む美術雑誌の方が訴求効果は高い。

画廊の窮屈な事務室でマグカップを手にし、渋くなり過ぎた紅茶を口にしてため息をついた。年が明ければ、里穂が企画したグループ展まで待ったなしの状況となる。六人で四十点ほどの作品を展示する予定で、画家たちは今、食事の時間も惜しんでキャンバスに向かっているだろう。自分にとって初めての仕切りとなる企画。点数よりクオリティを重視する姿勢は十分に伝わっているはずだ。売れ残りの作品が幅を利かすような展覧会だけはご免だった。

新たにメールを受信した。六人のうちの一人、木津川美和からメッセージが届いた。新作が完成したようだ。

「今、サイン入れました！　最後の一点はギリギリになると思います……」

笑うと目がなくなる美和の愛嬌が、そのまま文面に表れていた。お酒を飲んでいないのに、いつもほんのりと酔っているような雰囲気を漂わせるが、創作に入るとしぶとさを発揮する。里穂は、納得がいくまで絵筆を置かないところに美和の才能を見ていた。まだ二十九歳なので、これからも画力は伸びていく。

添付データを開くと、サインの入った写実画がパソコン画面に表示された。細密に描かれた花を見ているうちに、里穂の心が明るくなっていく。

白、紫、ピンクの花々が地を這うように咲いている。不規則に引かれた境界線を頼りにテリトリーを分ける芝桜。朝の陽を浴びているようなさわやかなトーンが魅力的な作品だった。

実際に現地で見たことがないにもかかわらず、里穂は芝桜から「横浜港シンボルタワー」を連想した。芝桜が春の「芝生マウンド」を彩っていたのはほんの数年間で、名所と呼ぶにはあまりに期間が短い。里穂にとってのシンボルタワーは、やはりあの階段だった。

事務室にある作業台に置いている小さめの額を両手で持った。粗末な画用紙に描かれた貧相な階段。だが、里穂には細部にちりばめられた画家の「目」が感じられた。汚れ一つ、埃一つが確かな実在だった。

奇妙な出会いから三ヵ月後、里穂は思わぬ場所で彼と再会する。

剪定された小枝のように細かい事柄が記憶から抜け落ちている。

第一志望だったにもかかわらず、体育館で行われたこと以外、高校の入学式に関する映像は浮かんでこない。

里穂が入学したのは神奈川県内の私立高校だった。

何かしらの退屈な挨拶、歌詞の分からぬ校歌斉唱などを経て式が終わると、新入生はそれぞれ振り分けられた組の教室へ向かった。

里穂は中学時代の友だちを探しているうちに、集団から押し出されるようにして一人になってしまった。

あんまり仲良くなかったからな……。同じ高校に進んだ友人は違う女子グループで、二年のときにクラスが一緒だったこと以外、これといった接点がなかった。

無理して探すこともないか、と気持ちを切り替え、階段を上がっていたとき——里穂はあまりのことに我が目を疑った。立ち止まってすぐに一八〇度ターンし、呼吸を整える。

何でここにいるの……しかし里穂が振り返ると確かに、いた。

制服姿の彼が、踊り場で窓の外を眺めていたのだ。

青天の霹靂に里穂はブレザーの裾をつかんだまま固まってしまった。本当に驚いたときは胸が詰まって声が出ない。「絶句」を身をもって経験した。

「あっ……」

里穂に気づいた彼も驚いて声を上げた。紺色のブレザーはひと目で真新しいものだと分かる。

自分のことを憶えてくれていることは嬉しかったが、バクバクと鳴り続ける心音を意識すると余計に緊張が増した。

「また階段だね」

その彼の一言でようやく強張りが解けた。やはり忘れてはいなかったのだ。

「今日もデッサンですか？」

冗談に優しく笑ってくれたことで勢いづき、里穂が続けて「一年生ですか？」と聞くと、彼は小さく頷いた。

同い年だったんだ……大人びた雰囲気から最初は大学生と思ったほどだった。

「何組？」

既に担任の挨拶が始まっているのではと気掛かりではあったが、里穂はもう少し二人の時間を味わいたくて、足を止めたまま「三組です」と答えた。

「じゃ、一緒だ」

知らないうちに人助けでもしてたのか、と里穂は自らの幸運に目眩がした。

長かった前髪は校則を意識してか、少し短くなっていたものの、力強い二重瞼と頑固そうに引き締まった口元は記憶のままだ。

二人で階段を上がっているときに彼が「ごめんね、行けなくて」と謝ってきた。何のことか分からず、里穂が返答に窮していると「『わかば画廊』」と付け加えた。

「憶えててくれたんだ……」

さりげない様子でタメロをきいた里穂だったが、自分の中ではかなり勇気のいることだった。

それからは会話が続かず、冷たい廊下に響く靴音がやけに大きく聞こえた。また馴れ馴れしくしてしまった、と後悔している最中に三組に着いた。

一歩前に出て教室の戸に指を掛けた彼が、横顔を向けて唐突に名乗った。

「ナイトウ、リョウって言います」

その照れた表情を見て、里穂は怒っていたわけではないのだと安堵し、同時にこの再会によって新たな生活が始まるのだと予感した。

リョウってどんな風に書くんだろ——ぼんやりと思っていたときに戸が開かれ、教室の窓の向こうにあった華やかな色彩が目に飛び込んできた。

校庭に咲く桜の木々。その薄桃色の花を揺らす風が里穂の心の中を通り抜け、恋の訪れをさわやかに知らせた。


普段は相手の心が見える方なのに、好きな人のことになると何で分からないことで満たされるんだろ。

入学式の後に話してから、一学期の間に里穂と亮が言葉を交わしたのはほんの数回しかなかった。思い当たる原因はいくつかある。席が遠すぎること、二人とも帰宅部で話すきっかけがつかめないこと、クラスが団結するような学校行事がなかったこと……。しかし一番の原因は、互いに共通する人見知りの性格が災いしていると里穂は睨んでいた。

二人は兄弟姉妹がなく、言葉数が少ない大人しい性格だった。恐らく嫌われてはいない。だが「好き」という感情は関心度の話でもあり、あまり自分のことが気にならないのかもしれない、と考えると里穂は寂しかった。

同じ学年の中に亮のファンであることを隠そうともしない女子が何人かいた。そんな積極的な同級生に声を掛けられたとき、彼は決して邪険に扱うことはしなかったが、必要最低限のコミュニケーションで接した。

それに安心する一方で、自分もあんな風に軽くいなされたらと思うと、なかなか前へは進めない。そうして春から初夏、梅雨の時期をもどかしく過ごし、遠くから見ているだけの時間が流れたが、彼に対する想いは日に日に増すばかりだった。

夏休みを直前に控えた七月、内藤亮に関して妙な噂が出回り始めた。

入学してから最初に親しくなった奈津子と電車で帰っていたとき、ドアにもたれ掛かっていた彼女が思い出したように言ったのだ。

「あっ、内藤君の話聞いた？」

彼の名前は聞いただけでドキンと胸を打つ。前に立つ奈津子に「何かあったの？」と何でもない風を装って情報収集を始める。

「何か昔、かなり大きい事件に巻き込まれたらしいよ」

「事件？」

「ちょっと里穂、そんなに深刻な顔しなくても。前の話なんだからさぁ」

奈津子に笑われて「ごめん、ごめん」と表情を和らげながらも、友達を質問攻めにした。

曖昧な噂ではあったが、それでも高校一年生にとっては十分に衝撃的なエピソードだった。

十二年前に起きたという神奈川二児同時誘拐。里穂は奈津子の話を聞くまで事件のことを全く知らなかった。厚木で小学生の男児が誘拐され、翌日には横浜で四歳の幼児が拐われた。その横浜での被害者が亮だったというのだ。

中でも最も驚いたのが「犯人が亮の両親だった」という情報で、奈津子は「彼、どことなく陰があるもんね」と同意を求めてきた。適当に返事をした里穂だったが、確かに亮には侵し難い独特の雰囲気がある。

その日の夜は、ご飯を食べていても宿題をしていても、思考がボヤけて集中できなかった。誘拐事件など遠い物語のことだと思っていたのに、身近な人のことになると噂話を聞くだけで怖くなる。きっと本人にとってはトラウマに違いなく、里穂は無神経な言動は慎しもうと心に決め、自分だけは彼の味方でいようと誓ったのだった。

しかし、お調子者が剝き出しの状態で放置されているのが高校時代というもので、ある日の放課後、クラスメイトの男子が亮に聞いてしまった。おまえは誘拐事件の被害者なのか、と。

亮は「さぁな」とだけ答えて颯爽と部屋を出た。

一部の男子はこの冷たい仕打ちに憤慨したが、大半のクラスメイトは鮮やかな去り方に好感を持った。

夏休みが明けると、ほとんどの生徒が、帰宅部でずっと本を読んでいる男子のことなど気にかけないようになった。友人の奈津子も然り。二人でいても亮の話になることはまずなかった。

しかし、里穂だけは逆コースをひた走っていた。横浜市内の図書館の縮刷版で、全国紙と地元紙の記事を片っ端から読み漁ったのだ。これで事件の正確な概要はつかめた。本当は週刊誌も読みたかったが、調べる方法が分からず、インターネットの掲示板にもほとんど情報がなかった。

それにしても人の噂とはいい加減なものだ。彼の両親は犯人などではなく、事件自体が未解決だったのだ。

里穂が読んだ数ある記事の中でも、事件発生から五年の節目に書かれた大日新聞のドキュメント原稿は出色の出来栄えだった。被害者の心痛と犯人の卑劣さ、そして懸命に現場を這いずり回る警察の動きが、リアリティ豊かに再現されていた。

大人に連れ去られたとき、亮は相当怖かったに違いない。里穂はよく無事で帰ってこられたものだと神様に感謝し、一方で事情を知るほどにモヤモヤとしたものが大きくなっていった。

未解決事件ならば通常「犯人は誰か」に焦点が絞られるが、亮の件についてはさらに大きな謎がある。それは、
空白の三年に何があったのか——。

亮は四歳から七歳の三年間、誰かに育てられている。この世にその大人がいると想像すると、里穂の腕にはいつも鳥肌が立つ。亮が自力で帰ってきてから九年。犯人たちがまだ生きていてもおかしくない。そして、亮自身が憶えている可能性も十分にある。

入学式の日、階段の踊り場で窓の外を眺めていた亮の横顔を思い出す。彼は何を考えているのだろうか。なぜ知っていることを警察に話さないのだろうか。犯人のことが憎くないのだろうか。

知りたい、と願うほどに彼が遠くなるような気がした。

せっかく同じクラスになったというのに、里穂と亮の関係は一定の距離を保ったまま発展することはなかった。文化祭も体育祭も滞りなく終わり、時間だけがいたずらに過ぎていった。

唯一の救いは、亮が誰にでも壁をつくっていたため、恋人の存在がなかったことだ。冬休みを前にファンの女子が「彼女いるの？」と聞いたとき、彼が「そういうの苦手だから」と答えているのをたまたま耳にした。

いつもそうだ。安堵した後、自分にもその資格がないような気がして寂しくなる。

名字は内藤だが、彼は「木島」の表札がかかった家に住んでいる。新聞に書いてあった祖父母の邸宅だ。里穂は休日に一度だけ家の前を通ったことがあった。彼と出くわしたらどうしようとドキドキしながら歩いたが、当然のごとく何も起こらなかった。確認できたのは木島家がお金持ちとい

うことぐらいで、やっぱり自分とは釣り合わないのかなと、少しずつ自信を失いながら帰った記憶がある。

彼の親は今、どうしているのだろうか。毎日教室で顔を見るというのに、親しくなるどころか、亮に関する謎は深まるばかりだった。彼が長い指を絡めて持つ黒革のブックカバーを眺めては、何を読んでいるんだろうと想像した。一緒の本を読みたかったが「何読んでるの」の一言が言えなかった。そんなことはしない人だけど、もし面倒くさそうな顔をされたら生きていけない。

二年生になってクラスが離れたとき、里穂はしばらく絶望的な気持ちで学校に通った。彼のいない教室に意味はなく、校舎が色褪せて見えるほどだった。

亮が部活に入らないから帰宅部を選んだのだ。味気ない日々に耐えかねて、諦めようと思ったことは数知れず。彼の顔を思い浮かべると胸が苦しくなるものの、厄介なことにその苦痛は微かな快さを伴っていた。この思春期の懊悩はいつも、額に入った階段のスケッチに帰結する。結局、里穂は亮の才能に魅せられていたのだ。

葉桜の季節となり、たまに廊下ですれ違うだけでは満足できなくなった里穂は、誰にも言えないたった一人の〝部活動〟を始めた。親にも明かせない隠密行動。

里穂は直前まで自分がそのようなことをする人間だとは思っていなかった。きっと友人がしていたら引いていたに違いない。

案の定と言うべきか、この密やかな楽しみのせいで里穂はピンチに陥るのだった。

第三章――目的――

1

【立花明美／神奈川県海老名市内の自宅アパートで接触】

〈少し開けられた玄関ドアから顔を覗かせる。終始ドアノブを離さずに対応した〉

えっ、どなたですか？　大日新聞……いらないです。申し訳ないです……えっ？　記者？〈名刺を受け取る〉。あぁ、誘拐の件でしたらちょっと分からないです。あの、もうすぐ娘が来るんで、片付けとかあるんで。

息子ですか？　いや、もう成人して働いておりますので……警察？　いや、ちょっと……〈4秒の沈黙〉。何か知ってらっしゃるんですか？　息子のことで……はい、はい、あぁ……確かに数年前に警察の方が何度か来ました。でも私、全然何のことか分からなくて。警察も詳しく教えてくれないんです。聞くばっかりで。息子は何をしたんですか？

「ソーラーシステム」……何か刑事さんが言ってた気がします。詐欺の疑い……はい、逮捕されたんですか？　えっ、どういうことですか？　よく分からないですけど、そんな手の込んだこと思いつける子じゃないですよ。逮捕されなかったってことは、そういう事実がないということじゃないんですか？

（手帳に「黒木充」「野本雅彦」と書いて見せる）。知らないです。でも、警察が何人か名前を挙げて「知ってるか」みたいな会話はありました。いえ、誰かは憶えてないです。この二人ですか？聞かれたかもしれないですけど……。

結局、警察の厄介になってるってことはないんですよね？　息子がどこにいるか、ご存じですか？　あぁ、そうですか。

いえ、あの人とは結構前に離婚したんで。二十年ぐらい前です。息子がおかしくなったのは、あの人のせいですから。狂言ね、それ、うんざりするぐらい言われました。少なくとも子どもたちと私は何も知りませんでした。信じてもらえるか分からないですけど。

さぁ、どうなんでしょうね。ただ、いっぱい嘘をつかれましたから。お店がうまくいってないっていうのは、何となく察してました。でも「処分できる株がある」とか「海外に支店を出す」とか、いい加減なことばっかり言ってました。だから、身代金が用意できないって知ったときは、びっくりしてしまって。

だって、普段調子のいいこと言ってるのに、いざとなると、息子を助けられないなんて……情けなくなりましたよ。無事に帰ってきてくれたからよかったけど、でも、あの出来事があってから、あの人のことが信じられなくなりました。

もう昔のことですから。そうですねぇ……誘拐の一ヵ月ぐらい前から、何度か知らない男の人から電話がありました。無愛想で、感じの悪い人です。いえ、詳しくは憶えてないです。若くはなかったかな。警察になんか言えませんよ。さすがに違うと思いますけど、あの人が犯人だったら、私たちの人生も終わってましたから。

息子の居場所、本当に知らないんですか？　そうですか……。えぇ、何年も連絡がないんです。

ひょっとして、その黒木と野本という人が誘拐に関係してるんですか？

〈大きな買い物袋を両手に下げた女性——明美の長女——が近づいてくる〉

どちら様ですか？　えっ、ちょっとお母さん、話しちゃダメじゃない。何でいきなり来るんですか。ノーコメントです、ノーコメント。何を聞きに来られたんですか？　娘ですけど……やめてください。マスコミの人は信用してないんで。あることないこと書かれてきましたから。捏造ばっかり。

もう帰ってください。ＳＮＳに名刺の画像上げますよ。二度と来ないでくださいね。次は本当、警察呼びますから。

2

明治の西洋館を再現したその館は地元の名所で、レンガ造りの建物の前には、かつて使われていた牛馬用の水飲み場や時代を感じさせる木製の公衆電話ボックスがある。長年の雨露が染み込む石造りのバルコニーに掲げられているフランス国旗には、ガス灯をモチーフにした店のロゴが入っていて、午後の穏やかな風になびいている。

だが、門田には館前で足を止めている余裕はなかった。既に十分ほど遅刻しているのだ。大急ぎで木枠のガラスドアを開ける。

一階にある喫茶室はひと目で満席と分かった。門田はすぐに、窓際の四人掛けの席で本を読んでいる白髪の男に焦点を合わせた。

「藤島さん」

声を掛けると、高齢の男は目尻に皺をつくって片手を挙げた。なるほど年は重ねているが、軽快な雰囲気はそのままだ。

「門田君、いやぁ、懐かしい。いいジェントルマンになったじゃないか」

「遅れてしまって申し訳ありません」

「とんでもない。どうぞ、掛けてください」

門田は対面の赤い革張りの椅子に腰掛けた。

「出掛ける前になって急にカニが届きまして……」

「確かに藪からカニは痺れるねぇ」

藤島の表現が面白く、門田は噴き出した。

週末に支局のある宇都宮から都内のマンションに戻っていた門田のもとに、突然冷凍の宅配便が届いた。

送り主は富岡克己（かつみ）。中澤の通夜があった日、先崎とともに現れたプリウスの運転手だ。あの事件で唯一、犯人と思しき人物を目撃した元刑事。同封の手紙には、実家が北海道で少し向こうに帰っている旨が記されていた。

立派なタラバガニを解体し、冷凍庫を整理してから詰め込んだ。

その予期せぬ贈り物のために遅刻してしまったのだった。

「はぁ、あの霧笛橋の捕捉班の刑事ね」

事情を話すと、藤島はすぐに記憶を喚起した。事件の情報が骨の髄まで染み込んでいるのだろう。

「そんな豪華なカニを贈るってことは、かなり門田君に期待してるんだよ」

「いやぁ、怖いんでちゃんとした物を返しておこうと思いましてね」

「カニに指を挟まれると痛いからねぇ」

藤島がケーキセットを頼んだので、後輩として追従を余儀なくされた。

黒々としていたオールバックの髪は今、真っ白で分け目が入っている。以前お世話になった先輩が八十五歳になるという時の流れに驚かされる一方、薄い青紫色のツイードジャケットを粋に着こなしている若々しさが嬉しかった。

定年退職後の四半世紀は、読書と小旅行を生きがいにしているという。

「記者人生の大半を生ぐさい事件事故の取材に費やしてきたのにさ、門田君。今じゃ、反動で哲学と歴史の読書三昧だよ」

趣味人の門田は、リタイヤ後の自由時間が羨ましかった。革製品の手入れ、木製テーブルのワックス掛け、スーツのお直し、英国ミステリー、そしてガンプラ制作……一日などあっという間に過ぎていくだろう。

ホットコーヒーとともにモンブランの皿が二つ、テーブルに並べられたことを合図にして、マスクを外した門田が本題に入った。

「先月、事件当時マルK指導をしていた中澤さんが亡くなりまして」

「まだ若いのにねぇ。弔電は打ったんだが」

門田は通夜の日に現れた先崎と富岡に週刊誌を見せられたこと、内藤亮が如月脩という名の画家になっていたこと、銀座の画廊「六花」を通して亮と野本貴彦がつながったことを説明した。

「野本雅彦の弟か……そりゃ盲点だったな。鉱脈はそんなとこにあったのか」

「貴彦は事件のあった年に行方を晦ましてるんです。さらに驚いたのは、ある立件できなかった詐欺事案に黒木充と野本雅彦が絡んでいて、捜査チャート図に立花敦之の名まであったんです」

たたんだマスクを紙のケースに収めた藤島は、思案顔でコーヒーを啜った。

「あのまるまるとしていた男の子がね。助かったときはホッとしたんだけど」

「川崎の倉庫で見つかったんですよね」

それまで重苦しい空気に包まれていた警察庁記者クラブに、初めてもたらされた朗報。先輩記者たちに倣って、門田も大きく拍手したのを憶えている。だからこそ、先崎からチャート図を見せてもらったときのショックは大きかった。

「父親の立花博之は死んでるよ」

大切な情報を伝えるときのタイミングと言葉の短さに、門田は往年の敏腕記者を見た。

「今も昔の刑事たちとやり取りしててね。十五年ほど前かな」

「死因は何ですか?」

「自殺。借金で首が回らなかったということだけどね。事業に失敗するたびに、人間関係の筋が悪くなっていったみたいだから、真相は分からんよ」

自殺なら警察広報はない。誘拐事件の数年後、立花博之の輸入家具販売会社は倒産した。それからほどなく、一家は厚木から姿を消した。

「実は昨日、海老名にある立花明美のアパートを訪ねたんですが、彼女、博之のことを随分恨んでる様子でした」

事件前、得体の知れない男から電話が続いていたことも付け加えた。

「黒木充の一味が木島茂の『海陽食品』にクレームをつけてた話があるだろ? 七人が胃腸炎にな

ったっていう。そのうちの一人が立花博之のかつてのバイト仲間だったらしいんだ」

新たな情報。「海陽食品」を通して博之と黒木がつながっていた。

「無論、いくつかの筋はあるけどね、少なくとも私のネタ元関係では『厚木』は狂言で確定してる」

やはり藤島と会ってよかった。時効になってから口を割る刑事もいるので、継続取材がなければ得られないネタだ。

「『厚木』が狂言なら『山手』も、と考えていいんでしょうか？」

藤島は「うーん」と腕を組んで吹き抜けの天井を見上げた。室内上部の所々に嵌め込まれた半円形のステンドグラスが、陽の光を通して原色を際立たせている。

「内藤亮は、祖父母だけには何か話していたのかもしれない」

空白の三年に関することだ。門田は「と、言いますと？」と言って先を促した。

「あのとき、被害者対策班で一人、女性刑事がいただろ？」

「ええ。一課の性犯罪担当の」

「彼女が一時期、茂の妻と良好な関係を築いていたみたいでね」

男だらけの邸宅で、女性はお手伝いを含めて三人だけだった。妻、塔子にとってその女性刑事の存在は心強かったに違いない。

「ご存じの通り、茂は警察に対する不信感が強かった。だから突破口として塔子の線に期待してたんだが……」

「結局、味方につけることはできなかった？」

「決定的な証言は得られなかった。でも、亮は塔子の方に懐いていたからね。三年経って帰ってきたとき、彼は祖母に『この家で育ててください』って言ったというし」

「七歳の子どもが？」

「塔子はね、相当きちんと躾けられているって、その女性刑事に話しててね」

藤島の取材メモには、塔子による「情けないけど、生みの親より育ての親っていうのは本当ね」との言葉が記されている。この「育ての親」は木島夫妻を指すのかもしれない。だが、門田は「情けないけど」という言葉に引っ掛かった。

塔子の言った比較が〈まともに我が子を育てられなかった自らの娘〉と〈三年の間に礼儀作法や読み書きを教えた「X」〉と考えるのは飛躍のしすぎだろうか。警察は当然、木島家の親戚を調べ尽くしている。その中に亮と接触した人物はゼロ。

他人の子どもを誘拐して三年だけ育てる——そんなバカな話があるか。だが亮は、自分の親が警察から疑われ、いろんな週刊誌に真偽不明の記事を書かれたにもかかわらず、その先ずっと沈黙を守り続けた……。

「木島の家も二人とも鬼籍に入ってるからね」

藤島はそう言って、モンブランを口にした。

木島夫妻の晩年は幸せとは言い難かった。亮が高校を卒業した二年後の二〇〇八年「海陽食品」は多額の負債を抱えて倒産している。翌〇九年に茂、一三年に塔子が病死。山手の木島邸は取り壊され、現在は三分割されて木島家と関わりのない人たちの家が建っている。

「この前、先崎さんから聞いたんですが、木島茂が身代金を運んでたとき、倒れたじゃないですか？」

「暴走して公園に入っていったときね。確か展望台近くの階段で呼吸困難になったたっていう。あれは門田君が引っ張ってきたネタだ」

「ええ。そうなんですが、実は呼吸を整えてから再び歩き出すまでの間、木島茂がその場でしばらく泣いていたそうなんです。右手で目元を覆って」

「それだけでも狂言説は否定できそうだね」

「恐らく、中澤さんは茂氏のことを思って私に言わなかったんだと思うんです」

「多分、そうだろうね」

補聴器をつけていることもあるが、藤島との会話は淀みなく心地よいリズムで進められる。門田はここで一度コーヒーを口に含んだ。

後輩の何か言い淀んでいる雰囲気を察知したのか、藤島が助け舟を出すように言った。

「被害者家族の緊迫の場面。言わば極限状態の人間を原稿に書けなかった。いや、その前に情報を引き出せなかったことが気になる、と？」

さすがの慧眼に門田は苦笑いするしかなかった。「刑事と新聞記者」の境界として一度は理解したはずなのに、どこか吹っ切れないものがある。

「門田君、中澤さんはまだまだ君に言ってないことがあるよ」

「えっ、それはどんな……」

「いや、具体的には分からない。でも、間違いなくブンヤに話していないことがある」

藤島の口調には確信があった。

「ネタにもタイミングってもんがある。全ての刑事が一度に洗いざらい話すわけじゃない。かく言う私もこの年になって、初めて知ることがあるんだから」

大先輩が未だ未知の扉を開けている。門田は励まされる思いで、藤島に頭を下げた。

「恐らく、この会社で最後の現場取材になると思うんです」

三十年前、初対面だった藤島も同じようなことを言っていた気がする。まさに当時の藤島とほぼ同じ年齢なのだと実感する。

「これまで書きっ放しの原稿ばっかりで、何か一つ、手のひらに収めてから社員証を返したいんです」

支局長として後輩の相談に乗ることはあっても、胸の内を吐き出す機会などない。門田は組織人として久しぶりに清々しさを味わっていた。

「門田君は、今、何が知りたくて取材してるの？」

突然ど真ん中に直球を放り込まれ、門田は言葉に詰まってしまった。中澤によく言われた「結局、門ちゃんは何でブンヤやってるの？」と同じ性質の問い掛けだと分かる。

藤島は「久しぶりに清張（せいちょう）のエッセイ読んでるんだけどね」と革のブックカバーに包まれた文庫本を掲げた。

「彼曰く文学作品っていうのは『解決を目的に書かれているのではない』と。これって、記者にも当て嵌まるんじゃないかな。ブンヤなんて問題を解決できるほど立派なもんじゃない。問題を伝えることしかできない」

少し疲れたのか、藤島は背もたれに上半身を預け、腹の前で両手を組んだ。

「大事なのは、なぜそれを伝えるかってこと」

今も刑事と連絡を取り続ける先輩記者の言葉の重みに、門田は一生徒になった気持ちで居住まいを正した。

藤島は鷹揚な態度で頷き、やや声を潜めて言った。

「内藤瞳は今、北九州にいる。商店街で働いてるらしい」

3

翌週、門田は飛行機と列車を乗り継いで北九州市までやって来た。

自宅を出てから約六時間。疲れた旅人を出迎えたのは冷たい冬の雨だった。

JR黒崎駅は橋上駅舎で、改札を抜けると広場を併せ持つデッキを歩くことになる。うまい具合に屋根を見つけて進み、下りのエスカレーターに乗った。すぐ目の前がよく「放射状」と紹介される商店街群だ。

大半の通りにアーケードが設置してあるため濡れる心配はないが、思っていた以上に大きな規模だった。

黒崎地区は江戸時代に長崎街道の宿場町として栄え、明治以降は官営八幡製鉄所を基幹にした工業地帯として人口を増やした街だ。だが、地域経済の中心が工業からサービス業へとシフトチェンジしていく中で、他の地方都市同様の地盤沈下が起こっている。現地を歩くと、この国の減衰が輪郭を帯びてくるようだった。

門田はまず、地理を頭に入れるためにゆっくりと周辺を回ることにした。高いアーケードの下、数珠つなぎのカラフルな三角旗が掲げられ、真ん中辺りで力なくたわんでいる。メインストリートの「カムズ名店街」の真ん中に設置されている案内板では、計十五の商店街と市場がマッピングされていた。

門田は実際に一周してみて、これはひと筋縄ではいかないと嘆息した。大きな通りにはコンビニやチェーンの居酒屋、洋服店など比較的新しい店が並ぶ一方、駅から離れると八百屋や鮮魚店など暮らしを支える店が点在している。そしてこの「点在」こそがため息の原因なのだ。

メイン通りにも空き店舗が目立ったが、さらに小さな市場になるとシャッターを閉めている店の方が多い。空き地や駐車場も目につき、年中至る所で大開発が進む東京との不均等は、言い逃れのできない一強多弱の現実であった。

藤島が知人のフリーライターから聞いた内藤瞳の行方は「黒崎駅近くの商店街で働いている」という曖昧なもので、さらに十年以上前の情報とくれば、もはや噂レベルの話である。神奈川二児同時誘拐について調べていたそのライターは既に亡くなっていて、門田はほとんど丸腰の状態で九州に乗り込んだのだった。

現地での武器調達が必須であるにもかかわらず、肝心の古くからの店舗の扉が閉ざされている以上、手も足も出ない。それでも門田は通りと路地が重なり合ってプレイリードッグの巣のようになった現場を歩き、時計店、照明店、うどん屋、ホルモン、角打ちの店などで聞き込みを進めた。アーケードのない通りにも出て理髪店や古本屋、スナックなど扇形の区域をくまなく調べたが、誰一人として内藤瞳のことを知っている人物に出会わなかった。

確かに事前情報のない取材は賭けに近いが、本当に手ぶらで帰ることが現実味を帯びてくると、やりきれない気持ちになる。振り返れば、これまでの記者生活でここまで遠出をして成果がなかったことはなかった。裏を返せば、全国に支局を持つ新聞社の強みとも言えるが、さすがに西部本社の記者にこんないい加減な情報をもとにした取材に協力してくれとは言えない。

門田は半端な時間帯で暇そうにしている食堂に入って、チャーハンとビールを頼んだ。店のおばちゃんに旅の恥はかき捨てとばかりに愚痴ると「まぁ、ちょっと離れるけど、小さい市場はあるけどね」と教えてくれた。

「どこですか！」

光明が見えたと言わんばかりに身を乗り出す中年客に対し、おばちゃんは「でも、ほとんどの店が閉まってるよ」と、勢いをいなすように言った。

店を出た後、教わった通り国道沿いを進んだ。雨風が足元を濡らしたが、最後に浮かび上がった可能性が門田を突き動かした。

既に販売を止め、サンプルの陳列が歯抜けのようになっている自動販売機や歩道橋の下にあるゴミ袋の防鳥ネットを物欲しそうにつつくカラスの前を通り、一キロほど歩くと映画のセットのような古びた市場が現れた。

数店舗分の狭い面積ながら、波打つトタン板のアーケードは吹き抜けている。全体的に錆びついた色味で統一され、一つの店舗以外は商いの〝生気〟が感じられなかった。トタン板やベニヤ板、シャッターが継ぎ接ぎのように組み合わさって、継ぎ足しのスープよろしく経年の個性を完成させていた。

誰もいない市場の真ん中にポツンと立ち、微かな陽光のみを光源とする空間で一人、敗北感に打ちひしがれる。

人がいないのでは話にならない。

場に漂う特別な雰囲気は何とも思わせぶりで、門田は記者の習いで撮影を始めた。ネタが取れなかったときの虚しさは、酒で紛らわせるしかない。市場があるということは、この場所もかつては多くの人々に必要とされていたはずだ。

時の流れに思いを馳せ、被写体を変えながらカメラのレンズを向けていく。すると、閉ざされたシャッターに張り紙がしてあることに気づいた。紙の四隅が破け、マジックペンで書かれたであろう文字は薄まっているものの、十分に読めるものだった。

【「黒市」移転しました】という表記の下に住所と電話番号が書いてある。門田は最後の行に書かれている字を目にすると、張り紙に顔を近づけた。

達筆とは言い難いものの、その文字が【内藤】であることは見間違えようがなかった。


黒崎駅のホームで二十分待ち、電車に揺られて三十分。到着したのはJR九州鹿児島本線の起点駅である門司港駅だった。

移動中に目的地周辺について調べたが、まず駅自体が観光名所になっているようだ。駅舎として初めて国の重要文化財に指定された歴史がそれを裏付ける。

ホームにベンチがなく、起点駅らしい幅広な空間に開放感を覚える。大正時代に回帰したレトロなデザインにもかかわらず、瑞々しさを感じるのは三年前に大改修が終わったばかりだからだ。

重厚な造りの旧一、二等車の待合室がみどりの窓口や観光案内所として機能し、広々とした旧三等車の待合室が、現在もそのままの用途で使われている。外資系コーヒーチェーンやレストランにも歴史の趣が引き継がれていた。

駅舎の外観は二階建ての中央棟、東西に平屋の棟を構える左右対称形。中央棟の外壁はクリーム色のモルタル塗りで仕上げ、均等の横縞の目地が美しい石貼り風。格子状のドーマー窓との相性がいい。一説には漢字の「門」の字をイメージしたと言われているが、なるほど見事な象形だった。

駅前に復元された噴水の向こうから駅舎を眺めた門田は、かなり緻密に計算された改修だったのではないかと推察した。

玄関口が象徴するように、門司港駅周辺は「レトロ地区」として観光に力を入れているようだ。関門海峡に面し「旧門司三井倶楽部」や「旧大阪商船」など木造やタイル張りの洋館が建ち、大正ロマンを演出している。

もう少し時間があれば……いや、この雨さえ降っていなければ、ちょっとは観光を楽しめたかもしれない。だが、分厚い雲の中でこもったような光を発する陽は、限界近くまで傾いていた。単純な話だが、夜になって暗くなると人間の警戒心は増す。門田はまだ明るいうちにケリをつけたかった。

海沿いの街なので風も強い。傘が飛ばされそうになるたびに、両手でシャフトを握りしめなければならないのがストレスだった。

雨に降られる関門橋を遠くに眺めた門田は、観光地の「レトロ地区」とは反対方向に進んだ。目的地はまたも商店街である。アーケードの下に入ると傘をたたみ、緑や茶、クリーム色のタイルが不規則に埋め込まれた地面を踏みしめる。ここでもシャッターを閉めている店が多いものの、通りの真ん中に設置された簡素な広告板に酒屋や靴屋の手書きのセール情報があって、門田は日々の商いの息遣いを感じるのだった。

その商店街の一角に、天井が低く薄暗い小路がある。陽が落ちると蛍光灯や看板が色づくのかもしれないが、今は店も閉まっていて寝息が聞こえてくるような雰囲気だ。

料理屋がポツポツと残る狭い通りに「黒市」はなかった。張り紙の住所にあるのはスナック「海岸通り」。この状況をどう解釈していいのか分からず、門田は古めかしい革張りのドアを前にしばし呆然とした。

あの黒崎の市場の雰囲気と「黒市」という名称から鮮魚店か何かと思っていたので、まさかスナックに出くわすとは思っていなかった。それとも移転した「黒市」が潰れて「海岸通り」ができたのだろうか。

いや、この狭い小路で魚や肉は売れないだろうし、スナックとでは店の構造があまりに違いすぎる。

手ぶらで帰りたくない一心で藁にもすがる思いだったが、そもそも張り紙の「内藤」が内藤瞳である確率の方がうんと低い。

門田はこの道三十年の記者にしては、随分頼りない取材をしていると情けなくなった。せめて声だけでも掛けて帰ろうと思ったが、スナックのドアには鍵がかかっていて、中に人の気配もなかった。

「何しよるん?」

突然背後から声を掛けられ、門田は慌てて振り返った。

大きなポリ袋を両手に下げた小柄な男が、怪訝そうな顔をして立っていた。背は低いもののがっしりとした体軀で、短髪は見事に真っ白だった。

「ちょっと、知り合いを捜してまして」

「知り合い?　この店のママと?」

取材に半ば諦念を抱いていた門田は「ええ。内藤さんのお店ですよね?」とやけになって答えた。

「あぁ、あんたヒトミちゃんの知り合いなん?」

「ヒトミ」という響きが「瞳」と変換されて頭に浮かび上がる。

張り紙の「内藤」は、内藤瞳だった……昂った門田は「古くからの知人で」と盛りに盛って男に半歩近づいた。実際に会ったのは一度しかない。それも三十年前だ。

「お店はまだ開かないんですか？」

「いやぁそれがね、ヒトミちゃんが体調崩しとるけん、ここ数日休んどるんよ。そやけほら、食べもん持ってってやろうち思って」

男は瞳と親しいようだ。接触できる可能性が高まり、門田はどのように個人情報を聞き出そうかと思案した。

「あんたさぁ、ちょっと頼まれてくれん？」

男は友人のような気安さで、ポリ袋を持っていた両手を突き出した。

「何を、ですか？」

「これ、ヒトミちゃんのとこまで持って行ってほしいんよ。すぐ近くやから。俺、ちょっと仕込みがいっぱいあって」

頑固そうな顔をしているが、目尻の皺を深くする笑顔には意外に愛嬌があった。願ったりかなったりの成り行きに、門田は快諾して野菜と魚が入っている袋を受け取った。

「腹減っとったら後で寄り。そこの小料理屋やけ」

男が自分の店に入っていくのを見送った門田は、両手に食材の重みを感じながら「同姓同名の別人ではあるまいな」という取材あるあるを軽く警戒した。

そして、今このときに生じた喫緊の課題に向き合った。

どうやって傘を差そうか。

4

北東に約三〇〇メートル進んで着いた目的地は、細長い市場だった。

両手に結構な重量のポリ袋を持っている門田は、器用に傘をたたんで中へ入った。土地柄なのか、北九州に来てからこのようなアーケード商店街ばかり歩いている。

店数の多さがかつての賑わいを感じさせる市場の狭い通りは、示し合わせたように白いシャッターが下りていた。一抹の寂しさを覚えるのは仕方がないにしても、生き残った八百屋や米屋が棚いっぱいに商品を陳列している様子に、門田は地方に生きる商人（あきんど）の意地を見た。

そんな歯列のようなシャッター街の途中に、小料理屋の男から聞いたフリースペースがあった。店二軒分ほどの大きさで、手前の自動販売機の隣に「皆様の無料休憩所　ご自由に御利用下さい」という立て看板が設置されている。

ベニヤ張りの壁には禁酒・禁煙の張り紙と日本赤十字社のポスターがあり、市場の連絡用に使うのかホワイトボードがぶら下がっている。その壁の前に背もたれのない簡素なベンチが向かい合い、真ん中にキャンプ用のテーブルが置いてある。長居はつらそうだが、ひと息つくには丁度いい質素な空間だ。

ベンチに座るノーマスクの女は、背を丸めてスマートフォンを見ていた。身を包んでいるダウンジャケットは、せんべい布団のようにボリュームに乏しい。

「内藤さん、ですか？」

やや鈍い反応で顔を上げた女を見て、門田は内藤瞳だと確信した。明るい色の髪には油気がなく、全体的に顔の皮膚が弛んでいるものの、三十年前と同じ細身で気怠い雰囲気をまとっている。

突き止めた、という久方ぶりの感覚に胸が高鳴った。細い糸を手繰り寄せて生まれた新たな現場に立ち、門田は記者としてこの上ない手応えを感じていた。

「誰？」

酒焼けしたような声を聞き、門田は当時の取材を鮮明に思い出した。パチンコ屋から出てきた瞳に呼び掛けた際、まだ若かった彼女は新人記者を見て言ったのだ。「誰？」と。その後、氏名にふりがなの入った名刺を差し出すと「モンデン・ジロウ……」と声に出して読み「変な名前」と言い放ったのだった。

門田は小料理屋のおやじから預かった重たいポリ袋をテーブルに置き、コートの内ポケットから名刺入れを取り出した。

大日新聞の名刺を受け取った瞳は、腕を伸ばして老眼の距離を取り「モンデン・ジロウ……」とつぶやいた。そして、傘を持ったまま突っ立っている門田に、唇を歪めて言った。

「変わった名前ね」

三十年越しに交わした似たようなやり取りに、いろいろあった記者生活も結局は釈迦の手のひらの上かと、門田は笑いたくなった。

一方で、言葉遣いの変わりように歳月を感じないでもなかった。目の前には周囲を威嚇しようと肩肘を張っていた二十六歳の母親の姿はなく、どうにもならない現実を静かに受け入れている五十六歳の女がいた。門田自身、あくび一つで宿直勤務明けの疲れを吹き飛ばせる若さを手放し、二十代の記者から見れば何が楽しくて勤めているか分からないような管理職に収まっている。

門田は自販機で買った温かい缶コーヒーを権利に瞳の対面に座り、手帳を開いて器用にボールペンを回した。

「誰から聞いたの？」

瞳は缶コーヒーのプルトップを引いて「私の居場所」と付け加えた。

門田が無闇な商店街巡りについて話すと、瞳は半ば呆れながら「ご苦労さま」と笑った。流れから「黒市」や「海岸通り」の話になるかと思ったが、彼女は自らの現状には触れなかった。

「事件のこと？」

先回りして聞く瞳の顔を見て、門田は他社からの接触があったのかもしれないと思った。忘れ去られた事件とは言え、去年は発生から三十年の節目だった。

「週刊誌の記者が来ませんでしたか？」

「全然。何で？　週刊誌が私のこと捜してるの？」

『フリーダム』の記事を知らないようだったので、門田は愛用のショルダーバッグから〈第２弾**イケメン人気画家は誘拐事件の被害者だった！**〉のコピーを取り出した。

瞳は「ちょっと見えにくくて」と恥ずかしそうに言って、両手で持った用紙を顔から遠ざけた。眉間に皺を寄せたのは、細かい字を苦にしたからではないだろう。少し読んだだけでも、記事の事件が神奈川二児同時誘拐で、画家になった自分の息子が誌面によって世間に晒されたことが分かる。

老眼の瞳はもどかしそうに、しかし食い入るように記事に目を通している。その様子をつぶさに観察しながら、門田は彼女が本当に『フリーダム』の報道を知らなかったのだと認識した。

テーブルに用紙を置いた瞳は、疲れた目のピントを調整するようにギュッと瞼を閉じ、そのまま天を仰ぎ「はぁ」と深いため息をついた。

「画家になってたんだ」

瞳の第一声から門田は母子の断絶を感じ取った。予想の範囲内ではあったが、呆けたような表情を直で見ると孤独の影が深まる。

「もうずっと連絡を取ってなかったんですか？」

「まぁね……」

「内藤さんが九州に来られたのは、九〇年代の後半ですよね？」

神奈川県警担当の取材メモと週刊誌報道を突き合わせると、瞳が横浜を離れて最初に向かったのは博多である。一九九八年か九九年のことで、誘拐事件当時に恋人だった吉田悟がその後実刑判決を受けたため、別の男が一緒だったようだ。

これを亮の年齢に換算すると、十一歳もしくは十二歳。既に木島家で生活していたとは言え、小学生のときに実母との交流が絶たれたということか。

「九州に来てから、亮さんと会ったことはありますか？」

「ないよ。向こうは母親なんて思ってないだろうし」

「電話や手紙は？」

「実家に電話番号も住所も言ってないから。連絡の仕様もない」

瞳は再び記事を手にしてぼんやりと眺めた。写真を見ているようだ。

「昔から絵を描くのがうまかったからね」

柔らかな表情で目を細める姿が、門田には意外だった。彼女は息子の写真一枚残さない、愛情の薄い母親ではなかったか。それとも離れてからの二十数年の間に彼女なりの母性が育まれたのだろうか。

亮が絵を描き続けたのは、一種の逃避行動だと門田は考えている。幼い彼には目の前のモチーフ以外、信じられるものがなかったのだ。

この事件を複雑なものにしたのは、内藤瞳の存在であることに間違いはない。

我が子がいなくなったとき、親ならば誰しも死に物狂いで行方を捜し続けるはずだ。だが、瞳は母親から犯人の電話のことを聞いてもまともに取り合わず、パチンコ屋へ向かった。警察の捜査にも非協力的で「空白の三年」の間、社会に対し捜索を呼び掛けることもなかった。

当然ながら、世間は彼女を不審の目で見た。もともと活発でなかった近所付き合いは、完全に消滅。メディアは核心の情報を得られないまま、狂言説や殺害説を書き立てた。しかし瞳は、遠巻きに盗み見する近隣住民や土足で生活空間に入ってくる記者に、等しく無関心を貫いた。

それでも弁舌巧みに近づく者は必ずいて、門田の先輩事件記者もその一人だった。彼は一度だけ、瞳のアパートに上がり込むことに成功している。

取材メモには――２ＬＤＫのアパートの各部屋はゴミ袋が積み重ねられて層を成し、たまにかさかさと虫の動く音がする。切れた蛍光灯はそのままにしているため薄暗く、台所のシンクは食器や空の缶が山積みになっていた――とあり、居間に空けられた小さなスペースに座ってから、くしゃみが止まらなかったという。

この病的なまでに不衛生な暮らしぶりを目の当たりにし、記者は瞳の薬物使用を疑うのだが、これは警察の内々の捜査によって否定されている。

門田自身が中澤から得た情報で印象的だったのは、亮の口の中が虫歯だらけだったというものだ。痛がって食べられない孫を見兼ねて、塔子が歯科へ連れて行くよう強く促したらしい。

周辺の聞き込みによって入手した情報は数多くある。

亮に関しては「小さいころは取り替えられないまま重くなったオムツをはいていて、かわいそうだった」「拾ったパンを口にして驚いた」「韓国系の食料品店で食べ物を分けてもらっていた」「ガリガリに痩せていたが、食べすぎで腹を下すことがあった」「笑ってるとこを見たことがない」「アパートの階段に座って花札の絵を描いていた」――。

瞳に関しては「パチンコばかりしている」「週末は明け方まで飲み歩く」「咥えタバコでスーパーに入って店員と喧嘩していた」「男が泊まるときは、夏でも冬でも亮を外に放り出す」「息子が酔っ払った男に殴られても、特に止める感じでもない」など芳しくなく、中でも隣人に「一日だけ亮を預かってほしい」とお願いして、一週間ほど帰ってこなかったという話には呆れるより他なかった。「くっだらねぇキーホルダーを手土産に『どうもお世話になりました』で終わりだよ」というセリフから、隣人の男の怒りが伝わってくる。

その他、十代にして四、五百万の借金を抱えて自殺を図ったこと、亮の後にできた子を中絶していることも共有の取材メモに書いてあるが、これは付き合いのない知人の伝聞情報なので、正しいかどうかは分からない。

近所の人が亮について語るときは、食べ物に関することが多かった。食の感覚は日々親と接することで養っていくが、亮にはこのコミュニケーションが決定的に不足していたと思われる。これは表情の乏しさを指摘する声にもつながる。

瞳を聴取した刑事は「少なくとも身体的な暴力性はない。ただ、信じられないほど幼稚」と彼女を評した。

いわゆるネグレクトと見て大きな狂いはないだろう。だが、周囲に警察や児童相談所に通報する者がなかったことは、三十年前の日本の現実と言える。

そもそも国家として児童虐待の対応件数の統計を取り始めたのが一九九〇年度からで、この年度は一一〇一件。その後、児童虐待防止法の施行や改正、福祉施設の環境整備が徐々に進み、二〇二〇年度には対応件数が二〇万件を超えている。

民事不介入の大看板が掲げられていた時代の死角に、内藤亮は佇んでいた。


瞳は缶コーヒーに口をつけると、たどたどしい指使いでスマホの画面をタップし始めた。そして、スワイプして表示を拡大し「はぁ」と感心したような声を出した。

「これ……こんな写真みたいな絵が描けるんだ」

瞳が掲げた画面には、公園を背景にしてキノコ形のオブジェに片足を乗せる少女の細密画があった。如月脩の作品だ。

「かなり売れっ子らしいですよ」

「鳶(とび)が鷹を生んだってことか」

静かにスマホの中の絵を見つめる瞳は、過去の彼女とは異なる雰囲気をまとっていて、門田は自分の持つ情報が先入観になっているかもしれないと用心した。

「息子さんに会いたいですか？」

今の彼女なら聞けると踏んで直截(ちょくせつ)に言った。

瞳は「うーん、どうだろ」と首を傾げ、スマホから目を逸らした。

「どっちかって言うと、遠くからこっそり見たいかな」

「それはどういう心境で？」

「やっぱり負い目があるからね。自分が遊びたいばっかりに、ほとんど構ってやれなかったから。二十代のときは、これから先ずっとやりたいことを我慢して、なんて想像できなかったんだよね。大して好きでもない男と付き合って、子どもができて。堕ろそうと思ったけど、病院行ったときはもう手術できないところまで来てて、仕方なく産んだっていうのが正直なとこ」

身も蓋もない言い方だったが、事実そうなのだろう。亮をお腹に宿した瞳はそのままの勢いで結婚し、今も惰性で内藤姓を名乗っている。

「公園に連れて行ったら、子ども同士が遊び始めるでしょ？　知らない親から声を掛けられるのが嫌で、何かちゃんとした家庭を見せつけられてるような気がして、卑屈になって。旦那は籍を入れて半年もしないうちに蒸発するし、実家の父親からは勘当されてるし、私も働いて長続きするタイプじゃないから」

聴取した刑事が言ったように、幼い瞳は自立心に欠けていた。子どもができればある程度は地域内のコミュニティに溶け込むことが求められ、職に就けば人間関係の網の目に身を置くことになる。若い親たちは誰しも悩みながら現実に対処していくが、人付き合いのできない彼女はその務めを門前で拒絶し、計画性のないまま袋小路に突き進んだ。

「お母さんの塔子さんが支えになっていたんですよね？」

「まぁ、そうね……たまに子どもの面倒を見てくれたり、お金を貸してくれたり。でも、お父さんの手前、外でちょっと会うぐらいだったけど。亮はお祖母ちゃんに懐いてたから、もうそのままもらってほしいと思ってた」

働かずに済んだのは、この金銭援助があったからだろう。これも瞳が易（やす）きに流れた原因の一つと言える。

「内藤さんご自身は、どんなお子さんだったんですか?」

「別に普通の子よ」

瞳はピシャリと言って口を噤んだ。それからスマホで「如月脩」を検索し始めたので、門田はしばらく手持ち無沙汰になった。彼女はタップしてページを開くたびにスワイプして文字を大きくし、夢中になって読んでいる。

その姿を見ていると、長らく連絡を取っていないという言葉に嘘はなさそうだ。となれば、今につながる亮の話は期待できない。

「やっぱり私は、親になるべき人間じゃないから」

スマホを見ながらではあったが、唐突に瞳が話し始めたので門田はボールペンを握り直した。

「さっきの質問なんだけど、どんな子どもだったかっていう……私、小学生のときから父親とはほとんど会話がなくて、話すとしたら母かお手伝いの人。父も元気だったから仕事が忙しくて、しょっちゅう会社の人が家に来ててね。あんな家に住んでたし、確かにお金はあったんだけど、私は『海陽食品』って会社が好きになれなくて」

「それはまた、なぜ?」

「健康食品ってよく分からなかったし、グループ会社の中には得体の知れない会社もあったから。中学のときはそれでいじめられたし」

瞳によると「海陽食品」に健康器具を売る子会社があり、ある親が自分の子どもに「あれはほとんど詐欺だよ」と言ったことから、同級生たちが面白がって無邪気な悪意を膨らませていった。彼女が中学二年生のときだ。

「一時(いっとき)不登校になったけど、先生が間に入ってくれてうやむやになってね。そんなことがあったから、高校は私立の女子校に通うことになって。まぁ、名前書いたら受かるって言われてる学校だけど。高校でも私、周りにうまくなじめなかったんだけど親に話さなかったんだよね。恥ずかしいっていうのもあったし、何か煩わしかったから」

内藤瞳の人生はずっとこのように孤独だったのかもしれない、と門田は思った。実家で親と同居しているときも、幼い息子を抱えてアパートで暮らしているときも、横浜から遠く離れた北九州に移り住んだ今現在も。

自分の息子のことでさえ他人事のように構える彼女の心は、喜怒哀楽といった種々の感情が真に根付かないまま枯れてしまった印象がある。

門田は話の流れから誘拐事件につながる「海陽食品」のトラブルについて聞こうかと考えたが、既(すん)のところで思い留まった。先週、横浜の喫茶店で会った藤島が、別れ際に言ったことを思い出したのだ。

「犯罪者っていうのは、得てしてつまらんもんだよ」

あのとき、藤島から「門田君は、今、何が知りたくて取材してるの？」と聞かれ、改めて亮のことを考えたのだった。

内藤瞳の息子だった過去——内藤亮——と、画家として成功した現在——如月脩——。その間に確かに存在した三年という歳月が、一人の人生に多大な影響を与えたのではないか。限られた時間の中で、門田が新聞記者の有終としてつかみ取るべきは、中途半端な事件を起こした犯人の姿形ではない。この特異な誘拐事件が指し示すのは、もっと根源的な何かだ。

その終着駅への行程をうまく思い描けないことにもどかしさを感じながら、門田は質問を続けた。

「一九九四年に息子さんが帰ってこられたとき、彼がどこで何をしていたかは聞いてないですか？」

「全然。親からも何も聞いてない」

「帰ってきた亮君とはお会いになってるんですよね？」

「まぁ、そんな頻繁ではないけど……」

言いづらそうにしている相手を気にせず、門田はインタビューを進めた。

「三年経って随分変わっているところが多かったと思います。息子さんの変化について印象に残ってることを教えていただけませんか？」

「変化って言われても……背も大きくなってたし、やっぱり外見は変わってたかな」

底の浅い答えに満足できない門田は、黙って相手の目を見ることで圧を掛けた。

「もともと大人しくて、何を考えてるか分からない子だったから……本当によく絵を描いてて、教わったわけでもないのにうまいのよ。誰に似たのか分かんなくて、拾ってきた石を描くときなんか、じーっと見てるのよ、石を」

「子どもって普通、落ち着きがないもんですけどね」

「そうでしょ！　ほんと、ちゃんと息してんのか分かんないぐらい、止まってるわけ。ちょっと、気味が悪いときあったもん。親子でも相性ってもんがあると思うのよ。私とあの子は合わないわ」

突き放すように言った後「変わったというか、絵はうまくなってた。ずっと描いてたんだろうね」と付け足した。

実の子が三年も姿を消していたのだ。親なら何があったか知りたがるはずだが、瞳は相変わらず対岸からものを見ているような距離感を崩さなかった。

「私より、母親の方がよく知ってたと思うよ。あの子、一人で帰ってきたとき、抱きついて泣いてる祖母に『この家で育ててください』って言ったらしいから」

藤島の話と一致した。塔子は当時、戻ってきた孫の印象を女性刑事に漏らしている。「相当きちんと躾けられている」と。

亮は自分の意思で木島家を選んだのだ。厳しい環境に置かれたが故の成熟の早さかもしれない。しかし、まだ七歳の少年が……。

やはり門田はそこに大人の存在を感じずにはいられなかった。それも描いていた犯人像と大きく異なる人間の姿を。少年に今後のことを言い聞かせ、木島邸の近くまで連れて行った何者かがこの世に存在した——門田の頭の中には既に一定の方向性があって、それらが像を結ぼうとするのだが、まだその描線は頼りなく曖昧なものだった。

「あっ、そうだ」

瞳は思い出したように声を上げると、ベンチの上に置いてあった布製のトートバッグから、年季の入った赤い手帳を取り出した。そして、そこに挟んでいた一枚のハガキを門田に差し出した。

「これ、あの子から届いたんだよ」

「えっ、亮君から？」

全体的に黄ばんでいて、かなり前に送られたものだと分かる。横浜の住所とともに「内藤瞳様」とあるが、これは大人の筆跡だった。

「裏を見て」

促されるままハガキをひっくり返した門田の目は、丁寧に描かれた鉛筆画に吸い寄せられた。洗練されてはいないものの、明らかに子どものレベルを超えた桃の模写。

「内藤さん、これはいつ届いたんですか？」

「正確には憶えてないけど、あの子が帰ってくる二年ぐらい前だったか……」

「ちょっと……じゃあ、誘拐されていた、あの三年の間に届いたってことですか？」

門田は興奮のあまり声が裏返りそうになった。「空白の三年」に初めて光が差したのだ。

「そうだけど」

「そうだけどって、めちゃくちゃ大事なことじゃないですか。だって、誘拐された子どもの安否に関わることですよ。こんなこと聞いたことがない……当然、警察には知らせたんですよね？」

門田の勢いを軽くあしらうように、瞳は口角を上げて薄い笑みをつくった。

「そんなの言うわけないでしょ。証拠だ何だって言って盗られるに決まってるんだから。あいつら記者にはいい顔するかもしれないけど、私らみたいなもんは虫けら扱いだよ。それに、母親から黙っておくよう言われたしね」

「つまり、塔子さんもこのハガキのことを知っていたと？」

「見せたからね。そしたら怖い顔して『警察が動いて亮に何かあったら困るから』って」

「ひょっとして、木島家にもハガキや手紙が届いていたとか」

「いや、どうだろ。それは聞いてないから分かんない」

なぜそんなこと一つ確認できないのか。息子の命に関わる重要な情報ではないか。その無関心ぶりに苛立つ門田だったが、一方で彼女がハガキを手帳に挟み、後生大事に持っているのも事実ではあった。

先ほどから垣間見せる、息子に対して近づいたり離れたりする独特の距離感には理解し難いものがある。内藤瞳は人としてあまりにアンバランスだった。

「あの子、私が桃が好きだって知ってたから」と話す瞳の声に耳を傾けながら、門田は再びハガキをひっくり返して消印を見た。薄れて消えかかり、数字などは見えなくなっているが、かろうじて扇子と石垣のような絵が確認できた。

　頭の中のデータベースが反応し、門田はさほど時間をかけることなく一つの答えを導き出した。

　これは、京都の風景印ではないか——。

5

　ページをめくり「SCENE－79」の三枚の写真を見たとき、顔の奥で目と鼻の神経がつながったような感覚がした。

　目頭に熱を感じると一方通行の感傷が頬を伝い、慌てて涙を拭った里穂は視線を窓の外へ向けた。

　斜向かいのビルの二階にあるカフェ「アクア」。二十分ほど前まで彼がいた席には、既に中年の男が座っている。里穂がいる喫茶店「ダンテス」もまた、ビルの二階にあった。

　高校生活も二年目。梅雨入りを目前に控えていたが、里穂の心は〝部活動〟のおかげで充実していた。

　内藤亮と別のクラスになって意気消沈したのも束の間、里穂は彼のルーティーンを思い出した。毎週水曜日の放課後、祖父の会社の幹部が自宅に来るため、人見知りの彼は元町ショッピングストリートにある「アクア」で時間を潰す。誘拐事件のことを調べたときのように、里穂は持ち前の調査能力を発揮し「張り込み」に適した場所を探した。彼に関することなら何事も面倒には思わない。

「ダンテス」の小さな窓から見える「アクア」の店内は、窓際のテーブル席のみ。だが幸運なことに、常連の彼の指定席はその窓際だった。「ダンテス」は古き良き喫茶店で、年金生活者相手の商売だ。店内はいつも閑散としていて、十代のニューフェイスが小さな出窓の特等席を確保するのに苦労はいらなかった。

それから毎週水曜日の「張り込み」が、里穂の生き甲斐となった。コーヒーを飲みながら静かに本を読んでいる彼の横顔を飽きることなく眺め、自分の知らない内藤亮を想像してはにんまりする。クラスが離れたことで却って想いが強まり、里穂は今や押しも押されもせぬストーカーと化した。

ビジュアルブックに視線を戻す。先月公開され、大ヒットしている恋愛映画の場面写真をまとめた本だ。高校時代に白血病で彼女を失った男が、十七年を経て新たな一歩を踏み出すまでの物語。友達から映画に誘われたとき「難病で恋人を失う」という安易な設定のせいで気乗りしなかったが、上映後、友達が引くほど泣いていた。

「何が『ベタすぎる』よ。映画館で一番泣いてたじゃん」

友達に笑われ、気恥ずかしさにうつむくしかなかった。自分でも驚くほど感情移入してしまったのは、病気で亡くなるヒロインが里穂と同い年だったことが一つ。そして何より、カセットテープの声によって十七年前を思い出し、失われたはずの愛情と向き合っていく様が切なかったのだ。

あのとき、確かに彼女は生きていて、自分の隣にいた——その「実在」を感じるとき、里穂の頭に浮かぶのは亮だった。

今、テーブルの上で開いている「SCENE−79」は「忘れられるのが怖い」と言うヒロインの少女が、主人公の少年と結婚式の装いで写真を撮る場面だ。ウエディングドレスを着た彼女の柔らかな微笑みが有限の残酷さを物語り、その儚さによって、どこか現実離れした雰囲気を漂わせる亮が、ある日突然消えてしまうのではないかという予感を誘うのだった。

里穂はビジュアルブックに挟んでいた、出演者の場面写真入りの栞を手に取った。この栞が映画の割引券にもなる仕掛けだ。

今度は一人で観に行こう――そう思って再び窓の外を見た里穂は「あっ」と声を漏らした。雨が降ってきたのだ。こんな日に限って折りたたみ傘を持ってきていない。

腕時計を見ると既に六時を過ぎていた。陽の長い季節とはいえ、これ以上遅くなると父親に怒られる。里穂は急いでビジュアルブックをカバンに入れ、伝票をつかんだ。

ビルの細い階段から地上付近に下りて外を見ると、結構な雨脚だった。通りには傘を差している人よりバッグを頭上に掲げて走っている人の方が多い。

濡れるのを覚悟で一歩踏み出そうとしたとき、視界の端に見覚えのある人影がチラついた。ビルの階段に身を引っ込めた里穂は、東の方から歩いてくる男を見て驚きのあまり息を吸い込んだ。

学年主任の奥田(おくだ)だ――。型崩れしたねずみ色のスーツ、ズレ落ちるズボンを片手で引き上げる仕草、謎の黒光りを放つナイロン製のショルダーバッグ……情報が増えるほどに危機感が募っていった。

二週間ほど前、高校三年の男子生徒数人が補導され「MDMAを持っていた」との噂が広まった。以降「教師たちが繁華街を見回っている」という情報が飛び交い、迂闊に寄り道できない空気が校内に漂っていた。

粘着質な話し方をする奥田は、生徒からの評判がすこぶる悪い。とりわけ女子からは不用意なボディタッチのせいで最大限警戒されている。里穂も急に腕を組まれたことがあり、笑ってごまかしはしたものの、その日は一日中冴えない気持ちになった。

奥田は深く傘を差しているため、まだ気づいていないはずだ。しかし、何の気まぐれか向こう側の歩道を進んでいた彼が「ダンテス」のあるビルに向かって石畳のメイン通りを横切り始めた。

里穂は己の不運を呪った。奥田は生徒のにおいを嗅ぎつける犬並みの嗅覚を持っているようだった。今彼が傘を上げて、階段の方を見ればおしまいだ。もう一度店に戻ろうか。しかし、奥田の目的地が「ダンテス」の場合は完全に袋小路となる。ここは一か八か外に出て、走って遠ざかった方がいいのかもしれない――。

丸い体をゆさゆさと揺らしながら敵が近づいてくる。ズボンの太もも辺りの生地が肉圧で悲鳴を上げている……そんな様を確認できるほど距離が縮まった。

もう行こう、と踏ん切りをつけようとしても体が強張って動かない。もし寄り道が見つかればネチネチと責められるのは避けられず、もっと嫌な思いをする可能性だってある。歩道まであと一歩だったが、その二〇センチが果てしなく遠かった。

死角から紺色の光沢ある傘が現れ、目の前を通った刹那、里穂は不意に腕を取られた。そして次の瞬間にはその美しい傘の下、相合い傘の状態で歩いていた。

「左に曲がるよ」

混乱したまま隣の男を見上げると、内藤亮の涼しげな顔があった。

「何で……」

二十分少し前まで制服だった彼は、黒のポロシャツに細身のジーパンという出で立ちで里穂の前に登場した。一見すると大学生だった。

「あの角でもう一回左に曲がれば、大丈夫だと思う」

そう言われて、亮が奥田に気づいていたことを知った。颯爽と現れて里穂の窮地を救ってくれたのだ。そのあまりに鮮やかな救出劇に、お礼の言葉も出なかった。

二人は腕を組んで歩いていた。奥田にそうされたときは寒気と吐き気の祭典だったが、今はこれ以上ないほどときめいている。里穂は自らの意思を伝えるため、ほんの少し巻きついている腕に力をこめた。

「ありがとう」

ようやくお礼を言うと、亮は「急にごめん」と静かに謝った。

「そんな。本当に助かったから。傘も持ってなかったし……内藤君は神だよ」

「ジーパンの神って、何か軽いね」

一つ傘の下のぎこちなさは、やたらと響いて聞こえる雨音からも分かる。だが、たとえ腕だけであっても、体の接触があるので温もりは伝わってきた。里穂の心音はひと足ごとに大きくなっていった。

行き先が決まっていないこともまた、二人の距離を不安定なものにしていた。奥田という急を要する課題がなくなってしまえば、助けた方も助けられた方も次なる一手がないことに気づく。

里穂は亮が腕を解き、「じゃあ」と言って立ち去る少し先の未来を恐れた。もうちょっとだけ、このまま歩きたい。そう思って沈黙を埋める話題を探したが、浮かんでくるのは白々しい言葉だけだった。

「傘、ないよね？」

「あぁ、うん……」

「じゃあ、俺の家まで取りにくる？」

「じゃあ」と言われたときはドキッとしたが、彼が一緒にいる口実をつくってくれたことで胸が高鳴った。

一度は断るのが礼儀かと考えたものの、あっさり引かれても困る。里穂は「いつかこのご恩は必ず」と茶化しつつ、相手に気づかれないように呼吸を整えた。

これは一大事だと気を引き締める一方で、純粋な疑問が生じた。

一度家に帰ったはずの亮が、なぜビルの前にいたのだろうか。

6

そんなことあるわけないのに、里穂は自分がスクリーンの中にいるような気分でいた。

「前門の雨、後門の教師」という状況の中、窮地を救ってくれたのは好きな人で、半ば拐われるような形で一つの傘に収まり、腕を組んだままたどり着いたのが芝生の庭の豪邸。

やっぱり、でき過ぎだ。

里穂はわずか十数分の間に起こったストーリーをおさらいし、アンティークチェアの上で自らの幸運を持て余した。

「ここ、何にもないけど」

三十号のキャンバスの前に座っている亮は、申し訳なさそうに部屋を見回した。

邸宅は一階のガレージを含め三階建てで、この十二畳の部屋はアトリエ専用として使っているという。自室は別にあり、未使用の部屋がまだ二つあるらしい。里穂は「十分だと思うけど」と苦笑いするしかなかった。

まさにお屋敷と呼ぶにふさわしい威風堂々とした住まいだ。ガレージ脇にある細い石段を上がって白い鉄製門扉を開けると、眼前に美しく手入れされた芝生が広がる。雨露に濡れる芝生の向こうにあるのは、アジサイとキキョウが彩り豊かに咲き乱れる花壇。リビングの大きな窓の近くには、幹の太い木々が緑の葉を色濃く茂らせていて、里穂は家に入る前から緊張を強いられた。

玄関ホールは当たり前のように高そうな石が敷き詰められ、住めるのではないかと思うほど広かった。亮が帰宅を告げると、目の前の折り返し階段から高齢の女性が下りてきた。自宅にいるにもかかわらず、上品なベージュのブラウスを着てメイクも入念に施しているのが分かる。階段の途中で里穂の存在に気づき、口元に手を当て優雅に驚いた。

「お婆ちゃん」

亮が耳元で囁くのを聞き、里穂は慌ててお辞儀した。

木島塔子は手すりに指を乗せてスルスルと階段を下りてきて「お友達？」と弾んだ声を出した。

「お邪魔します……あっ、初めまして。土屋と申します」

「あぁ、あなたが。土屋さん、土屋里穂さん」

名前まで知っていることに驚いた里穂は、緊張気味に再度お辞儀した。

「ちょっと待っててね。甘いもの好きよね？」

塔子は里穂の答えを聞かないうちに、小走りで大きなリビングへ向かった。その奥にステンレス製のキッチンを備えたダイニングが見えた。

「私の名前知ってた、お婆ちゃん」

亮は気まずそうに「まぁ」と言うと、靴を脱いで里穂のためにスリッパを出した。

アトリエに入ったのは里穂がせがんだわけではなく、彼に任せた結果だ。亮の部屋を見てみたい気はしたが、やはり絵の方に心惹かれるのは画商の娘の性(さが)だった。

イーゼルが二台あり、それぞれにキャンバスが掛かっている。今は手前のイーゼルの絵を描いているようで、脇にある長机の上には、水平に筆を置くことができる木製の台、色ごとに分類された絵の具のチューブ入りプラスチックケース、めくって使う紙製のパレットなどが載っていた。緑や白の色が数種類つくられているパレットの表面には、透明のシート様のものがかけられている。

「それ、ラップ?」

里穂が指差すと亮は珍しく照れくさそうに笑った。

「ラップしてると絵の具が長持ちするから」

こんな立派なアトリエを持っているのに節約する亮が微笑ましく、里穂は普段の澄まし顔とのギャップにキュンときた。一方で年季の入った木製パレットもある。シュリザクラという木を使っているらしい。

入って右側は壁一面が書棚になっていて、画集や単行本がぎっしりと詰まっている。サマセット・モームの『月と六ペンス』は里穂も好きな小説だ。絵画以外では哲学書と音楽関係の本が多く、部屋の奥にあるコンポも値の張りそうなスピーカーが両脇で貫禄を見せている。背もたれ付きの統一感のない椅子が四脚、何の法則性もなく置いてあり、足の踏み場でしかないスペースがあちこちにあるアトリエは、広さと寂しさが同義になるような空間だった。

「キャンバスの隣にある、それは何?　照明?」

横長の蛍光灯が並べられて正方形をつくり、それを木枠のスタンドで包み込んでいる、見たことがない装置だった。

「あぁ、これ、自分でつくったんだ。基本的にカーテンを閉め切ってるからさ、モチーフに強めの光を当てるときに使ってて」

「自分でつくったの?　すごくない?」

「あんまり遊びに行ったりしないし、結構時間あるんだよね」

ガランとした空間で一人創作に向き合う亮を想像した里穂は、彼の存在が少し遠のいた気がした。

家を訪ねたことで、却って神秘性が増したように感じられた。

「初めて会ったときにも聞いたけどさ、本当に芸大とか美大に行かないの？」

才能があり、尚且つこれほど本格的な環境が整っているなら、画壇の王道を歩めるのではないかと里穂は思った。だが、これまで彼から進路について聞いたことがない。

しばらく目を伏せて言葉を選んでいた亮は、視線を上げると意外なほどしっかりとした声で言った。

「写実だから」

里穂は答えを受け取ったまま、しばらく返事ができなかった。

専門的に学べる大学がないということだろうか。いや、そんなすぐ手に触れられる類のことではなく、亮はもっと奥にあるものを見ているのではないか。今の彼の口調、そして圧倒的な模写の精密さから「写実」というジャンルに強い思い入れがあるようだった。

実際、目の前にある三十号キャンバスに描かれている小川の風景画は、目を見張るほどの臨場感があった。大小さまざまな岩が散在し、それを避けるようにして流水が分離と結合を繰り返す。野に生える草の緑が陽光の明るさを反射し、水しぶきの白が躍動する川の勢いを見事に表現している。

「きれいな川だね」

里穂が指差すと亮はキャンバスを振り返って「これ、湧水なんだ」と答えた。

「湧き水ってこと？」

「うん。水のたくましさが面白いんだ」

モデルになった景色を見てみたくなった里穂は場所を尋ねようとしたが、ちょうどそのタイミングでドアをノックする音がした。

亮が素早く立ち上がってドアを開けに行く。大きなトレイを持った塔子が「お話し中、ごめんなさいね」とアトリエに入ってきた。亮は受け取ったトレイを近くにあるキャスター付きの作業台の上に置いた。

夢見心地で邸宅に来たのはいいが、よく考えれば夕飯時である。里穂は立ち上がって「こんな遅くにお邪魔してしまって、申し訳ありません」と今更ながら謝った。

「いいのよ、全然。よかったら、お夕食召し上がらない？　この子と二人じゃ味気ないし」

さすがにそんな厚かましいマネはできないと、里穂は犬が水を弾くようにブルブルと首を振った。男友達の家でご飯を食べたことを知れば、昭和な父親から何を言われるか分からない。

里穂は近くにあった椅子を持ってきて、塔子に勧めた。

「いいの、いいの。私はすぐに行きますから」

塔子が遠慮してドア付近に立ったままだったので、里穂も椅子に腰掛けずに体の前で両手を組んだ。

「土屋さんのお父様は東京で画廊を経営されてるのよね？」

「そんな、経営なんて、いいものじゃないです。新宿の小さな画廊で、潰れないのが不思議なぐらいで」

里穂の返答に、塔子は手で口元を隠して楽しそうに笑った。

「この子、あんまり学校の話をしないんだけど、土屋さんの話はよくするのよ」

「えっ、そうなんですか？」

「ええ。『わかば画廊』さんにも何度かお邪魔してるはずよ」

里穂が驚いて亮を見ると、彼は視線を逸らし、作業台を押して自分と里穂の間に滑らせた。

「来てくれたことあるの？」

「まぁ、何回か」

「声掛けてよ！」

嬉しさと同時にこみ上げるもったいなさを心の中で処理しきれず、里穂の声は自ずと大きくなった。

「でも父親って、娘の男友達が来るの嫌だと思うんだよ」

「そんなことないよ！　絵を観てから、ずっと会いたがってるから。めちゃくちゃ才能あるって」

事実、写実画が好きな父の啓介は「横浜港シンボルタワー」の階段の絵を観て「目がいいなぁ」「この子、人物、風景、静物、何でも描けるわ」と手放しで褒めていた。

「じゃあ、今度土屋さんに案内してもらいなさいよ」

「ぜひ。お祖母様もよろしければ」

「あら、嬉しい。この子、愛想がないでしょ？　だから、学校で大丈夫かしらって」

「心配ご無用です。亮君は一目置かれてますから」

里穂は横目でチラリと彼を見た。どさくさに紛れて「亮君」と呼んでみたが、特に不快そうな様子はなかった。本当は出会ってからずっとそう呼びたかったのだが、勇気が持てずに今日に至ったのだ。

里穂は胸の高鳴りを悟られないよう塔子に向き直った。

「ゆっくりしていってね。夕飯は本当に遠慮しないで、遅くなるようなら私から土屋さんのお宅に連絡しますから」

塔子は孫からトレイを受け取ると、意味ありげな目配せをして去って行った。

「愛されてるね」

「まぁ、孫だから」

紅茶のカップとソーサーが「WEDGWOOD」だと分かったのは「わかば画廊」でも来客用に使っているからだ。円形の青い皿に載っている数種のクッキーは上品な大きさで、特にジャムクッキーのオレンジ色が美しかった。

紅茶を飲みながら、里穂は問われるがまま大学で西洋美術史を学ぶつもりだと、進路について話した。その他キャンバスの地塗りから絵画の修復まで、お互いの知識を分け合いながら会話を楽しんだ。大笑いすることはなかったが、微笑みながら過ごせる心地のいい時間だった。

「これ、見てもいい？」

里穂は作業台下部の棚に無造作に置かれていたスケッチブックを手に取った。

「大昔に描いたやつだから、下手だけど」

里穂はカバンに入れていたハンカチで手を拭いた後、スケッチブックの表紙をめくった。

亮が言った通り、鉛筆描きの模写には幼さが残っていた。里穂は「小学生のころかな？」と推察しながら、一枚ずつゆっくりと鑑賞した。

「これは、何？」

里穂は亮に、丸くてカバンのような形をした機械の絵を見せた。

「布団乾燥機。昭和の旧型のやつで、もう売ってないと思う」

「へぇ、うちには布団乾燥機ないかも」

スケッチブックに描かれている絵には脈絡がなかった。桃や雪の浜辺、公園……目についたものを写真代わりに記録しているようにも見える。

画用紙をめくる里穂の手が、棚田の風景画で止まった。あの映画を思い出したのだ。ヒロインを後ろに乗せた少年のバイクが、美しい緑の棚田を背景にして田舎道を走るシーン。ほんの数秒だが、幸せいっぱいの二人が印象に残る場面だ。

一人感情が昂った里穂は、フェルメール作品の解説書を読んでいる亮を見た。高校入学のときに短くしていた前髪は初めて会ったときと同じぐらい長くなっていて、里穂はその前髪の向こうに隠れて見える優しげな二重瞼の目が好きだった。

卒業したら、もう会えなくなるのかな――。

映画の影響で無性に悲しくなった里穂は「まずい」と思ったが、既に遅かった。また目と鼻の神経がつながってしまったのだ。何とかごまかそうとがんばったものの、右手の指で涙を拭ったところを真正面から見られた。

「えっ、大丈夫?」

「ごめん。ちょっと思い出したことがあって」

照れ隠しのため里穂は手をうちわにし、目元を扇いで深呼吸した。そして、絵が濡れないようスケッチブックを閉じた。

何か話さないと気まずくなってしまう。

「あのさ、いつかうちの画廊に一枚描いてくれない?」

突拍子もない提案に、亮が怪訝な表情を浮かべた。

「俺が? ただの素人だよ」

「私、絶対亮君は画家になると思ってる」

「どうかな」

「『わかば画廊』が第一号の依頼なんだから、付け値で描いてね」

亮は少し考える素振りを見せた後、頬を緩めて「いいよ」とあっさり引き受けてくれた。

「その代わり、俺もお願いがあるんだ」

珍しいこともあるものだと里穂が首を傾げると、亮は部屋の奥にあるコンポに向かった。そしてアルバムのケースを手にすると、一枚のCDを再生機に入れた。左右にそびえるスピーカーからピアノの高音が流れ始めると、里穂はすぐに心の中で曲名を弾き出した。

ジョージ・ウィンストンの『Ｌｏｎｇｉｎｇ／Ｌｏｖｅ』――。

「横浜港シンボルタワー」の階段で彼と出会ったとき、ＭＤウォークマンで聴いていた曲。別れ際、亮から何を聴いているか問われ、里穂は「ジョージ・ウィンストン」と答えたのだった。でも、なぜ……。

「実は、俺も昔から好きで聴いてたんだ」

あのとき、里穂の答えを聞いた亮が目を大きくしてさわやかに笑ったのをよく憶えている。あれは平成の中学生が「ジョージ・ウィンストン」という豆粒ほどの可能性でつながった喜びだったのだ。運命的なものを感じた里穂は、今度は嬉しくて泣きそうになった。ドーパミンが塔子の話を脳内に浮かび上がらせる。亮は家で自分の話をして、画廊にも来てくれていた。いくら慎重な里穂でも、期待していいのではないかと浮き立ってしまう。

先ほど「ダンテス」のビルに彼がいたのはもしかして……。

『Ｌｏｎｇｉｎｇ／Ｌｏｖｅ』は日本版ＣＤで「あこがれ／愛」と訳されている。まさしくそんな心境でのぼせていた里穂は、部屋の奥にいた亮と視線を合わせた。

静かなアトリエで、美しく連なるピアノの旋律が二人を包んだ。

「これは告白の気配では？」と里穂は女の直感を働かせた。

部屋の奥からゆっくり彼が近づいてくる。里穂の鼓動は限界近くまで激しく鳴っていた。震えそうになる脚に力を入れて立ち上がる。

アルバムＣＤのケースを持って目の前に立った亮は、里穂の瞳を真っ直ぐに見つめて言った。

「一緒にピアノ習わない？」

第四章――追跡――

1

【美術通信／平成六年十二月号／望月徹氏のコラム「千里眼にはまだ千里」】


誤解を恐れずに言えば、私は芸術とは「解釈」だと思っている。

この世の真理について、芸術家の心身を通して濾過(ろか)された原液。それが作品化されることにより、普遍性や時代性、或いは感情や気づきが浮かび上がって観る者の心に訴えかけるのだ。

つまり、原液のままでは芸術たり得ない、というのが少し前までの私の考えであった。しかし、三年前にある画家と出会ったことで、その浅はかな概念は覆された。

モチーフをありのままに描く「写実絵画」は、写真の普及によってまず実用的な用途を奪われ、戦後の日本では抽象表現が全盛を迎える。「いかに崩すか」に画家の芸術性が表れるという世界では、〝単なる模写〟は奥行きのない技術と映ってもおかしくない。

大変おこがましい言い方になるが、私がコレクションを始めたのは、前途ある国内画家を応援する意味合いが濃かった。一貫して抽象表現に面白みを感じているが、ご多分に漏れず一時期はコンセプチュアルアートの収集にも精を出した。正直に申し上げて、そこに「写実」が入り込む余地などなかった。いや、そもそもジャンルとしての認識すらなかったと言える。

だが三年前、恥ずかしながら事業の一環で肖像画を作成することになり、前述のような出会いがあった。最初は専門の画家に依頼したのだが、実物より随分ときれいな作品が出来上がってしまい、興醒めした。後で聞いたところによると、肖像画のトラブルで一番多いのは「理想の自分」――整形を重ねたような顔とでも言おうか――に至っていないため、客が不満を覚えることらしい。

きっと画家の彼は予防線を張ったのだろうが、私にはその絵が見え透いたお世辞にしか映らなかった。絵を受け取りはしたものの、これがずっと会社に残るのかと思うと気が滅入った。

そこで相談したのが、かねてから付き合いがあった銀座の画廊「R」のK氏。そのとき彼が「無名だが面白い画家がいる」と言って紹介してくれたのがN氏だった。

このN氏、一九八〇年代半ばに東京の美大を卒業したということだが、団体展では特に目立った活躍はなく、当時は美大予備校の講師をしていたと記憶している。口数が少なく、愛想笑い一つ浮かべず、三十代にして既に峻厳なオーラを漂わせていた。

私が驚いたのは、最初に彼が「できるだけ時間を割いてください」と言ったときだ。前の肖像画家は写真を何枚か撮り、それを基にして描いたのだが、N氏は「ちゃんと正対して描きたい」との考えだった。

私も一代で会社を興した人間なので、こういう骨のある姿勢は大歓迎である。故に快諾したわけだが、一ヵ月もするころには安請け合いしたことをひどく後悔し始めた。彼は実に半年にわたり、最低でも週に二回、会社に来て私をモデルにしたのだ。N氏はビジネスマンの時間の流れが分かっておらず、それでいて理解しようともせず、ひたすら創作に没頭していた。

社会人なら誰しも共感してもらえると思うが、働いている以上、多忙な時期もある。私も「乗り掛かった船だ」とかなり無理をしてスケジュール調整をしたのだが、そんな依頼主に向かって、N氏は「動かないでください。絵が乱れます」などと平気で言ってのけるのだ。

何度カチンときたことか。だが、一方で私は彼の率直な物言いに好感を持っていた。社長という立場では、周囲の人間がなかなか本音を明かしてくれず、孤独を感じることもあるのだが、この若き画家は心地よい会話の代わりに真剣な目を持っていた。自分をきちんと見てくれる感覚を久方ぶりに味わい、嬉しかったのだ。

半年して完成した肖像画を前にした私は、しばし絶句した。

顔の輪郭やパーツはもちろん、雰囲気まで「望月徹」であった。それはただ似ているという次元を超え、もう一人自分が存在していると錯覚しそうな、魂の一部を吸い取られてキャンバスの中で増殖したような、絵画鑑賞で経験したことのない衝撃を受けたのだ。

私は感激し純粋な気持ちで感謝を述べると、N氏の頬に初めて笑みが差し「肩の荷が下りました」と漏らしたのだった。

これほどの作品を目の当たりにしたのだから、彼の作品を収集しようと考えるのはコレクターとして当然の帰結であろう。

それから半年ほどして、抱えていた大きなプロジェクトが一段落し、再び銀座の画廊「R」に連絡した。「N氏の作品をあるだけ譲ってほしい」と。しかし、K氏から返ってきたあまりに予想外な言葉に、私は再び絶句したのだった。

「彼はもう、画家を辞めました」

そんなバカな、である。あれほど才能のある若者が、なぜ筆を折らなければならない。だが、いくら理由を尋ねても、K氏は言葉を濁すだけだった。

意気消沈した私は、しばらく絵画を観る気になれなかった。それほど大きな〝発見〟だったのだ。そして昨年のちょうど今ごろ、私は友人から驚くべき話を聞くことになる。

京都在住のその友人は同業者であり、美術品コレクターでもあることから、定期的に食事する仲なのだが、彼の自宅にある英国風の書斎をある画家に描いてもらったというのだ。確かに素晴らしい書斎で、私はそこで葉巻の煙を燻らせながら彼と話す時間を至福としている。

もうお分かりのことだろう。彼が懇意にしている陶芸家を通して、紹介された画家こそN氏だったのだ。

N氏は一ヵ月ほど邸宅に住み込み、近くにある自宅に戻ってから約二ヵ月で作品を描き上げたという。完成画の写真を観て、私はまたまた絶句した。あの時間を経るごとに魅力を増すマホガニーの美しさが見事に表現されていて、鑑賞者を静かで豊かな世界へ誘う。本物の画家による、本物の仕事だった。

もちろん、私はN氏の消息を聞いた。だが、友人も陶芸家もN氏と連絡が取れなくなった。自宅からいなくなったという。

こうなるともう、一端のミステリーだ。

天才の放浪画家N氏は果たして何者なのか——。

彼の正体について無性に知りたいのだが、繊細な芸術家に対し、外野から圧力を掛けるような無粋なマネはしたくない。

きっと彼は未だ修行中なのだ。N氏の長い旅が終わり、真の画家として出発するころにはどんな存在となっているのだろうか。

掛け値なしに、私は彼が日本の絵画界に大きな影響を与え得る人物だと思っている。今、どこを旅し、何を描いているのだろう。

どうか素晴らしい経験を得て、唯一無二の画家になってほしい。

再会を信じ、筆を擱く。

2

飲食ビルの階段に足を掛けると、夜の東京を包む冷えた風が少し和らいだ気がした。

二階に上がった門田は、ベージュ色をした風格漂う麻暖簾の右端に、言われた通りの店名があることを確認した。呼吸を整えてから、引き戸に手を掛けた。

カウンター数脚とテーブル席が二つ。全体的に若い木材が明るい、清潔感のある店だ。午後六時前ではあったが、狭い店内に客の姿はなかった。

カウンターの向こうから白い割烹着姿の男が出てきて「門田さんでいらっしゃいますか?」と、快い笑みを浮かべた。

門田が挨拶すると、店主であることを告げた男は「ご案内します」と言って先に進んだ。

店の奥にあったクリーム色の壁が、実は一ヵ所だけ隠し戸になっていて、店主が慣れた手つきでスライドさせた。

戸の向こうにあった部屋は四畳ほどで天井が低く、テーブルと椅子、花器と書があるだけのシンプルな空間だった。

「あぁ、これはこれは」

部屋に入った門田に、長身痩軀の男が椅子を立って声を掛けてきた。

店主が戸を閉めて去った後、名刺交換して椅子に腰掛けた。

名刺には「銀座画廊　六花　岸朔之介」とある。

「このたびはお時間をいただきまして、ありがとうございます」

門田が丁重に頭を下げると、朔之介はヒラヒラと手を振って笑った。

「いやいや、ちょうど暇してましてね。なんせ、今日はバレンタインデーやから」

神戸出身の朔之介による柔らかい関西弁のおかげで、やや緊張が解れた。〝関係者〟でなくなって久しいため、バレンタインデーということをすっかり忘れていた。もっと硬い出だしになると思っていたが、さすがは海千山千を相手にしてきた七十代の画商だけあり、懐が広かった。

「失礼します」と戸の向こうから声がして、店主の男が自ら盆を持って入ってきた。

「今日は定休日やけど、特別に開けてもらいましてな」

「えっ、そうなんですか……それはご迷惑をお掛けして申し訳ありません」

門田が腰を浮かして恐縮すると、店主は「いや、岸の旦那にはもう三十年以上お世話になってますから」と、客二人の前に既に取り分けた皿や小鉢を置いていった。

キュウリの古漬け、だし巻き、鴨とネギの焼き物、そしてまんじゅうのようなものがある。

「門田さんは、お酒の方は？」

「イケる口でございます」

「そらよかった。ほんなら冷酒一合、あと白焼きお願いするわ」

既に用意していたのか、店主が白桃色華やかな志野焼の酒器と猪口を追加で置くと「ごゆっくり」と言って引き戸を閉めた。

「では、まずは一献」

朔之介から酌を受け、門田が返すと二人して日本酒に口をつけた。品のある香りが鼻に抜け、すっきりと切れもいい。よく米を磨いているのが分かる。

そば屋を借り切り、尚且つ酒が入る。門田の期待値は弥が上にも高まった。

「不躾に手紙など送りまして、ご迷惑だったと思います」

「いやぁ、なかなか興味深かったです。いや、執念深いと言った方がええかな」

そう言って口周りの白髭を撫でる朔之介を見て、門田は自分で書いた手紙の内容を思い返した。

野本貴彦に迫る上で最も重要な取材が、岸朔之介への接触である。記者として、何の武器も持たずに近づいて心証を悪くするほど愚かなことはない。初対面は一度しかないチャンスなのだ。

九州から戻って幾日もしないうちに、兵庫新報の磯山恵子から「朔之介が近々引退するかもしれない」という旨のメールが届いた。そしてほぼ同時期に、千葉にある「トキ美術館」を案内してくれた写実画家の又吉圭からPDFファイルが送られてきた。投資会社社長の望月徹という絵画コレクターが「美術通信」——二〇〇八年に廃刊——という雑誌に連載していたコラム。そこに野本貴彦と思しき人物について触れられていたのだ。

情報が集まってくる流れを感じた門田は、すぐにパソコンに向かって手紙の下書きを始めた。

まず神奈川二児同時誘拐の取材をしていることを正直に書き、これまでの経緯も極力丁寧に記した。その上で引退するという朔之介に向けて野本貴彦の絵を直接観たいと希望し、望月徹のコラムと内藤瞳が持っていたハガキについては敢えて詳述せず「是非お見せしたいものがある」として、相手にボールを投げたのだった。

万年筆で清書した手紙を朔之介が信頼する磯山記者に託し、これを仕上げの一手とした。この方法でダメならお手上げだと思っていたところ、手紙に同封した名刺のメールアドレスに連絡がきた次第だ。

門田はキュウリの古漬けを口にし、冷酒を飲んだ。生姜で和えているため、さわやかな風味が快かった。

「まぁ、あの『フリーダム』っていう週刊誌はめちゃくちゃですなぁ。顔出しNGの画家の素顔晒して、さらに子どもやったときの事件のことまで書くんやから」

その週刊誌報道がなければ再取材をしなかったであろう門田は、慎重に相槌を打った。口では『フリーダム』を批判しているものの、過去を蒸し返そうとするあらゆる記者への牽制かもしれなかった。

だし巻きを食べて「うん、うまいわ」と満足げに頷いた朔之介に、門田は一つ目のカードを切った。

「ちょっと、これを読んでいただきたいんですが」

バッグからクリアファイルを抜き取り、A4用紙を手渡した。朔之介はジャケットの内ポケットに引っ掛けていた老眼鏡をかけ、猪口を傾けながら黙読した。

「こんなマイナーな雑誌のコラム、よう見つけてきますなぁ。さすが餅は餅屋や」

「原稿にある、銀座の画廊『R』は『六花』、『K氏』は『岸さん』、ということでよろしいですか?」

「えぇ、結構です。もう先言うときますわ。『N氏』は『野本貴彦』です」

随分あっさり認めたので拍子抜けしたが、ここからが勝負だ。

「コラムの後半ですが、野本さんが京都で書斎の絵を描いたとあります。岸さんはこのことをご存じでしたか？」

「京都の書斎……どうやろ、よう憶えてないですわ」

門田は経験則により、朔之介がごまかしながら相手の出方を窺っていることが分かった。こういった柳に風のような話し方をする取材対象者が一番厄介だ。

「記事にある京都の書斎の絵が描かれたのは、平成四年ごろではないかと思われます。このころ、野本さんは京都におられたんですか？」

「いやぁ……分からんなぁ」

「彼は東京の大学を出て、東京の美大予備校で教えて、東京の画廊——つまり『六花』さんですが——と接点は全て東京です。もしかして、出身が京都なんですか？」

「いや、出身は東京ですね」

「望月さんはコラムの中でこう書かれています。『N氏は一ヵ月ほど邸宅に住み込み、近くにある自宅に戻ってから約二ヵ月で作品を描き上げたという』……つまり、京都に住んでいたことになります」

朔之介はそれにには答えず、まんじゅうのようなものを箸で割ってひと口サイズにした。

「これね、そばがきですわ。うまいですよ」

門田は勧められるままそばがきを食べた。なめらかな食感でそば粉の香りがダイレクトに感じられた。

「確かにおいしいですね」

二人でゆっくり酒を入れた後、朔之介が「内藤瞳さんに会うたと、手紙に書いてましたな」と話を振ってきた。門田はそれだけで、コラムとの関連性に気づいていると察した。

「今度はこっちを見ていただきたいんですが」

門田はスマホの画面をタップして、瞳が持っていたハガキの写真を表示した。

「桃の絵が描かれてますが、これ、子どものころの内藤亮君の模写らしいんです」

朔之介はスマホに顔を近づけて「ほぉ」と漏らした。このハガキのことは知らなかったようだ。

「これは何？　表面に亮の名前が書いてるってこと？　差出人として」

「いえ、表面は……これなんですが」

門田はハガキの表面を表示して、朔之介にスマホを手渡した。

「差出人は……書いてないなぁ。この宛先の記入は大人の字やね」

「ええ。その絵のタッチと瞳さんが桃好きだったことから、彼女は息子からのハガキだと思ってるようです。岸さんから見て、その桃の模写に如月脩を感じますか？」

「いやぁ、さすがに分からんわ」

「実は、私がそのハガキで注目したのは風景印なんです」

「風景印？」

「ええ。切手のところに押されてる赤い印を見てほしいんです。かろうじてお城の石垣と扇子のイラストが残ってるでしょ」

「あぁ、これか」

「それが京都の風景印です」

スマホを門田に返した朔之介は、猪口を持って小さく唸った。

「そのハガキが瞳さんのところに届いたのが平成四年ごろです。野本貴彦が京都で書斎の絵を描いたのも平成四年です。同じ時期に東京と横浜で姿を消した画家と少年が、これまた同じ時期に京都にいたことになります」

朔之介は何も言わずに酒器の大吟醸を猪口に注いだ。門田はここが正念場と見てたたみ掛けた。

「私には野本貴彦という男がよく分からないんです。彼を知る人たちは口を揃えてその才能を褒めそやします。なのに画家を名乗らず、依頼された仕事を終えると姿を消す。妙ではないですか？」

朔之介は鴨とネギを頬張り、門田の問い掛けを無視した。

「話を聞くうちに、どうしても野本の作品をこの目で観たくなりました。これは事件の取材とは関係なく、純粋に、という意味です」

右手を額に当てて、朔之介が眉間に皺を寄せる。

「野本さんは今、どこにいるんですか？　本当に連絡を取られてないんですか？」

「ちょっと酔うてしもたな」

言葉を探しているようだったので、門田は酒を口に含んでじっと答えを待った。朔之介は長くため息をついた後、正面にいる記者の目を見た。

「ほんまに事件のことやないな？」

門田は視線を逸らさずに頷いた。

「質問は一切なしや」

門田が再び首肯すると、朔之介は小さく「よっしゃ」と言って立ち上がった。そして引き戸を開け、カウンターにいる店主に向かって言った。

「白焼きはまた今度にするわ」

酔い醒ましに歩こうと言う朔之介に続いて、門田は神田の街を歩いた。

「そばを食べてほしかったんやけどなぁ」

「塩でいくやつですか？」

「そう。粗塩な。残りの大吟醸と一緒にやるのが好きでね」

寒い一日とあって朔之介はダウンジャケットを着ていた。羽毛で膨らんだ上着と痩身との対比で、鶴のように見える。

白い息を吐きながら七、八分歩くと、古いテナントビルに着いた。税理士事務所やイラスト作成会社などが雑多に入るビルで「六花」は一階と地下一階を倉庫代わりに使っているという。

銀座と神田では車で十分ほどの距離がある。徒歩圏内になく、街の雰囲気も随分違う。門田の素朴な疑問に朔之介は「壁に耳あり障子に目あり」と、茶目っ気のある表情で答えた。

地下一階への薄暗い階段を下りると、リノリウムの通路を挟んで計四つのドアが見えた。質素な青いドアは、二つずつ向かい合わせになっている。朔之介はリズムよく足を運び、右手奥のドアを開けて照明のスイッチを押した。

蛍光灯が軽い金属音をたてながら点滅し、時を置かずして部屋を明るくした。

門田は目の前に広がった光景に、ハッとして半歩後退った。左右中央の三面の壁に大きさの異なる油絵が飾ってある。ボクシングのリングほどの小さな室内だからこそ、尚更作品の存在が大きく映った。

一面につき四作、計十二作の大半は風景画だった。門田が半歩身を引いたのは、いずれの作品も迫真性に満ちていたからだ。通常の展示会では好みの絵に目がいくものだが、ここにある絵の数々はその圧倒的なリアリティの力で全てにピントが合ってしまうような、異様な雰囲気を醸し出していた。輪郭の濃さが際立っていて、二次元のはずなのにまるで平面的でない。

「ちょっと……普通じゃないですね」

「これぞ『実在の凄み』ですわ。見た瞬間に記憶に焼き付くようでしょ？」

朔之介の言う通り、野本貴彦の絵は一度観たら忘れられない強烈な光を宿している。崩してみせる個性ではなく、ありのままを超越して得る個性とでも言おうか。門田はモチーフが持つ力と画家の力が掛け算になっている印象を受けた。

こんな質素な空間で、たった十二枚の絵しかないとしても、鑑賞できるならお金を払ってもいいとさえ思った。真の芸術性を感じるからこそ、この倉庫にあることが惜しい。以前又吉圭が言っていたように、野本が生み出したのは「トキ美術館」のような一流の展示室に飾られるべき作品である。

「何十年もここにあったんですか？」

門田の言葉には、才能を独り占めしてきたことを責める響きがあった。

「まぁ」

朔之介にしては珍しく歯切れの悪い返答だった。笑みが消えた顔に罪悪感が透けて見えるのは、あながち的外れではないだろう。だからこそ、門田をここに連れて来たのだ。このまま美術界から身を引き「野本貴彦」をなかったことにする振る舞いへの是非。画商ならそう思うに違いない。それほど野本の写実画は突き抜けていた。

「この部屋は年中温度二十度、湿度五〇％に保っててね。もちろん絵の具のひび割れとか、キャンバスの劣化にも注意して、自分なりに見守ってきたんやけど」

朔之介は自らへ言い訳するようにして、漠然と絵を眺めていた。

門田は老画商の横顔を見て、この人は長年の間きっかけを探していたのではないか、と推察した。彼はずっと吐き出したかったのだ。その沈黙が意味するところ。幼き日の内藤亮の影――。

静寂を打ち破ったのは、電話の着信音だった。

朔之介はスマホの画面を見て顔を顰めた。「失礼」と言って外に出ると、ものの数秒で戻ってきた。

「申し訳ない。急な来客があったみたいで、銀座に帰らなあかんのですわ。悪いけど、観終わったら鍵をかけて、そば屋の店主に預けといてもらえますか?」

門田にとっては願ったり叶ったりの展開である。朔之介が去ってからしばらく様子を見て、内側から鍵をかけた。そして、デジタルカメラで十二枚の絵を一枚ずつ丁寧に撮影した後、改めて作品を鑑賞した。全てに「T.N」のサインが入っている。

左手の壁にある作品で目を引くのは、緑の稲が眩しい棚田の絵だ。緩やかな傾斜の田んぼの階段が山の方へ続き、稲は動物の毛並みのような柔らかさを見せる。板のように平たい用水路も同じく階段のような形状で、自然と人の共存関係が窺える。

隣にある雪の浜辺の絵も魅力的だった。海岸の砂に白い雪が取って代わり、淡い水色の空の向こうが仄(ほの)かにピンクで、穏やかな海面が優しい光沢を帯びている。水面は奥にある防風林を鏡のように映し、額の中に朝焼けの幻想的な世界観があった。

中央の壁にある横長の大きな作品は、霞んだ空がミルク色を成し、薄い霧のベールが手前側にある芝生の緑と後方の街並みをぼやけさせている。しばらく眺めていると、過度に美を強調しない姿勢が、普段使いの道具のような凡庸性を浮かび上がらせ、確実に存在したある日が迫ってくるようだ。

同じ壁面にある小川の絵は、反対に水勢の強さがしぶきの白によって表現され、葉や苔の緑が貪欲に陽光を取り込んで輝く躍動感に溢れる作品だった。音や冷たさが伝わってきて、その臨場感にしばし見とれた。

右面にある薄茶色の屋根を持つ建物は何らかの施設と思われ、継ぎ足されて幅広になったような曖昧な形をしている。前にロータリーのような広場があるので駅舎なのかもしれない。

門田の視線がその隣の作品に移ったとき、奇妙な既視感に捕らわれた。何でもない公園なのだが、入口にある芝生の上に石造りの小さなオブジェが二つ並んでいて、それがキノコの形をしていたのだ。

どこかで見たという感覚はすぐに、北九州の歯列のようなシャッター街、そこにあった休憩スペースを想起させた。

門田はスマホを取り出し、あのとき内藤瞳が見ていた細密画を表示して少女が片足を乗せているキノコのオブジェを拡大した。全体的に傘の部分が黒く、柄が白い。だが、くっきりと色が分かれているわけではなく、所々傘には白の、柄には黒の汚れのようなものがまだらについていた。当初は白いペンキが塗られていて、上から剝がれていったのではないかと、門田は考えた。そしてこの微妙な変化こそ、重要だった。

額の中の絵とスマホの絵を比較する。キノコの大きさ、形、複雑な色分け……肉眼で見る限り、オブジェは同じものだった。付け加えるなら、背景である公園の芝生の枯れ方まで同一である。

写実絵画だからこそあり得る一致。内藤亮と野本貴彦は同時期に京都にいて、同じオブジェを描いている。牛歩の前進ではあったが、着実に対象を捉えつつあることに門田の心は昂った。

京都市の公園管理の部署を当たれば、ある程度場所が特定できるのではないか——。

かねばならない。


門田は野本の公園の作品を細かく接写した。何としてでも、ここから野本へつながる道を切り拓かねばならない。

スマホが振動して着信を知らせた。見覚えのない携帯電話の番号が画面に出ている。すぐに切れそうもなかったので、通話マークをスライドした。

「あぁ、門ちゃん？」

明るい声ですぐ分かった。亡くなった中澤洋一の妻、みき子だ。

「あぁ、みき子さん」と気軽に応じた門田だったが、改めてお悔やみを言うべきか、二ヵ月も経っているので少々くどいか、などとスマホを持ったまま逡巡した。

「ちょっとさ、お願いがあって」

みき子が早速用件を切り出してくれたおかげで、門田の小さな悩みはすぐに解消した。

「えぇ、何なりと」

「ガンダムのプラモデルあるでしょ？　あれ、もらってくれない？」

「マジですか！」

久しく使っていなかった「マジ」という言葉がためらいなく出てきた。みき子の笑い声を聞いて、地の軽々しさを露呈してしまったことに照れながらも、門田は快活に声を弾ませた。

「喜んで！」

3

中澤家には久しぶりの訪問となった。

二十代のころ、横浜支局にいたときはよく家に上げてもらった。だが、異動になってからは、夜討ち朝駆けもなくなったので、次第に外で飲みに行くようになったのだ。最後に来たのは三十代半ばだったか。中澤がガンを患ってからはこの家へ手紙を送っていたものの、実際に敷居をまたぐのは約二十年ぶりということになる。

「門ちゃんも、そんな立派なスーツ着るようになったんだね」

昔ご飯をご馳走になったこともある中澤家のダイニングで、門田とみき子は向かい合って座っていた。あのころよりテーブルがひと回り小さくなっている。

初めて夜討ちで来たとき、門田は二十四歳でスーツなど消耗品としか考えていなかった。実際、警察回りは「どこでも仮眠をとれる」という基本スキルを身につけなければ体が持たない。皺だらけのスラックスを見てきたみき子にとっては、歳月を感じるアイテムなのだろう。

「三十年なんてあっという間ですね」

「本当、嫌になるよね。私なんてもう年金生活なんだから」

互いに年齢を重ねてはいたが、話していくうちに時計の針が反対に回り始めた。もともと細身であったみき子の体型は保たれ、明るい人柄も変わっていなかった。

昨日、神田の倉庫で電話を受け、善は急げとばかりに翌日に押し掛けたのだ。支局長業務をサボりがちで、最近は同じフロアで働く庶務の下田悦子から冷たい視線を浴びている。

「初めて門ちゃんが家に来たときはさ、驚いちゃってね」

「学生みたいなのが来た、と?」

「そうじゃないの。実はあの人、あんまり記者が好きじゃなくて、それまで家に上げたことがなかったから」

またも「三十年越しの真実」だ。自分が最初に家に上がった記者、など考えもしなかった。

「いいチャンスだし、あのガンダムを捨てるよう説得してもらおうと思ってたのに、まさかお仲間だったとはね」

冗談っぽく睨みつけるみき子に、門田は新人に戻ったような気持ちで頭を下げた。確かにあのとき、門田は中澤の部屋を見て気分が高揚し「宝島ですよ！」と彼女に言ったのだった。最後「ごゆっくり」と呆れた様子で去って行ったみき子の姿を今も憶えている。

紅茶を飲んでしばらく談笑した後、みき子は中澤の部屋がある二階を見上げて言った。

「結構整理してたんだけど、やっぱりもともとの数が多いから残っちゃって。私の弟もガンダム好きで譲ってくれって言ってるんだけど、先にいいやつ持って行っちゃってよ。あの人、門ちゃんと話してるときは本当に楽しそうだったから」

中澤が亡くなってから門田に声を掛けるまでに、二ヵ月という時間が必要だったのだろう。みき子の実の弟より優先してもらい、恐縮する半面、やはり嬉しかった。

階段を上がり、中澤の部屋まで案内してくれたみき子は、三十年前より柔らかい声で「ごゆっくり」と言って一階へ下りた。

昔、中澤とよく語り合った部屋は、随分とさっぱりしていた。堆く積み上げられていたプラモデルの箱は全てなくなり、見たことのない木製の展示棚に三十体ほどが自立する形で飾られている。

門田は振り返って横長のデスクを視界に収めた。

デスクの上にはガンプラ作りの道具が並んでいて、几帳面に「組み立て」と「塗装」の工程ごとに分類してある。カッティングマットとニッパー、ピンセットなどは年季もので、無数の切り傷やサビが味わい深い。一方、彫刻刀が新しいデザインナイフに変わっていたり、塗装の乾燥に竹串から市販のペインティングクリップを使うようになっていたりと、門田が知らない間に増えたものも多い。

初めて夜討ちをしたとき、中澤はプラモデル塗装のスプレー缶を持っていた。それを目にした門田が「吹いてるんですか？」と尋ねた一言で流れが変わったのだ。そのとき特殊班の刑事が見せた「おっ」という顔は、昨日のことのように思い出せる。

あの当時は部屋になかった銀色のエアブラシが〝機械感〟を剝き出しにしているコンプレッサーと太いコードでつながっている。その本格的な装置は、人付き合いが苦手な中澤のプライベートを象徴しているようだった。

部屋を見回してみれば、随分と処分したことが分かる。みき子の弟のこともあるので、あまり厚かましいマネはできない。門田は展示棚にある作品を丁寧に観察した。

「ガンダムＦ90」を見つけて手に取った。一九九〇年発売のモデルだ。シールドや胴体部分などの青色が市販品より深い群青色になっている。出会ったときは中澤がまさにこの機体にサーフェイサー――塗装の下塗り材――を吹き付けていたのだ。

自分よりも遥かに本格的に取り組んでいたことが分かる。リアリティを出すために敢えて汚したり、傷つけたりするウェザリングを施している作品も少なくない。

不意に中澤の声が門田の頭に甦った。

「ガンダムが出てきたときは『いける』と思ったけどな」

亮が一人で横浜に帰ってきたとき、リュックの中に「Ｚ（ゼータ）ガンダム」のガンプラが入っていた。「Ｆ90」と同じ九〇年発売のモデルだ。神奈川県警はここから辿れるかもしれないと徹底的に調べたが、結局、犯人の尻尾はつかめなかった。

再び作業スペースを振り返った。紙やすり、接着剤、塗料、溶剤、コーティング剤、クリーナー、マスキングテープ、筆、マーカー……中澤が触れたそれらの道具を見ていると、死期を悟った男の孤独な作業風景が浮かび上がり、門田は込み上げてきたものをハンカチで拭いた。

居酒屋でいろんなことを教えてくれた。警察という組織、刑事が大事にしているもの、立件できなかった事件の無念、理不尽な現実に泣き寝入りするしかなかった被害者、被疑者の生き方から見えてきた社会の不公平。テキスト化されていない実在の声によって、門田は世の中の「分かりやすさ」の裏側にある、割り切れない現実を学んだ。

本当にお世話になりました――。感謝の念がさらなる涙となって、門田はプラモデルを持ったままその場にしゃがみ込んだ。簡素な通夜では泣けなかった。だが、こうして故人が大切にしてきた時間を感じ取ると、失ったものの大きさが染みた。もうこの部屋に来ることもないと思うと、切なさが胸を刺す。

立ち上がった門田は廊下に出ると、部屋に向かって一礼し、階段を下りて行った。

「あら、そんだけでいいの？」

一階のダイニングテーブルで本を読んでいたみき子は、意外そうな顔をした。

「ええ。これで十分です」

門田は自宅から持ってきたケースに二体のプラモデルを収めた。みき子が紅茶のお代わりを淹れてくれたので、再び席に着いた。

話題が出会いのきっかけになった誘拐事件に及び、門田は北九州で内藤瞳に会った話をした。

「九州まで？　まぁ、フットワークの軽い支局長だこと」

「何とか会えたからよかったですけど、空振りだったら落ち込んだでしょうね」

「うちの主人はよく肩を落として帰ってきてたわよ。あの人、定年になってからも誘拐事件のこと調べてたから」

「それは個人的にってことですか？」

「そうよ。辞めてからの方が生き生きしてたもん。現役時代はほら、縦割りの組織だから気になっていても調べられなかったことが多かったらしいの。それで全国あちこち。こっちはご飯つくらなくていいから『どうぞ、どうぞ』って」

「何かつかんだ様子はありましたか？」

「どうだろう。詳しくは分からないんだけど、帰ってきてすぐ三村さんに電話したことが何回かあったよ」

「三村さんて、当時の三村管理官ですか？」

「そう。もうだいぶお爺ちゃんでしょうけど。亡くなる前にね、自分で調査した資料を三村さんに送ってたから、よっぽど馬が合ったんだろうね、あの二人」

三村は県警捜査一課長にまで上り詰めた人物だ。切れ者であり、懐も深いと中澤がよく褒めていた。事件当時は三村が指揮車の「Ｌ２」に乗り込み、中澤が「マルＫ指導」を務め、二人して重要な役割を演じたのだった。

その三村が中澤の個人的な調査記録を持っている。そこに自分が知らない何かが載っている可能性は高い。

「みき子さん、ちょっとお願いがあるんですけど……」

みき子はすぐに察したようで、ため息をついて天井を見上げた。

「三村さんのところへ行くの？」

「えぇ。それで……」

みき子は「皆まで言うな」とばかりに右手を軽く振った。悪くない反応だった。

「まぁ、いいけどさ。その代わり、ガンダム、もうちょっと持って帰ってくれない？」

4

元神奈川県警捜査一課長、三村智也の孫娘はしきりに恐縮していた。

現在八十一歳の三村の年齢からすると恐らく三十代だろうが、やや大げさに言えば学生の雰囲気を残している。

「本当にこんな寒い日に申し訳ありません。それにお土産までいただいて」

案内してもらう途中、彼女が頭を下げると長い黒髪がだらりと顔を覆った。

「いえ、こちらこそお休みの日に押し掛けたりして」

門田は横浜市内の三村宅を訪れていた。中澤の家でみき子に仲介を頼んでから五日後、新型コロナウイルス第六波の中ではあったが、三村は「一定の距離を保つなら」との条件で対面を認めてくれた。その際、窓口になってくれたのが、この家に住んでいる孫の女性だった。

「狭い家なので……」

門田は謙遜に対し「いえいえ、羨ましい限りの素敵なお宅です」と返し、後に続いた。実際、四十坪ほどの和風建築で、グレーの瓦屋根と渋い色味となった木張りの外壁が厳かな、趣のある家だった。

門の向こうは玄関へ飛び石が続いていて、左手が小さな土の庭になっていた。花壇やオブジェがない質素な庭だが、可憐な白い花を咲かせる梅の木が門田を迎えた。

孫娘が縁側の木枠のガラス戸を開けると、廊下の向こうに八畳ほどの和室が見え、奥の座椅子に白髪の老人が座っていた。マスクをしているので顔の半分は分からないものの、上品な雰囲気が伝わってくる。毛布が掛けられていて脚は見えないが、聞くところによるとまだ達者らしかった。

「こんな所で失礼ですが、どうぞお掛けください」

孫娘は縁側に置いた座布団を勧めると、自らは玄関へ向かった。門田がその場で一礼し、老人もにこやかにお辞儀した。

「どうも。三村です。せっかく来てくださったのに、申し訳ありませんな。例のあれ、あれ……」

「コロナですか？」

「そうそう。コロナで家族のもんがうるさくて、一応ガスストーブは焚いておるんですが、寒ければおっしゃってください」

第六波の感染者数が減少傾向にあるとは言え、家族からすれば迷惑な話だろう。縁側から三村の座る場所までは車一台分ほどの距離があり、十分な「ソーシャルディスタンス」と言える。その上、ガラス戸は開けっ放しなので換気の点でも申し分ない。

縁側に座る門田は、三村の顔を見るには体を捻らなくてはならない。バッグからノートとボールペンを取り出すと、時間を割いてもらったことに対し礼を言った。

「いやぁ、中澤君の奥さんから聞いてますし、実は昨日、藤島さんからも電話をいただきましてね」

先月、横浜市内の喫茶店で会った藤島は、現役時代から三村と懇意にしていた。念の為今日のことを藤島に知らせていたが、気を利かせて連絡を入れてくれたようだ。この気遣いに藤島の記者としてての姿勢が表れていた。みき子と藤島の仲介だからこそ、無理を聞いてもらえたのだろう。

孫娘がお盆を持って縁側に来ると、湯呑みと和紙で包まれた茶菓子の皿を置いて静かに去って行った。

「梅がきれいに咲いていますね」

門田は温かいほうじ茶をいただき、これから始まるインタビューに向けてひと息ついた。

「あと何回見られるやら。中澤君が先に逝くなんて、やっぱり順番はちゃんと守ってほしいですよ」

「中澤さんは私が駆け出しのころから面倒を見ていただいて、一番お世話になった刑事さんでした」

「いい人間であり、いい刑事でしたな」

中澤の死は一連の取材の起点に当たる。門田は通夜から始まった調査について、事前に整理していた通り、要点を話していった。

「その『六花』という画廊の経営者、岸さんでしたっけ？　彼がポイントになりそうですね」

三村はさすがの慧眼で一度の説明で流れを理解したようだった。

「これを見ていただきたいんですが」

門田は縁側に膝立ちになり、腕を伸ばして二枚のA４用紙を三村に手渡した。

「女の子が描いてある方が如月脩、つまり内藤亮の作品です。もう一枚が野本貴彦の作品です」

三村は老眼鏡をかけて二枚の絵を見比べた。

「同じ場所、ですか？」

「ええ。特に公園入口にあるキノコの形をしたオブジェを見てください」

「なるほど……これについて岸さんは何と？」

「お恥ずかしい話なんですが『絵を観るだけ』という約束で、質問は禁じられてるんです」

生温い取材を指摘されているようで、門田は苦笑いした。

「いわゆる半落ちですな」

岸の中途半端な協力を指してのことだろう。門田は同意とばかりに頷いた。

「岸さんは近い将来、仕事から身を引くという話です。週刊誌の暴露に対してはご立腹ですが、野本作品をこのまま世に出さずしていいのか、これまで絵画とともに生きてきた画商として葛藤があるんだと思います。倉庫とは言え、かなり神経を使って作品を保管していたので」

「才能を発掘してきた人なら、芸術を自分の手で握りつぶすようなことをすれば、罪悪感を覚えるでしょうね」

罪悪感と聞き、倉庫で見せた岸の気まずそうな表情を思い出した。

「野本貴彦の作品が評価されるほどに、闇の経歴に光が当たるわけですね。まるで松本清張の『顔』ですな」

喩えの妙に門田はマスクの中で小さく笑った。藤島も先月、清張の言葉を引用していた。同世代の呼吸というやつだろうか。

「門田さんは、この公園に心当たりがありますか？」

「いえ、まだ見つかっていません。京都の線を当たってるんですが」

門田は新たなA４用紙を三枚、同じ要領で三村に手渡した。

「ハガキの画像が裏表で二枚、エッセイの誌面が一枚、あると思います。エッセイの方は途中からですが、その赤枠のところが野本と関係する箇所です」

「ハガキの宛先が、内藤瞳になってますね」

「ええ。先月、彼女に会ったんです」

「あぁ、そうですか。彼女、今も九州に？」

藤島から連絡を受けたと言っていたが、三村は詳しく聞いていないようだ。

「内藤瞳は北九州でスナックを経営していて、今は体調を崩して開店休業状態です。そのハガキは取材時に見せてもらったんですが、裏面の桃の絵は亮が描いたものだと言うんです」

「子どものころの絵ですね」

「ええ。消印の文字がなくなってるんですが、そのハガキが届いたのは、亮が戻ってくる二年ほど前、つまり誘拐されて一年後ぐらいだった、と」

「平成四年十二月ごろってことですか？　でも、桃だから冬じゃないか」

藤島もそうだったが、三村もまた事件の時系列が完璧に頭に入っている。自分が八十代のときにこんな会話はとてもできない、と門田は思った。

「ハガキの宛先を書いたのは明らかに大人です。三村さん、犯人の筆跡が分かる遺留品は残ってませんか？」

「いや、時効後に破棄してますからね。捜査員が個人的に持っている可能性はありますが、捜すのは難しいんじゃないかなぁ。それにしても、このハガキのことは全く知りませんでした」

「内藤瞳は、警察に知らせるとハガキを返してくれない、って話してました」

三村は「調べた後は返すと思うけどなぁ」と笑った。

「あと塔子さんにも警察には黙っておくように言われたそうです」

「そうですか……」

三村は一旦、マスクを外して湯呑みの茶を飲んだ。

「それで、このエッセイは何について書かれているんですか？」

門田はコレクターの肖像画を描いた野本が姿を消したこと、その後別のコレクターの書斎を描いて再び音信不通になったことなどを話した。

「その二件目の書斎の方のコレクターが京都在住で、当時、野本も京都に住んでいた可能性が高いんですね。これを描いた時期が平成四年ごろなので……」

「えぇ、先ほどのオブジェの公園を京都で探しているのも、そういうわけで」

「ハガキとエッセイがつながるわけだ。二人は平成四年の京都で一緒だったかもしれない」

門田は京都市の公園管理の部署に連絡をして事情を説明したが、担当者は「絵だけでは……写真はありませんか？」と、困惑気味に答えたのだった。二枚の絵の共通点を発見したときは一人舞い上がったものの、この小さなオブジェだけでは材料に乏しすぎた。ネットでもまるで引っ掛からない。

「門田さんはよく調べておられますねぇ。さすが藤島さんのお弟子さんだ」

藤島が会社にいたときは数えるほどしか会っていないのだが、新人のころに大きな影響を受けたのは確かだ。門田は余計な口は差し挟まず、笑って礼を述べた。

「じゃあね……私の方からも手土産を一つ」

三村が一冊のノートを取って腕を伸ばしてきたので、門田は膝立ちになってそれを受け取った。

「これは？」

「中澤君のノートです。奥さんから聞いたでしょ？」

中澤が亡くなる前に三村へ送ったという資料。そのうちの一冊ということか。

「拝見しても?」

三村が頷いたので、門田は表題のないB5サイズのノートを開いた。分厚いタイプのものだが、文字やチャート図がびっしりと書き込まれ、地図やチラシの添付も多かった。情報を整理し、清書したものだと分かる。

その中で門田の目を引いたのは、冒頭、十数ページにわたって記されている住所録のような部分だ。

「この住所と氏名が書かれているのは何ですか?」

「潰しきれていない筋をまとめたリストでね、いろいろあるんですよ。鑑から目撃情報まで」

一件あたりに複数人の名前が載っているものや、備考欄に詳細な書き込みをしているものなど情報量にバラツキがあった。

門田は京都を探したがリストになかった。それどころか大阪や兵庫もなかった。関西であったのは滋賀県のみ。だが、京滋という言葉があるように、京都と滋賀は隣接している。

「高島市……」

「ご存じの通り、警察の捜査というのは班ごとにやりますから、他の班が何を調べてるかっていうのは、意外に分からないものでね。中澤君は時効が成立した後もいろんな刑事に聞き回って、少しずつノートにまとめていったんですよ」

時効後も調べていたことは知っていたが、これほど緻密な捜査ノートをつくっていたのは初耳だった。先月、藤島が話していた通りだ。

門田君、中澤さんはまだまだ君に言ってないことがあるよ――。

「リストに二十件ほどあるでしょ? 中澤君は定年後の時間も使って全部の現場に足を運んでるん

ですよ」

東京、神奈川、埼玉、山梨、富山、石川、宮城、岐阜、三重、島根、広島、福岡、長崎……そして、滋賀。重複している県はあるものの、休日を潰して全国を歩き回っていたのかと思うと、門田は胸が熱くなった。そして、口を開いては「疲れた」などと言う自分が恥ずかしくなった。一度北九州に行ったぐらい、何でもないことだと気づかされる。

「先ほど、木島塔子が娘の瞳に口止めしていたことを聞いてね、彼女の言葉を思い出したんですよ。『情けないけど、生みの親より育ての親っていうのは本当ね』って」

藤島の情報源はここだったかと思い、門田は静かに相槌を打った。

「この『育ての親』について、ずっと考えてきました。内藤少年が誘拐されている期間、木島家では定期的に手紙を受け取っていた形跡があります。ただ最後までその相手を突き止められなかった。そしてこれは、時効後に分かったことですが……」

三村はそこで咳払いをし、マスクを外して茶を飲んだ。再びマスクを着けた後、しばらく脚にかかる毛布を見て黙考した。

大きな情報がくる、という予感は、経験からの予測と言った方が正確かもしれない。門田は縁側に座ったまま、身を硬くして言葉を待った。

「塔子が気を許していた女性刑事に口を滑らせたんです。内藤亮が戻ってきたとき、持たされたリュックの中に『歯が入っていた』と」

「歯、ですか？」

「ええ、抜けた乳歯です。乳歯が十本ほど手作りのケースに入っていて、それが口の形をしているというか……つまり、抜けたのがどこの歯か分かるようになってるんですね。ご丁寧に抜けた日付まで書いてあったというんです」

ごくひと握りの人たちの間で秘められてきた情報。スロットマシンのジャックポットのように「そのとき、その場所、その人」という絵柄を揃えて初めて得られる事実は、色濃く「人間」へと直結することが多い。「抜けた歯」が持つ生々しさに、門田は強く惹きつけられた。

「そのケースはどこにあるんですか？」

「女性刑事も見せてもらうのが関の山で、写真も撮らせてもらえなかった、と。既に時効を迎えてましたからね。無理も言えないし」

「三年間、亮の面倒を見た人物については？　木島塔子は何か話したんですか？」

「いえ、頑なに〝黙秘権の行使〟です」

「空白の三年」へ近づくほどに、先入観が崩れて足場が不安定になっていく。

戻ってきた亮は身なりがきれいで、読み書きができ、画力が向上し、礼儀作法が身についていた。皮肉なことに、誘拐される前より充実した暮らしぶりを窺わせるのだ。そして、今明らかになった、大切に保管されていたという約十本の乳歯――。

「私ら刑事も未だにこの事件をどう解釈していいのか、さっぱり分からないんです。そりゃ現実の話ですから、推理小説のようなきれいな筋書きではないでしょう。ただ、犯人が何をしたかったのか、その動機ぐらいは教えてもらっても罰は当たらないと思うんです」

目元に温和な笑みを見せる三村だったが、門田にも無念さが伝わってきた。不審人物の尾行に失敗し、子どもが帰されても犯人を検挙できなかった。無論、批判される面はあったにせよ、警察は警察で手を尽くしたのだった。

動機――ここに「空白の三年」との因果関係があるのは間違いない。奇妙な事件取材の中で、薄々気づきながらも敢えて目を逸らしてきた一つの方向性。

関係者を訪ね歩いて得たピースを正しく嵌め込むうちに浮かび上がってきたのは、犯罪とは対極にあるはずの「愛情」であった。

しばしの沈黙の後、三村は梅の木に視線をやりながら、穏やかに話した。

「冤罪でもない限り、取調室の被疑者の心境は常に玉虫色ですよ。特に半落ちの場合は、背中を押してくれる『何か』を求めていることが多い。刑事としては証拠を積み上げることで、その『何か』を見つけるよりほかないんです」

その言葉が意味するところはすぐに分かった。半落ち状態の岸朔之介の〝自白〟には、さらなる情報——内藤亮と野本貴彦が一緒に暮らしていたとされる証拠——が必要だと。その第一歩を踏み出すに必要なパスポートは今、手に入れた。

門田は三村から預かった中澤の調査ノートの表紙を撫でた後、立ち上がって暇を告げた。

「今でもたまに、公園に連れて行けって言うんです」

門の外まで見送ってくれた孫娘は、縁側の方を見て笑った。

「展望台から景色を眺められるんですか？」

「展望台にも行くんですけど、現場の刑事が張り込んでいた場所をゆっくり回って行くんです」

「では『霧笛橋』も？」

「えぇ。何年か前、あの橋をじぃーっと見たまま動かないことがありました」

もし、職務質問していれば……誘拐捜査に「タラレバ」は禁物である。だが、実際に事件の指揮を取った刑事には、生涯忘れられない選択になったのだろう。

「歩き回って疲れるんでしょうね。その日はよく食べてよく寝るんです」

深々とお辞儀をした門田は、三村宅を後にした。

中澤や三村、先崎だけではない。たとえ世間から忘れ去られた事件であろうと、関わった刑事の執念がこのノートに詰まっている。アスファルトの上を一歩踏み進むごとに、門田は気持ちを固めていった。同時に潜伏している京都からハガキを出すだろうか、と考えた。

彼らは滋賀にいたのではないか。

5

好きになれないものを挙げればキリがない。

芝居がかった人、具体性のない質問、喉の痛い朝、急にサービスを変える大企業、「玄関先までよろしいですか」と言う訪問販売のマニュアル……そして、祭の後。

二月下旬、「わかば画廊」入口左手にある柱時計は、午後七時二十五分を指していた。大きさの異なる薄い段ボールが、重なって壁面に立て掛けてある。これから額装した絵を黄袋に入れ、この段ボール製の差し箱に収める。大半が画家の自宅や倉庫に戻る、身も蓋もない言い方をすれば「売れ残り」だ。

里穂が「わかば画廊」で初めて企画したグループ展は、期待する六人の若手画家の代表作と新作を揃えて万全の態勢で勝負したものだった。だが、三十八点の出品で赤丸がついたのは二作。いずれも四号の小品で、八十〜百号クラスの大作はまるで手応えがなかった。

「コロナって、何をもって終わりなんでしょうね？」

里穂が特別目を掛けている木津川美和が、自作を黄袋に入れながら話し掛けてきた。彼女が手にしているのは白、紫、ピンクの芝桜が混ざり合い、そんな天然の絨毯に朝陽が降り注ぐ清らかな作品だ。五十号の実物を受け取ったときは「売れる」と確信めいたものがあったものの、単なる願望として終わってしまった。

DMをばら撒き、顧客には電話やメールで知らせた効果もあって、初日と二日目はそれなりに人も来てくれた。しかし、平日になった途端に客足が鈍り、そのまま盛り返せずに最終日を迎えたのだった。無理をして美術雑誌に載せた広告も効果がなかったようだ。

「確かに、お得意さんはご高齢の人が多いからね」

新型コロナウイルスの第六波の感染者数がピークのときに会期が始まり、嫌な数字が高止まりする中でロシアがウクライナに侵攻した。コロナ疲れに加え、戦争がもたらす多方面への悪影響を懸念し、世界が鬱々としていた。ここ数年の閉塞感は出口が見えない。

美和は今年の夏で三十歳になる。「わかば画廊」のネットショップでも作品を掲載しているが、まだ一枚しか売れていない。それが「期間限定」で、彼女個人のSNSを使って作品を販売したところ、小品が立て続けに五枚売れた。

純粋な評価なら喜ばしいことだが、美和の作品を買った三人は全て男性で、うち一人は一気に三枚も購入している。いずれもツイッター経由での売買だったが、里穂は美和の整った容姿が多分に影響していると考えていた。

美和は「わかば画廊」の取り分を確保した上で、またSNSでの販売を希望していたが、里穂はなかなか前向きになれなかった。二十九歳の女なら男の下心について無知であるはずがない。絵を買うことで〝親しくなる権利〟を得ようとする男が存在する以上、無邪気に認めることができなかった。

自らの過去が心の鎧を分厚くしている里穂にとって、それは軽視できない問題だった。

「お先に失礼しまーす」

自分たちの作品をバンに運び終えた男女の画家が、里穂に挨拶をして画廊を後にした。随分あっさりした退場だった。二人は同じ美大出身で、事実婚の関係にある。

里穂は美和と意味ありげな視線を交わし、肩をすくめた。小さな画廊の企画展では、撤収作業のときに画家の人間性が出る。自らの梱包が終わった後、他の人のために手伝う者もいれば、今の二人のようにあっさり帰る者、その場でおしゃべりに興じる者——いろんな処し方が見える。

もちろん画家の自由なのだが、里穂は美和のように最後まで汗をかいてくれるような人が好きだった。それは画廊の人間が楽になるからといった類の話ではなく、常識的な視点を持つ創作者に魅力を感じるからだ。芸術の世界なので人格破綻の天才もいるにはいるが、自分にはとても扱いきれない、と里穂は思う。

作業を終えると、そのままの流れでお開きとなった。画廊の前で画家たちを見送り、冬の夜に吸い込まれていく美和たちを見ているうちに、里穂の胸中に寂しさが迫り上がってきた。姿が見えなくなってもしばらくその場に立ち尽くし、寒々しさが不甲斐なさに変質するころになって、ようやく里穂の右頬に涙の筋が通った。

ガランとした室内でだらしなく椅子に腰掛け、額が取り外された白壁に当たるライトをぼんやりと眺める。

コロナが収束していれば、或いはグループ展が盛況だったら、今ごろは画家たちと楽しく打ち上げをしていたのだろうか。それとも、彼、彼女たちの中で「わかば画廊」は取るに足らない存在で、会期が終われば意識の端に追いやられてしまうのだろうか。

疑心暗鬼は心理の沼だ。静かな場所に一人でいると、堂々巡りに際限がなくなる。美和は力のない画廊を頼るより、SNSを中心に活動したいのではないか。六人の中には既に、他の画廊に乗り換えようと考えている者がいるのではないか――。

時々画商という生き方が心細くて堪らなくなる。新しい才能を見出し、迷える羊に助言して発表の場を用意する――「伝える」仕事だ。だが、やはり最後には描き手の世界という侵し難い聖域があり、受け手として判断するのは観る者自身である。

子どものころから絵画に触れて育ってきた里穂だったが、三十代半ばにしてようやく見えてきたのは、画家と鑑賞者の間に足場などないということだ。画商は互いの方向に目一杯手脚を伸ばし、何とか体を支えている。どちらかに偏ってしまえば、途端にバランスを崩してしまう不安定さの中に身を置いているのだ。

里穂は二階へ行き、常設展示している絵の前に立った。

日没前の山から見る街並み。空が深く藍色に染まっていく中で、枯れ木の向こうに点在する民家の灯りが、もうその一日を取り戻せないことを暗示しているようで寂しげだ。時折、無性に観たくなるこの写実画のタイトルは『戻れるなら』。

もし時を遡れるなら、と里穂が考えるとき、頭に浮かぶ顔はいつも一つだった。

横浜の自宅に戻ったときには、午後十時を回っていた。

父の啓介はまだ帰宅していなかった。新宿の画廊仲間と久方ぶりの会合らしいが、六十五歳の年齢を考えるとコロナに感染しないか心配になる。

自室に入った里穂は、首筋を温める蒸気のシートを貼ってベッドに倒れ込んだ。風呂に入りたかったが、今から湯を張る気にはなれず、シャワーで済ますには寒すぎた。既に化粧を落として歯も磨いている。このままうつ伏せで寝てしまうのは避けられないだろう。

首筋にうっすらと汗をかいて心地よくなってきたが、心の方が休んでくれない。ここ数日は、もっとできることがあったのではないかと、グループ展のことを考えてしまう。照明をつけたままの部屋で意識が薄れていく中、後悔が徐々にその姿を変えていった。


十八年前、毎週水曜日の〝部活動〟は、高校二年生の夏休みからピアノレッスンに変わった。塔子の知人がピアニストで、彼女の自宅へ二人して通い始めたのだ。

講師は塔子と同世代で、彼女もまた邸宅に住んでいた。教室として使われる部屋にはグランドとアップライトを一台ずつ備えていたが、まだ室内には応接セットを置く余裕があった。

レッスンが終わると講師を前に里穂と亮がソファに座ってお菓子を呼ばれ、祖母と孫たちのような雰囲気で穏やかな時間を過ごした。寡黙な亮に代わって婦人の相手をするのが里穂の役目だ。

もともと物静かな亮だが、彼の口をさらに重くしたのはその音楽的センスだった。生徒の二人はともに初心者で、八十八鍵から「ド」の音を探し、指番号や音符・休符を教わって、レッスンの終わりに簡単な童謡を弾いた。

スケッチブックを手にした彼の絵筆捌きを見ていた里穂は、すごく器用な人だと思い込んでいたが、実はなかなか骨の折れる生徒だった。亮はオクターブの幅の感覚がつかめず、ゆっくりしたテンポの曲でもすぐに混乱して固まってしまう。弾きながら音階を口にするレッスンでは、恥ずかしさのあまり途中で声が消えた。

三ヵ月が過ぎるころには、里穂との間に相当の差がついてしまった。亮は水曜日がくるたびに落ち込むのだが、持ち前の粘り強さで一度も休まずに通うのだった。彼の目標はジョージ・ウィンストンの『Ｌｏｎｇｉｎｇ／Ｌｏｖｅ』を弾くことだ。

大切な人の背中を押したい気持ちはあったが、その遥かなるゴールを想像すると気絶しそうになる。それでも里穂は、ピアノレッスンの日を心待ちにしていた。鍵盤の前で電池の切れたロボットのように動きを止めていても、指の長い手は美しかった。ギャップというやつは恐ろしいほどキュンとくるものだ。同じ芸術でも美術と音楽でこれほど才能に開きがある人もいないのではないか……。

二人は自転車で通ったが、亮は必ず里穂の家の近くまで送ってくれた。ピアノを習っているというのに、カラヴァッジョやアントニオ・ロペスといった好きな画家の作品について意見を交わし、その夜は彼の優しさに満ち足りた気持ちになって眠りにつくのだ。

里穂はそんな幸せな日々が、少なくとも高校生活の間は続くと思っていた。『Ｌｏｎｇｉｎｇ／Ｌｏｖｅ』は一年や二年で弾けるような曲ではない。卒業してもピアノレッスンが続けば、毎週会えるかもしれない――。

だが、その希望は呆気なく潰えた。講師の女性が大腸ガンで入院したのだ。手術をすることになり、しばらくレッスンが休止となった。

悪いことは重なるものである。冬休み中の翌年一月、里穂は自転車で転倒して左手首を骨折してしまった。三角巾での生活が始まるとピアノどころではなく、いつの間にか〝部活動〟は曖昧に薄れていった。

人生での後悔を思い出すとき、里穂の頭には必ずこの骨折が浮かび上がる。あのとき骨を折らなければ、或いは別のレッスンを受けていたかもしれない。そうすれば……。

苦い経験で唯一の救いになったのは、亮が家へお見舞いに来てくれたことだ。突然の男友達の登場に両親のテンションが上がり、特に父の啓介は待ってましたとばかりに、写実画の創作について亮を質問攻めにしたのだった。

里穂の部屋で二人きりになると、私生活そのものの空間を見られることが恥ずかしく、気まずい思いをした。里穂はベッドに腰掛け、亮はラグの上に胡座をかいた。

「ごめんね、狭苦しいところで」

「いや、初めて来たのに変なんだけど……すごく落ち着くよ」

亮は室内を見回すような無粋はせず、小さく首を振った。

「そう？　私なんかあの父親がいるから、早く一人暮らししたいって思っちゃう。亮君は家に完全なプライベートスペースがあるもんね」

「どうなんだろう。あの家もいつまであるか分からないから」

「えっ、どういう意味？」

亮はその質問には答えず、啓介が置いていったカフェオレに口をつけた。ダークグレーのカシミアのセーターを着て、マグカップを持つ姿が随分と大人びて見えた。

「あの大きな家は、ずっと借り物のような気がしてて」

「借り物って、亮君のお祖父ちゃんとお祖母ちゃんの家でしょ？」

「そうなんだけど……」

亮はフッと息を漏らすように笑うと、里穂の目を見た。

「僕が子どものころに誘拐された話、知ってる？」

心の準備ができていない状態でデリケートな話題を振られ、里穂は内心あたふたとした。下世話な人間に思われたくないのであれこれ迂回路を探したものの、妙な間が空いたことで嘘がつけなくなってしまった。

「詳しいことは知らないんだけど」

「四歳のときに、知らない男に連れ去られてね。それまでは母とアパートに住んでたんだ」

一時、犯人と疑われた母親。里穂は図書館で読んだ新聞の縮刷版で内藤瞳という名前を知っていたが、内緒で調べたことは口に出さなかった。

「何かひどい部屋だったんだよ。ゴミだらけの」

亮は目を伏せて「みすぼらしい所だった」と吐き捨てるように付け加えた。

「夜、アパートの外の階段でじっとしてないとダメなときがあって、夏も嫌だったけど特に冬がつらいんだよ、寒くて。靴のサイズがきついから脱ぐんだけど、錆びた鉄板みたいな階段がめっちゃ冷たいんだよね……」

亮は伏し目のまま、憑かれたように話し続けた。普段の彼との違いに戸惑い、またあまりに深刻な内容だったため、里穂は口を挟めずにいた。

なぜ突然心を開いてくれたのか――その理由を正確に察することはできなかったが、ただ聞いてほしいという強い思いは伝わってきて、そこに複雑な環境に置かれた少年の痛烈な孤独が垣間見えた。

「でも、一番つらかったのは虫歯だなぁ。自分でも我慢強い方だとは思うんだけど、歯が痛いのだけは耐えられないから」

起伏に乏しい道のりを歩んできた自分には受け止めきれない、と息苦しさを覚える一方、里穂はもっと彼の心の深淵を覗いてみたいと思った。静かに耳を傾ける以外にできることはなかったが、それがこの場にふさわしい自分の役割であることも分かっていた。

「だからあんな大きな家に住んでると、嘘みたいなんだよ。何て言うか、いい加減だよね、世の中。母親に育てられるのと、お祖父ちゃんお祖母ちゃんに育てられるのとでは天と地ぐらいの差があってさ。ちゃんとした理由なんてないんだよ。どっちで暮らすかなんか、子どもには決められないもんね、普通」

亮は豪邸に住み、類い稀なる絵の才能もある。しかし、里穂が羨望の眼差しで見ていた彼は残酷な落差の中で自分の存在に不安を覚え、善悪を超えて周囲の環境を嫌悪しているように見えた。

里穂は亮が写実画の世界へと突き進む必然性をおぼろげに感じ取った。他者のさじ加減で翻弄される世の中で、本当に信じられるものとは何か。目の前の実在こそが唯一、根を張って彼を見つめているのではないか。

「お見舞いに来たのに、何かくだらないこと言ってるな。ごめん……」

里穂は物思いから我に返り、慌てて手を振って否定した。沈黙を悪い方に取られたのかもしれない。

「あっ違うの……そうじゃなくて……」

明るい話ではなかったが、心の中を打ち明けてくれたことは嬉しかった。だが「嬉しい」という言葉が場にそぐわず、かと言って適切な言い換えもできず、里穂は黙ってうつむいてしまった。

「じゃあ、また学校で」

誤解を解きたかったが、立ち上がった亮に伝えるべき一言が思い浮かばず、ぎこちなく笑って礼を言った。

せっかく話してくれたのに——実際、変な空気で別れたこの日から、二人の間に微妙な距離ができた。彼の話をきちんと受け止めることができなかったことで、失望された。教訓めいたことは言えないまでも、きちんと味方であることを示すべきだったのだ。

二度目の後悔の代償は大きかった。三年生でも別のクラスになってしまい、里穂は受験勉強に集中することで現実から目を逸らした。

しばらく聴けなかったジョージ・ウィンストンのCDを再び手に取ったのは、卒業を間近に控えた二月のことだった。


うつ伏せのまま目を開けた里穂はゆっくりと身を起こし、何かに誘われるようにして本棚へ向かった。

昔、百貨店で開いたある画家の個展。展示作品を紹介した冊子を手にすると、その場で正座しページをめくった。

やっぱりそうだ、という思いが、閃いただけで火を消した「過去の企み」を記憶の表面に押し上げる。

当時は計画のバカバカしさに自分でも呆れていたが、今は違う。無駄と無意味との間にある本質的な差が見えるようになってきたから――。

汗でしっとりしている首筋のシートを剝がした里穂はデスクに移動し、画家の連絡先をまとめた手帳を引き出しから取り出した。

第五章――交点――

1

【滋賀県高島市における中澤洋一氏の調査／二〇一六年十月七日】

〈事前情報〉

一九九二年六月、滋賀県高島郡マキノ町（現・高島市マキノ町）在住という匿名の男から「昨年末に越してきた親子に不審がある」旨の通報。同年七月にも二回、同一人物と思われる男から同じ内容で通報があった。「父子家庭で子どもが四歳ぐらいの男児」「三十代と思しき父親が定職に就いていない」「毎日近辺をウロウロしている」「父親が挨拶を返さない」「子どもが痩せ細っている」

――いずれも通話時間は短く、住所や身元に関する具体的な情報はない。

通報者は五十～六十代と見られ、三回とも警察が氏名等を尋ねると電話を切った。この手の情報提供は枚挙に遑（いとま）がなく、神奈川県警の捜査本部が刑事を派遣するには至らなかった。

翌九三年三月、滋賀県高島郡今津町（現・高島市今津町）内に住む匿名の女性から「友人の娘が通う英語塾で、講師の女性が忽然と姿を消した」旨の通報。

当該の塾は「JR近江今津駅」近くにある「英語塾　レインボー」。通報は一度のみで「ハシモトという女性講師が先月、急に塾を辞め、夜逃げのように街を去った」「ハシモトは既婚だが、周囲には『子どもはいない』と話していた」「夫が暴力団関係者との話がある」などの内容で、噂話の域を出ない。

通報者は四十〜五十代と見られ、こちらも警察が個人情報を尋ねると電話を切った。同じく捜査員の派遣はなかった。


〈現地調査〉

以上、二名計四件の通報は具体性に乏しく、誘拐との関連性も希薄と言える。また通報者の人定が不可能なことから今後の発展も望めず、数多ある情報提供の一部として捨て置かれた。


中澤氏は本件調査に乗り出した理由について、マキノ町と今津町が隣町であること▽「英語塾　レインボー」という固有名詞があったこと▽まだ捜査されていないこと――の三点をノートに挙げている。

二〇一六年十月七日、中澤氏は一九九二年の住宅地図で「英語塾　レインボー」を見つけ、周辺を聞き込みした。その結果、当時娘を塾に通わせていたという戸辺敦子（とべあつこ）を捜し当てた。

敦子によると、娘の有香（ゆか）が小学三年生のときに橋本孝子（はしもとたかこ）という先生に教わっていた。橋本は二十〜三十代で既婚。子どもはなかった。塾に在籍していたのは、一九九二年から翌年初めにかけて。

中澤氏が「夜逃げ」と「夫の暴力団疑惑」について尋ねると、敦子は「詳しく憶えていないが、そんなことはなかったと思う」と話している。

その他、有香が橋本孝子の写真を持っているとのことだったが、入手には至っておらず、戸辺敦子と接触したこと以外は収穫と言えるものがなかった……。

2

意外な反応が返ってきた。

自宅への取材は十中八九、不審から始まる。応える方にすれば、インターホンを鳴らされ、突然赤の他人から話し掛けられるのだ。警戒して当然である。

「あぁ、大日さん」

だが、戸辺家のインターホン越しに聞こえた女の声音は、身構えていた門田の予想に反するものだった。

木製の質素なドアを開けて顔を出した丸顔の女性は、幾重にもマフラーを巻きつけて立っている記者を見て「おや？」という表情を見せた。

「あれ、違う人？」

女性が新聞の集金や契約更新と勘違いしている可能性に気づいた門田は、名刺を手渡した。

「お忙しいところ申し訳ありません。あの、記者の方でして、ちょっとお尋ねしたいことが……」

「えぇ、えぇ。何年か前に来られたでしょ？　大日新聞の記者さんが……名前は忘れてしまったけど」

他にも取材を受けたことがあるのかと思った門田だったが、閃きがその単純な推察を否定した。

「その、うちの記者ですが、背が高くて」

「そうそう。顔の濃い。最初、外人さんかなと思ったからね、私」

門田は心中で苦笑した。

その昔、神奈川県警で「とんかつソース顔」と言われた男は、大日新聞の記者を騙って聞き込みしていた。既に定年退職していたとは言え、公務員だった彼が元の職場を名乗るのは気が引けたのだろう。世の中が全て善人で成り立っていないことを百も承知の中澤は、トラブルで県警に迷惑を掛けることを避けたのだ。

「あのときの話でしょ？　レインボーの」

門田は一つ頷いて「戸辺敦子さんですね？」と確認した。中澤の調査から六年経っているので、敦子は還暦を過ぎたあたりだ。顔の血色がよく、毛玉が浮き出るグレーのセーターに、門田は彼女の鷹揚さが表れている気がした。

「私、あのときの記者さんに名刺をもらうのを忘れてて」

そもそも名刺などないのだ。不器用な中澤の柄にもない嘘が門田には何ともおかしく、一方で大日新聞を選んだのは自分の影響だろうと考えると嬉しくもあった。

「塾があったとこでしょ？　ここから近いからとりあえず行きましょか？」

中澤が菓子折りでも持って行ったのか、敦子は非常に協力的だった。単に暇なのかもしれないが、前の道路で待っていた門田が振り返ると、既にコートを羽織りドアに鍵をかけていた。

「さっきまで結構降ってたけど、晴れてきたね」

湿ったアスファルトを歩きながら敦子は親しげに話し掛けてくる。道路脇に若干残る雪を目にすると、今朝の冷え込みを思い出す。

昨日、京都に着いた門田はレンタカーを借り、ダメ元で市内の公園を回った。例のキノコのオブジェを探すためである。ネットでヒットするのは府立植物園の「きのこ文庫」と公園に生える本物のキノコぐらいで、緒が見えぬまま車を走らせた。

当然ながら無残な結果を迎え、夜のうちに滋賀県大津市内のホテルへ移動。朝、遮光カーテンを開けると静かに雪が落ちていて、しばし見とれたのだった。

「これがそうなんやけど」

ものの数分で敦子が足を止めた。

黒ずんだコンクリートの二階建ては、左手のドア横が長方形の大きな窓になっていて、内側で薄紅色のカーテンが波打っていた。一階と二階のちょうど真ん中辺りに看板があった形跡があるものの、ひどく錆びていて文字は見えない。ひと目で使われていないことが分かる。

「英語塾はいつごろ閉まったんですか？」

「もう二十年以上経つんちゃう。その次にカラオケ喫茶ができたけど、いつの間にか閉まったわ」

付近には飲食店がちらほらと見えるが、この旧レインボーのように時を止めたような建物も少なくない。当てのなさそうな空き地もよく目につき、冬だというのに雑草がたくましく根を張っている。

「橋本先生がお辞めになるとき、急に姿を消した感じだったんですか？」

「それ、誰が言うてたんですか？」

「分からないんです。多分、近所の人だと思うんですけど」

「昔あった東京の誘拐事件で、橋本先生が犯人と違うかって話でしょ？　それは絶対ないわ。子どもも好きで優しい人やったから」

東京ではなく神奈川の事件だが、敦子の全否定を耳にすると訂正する気にもなれず、力が抜けていくような感覚に陥った。

捜しているのは野本貴彦と妻の優美(ゆみ)、そして内藤亮だ。橋本某が夜逃げをしようが、誘拐事件との関連性は極めて低い。分かってはいたが、実際に収穫なしの現実に直面するとつらいものがある。

「塾には娘さん……有香さんが通っていらっしゃったんですよね？」

「有香にも聞いたんですけど、先生が辞めるっていうのは何も急な話じゃなくて、前もって話してくれてたみたいです。それに先生もかなり名残惜しい感じで泣いてはったって……あっ、そうや。その男前の記者さんに橋本先生の写真がないかって言われてたんやけど、娘が持ってました」

敦子は布のトートバッグから四角い封筒を取り出すと、光沢のない布目の写真を抜き出した。

「娘の隣にきれいな人いるでしょ？　それが橋本先生」

ポニーテールの少女の隣で、髪の長い女が柔らかに微笑んでいる。白いブラウスが清楚に映る、涼しげで感じのいい女性。一枚の古い写真からは、まるで事件の香りがしなかった。

昨日の公園といい、今日の旧英語塾といい、完全な徒労だった。一つずつ〝筋〟を消していくという消去法の取材も前進には違いなかったが、その歩幅はあまりに小さかった。

「有香さんは他に何か思い出されましたか？」

「塾には旦那さんが車で送り迎えしてたみたいね」

「その旦那さんは何をしてる人なんですか？」

「全然分からんわ。有香も車に乗り込む先生を何回か見ただけやから。どこやったかなぁ……住んでたんは海津(かいづ)とちゃうかったかな」

門田の頭は「海津」という地名に反応した。

第一の通報者が知らせてきた父子家庭。彼らがよく目撃されていたのが「海津」だった。二つの情報提供にわずかながらに生まれた接点。

とりあえず、向かうしかない。

海津の道路は赤茶けていた。

融雪に使う地下水に鉄分が含まれていることが原因らしい。そんなご当地情報を調べていること自体が、取材の行き詰まりの裏返しだった。勢い余って海津に来たものの、軒を連ねる家々を前に心が折れてしまった。

聞き込みをしようにも手持ちの情報が曖昧すぎて、どう切り出せばいいのか分からない。インターホンを鳴らして「三十年前に怪しげな父子を見掛けませんでしたか?」などと言おうものなら、それこそ通報されかねない。

昨年暮れから何とか続けてきた取材も、ここに来て行き止まりが見えてきた。

中澤のノートには他に十三都県の情報が記されているが、読んだ限りではいずれもかなり細い糸で、手繰りようがなかった。しかし結果がどうであれ、全ての現場を回った中澤の執念には脱帽するしかなく、門田は自らの不甲斐なさを引きずりながらハンドルを握っていた。

もう帰京してもよかったが、冬の短い陽が後ろ髪を引いた。近くの海津大崎の桜並木は名所として知られている。今は枯れ木だろうが、雪の花ぐらいは見られるかもしれない。スマホの地図で琵琶湖沿岸の気持ちよさそうな道を見て、門田はせめてもの思い出にドライブすることにした。

雪を降らせていた雲が舞台袖へ捌(は)け、お誂え向きの鮮やかな空色が広がっていた。県道五五七号西浅井マキノ線に入り「ようこそ海津大崎へ」の看板を横目に見る。その直後のことだった。

琵琶湖へ視線をやった門田は感じるものがあって、並木の端でブレーキを踏み路肩に車を停めた。すぐに運転席のドアを開けて片側一車線の道路を渡り、湖へ近づいた。向こう側に望む岬が防風林のようになっていて、直感的に「見たことがある」と、ぼやけた画像の断片が見え隠れした。同時にもどかしさも覚えていた。何かが違う。

答えが出ないまま立ち尽くしていた門田に、一つの風景が浮かんだ。興奮して唇に指を当てる。角度だ……角度が違う。頭の中で画像を修正し、慌てて車へ引き返した。

Uターンして来た道を戻る。こういうときに安全運転を心掛けるのは、年の功というやつだろう。赤茶けたアスファルトをゆっくりと進み、狭い道の中で駐車場を探す。

高木浜まで戻ると、先程は気づかなかった大きな門のような施設が左手に見えた。その前に芝を敷いた駐車スペースがあった。車を停めた門田は、十メートルちょっとあるコンクリート製の施設を見上げた。上部にバルコニーのような円形の空間がある。

門が額縁の役割を果たし、長方形に切り取られた鮮烈な青の世界が向こう側に見えた。琵琶湖は藍色に近く、その湖面の色と気ままに浮かぶ雲の純白とを混ぜ合わせたようなライトブルーの空がまぶしかった。水平線によりくっきりと濃淡を分ける美景は、絵の具ではなく、自然そのものの清らかな発色によって成り立っている。

門田は石のタイルを歩いてビーチに向かった。木製ベンチの向こうにある砂浜にはかろうじて残雪があった。強く吹く風音の間隙を縫うように控えめな波の音が聞こえる。

一歩近づくたびに画像の修正が的確に為(な)されていく。そして同一地点までたどり着き、スマートフォンで画像を表示した門田は、マスクを外して静かに息を吐いた。

画廊「六花」の倉庫で撮影した雪の浜辺の絵——海岸が水際まで雪で覆われ、朝焼けを思わせる白く静寂な世界。

門田はスマホをかざすように持ち、実際の風景と比較した。つい先程までこの野本貴彦の絵は、海辺を描いたものだと思っていた。故に探すことなど不可能だと考えていたのだ。だが、作品のモデルは海ではなく、茫洋とした湖だった……。

目の前の湖畔と野本作品の間には無論、小さな差異はある。空の色、残雪の量、湖面の反射——だが、美しくUの字を描く汀線(ていせん)と色濃く緑に染まる松林、その奥の山陰はトレーシングペーパーで転写したように正確だった。

門田は作品に描かれた風景の現場に立ち、モデルから絵画をなぞるという逆算的な鑑賞を得て、心を打たれた。二次元と三次元の間を旅する中で、野本貴彦の「実」を捉える才能を嫌というほど思い知った。

一体、どれほど対象を見つめればこのような絵が描けるのだろうか。門田は倉庫で観た作品を頭に浮かべ、改めて原画が持つ厚みに圧倒された。

ただ同じではない。あの「迫ってくる感じ」は、描き手の肉眼と心眼の疎通がなければとても表せない。キャンバスと絵の具の重たい凹凸が、存在の一瞬を捉えるのに費やした膨大な時間を示している。

耳に心地いい琵琶湖の穏やかな波音が門田の興奮を徐々に静めていき、湖辺を吹き抜ける冷たい風が内省へと誘う。

誘拐事件を取材し野本貴彦という芸術家に近づくにつれ、組織人としての自らが見えてくるようになった。若いころに先輩から「新聞記者は個人商店」と教えられ、どこか誇らしくもあったが、これまで真の「個」を実感したことはなかった。

異動のたびに所属する記者クラブが変わり、新しい世界を見てきたつもりだ。「安全に間違いの少ない情報を得る」ということは、実は相当難しいことで、ここに記者クラブの利点がある。だが、ひと握りの情報を入手する優越感が常となると、記者以前に人としての主軸が歪む。いつしか問題意識より紙面を埋めるというノルマを優先するようになり、気がつけば機械的な仕事に陥っている。この強いシステムが個人を弱めるという反比例のグラフが、長らく門田のコンプレックスであった。組織の記者として、ライフワークとなるようなテーマを見つけられなかった。しかし、自ら「最後の現場取材」と銘打ってがむしゃらに突き進むうちに、心に気持ちの良い汗をかけるようになった。そして写実に出会い、画家と記者の違いはあれ「実を見る」という共通の指標に導かれて、あるべきジャーナリズムを追い求めるようになったのだ。

門田はその場で考え続けることによって、少しずつ取材への自信を取り戻していった。揺れ動く湖面の生きている輝きを見ていると、気持ちが前を向く。

やはり野本はここに住んでいたのではないか。海津で目撃された父子は貴彦と亮なのではないか。それから門田は夢中になって写真を撮り続けた。或いはこれを岸朔之介に見せれば、何か引き出せるかもしれない。

撮影を終えた後に振り返ると、少し離れたところで一人の女が門田を見ていた。若い感じだったが、身ぎれいにしている雰囲気に三十代の落ち着きがあった。少し視線が気になったものの、知り合いではなさそうだ。

互いにマスクをしていなかったので、会釈だけしてあっさりとすれ違った。車に戻る途中、門田は一度だけ足を止めて後ろを確認した。

琵琶湖を見ていた女が、分厚いコートの袖で涙を拭ったように見えた。

3

濡れたスニーカーのせいで指先まで冷たかったが、朝の引き締まった空気が視界に広がる雪の清麗さを際立たせていた。

土屋里穂は畦道(あぜみち)に立ち、白く染まる棚田を見上げた。緩やかな段が山の方へ続いていき、疎らに建つ民家の屋根には雪が積もっている。

上空は雲の流れが速く、気忙(きぜわ)しく晴れ間の位置を変えていく。遠くで犬の鳴き声がした。鋭敏な耳と鼻で、この棚田に一人いる余所者を察知しているのかもしれない。

ようやく見つけた——。

高校二年生のとき、彼のアトリエで見せてもらったスケッチブック。棚田の絵が記憶に焼き付いているのは、当時ハマっていた恋愛映画で印象的な棚田のシーンがあったからだ。雪と稲の違いはあるものの、今里穂が目にしている光景は、かつて内藤亮が描いた鉛筆の線をそのままなぞっていた。

彼がいつごろスケッチしたのかは分からない。写真に撮って後で描いた可能性もある。しかし、成人する前の亮がこの場にいたのは確かなようだ。時計の針を巻き戻していけば、どこかの時点で過去の彼と重なる。「場所」というリアルがあるだけで空想に芯が入り、里穂の心にささやかな喜びが染み込んでいった。

百貨店の「美術画廊」に勤務していたとき、ある男性画家の個展で棚田の絵を展示した。ひと目見て「似ている」と思ったが、その画家は「外商」が押さえていたため、話す機会がなかったのだ。

「わかば画廊」で初めて企画したグループ展で結果が出せず、自宅で悶々としていたあの夜、里穂は長年の気掛かりを解消することに決めた。翌日に電話した際、画家は驚いたものの、現在は画商となった里穂が自らの作品を憶えていたことが嬉しかったらしく、モデルになった棚田の所在地を教えてくれたのだった。

父に事情を説明すると「好きにせい」と気前のいい返事を得たので、骨休めも兼ねた小旅行が決まった。大阪出身の学友と久しぶりに食事した後、そのまま大阪市内のホテルに泊まり、始発で滋賀県大津市へ。交通の便を考えてそこからはレンタカーで移動し、約一時間半かけて同県高島市の棚田まで来たのだった。

里穂は畦道が十字に交差する地点に立った。見渡す限り、四方に純白の棚田がある。一定の規則性を持つ〝大階段〟は、自然と人の共存を歓迎するように美しかった。

雪の小路に足跡をつけながら歩いた里穂の耳に、せせらぎの音が大きく響き始めた。歩を進めて見つけたのは、板のように平たい用水路。棚田の構造に合わせて落差工の要領で段差がついている。流れる水が陽に当たってきらめき、目に入る光景が全て澄んで見えた。

三十四歳の今、東京から離れて滋賀の銀世界にいる。こんなに静かな時間を過ごすのはいつ以来だろうか。思えばここ数年間、里穂はずっと仕事に追われていた。特に百貨店を辞めるきっかけになったあの出来事以来、人生の歯車が狂ってしまったような気がする。

その男が「美術画廊」に現れたのは、五年前のことだ。

ある抽象画家の個展で、難解な作風のせいもあって来場者が少なかった。会期三日目、開店してすぐに四十代と思しき中年男性が入ってきた。つまり買い物のついでではなく、個展が目的で来店している可能性が高い。最初里穂は、画家の知り合いかもしれないと思った。

男は忙しなく会場を二周すると、海を表した絵の前で足を止めた。しばらく作品を眺めていたので、里穂はタイミングを見計らって声を掛けた。

「素敵ですよね」

里穂はこの画家の絵はあまり好きではなかったが、仕事として詰め込んだ知識を小出しにしながら話した。

「買います」

五分もしないうちに客が言ったので、少々面食らった。もちろん嬉しかったのだが、何となくチグハグな印象を受けた。男の身なりと二十万円の絵、男の知識と難解な作品……。

会期中は購入作品を引き続き展示する許可を得て、送付先の個人情報を記入してもらった。男はその間、ずっと「ポケモンGO」の話を続けた。

「ちょっと見ますか？」

店員の相槌を真に受けた男は、スマホアプリを起動させ「ゲットした」ポケモンを紹介し始めた。里穂は戸惑いながら用紙を見て、氏名欄に「中田剛志（なかたつよし）」とあるのを確認した。

翌週に開催した都内画廊のグループ展。会場で展示状態をチェックしていた里穂は、不意に肩を叩かれて振り返った。

「早速送ってもらって、ありがとうございました」

買った絵を迅速に発送したことに対するお礼なのだが、そんなことを直接言いに来る客は初めてだった。一度会っただけの「客と店員の距離感」を一方的に縮めてきた男が不気味だったが、里穂は習いとなった愛想笑いを浮かべて返礼した。

ただ微笑み合うだけの妙な間が生まれたので、目の前に展示してある作品を案内した。売る気などさらさらない、単なる時間稼ぎ。だが、里穂の付け焼き刃の知識による説明が終わるや否や、中田はまた言ったのだ。

「買います」

予想外の展開に、里穂は絶句した。今度は二十七万円の絵だった。

百貨店において「呉美宝」――呉服・美術・宝飾――に短期的なノルマがないのは、単価が大きく数が捌けないからである。「美術画廊」では二十万円台の作品は安価な方だ。だが、外商がつくような太客を除いて、二週間のうちに二作も買う人はかなり珍しい。

中田はコートからスニーカーまでファストファッションであり、天然パーマの髪も美容院で手入れしているようには見えない。折りたたみの財布も薄汚れた合皮で、カードや割引券が乱雑に詰め込まれていた。明らかに百貨店で絵を買うタイプの人物ではなかった。

それよりも里穂が気になったのは、中田が自分の買った作品に興味を示さないことだった。美術に対する関心が伝わってこないのだ。好きな画家やジャンルもなく、どこを気に入って購入に至ったかの道筋も見えない。

では、なぜ中田は絵を買うのか――二度の接触で、里穂は十分すぎるほど彼の意図を理解した。これまでも客から連絡先を書いたメモを渡されたことや「美術画廊」の外から写真を撮られたことがあった。

一人の女として、歪(いびつ)に姿を変えた男の下心には警戒しているつもりだった。だが、いくら気をつけていようとも、自分から近づこうとしなくても、リスクは日常に忍び込んでくる。

店員として謝意を表しながらも、里穂の胸中はどんよりと曇っていた。手続きの間にスマホゲームの話をする中田の声を耳に、つい今しがた触れられた肩をハンカチで拭いたい衝動に駆られた。

中田はその翌週も「美術画廊」に現れた。三度とも同じ曜日、同じ服、同じ笑顔——。新進の人気女性画家の個展だけあって、平日にもかかわらず来場者が多かった。里穂はできるだけ他の客と長く話すようにして時間を稼いだが、中田は絵を観るでもなく所在なげに佇んでいた。

視線に耐えられなくなって話し掛けると、中田は振っている尻尾が見えるような勢いで喜んだ。

「これ、お土産」と、三袋も入った野沢菜漬けを手渡し、一方的に旅行の話をする。レジ袋の持ち手が指に食い込むほど重かったが、中田は気づかぬ様子で軽井沢の素晴らしさを熱弁した。

「お薦めはありますか？」

話が一段落すると、思い出したように展示の方を向いた。里穂は気が進まなかったが、仕事なので柱に掲げてある小品を案内した。

「買います」

本来は嬉しいはずの言葉が、怖くなっていた。小さな作品だが、価格は三十三万円で値引きもない。気鋭の画家が描くあじさいは幻想性の中にも気品が漂い、相応の値ではある。だがこれを買えば、中田は三週間で八十万円使ったことになる。彼の職業や実家の家業については何も知らない。しかし、百貨店の「呉美宝」に勤める里穂には、その人が持つ経済力を推し量る勘が備わっていた。中田にそれほどの余裕があるとは思えなかった。

「今日は分割払いにします」

人差し指と中指でクレジットカードを挟んで差し出す男の顔には、分かりやすく見栄が滲んでいた。八十万円という額は、膨れ上がった自分への好意に置き換えられる。それは細菌の増殖のような激しい危うさを孕んでいた。

「ちょっとご相談なんですが……」

里穂は言える範囲内で今後のイベントについて情報を明かし、相手のプライドを傷つけぬよう言葉を選びながら、長い目で美術品を購入する方向へ話を持っていった。中田は素直に耳を傾け、クレジットカードを引っ込める際には安堵の表情を浮かべていた。

これ以降、中田はふらりと「美術画廊」を訪れては里穂と立ち話をして帰るという行動を繰り返す。食事や映画に誘うことも少なくなかったが、やんわりと断り続けた。百貨店の同僚の間でも、中田の存在は「里穂に片想いする中年おやじ」として半ばキャラクター化していった。

その年の夏、それまでの人生で最大の不幸が里穂を襲った。母が急死したのだ。たまにパートに出るぐらいで、ほぼ専業主婦だった母は、よく父と衝突した娘の最大の理解者であり、味方だった。

三十路を迎えた里穂は、具体的な予定はなくともこのまま百貨店で働き、そこそこの相手と結婚して両親に孫の顔を見せるという青写真を描いていた。妥協することを厭わなければさほど難しい話ではなく、大学入試や就職試験の方がよほど高い壁だったとの感覚でいた。だが、平凡な成り行きの落とし穴は、うまく期限が切れないところにある。「いつか」は永遠に「いつか」であり、少しでも綻びが生じると瞬く間に糸が解けてしまう。

生まれる前、または幼いころに祖父母を失った里穂にとって、母の死は初めて強く意識する肉親の死であった。

凶報は勤務中に届いた。父から何度も着信があり、これは只事ではないと思い、電話に出た。

「忙しいとこすまんな」という父の硬い声を聞いて、金縛りにあったように緊張した。

「今朝、お母さんが亡くなった」

里穂はパニックに陥り「何で、何で」と問い続けたが、父も少ない情報の中から状況を説明するので精いっぱいだった。

定期的に人間ドックを受診し持病もなかったが、朝、自室で冷たくなっていた。死因は急性心筋梗塞。父にとっては数時間前まで普通に暮らしていた妻が、急にこの世から消えてしまったことになる。

仕事を早退して東京から横浜市内の病院に駆けつける間、体の震えが止まらなかった。就職してから都内で一人暮らしをしていたが、家事・炊事から解放されたくて休日は頻繁に実家に帰った。つい四日前に元気な顔を見たばかりだ。

病院のベッドに横たわっていた母の顔は安らかだったが、口を半開きにして固まった様子からは生気が感じられなかった。物語の世界ではよく「眠っているような」とか「今にも目を開けそうな」などと言われるが、里穂はひと目で死を悟った。

火葬の前には堪らない気持ちになっておもいきり泣いたが、通夜、葬儀、初七日を通して少しずつ心を落ち着かせていった。

悲しみに慣れてくると、今度は寂しさに耐えなければならない。悲しみは痛みを伴い、寂しさは不安につながる。里穂が社会人になってから、枠組みの中でこなす仕事と人間関係の折り合いで生じたストレスを母は掃除機のように吸い取ってくれた。

自分にはとてもまねできないほど子どもに尽くした人生だった。ある程度大きくなっても、母はずっと子の世話を焼いた。高校時代の毎日の弁当は火を通したおかずばかりで、今考えれば相当大変だったはずだ。飛行機嫌いにもかかわらず、留学先のイタリアまで会いに来てくれたこともある。

そして何より、隠し事なく相談できる唯一の存在だった。母にだけは亮への気持ちを打ち明けていた。

リアルな母の夢を見て、目覚めたときに亡くなったことを思い知る瞬間がつらかった。そういう朝は沼に沈みそうになる自分を何とか日常の岸に避難させる。不安定な航路において、母は常に寄港先であり続けた。喪失の大きさに、里穂は為す術もなかった。

職場の同僚もしばらくは気を使ってくれたが、四十九日を終えるころには普段通りに接するようになった。中田の〝担当〟も然り。面倒な男の対応をごく自然に押し付けた。

最初に姿を見せてから半年が過ぎ、夏が過ぎるころになると中田は姿を見せなくなった。上司は「意外に寂しいんじゃない？」などとからかったが、里穂はせいせいしていた。母が亡くなってからは特に、笑顔で相槌を打つのもきつかったのだ。それとなく誘導しても中田は最後まで職業を明かさず謎のままだったが、転勤でもしたのかもしれないと結論づけ、心の平穏を一つ取り戻した。

だが、静けさは兆しになり得ることを里穂は知らなかった。

同じ年の晩秋、事件は起こった。

会社帰りの午後九時前、里穂は最寄り駅の改札を抜けると、いつもよりやや速いペースで帰路を急いだ。週末でふくらはぎに怠さを感じていたため、早く部屋でゆっくりしたかったからだ。七、八分歩き、大通りから住宅街に入ってすぐ、背後から男の声がした。

「里穂ちゃん」

振り返って中田剛志の笑顔を認めたとき、里穂は心臓を鷲づかみにされたような衝撃を受けた。恐怖で返事もできず、二、三歩後退った。

彼女が混乱状態に陥った原因は種々ある。暗い夜道で人気（ひとけ）がないこと、既に過去のフォルダに入れていた人物が唐突に姿を現したこと、男が酔って気味悪く緩んでいること、馴れ馴れしく「ちゃん」づけで呼び掛けてきたこと……だが一番怖かったのは、中田が自分の生活圏内に入ってきたことだ。

「何でですか……何でここにいるんですか……」

「久しぶりに話したくなって」

「いや……話したいのなら、百貨店に来るべきじゃないですか？」

「ごめん」

「さすがにルール違反ですよ。どうやってここを知ったんですか？」

中田は里穂の激しい怒気に動揺した様子でひたすら謝った。

「申し訳ない。最近全然会えてなかったから、ちょっとトークしようと思って……」

こんなことをして受け入れてもらえると思っていたことに、里穂は愕然とした。「会えてなかった」などと彼氏気取りなのも猛烈に腹が立った。

「中田さん、私、今本当に怖いです」

「ごめん。怖がらせるつもりは……」

「もう百貨店に来ないでください」

里穂がきっぱりと拒絶すると、酒でだらしなかった中田の顔が蒼白になった。

「次、同じようなことがあったら、警察を呼びますから」

バッグからスマホを取り出すと、中田は奥歯を食い縛るようにして頬をへこませ、無言のまま歩き去った。

走ってマンションまで帰った里穂は、上司に電話して事情を説明した。しかし、彼は事態の深刻さを理解できず、ケガがないことを確認すると「下手に刺激しない方がいい」と助言し、静観を勧めた。

結果的にこの判断が裏目に出る。一時的に駅から家までのタクシー代を補助するなり、早急に引っ越しの手配をするなり、会社は何らかの対策を講じるべきだった。だが、上司の言う「静観」により、里穂は週明けから何事もなかったように出社する羽目になった。

五日後の夜、マンションに帰宅した里穂は、オートロックの自動ドアの前に中田がいるのを見て悲鳴を上げた。

「うるせぇよ」

吐き捨てるように言った中田の不貞腐れた表情は、地の邪悪さが剝き出しになっていた。顔が赤らみ、ひと目で酔っていることが分かった。

今度こそ通報しようと思ったが、手が震えてバッグのファスナーがうまく開けず、金具がテープの部分を噛んでしまった。

「警察なんか呼ばなくていい。話がついたら帰るから」

中田は素早く距離を詰めると、小切手大の紙を二枚、里穂に突き付けてきた。それは中田が買った絵の領収書だった。

「返金しろ」

「えっ……」

「もう絵はいらない。いいから返金しろ。おまえが騙したんだから」

中田は五日前と同じ服を着ていた。この季節には心許ない薄いパーカーとシミだらけのカラシ色の綿パン。紐まで汚れて黒ずんだスニーカーは踵を踏んで履いている。

とても正気とは思えなかった。これまでも言葉遣いの端々に小さな狂気を感じることはあった。だが、勝手に自宅の住所を割り出して押し掛け、理不尽に金を奪おうとする男に漂っていたのは、渦巻いた負の感情が表面張力の限界を突き破ったような猛々しさだった。

「そもそも紙に絵を描いただけで何十万もむしり取るのなんかおかしいだろ。あんたは口がうまいから、コロッと騙されたんだ」

「いや、騙された、騙されたって、中田さんが納得してご購入いただいたはずです」

恐怖心はあったが、里穂は絵のことで詐欺師呼ばわりされることだけは許せなかった。

「開き直るんだな」

「むしろ私は中田さんが三作目の絵を買おうとされたとき、止めたじゃないですか」

クレジットカードを引っ込めた、あのときの気弱な表情と今の殺気立った形相は対極であるようで、何事も器用に立ち回ることができない中田の余裕のなさに帰結する。

「だから余計にタチが悪い。親切な人間を装って、結局金のことしか頭にない」

「美術画廊の店員が絵をお勧めするのは当然だと思うんですが」

「絵を買わなくなった途端、対応が雑になったけどね」

一体、何を求めて百貨店に来ているのか。持たざる者が振りかざす客の権威に、里穂はうんざりした。もはや原因や理由は蒸発し、相手を屈服させることに躍起になっている。こんな男に「何とかなる」と思われたことへの苛立ち、丁寧な対応が仇となったことへの虚しさ――。

「いいから金返せよ」

「私が判断できる話ではありません。明日、百貨店までお越しください」

「はぁ？　何で俺が行かなきゃならねぇんだよ！　今日、わざわざ来てやってるだろうがよ！」

「いい加減にしてください！　警察呼びますよ！」

「やってみろや！」

中田が動いたと思った瞬間、頬に衝撃を受け、里穂は倒れた。顔の左半分が痺れたように熱を持ち、耳の奥でジーンと音が鳴った。殴られたショックで頭の中が真っ白になり、次の行動が浮かばなかった。

「澄ましてんじゃねぇぞ！　女が調子乗んな！」

髪をつかまれて引っ張り上げられたとき、里穂は大声で助けを呼んだ。

「大丈夫ですか！」

若い男の声が聞こえると同時に、髪から手が離れた。横座りになって前を見ると、白いトレーナーとスーツ姿の二人の男が中田を地面に捻じ伏せていた。

幸い近くに人がいてくれたようだ。

「何もしてない！　友達だから！」

中田は往生際悪く抵抗を続けた。五分ほどしてバイクで警察が到着すると、すぐにパトカーも二台現着した。

同じマンションに住む年配の女性が里穂を近くの石段に座らせてくれ、ひざにブランケットを掛けてくれた。その夫と思しき男性から温かい缶コーヒーを受け取ったとき、里穂はようやく「助かった」と実感し、しばらく涙が止まらなかった。

防刃ベストを装着した屈強な警察官に挟まれた中田が、精根尽き果てたような様子でパトカーに押し込まれていく。

里穂はぼんやりとその光景を眺めながら、それまで漠然と感じていた幸せに実体が感じられなくなり、初めて自らの人生に疑念を抱いた。

人は年齢を重ねるごとに不幸せになるよう定められているのではないか――。閉塞感に苛まれ、心が切に母を求めたが、既にこの世にはいない。不安で胸が押し潰されそうになった。

バッグのファスナーを元通りにし、スマホを取り出した里穂は上司に電話した。ただ状況を説明しようと思っていたはずが、話をするうちに怒りが込み上げてきてどうにもならない。

中田が落とした二枚の領収書が風に飛ばされるのを見て、全ての景色が色褪せて映った。

「辞めます」

人生を左右する重大事であるにもかかわらず、するりと口をついて出た。

驚いて絶句した上司を置き去りにするように、里穂は電話を切った。


その場にしゃがみ込んで用水路の優しい水音に耳を傾けていた。カラカラと響く邪気のない音が凜とした空気の中に漂って心地いい。

百貨店を辞めてから、里穂は忙しく過ごすことで心の均衡を保ってきた。逃避と言えなくもないが「目を逸らす時間」は必要な行程だったような気がする。そして今、一人旅の贅沢な時の流れの中で、里穂は過去と向き合い始めていた。

再び立ち上がって雪の棚田を一望したとき、鮮やかな記憶の喚起があった。

亮のアトリエで見せてもらった棚田が描かれていたスケッチブック。そこに雪の浜辺の絵があったのを思い出したのだ。

棚田と浜辺……海じゃないのかもしれない。

スマホで画像を検索した里穂は、画面に現れた写真を見ると、車に向かって駆け出した。

4

呼び出された場所が百貨店「福栄」になったことは、何とも間が抜けている。

一人旅から帰ってきて、まだ二日しか経っていなかった。ずっと連絡できなかった相手に旅先から電話ができたのは、滋賀での発見に心動かされたからだ。

「すみません、お待たせして」

久しぶりに会う岸優作は逞しい体つきになっていた。太ったと言うより筋肉質になったイメージだ。冬に薄手のセーター一枚だが、寒そうには見えない。

「突然連絡してしまって、申し訳ありませんでした」

「いえいえ、憶えていてくれて嬉しいですよ。しかも、今や同業者ですから」

「滅相もないです。もう私のところなんか、吹けば飛ぶような店なので」

「そんなことないですよ。啓介さんはかなりの目利きですから」

「父をご存じなんですか？」

「えぇ。何度か会ったことありますよ。でも、私より父の方が知ってるかもしれません。この業界長いので」

優作とは「福栄」にいたときに展示会で面識があった。知り合いと言うほどでもないが、物腰が柔らかく好印象を持っていた。

「よく考えたら、フロアは違えど昔の職場って落ち着かないですよね？」

「いえ、たまに買い物に来ることもあるので」

気持ちよく会話するために、小さな嘘も必要だった。今は専ら横浜で済ませ、東京の百貨店でショッピングするときは別の店を使っている。

「うちの応接室は堅苦しくてね」

現在、お抱え画家が「福栄」で個展を開いているため、店内の甘味処で会うことになったのだ。

岸優作は七、八年前に会ったときより、随分と貫禄を増していた。四十代半ばの働き盛りといった雰囲気を漂わせ、短髪で目鼻立ちのはっきりした顔は自信に満ちていた。

近況を聞かれた里穂が「この年になって父に怒られる毎日です」と冗談めかして答えると、優作は何かを思い出したように「あぁ、そうか」とつぶやいた。

「啓介さんで思い出したけど、一度、父がぼやいてたことがあったな」

「えっ、何かご迷惑をお掛けしたんでしょうか？」

「いや、違うんです。言い方が悪かったな。昔、啓介さんに絵をお譲りしたことがあって」

「それ、初耳です」

「私も詳しくは知らないんだけど、二十年かもっと前になるかな。啓介さんがうちの画廊に来たことがあって、応接室に飾ってた絵をえらく気に入られましてね。父も最初は断ってたんですけど……」

岸朔之介と父はさほど親しい間柄ではなかったそうだが、啓介は応接室で会った後も何通か手紙を書いて口説き落としたという。里穂は呆れつつも、そういう一本気なところが父らしいと思った。画廊経営の難しさを知る今は、情熱を燃やし続けることの尊さが身に染みる。

「あれ何ていう作品だったかなぁ。日没前の山か何かでね、民家の灯りがポツポツと見える切ない感じの……」

「ひょっとして『戻れるなら』ですか？」

「あっそうそう！　手放した後、父が悔しがっててね。土屋さんも観たことあるんですか？」

「あの絵は昔から常設展示してるんです。売ってほしいっていうお客様もいるんですけど、頑なに断って。自分は強引に譲ってもらってるのに」

「あぁ、そうなんですか。そんなに大切にしてくださってるなら、父も本望でしょう」

里穂は画廊で暇を持て余しているとき、『戻れるなら』を観ながらあれこれ考える時間が好きだった。そんな大切な作品に関する逸話を知ることができて、幸先のよさを感じた。

個展で忙しい優作の時間を奪うことが申し訳なく、里穂は棚田の写真を見せることで本題に入った。

「これ、滋賀の高島にある棚田の写真なんですが」

里穂が話し始めると、優作はどこか予想していた様子で「あぁ」と低い声を漏らした。

「実は私、如月脩先生の高校の同級生で……」

「えぇ、本人から聞いてます」

「私のことを……ですか？」

「一緒にピアノ習ってたんでしょ？」

驚いて咄嗟に両手をテーブルの上に置いたため、おしるこの漆のスプーンに指が当たって床に落としてしまった。

「土屋さん、案外分かりやすいんだね……亮も『いい人だ』って言ってたけど」

優作が画家名ではなく本名で呼んだことで、亮がグッと近くに感じられるようになった。自分についてどんなことを話していたか気になったものの、それとは別に一つ引っ掛かったことがあった。

「私が百貨店にいたときも、亮君の同級生ってご存じだったんですか？」

優作はバツが悪そうに笑い「まぁ」と認めた。それなら言ってくれればいいのに、と少々不満な半面、亮が望んでいないのかもしれないと考えると気落ちした。

それにしても、と里穂は思う。卒業のときに悔いの残る別れ方をしてから、もう会えないものと諦めていた。その時々で感情の濃淡はあれ、亮のことを想い続けてきた気持ちに嘘はない。自室を整理するたびに、彼が残した物を一つひとつ眺めてはため息をついた。

出会ったほとんどの人は会わなければ自然と忘れていく。だが、特別な人というのは、空白が広がるほどに神秘性を増す。

そんな遠い存在だったはずの亮と、知らず識らずのうちに一人の男性を介して接点を持っていたなんて……。そして、優作のみが事情を把握していた一方通行の状況を双方向に変えたきっかけが、週刊誌報道だったという皮肉。あの『フリーダム』のひどい記事がなければ、元の職場に来ることもなかった。

「例の週刊誌を読みましたか？」

心の中を見抜かれているようなタイミングにドキリとした里穂は、考える間もなく頷いた。

「いつかは土屋さんが連絡してこられるんじゃないかと思ってたんですよね」

「あのっ……あんな記事が出て、彼は大丈夫でしたか？　人にあれこれ詮索されるのが嫌いな人だったから」

「確かに社交性はゼロですね。そりゃ人間だから思うところもあるだろうけど、表面上はケロッとしてますよ」

隠し撮りの写真と一緒に私生活を晒されれば、誰だって動揺するだろう。まして亮はプライバシーを守るため、一切の取材を拒否していたのだ。精神的に不安定になってもおかしくない状況だが、優作の話を聞いて里穂は安堵した。

「それ、高島に行ってきたんですね」

優作が写真を指差して、話を本筋に戻してくれた。或いはあまり時間がないのかもしれない。

「どうしてその棚田を見に行ったんですか？」

里穂は高校生のときに亮のアトリエでスケッチブックを見せてもらった話をした。優作は「へぇ、あいつがスケッチブックをねぇ」と意外そうな反応を示した。

「そのとき観た棚田の絵がすごく印象的で……」

棚田を特定した経緯(いきさつ)を説明すると、優作がきっかけになった画家のことを話し始めた。傾聴しながら棚田の写真を見た里穂の脳裏に中田の顔が浮かび、嫌悪感を覚えた。

事件の後、顔と首を負傷した里穂が病院で診断書を出してもらうと、中田の容疑が暴行から傷害に切り替わった。警察の聴取には協力したが、裁判は一度も傍聴せず、今では判決内容も憶えていない。

お節介な同僚によると、中田は他にも同じようなストーカー行為をしていたといい、量販店のパートをクビになってからは借金で首が回らなくなっていたらしい。

もちろん二度と関わり合う気はないが、一つ教訓を得たとすれば、世の中には付け入る隙を窺っている男たちが、全方位で蠢(うごめ)いていると知ったことだ。

だからこそ、里穂は木津川美和が心配なのだ。ツイッターで彼女の絵を一気に三作も買ったという男が、美和にとっての「中田剛志」かもしれない。百貨店であろうが、ＳＮＳであろうが、舞台を異にしても彼らの目的は決まっている。最後には主役であるはずの作品が蔑ろにされるのだ。

「土屋さんはスケッチブックの絵を憶えてるんですか？」

優作に問い掛けられ、いつの間にか考え事をしていた里穂は我に返った。

「憶えてます。他に古い布団乾燥機とか公園とか」

「やっぱり土屋さんはこの仕事、天職かもしれないですね」

「そんな、そんな。若かったから記憶に残ってるだけです……あっ、そうだ」

里穂は手帳に挟んであったもう一枚の写真をテーブルの上に置いた。

「これもスケッチブックにあった風景です。最初は海だと思ってたんですけど、棚田が滋賀だったんで、もしかしたら琵琶湖かもしれないと直感が働いて」

棚田の雪と用水路を見ているうちに閃いた可能性。スマホで「雪　琵琶湖」と検索したときに、構図のよく似た画像が出てきた。

高木浜で男がしきりに写真を撮っているのを見て、名所なのかもしれないと思った。会釈して男とすれ違い、一人で雪の名残がある砂浜に立ったとき、スケッチの描線が蘇って里穂は全身で亮を感じた。

ここに住んでたんだ――。それが「空白の三年」に関わることだと分かっていたが、里穂は事件そのものよりも、亮がどのように過ごしてきたかを知りたかった。

骨折した里穂を見舞ってくれた彼が幼少期のつらい日々を語ったとき、うまく話を聴けなかったことの後悔が胸中で膨れ上がり、誰もいない湖畔で泣いた。あの瞬間が二人にとって岐路だったのだと、後で気づいた。

里穂は対面に座る優作を見て、どう切り出そうか悩んだ。高島に行ったからと言って、亮が会ってくれる理由にはならない。それ以前に会ってどうしたいのか、里穂自身にも分からなかった。

席に着いてから既に二十分が過ぎていた。優作が亮のことをよく知っているのは、その口ぶりからも伝わってくる。タイムリミットが近づきつつある中、里穂は意を決してトートバッグに手を伸ばした。

「これ、高校の卒業前にもらったんですけど、まだお礼が言えてなくて」

Ｆ６号サイズの額を受け取った優作は、無言のまま絵を観続けた。意外なほど真剣な眼差しに、里穂の体は強張った。

「亮がこれを……」

優作の重たい視線は、額の中にのみ吸い寄せられている。集中している様子を見ていると、絵画とともに生きてきた画商の迫力が伝わってくるようだった。

ようやく納得がいったのか、優作が礼を言いながら額を返してきた。

「亮に会いたいんですね？」

単刀直入に問われ、里穂はごまかすべきではないと判断した。長い歳月の想いを込め、しっかりと頷いた。

「会いたいです」

絵を観始めたときから漂わせていた緊張感を和らげ、優作は脱力して息を吐いた。どこか吹っ切れたような雰囲気に、里穂の鼓動が速まった。

「土屋さん、亮に手紙を書いてやってくれませんか？」

第六章――住処――

1

【新聞契約解約のアンケート調査／回答抜粋／二〇二一年・本社販売局】

・ニュースは無料が基本になった。大日の記事もネットで読める（同様の意見多数）
・情報が遅い。ネットでとっくに知ってる情報が、翌日の朝刊に載っていてびっくりした（同）
・いわゆる〝優等生〟の記事が多い。もっと踏み込んでほしい。生々しさが足りない
・軟派記事にセンスを感じない。特におもしろおかしく書こうとした記事（芸能情報、記者の体験記等）が寒すぎる。公務員がふざけてる感じ
・興味のない記事が9割。何に金を払ってるんだと我に返った
・偏向報道が目に余る。先入観に凝り固まった社説もいただけない
・YouTubeの解説動画の方が深い
・値上げが多すぎる。何でネットニュースが充実してる今の時代に、価格を上げるのかが分からな

い。普通、逆だろう
・古紙回収の袋が有料になってダメだと思った。値上げした上にサービス低下。本当に斜陽なんだと実感する
・月のうち二度、朝刊の不配があった。不愉快
・単純に読む時間が確保できない。もっと薄くてもいい
・「毎日読まなければならない」という義務感で疲れる

――


途中で読むのを止めた門田は、テーブルの上に用紙を置いて指先で目頭を揉んだ。

支局長室の前にある応接セット。キューブ形のソファに上体を沈め、小さく唸り声を上げた。

「これ、どうぞ」

いつの間にか庶務の下田悦子が傍らに立っていた。ホットコーヒーを淹れてくれたようだ。

門田は「あっ、ありがとうございます」と、背筋を伸ばしてプラスチックカップを受け取った。

「何かいいことあったんですか?」

「そう見えます?」

「全然」

「いやぁ、新聞って人気ないですねぇ」

門田は販売局がまとめた解約理由の文書をひらひらと振って戯(おど)けた。

長きにわたって情報インフラだった新聞は、困ったときの値上げによって生き延びてきた側面がある。だが、インターネットの普及によって圧倒的優位は崩れ去り、迂闊な価格改定は部数減の呼び水となる。

　現代の読者は図体の大きいメディアからこぼれ落ちる事実に敏感だ。組織故に書かない、或いは書けない――個人の発信で世の中が動くたびに、透けて見えるマスメディアの忖度や怠慢。

　門田は先日、仲のいい販売店の店主と居酒屋へ行った。そこで言われたことが頭の片隅に引っ掛かっている。

「孫に『新聞って特別扱いする価値あんの？』って言われたんですけど……」

　焼酎のロックグラスを片手に持つ店主から「こういうとき、何て答えればいいんですか？」と聞かれた門田は、言葉に詰まってしまった。

　思想の左右に社会的地位の上下。ネット社会以前の価値観が揺らぐ中、多くの新聞人は自らの存在意義に未だ無自覚だ。

　社会を揺るがす個の訴えが波紋を広げたとき、敢えて報じなかったことに対する批判には真摯に耳を傾けるべきだ。しかし、そんな一部の芯のある告発と暇つぶしや承認欲求、私欲にまみれた虚報を「ネット」という大きな袋に入れてしまう危険性にも目を瞑ってはならない。

　記者クラブ、再販制度、軽減税率……店主の孫だけでなく、現代人は世の中の「特別扱い」を探している。新聞社の社員たちがタスキをつないで伝えてきた方法論や取材網は、世の中へより正確に、より安全に情報を届けるための重要な文化だ。報道人は事実に基づかない面白さや心地よさに決して与(くみ)してはならない。

　現場へ行き、人に会い、資料に当たる。そんな当たり前の面倒を新聞社は長年の間引き受けてきたのだ。一方で定年が視界に入り始めた記者には、拭いきれぬ後ろめたさがあった。ここ数ヵ月、数え切れないほど繰り返してきた自問。

自分はそれを真の意味で実践してきたのか――。

ネット空間で曖昧に事柄が消費されていく質感なき時代において、記者が果たすべきこととは……。

頭上から聞こえた声で物思いに終止符を打った門田は、悦子がプラスチックカップを指差しているのを見た。

「冷たい方がよかったですか？」

「結構暑くなってきましたから」

「いや、ホットの気分だったんで」

初夏のさわやかさに陰りが見え始め、陽の長い季節になってきた。

「私は好きですけどね、新聞」

ファイルを棚にしまいながらではあったが、悦子の声は意外に心のこもったものだった。

「ほら、ちょっと前、門田さん怒られたじゃないですか、会社の人に」

「あぁ……全く面目ないことで」

誘拐事件の取材に没頭するあまり、支局長の仕事の要である「地元との付き合い」が疎かになっていた。それを本社に密告した者がいて、三月に編集局長からやんわりと指摘されたのだった。

「三ヵ月ぐらい夢中になって取材してたでしょ？　普段の門田さんって飄々としてるけど、やっぱり記者なんだって」

「まぁ結局、中途半端に終わりましたけどね」

滋賀で見つけた野本貴彦と琵琶湖の接点。門田はその唯一の手掛かりを岸朔之介にぶつけようとメールしたが、現在まで返信がない。携帯と画廊に電話を掛けてみたものの、一向に捕まらないのである。意図的に避けているとしか考えられない。

亮と野本貴彦、或いは優美と暮らしていたという物証がつかめず、記事にするにはまだ材料が足りていなかった。

取材の展望が見えないまま編集局長からのお叱りも加わって、門田はこの二ヵ月半、熱心に支局長業務に勤しんでいた。

「でも、プロっぽかったですよ」

「一応プロなんですけど……」

同世代である悦子のさっぱりした性格のおかげで、人間関係にストレスがないのはありがたかった。彼女は朗らかに笑うと文具を買いに部屋を出た。

コーヒーを口にしてフッと息を吐く。苦い文書に目をやった門田は、悦子の気遣いに感謝した。職場でのちょっとしたコミュニケーションだったが、随分と気が楽になった。

スマホが振動して、見慣れぬ番号が表示された。

「あっ、門田さんのお電話でしょうか?」

声を聞いてすぐにピンときた。神奈川県警の元刑事、富岡克己だ。門田は改めて一月にカニを贈ってもらったことに対し礼を言った。

「こちらこそ、結構なお返しをいただきまして。却って気を使わせてしまったのではと思いまして……」

取材の進捗状況を聞かれたので「その後、坊主です」と言ったが、思い出したことがあった。

「そう言えば先月、内藤瞳が入院したらしいです」

「どこか悪いんですか？」

「肝臓がよくないみたいなんですが、詳しいことは分かりません」

北九州の「スナック　海岸通り」近くの小料理屋の店主が、電話で知らせてくれたのだ。あの一月の雨の日、瞳と会った後に一人でご飯を食べに行くと、店主は思いの外喜んでくれた。

「しかし、内藤瞳がハガキを持ち歩いていたのは意外でしたな」

富岡も門田と同じ感想を抱いたようだ。取材の成果は先崎を通して彼にも届いている。

「そうですね。息子にはまるで興味がないと思っていたので」

「同感です。でも、私が心を痛めたのは、亮少年が絵を描いたハガキを送ったことですよ。あんなお母ちゃんでも親は親ということなんでしょうかね。健気ですよ」

「実際に会って話してみると、内藤瞳はつかみどころのない人でした」

「腹立たしいほど無気力なんですよ。筋悪の男に引っ掛かっても、自分がひどい目に遭う分には仕方ないですけど、子どもを巻き込むのは罪深いですよ。実際、誘拐時に付き合ってた吉田悟なんかは、日常的に亮を虐待してましたから」

「吉田は殴るまではしてないんじゃないですか？」

「いえ、殴ってます。一晩中立たせたり、正座させたりというのもありますし。瞳の調書にも書かれてますよ」

　暴行まではなかったというのが門田の認識だったが、元刑事の富岡の言葉には一定の信憑性があった。人によって持っている情報が異なるのは常だが、先崎がこちらに明かしていない情報があると思うと、少々苛立つものがあった。

「今日、お忙しいところに電話をしたのはですね……」

門田の不機嫌を悟ったわけではないだろうが、富岡が口調を和らげて話題を変えた。

「前に門田さんが岸朔之介の倉庫で撮影された絵について、ちょっとお耳に入れておきたいことがあったので」

「野本貴彦の絵ですね？」

神田の倉庫で目の前に広がった壮観を門田は今も鮮明に記憶している。

「あの中に霧がかかったような街の絵があったでしょ？」

中央の壁に掛かっていた横長の大きな作品だ。ミルク色の空の下、ぼやけた街並みが描かれ、手前側には芝生があった。凡庸さが却って現実的な絵だった。

「ご存じのように私の弟が北海道にいるんですが、その街に見覚えがあると言うんです」

「えっ、本当ですか？　北海道、ということですか？」

「えぇ。まぁ、いい加減な話なんで話半分で聞いてもらいたいんですが、その景色が伊達(だて)の方ではないかと言うんです」

「ちょっと存じ上げないんですが、北海道に伊達というところがあるんですね？」

「ええ。道央で洞爺湖(とうやこ)の近くです。絵の上の方にね、左右にうっすらと山のようなものが描かれてますが、これが駒ヶ岳(こまがたけ)と有珠山(うすざん)じゃないかと」

「山は気づきませんでした。よく分かりましたね」

「たまに仕事でそっち方面に行くみたいで。私も弟に『よく分かったな』って褒めてやると『有珠山サービスエリアからの風景に似てる』って」

「サービスエリアというと、高速ですか？」

「えぇ。あと、門田さんに送っていただいた絵の写真の中で、茶色い屋根の建物が描かれたものがありますよね？　前にロータリーがある」

右側の壁に掛けられていた絵のことだろう。薄茶色の屋根で、何とも形容し難い曖昧な形をしていた。確かにその建築物の前にはロータリーのようなものがあった。

「弟が何となく見覚えがあるんだそうで。これも北海道にあるのかもしれません」

二つの絵が北海道という土地でつながりつつあった。電話が掛かってきたときは、富岡が言うように話半分で聞いていた門田だったが、腕時計の秒針が進むごとに可能性が高まっていくのを感じた。「伊達」という初耳の土地が、頭の中で現実的に響く。

電話を切ってから、スマホで「北海道」「伊達」、そして初見の勘に従って「駅」と打ち込んで検索した。

画面に現れた「伊達紋別(もんべつ)駅」の駅舎は、神田の倉庫で観た絵と同じ輪郭を描いていた。

2

なぜか音楽を聴く気にはなれず、走行音を耳にしながら車を走らせた。

小型のレンタカーはややエンジン音が気になるものの、走りに問題はない。後悔があるとすれば、ＥＴＣカードを忘れたことだ。

門田は朝早く羽田を発ち、午前十時前に新千歳に到着した。レンタカー会社の送迎バスで営業所へ移動し、借りた車を走らせたときにＥＴＣカードを忘れたことに気づいたのだ。しかし、出入りに多少の不便は感じたものの、交通量の少ない道央自動車道はストレスのない高速道路だった。

富岡の電話を切ると、門田はすぐに北海道行きの準備を始めた。飛行機と宿を予約し、地元商工会の新商品説明会と税関との情報交換会をキャンセルした。取材は平日を含めた日程にしないと、公共施設が使えない可能性がある。

出先から帰ってきた下田悦子は、持ち前の勘のよさから「本社には病気ってことにしときますね」と笑い、口裏合わせをしてくれることになったのだった。

慎重に走行車線を進み、登別方面へ向かう。一時間ほどして「有珠山サービスエリア」に到着した。駐車スペースが五十台ほどのこぢんまりとしたサービスエリアで、フードコートなどが入ったショップは、二階が展望所になっているようだ。門田はショップ横の広場に写真入りの案内板を見つけ、足を向けた。

上部に「有珠山サービスエリア（上り）遠望」と書かれ、晴れた日の気持ちのいいパノラマ写真が一枚、その下に駒ヶ岳と有珠山などにズームしたものが二枚掲示されている。三枚とも空と海の青が眩しく、天気であれば眺めのいい名所であることが分かる。

だが今、門田の目には一切の青が映っていない。パノラマ一面が煙幕を張ったようになっていて、海と山は見えず、かろうじて伊達市街が確認できるほど朧気なものだった。

門田は「これが春霞か」と心中でつぶやき、手持ちのスマートフォンで写真を表示した。今いる現場では駒ヶ岳も有珠山も霞に隠れているが、概ね画面の中の絵と一致している。

この近郊では、春霞は季節の風物詩だという。伊達は比較的温暖な地域であり、寒暖差の影響で街が霞に覆われるのだ。

本来なら残念なはずの風景を前に、門田は俄然力が漲ってきた。写実画家を追うからこそ、この取材には独自の魅力があった。作品のモデルが日本のどこかに存在しているという謎解きのような面白さだ。

琵琶湖の浜辺と「有珠山サービスエリア」の眺望。それは時を超えて見えてくる、野本貴彦の確かな足跡だった。

「有珠山サービスエリア」は道央自動車道の「室蘭ＩＣ」と「伊達ＩＣ」の中間に位置し、同区間の開通が一九九二年なので、野本が同じ季節にこの場所に立っていた可能性は十分にある。

門田は高速道路を降りると、伊達市街へ向かった。「伊達紋別駅」で新たな答え合わせが待っているからだ。

駅前のロータリーに着くころには、ほぼ結果が出ていた。車から降りた門田はスマホに表示した絵を見ながら移動し、薄茶色の屋根を頂く駅舎の周囲でアングルを探した。

近くで見るとガラス張りの風除室（ふうじょしつ）があり、北国の趣を感じさせる。駅前交番の前から見ると、実物と野本の絵のラインとが重なり、富岡の弟の見立てが正しかったことが証明された。

これといった特徴のない駅舎を描こうとした理由は分からない。だが、旅行という限られた時間の中で描くようなモデルとは思えず、ならばここで暮らしていたのではないかと推察した門田だったが、確信を得るには至らなかった。

もう少し歩いてみるしかない。駅から北東に伸びる道は幅広で新しく、店の壁のサイディングが明るい。しかし、大通りから外れるとアスファルトの白線は剝がれ落ち、かつての商店が錆びついたシャッターを閉め、人の気配がない病院や旅館が姿を現す。一番陽が高い時間帯だというのに、辺りは風の音が響くほど静かだった。

昔は活気があったのかもしれない、日本中でよく見られる寂しげな地方の素顔。九州でも滋賀でも、門田は同じ思いを抱きながら歩き続けてきた。やたらと大きく聞こえる風音が、諦めのため息に感じる。

駅前に戻ってきた門田は反対側も見て回ることにした。白い小さな建物に入ってエレベーターで二階へ上がる。屋根付きの歩道橋を渡って反対側でまたエレベーターを使う。

駅の南側は駐輪場や駐車場になっていて、さらに静かな雰囲気だった。雑草が育つ空き地に目をやりつつ南へ進むと、周りを民家に囲まれた小さな公園が視界に入った。人の姿はなく、敷地の左半分に申し訳程度の遊具が点在している。

空が霞んで陽の光は弱いものの、歩くうちに汗が噴き出してきた。ハンカチで額を押さえながら公園に近づいた門田は、出入口にあるものを見て動きを止めた。

芝生の上に二つ並んでいたのは、キノコのオブジェだった。

石造りのオブジェは傘の部分が黒く、柄は白い。高さは五〇センチほどだろうか。白のペンキが剝がれたような斑な色模様は、それ自体が証明書になっていた。

門田は神田の倉庫で撮った野本の公園の作品、少女がキノコのオブジェに片足を乗せている亮の作品を順に表示した。

間違いない――。ずっと探し求めていたものは、内藤瞳のハガキの風景印が示す京都でもなく、あの美しい高木浜のビーチがある滋賀でもなく、名も知らぬ北海道の小都市の、ささやかな児童公園にあった。

とうとう野本と亮が「土地で」つながった。二人は神奈川を離れ、恐らく関西を経由し、この北の大地に流れ着いたのだ。

一介の新聞記者として、門田は無性に原稿を書きたくなった。これまで関東、九州、関西、北海道と巡り、半歩ずつ前に進んできた。書き方によっては既に、原稿にできる材料が揃っているのかもしれない。だが門田の胸中では今、奇妙な感情が高まっていた。

この取材を大切にしたい——。名著のページが残り少なくなったときのような寂しさが募り、本気で真実を追い掛けてきたからこそ、ふさわしい着地を願う気持ちが強かった。

あと少しの辛抱ができるのは、それなりに長く生きてきたからだ。老いていくのも悪いことばかりではない。


門田の次なる一手はバカバカしいほど単純で手間がかかるものだった。

レンタカーで伊達市立図書館へ向かい、一九九三年の住宅地図と伊達市が発行する広報誌から野本と亮の足跡を辿ろうとしたのだ。長年の記者生活によって自ら生み出した格言を門田は頭に思い浮かべた。

情熱と非効率は親和性が高い。

総合公園と隣接しているこの図書館は、ガラス張りの閲覧コーナーの見晴らしがいい。司書に住宅地図と広報誌を探してもらっている間、門田は伊達市の関連書籍を読んで暇を潰した。しばらくして司書の女性が持ってきてくれたのは、九三年と九四年の住宅地図、同年の市の広報誌だ。

気合いを入れるためジャケットを脱いで腕まくりをした門田に、司書の女性が申し訳なさそうに言った。

「コロナの影響で、閲覧は一時間以内でお願いしてるんです……」

調べ物をする人間にとって、最初の一時間は準備運動に過ぎない。

門田は顔が引きつりそうになるのを堪えて紳士然と答えた。

「充分です」

この二年で何度も「コロナの奴め」と思ったが、今回ほど腹立たしかったことはない。九三年の住宅地図で伊達市の中心部から順に「野本」姓を探す。効率が悪い上に、偽名を使っている可能性を排除しているため、とてもプロの仕事とは言えなかった。だが、新聞社に入って三十数年、プロの技を使った記憶などない。人に会って話を聞いたり、資料に当たったりするのに必要なのは、技ではなく根気だ。

四十五分が過ぎ、疲れを覚えた門田は目薬を差して両肩を回した。再び住宅地図に立ち向かう気になれず、広報誌を手に取った。しかし奇跡など起こるはずもなく、リミットの一時間が過ぎたのだった。

「明日もお邪魔します」

門田は内心に反して、明るい声で言い残し図書館を去った。

五十を過ぎると、メンテナンスがその先を左右する。

旅先での疲れた肉体と虚しき心模様を計算に入れていた門田は、ホテルに予算を割いていた。洞爺湖の畔で全室レイクビューを謳うホテルは、スタンダードタイプでも奥行きがあり、ドアを開けてすぐに洞爺湖を望むという構造だ。

照明にまで気遣いがある部屋もそうだが、ビュッフェ形式の夕食も伊達が野菜の産地として有名なだけあって満足のいくものだった。

だが、門田の心を最も強くつかんだのは露天風呂である。浴槽に縁がない「インフィニティ」で、水平に途切れる浴槽の向こうは、遮るもののない洞爺湖。掛け流しの湯がそのまま湖面に落ちてゆくような、自然との一体感が味わえる。

「洞爺湖ロングラン花火大会」は、毎年四月末から十月末まで半年間も開かれる花火大会だ。一九八二年から実に四十年続く、洞爺湖の夜を彩る代名詞的存在と言える。つまりこの近辺では、一年のうち半分は花火が上がっているのだ。

午後八時四十五分、露天風呂で体のコリを解す門田の頭上で打ち上げ花火が始まった。湖上のボートが明滅し、光の筋が上った数秒後、「ボンッ」という大きな音がして夜空の一部に緑の輪が描かれ、金色に変化して弾けた。その後も数ヵ所で次々と打ち上げられ「ボンッ」「ボンッ」と音が響くと同時に、漆黒が極彩色を帯び、人々の歓声がそれに重なり合わさる。

浴槽にはもう一人、中年の男がいたが、無言で空を見上げていた。ボートから噴水のように噴き上がる花火の向こうで、輝かしい電飾をまとった遊覧船が漂うように浮かんでいる。

初夏の夜空をキャンバスにした華々しい宴が終わると、乱れた鼓動が収まるように洞爺湖は静けさを取り戻した。

露天風呂で花火を楽しむという至福の二十分を過ごした門田は、いつの間にか浴槽を独占していることに気づき、深呼吸の要領でゆっくりと息を吐いた。

もし、野本と亮がこの辺りに住んでいたなら、半年間も続く花火を見ないわけがなかった。彼らは何を想い、どんな話をして北の空を見上げていたのだろうか。

栈橋へ戻る黄金色の遊覧船をぼんやりと眺めているうちに、一人で黙々と旅先を歩く中澤の姿が頭に浮かんできた。

門田は両手でぴしゃりと頬を叩くと、勢いよく浴槽を出た。

3

翌日、門田は開館と同時に図書館を訪れた。

司書の女性は昨日と同様、眉を八の字にして言った。

「閲覧は一時間以内でお願いします……」

彼女から住宅地図を受け取った門田は、この日もまたジェントルマンだった。

「充分です」

大きなガラス窓から朝の陽が優しく差し込む図書館で、門田は一九九四年の住宅地図に目を凝らした。ひたすら「野本」を探し続ける。

この頃は駅前に店がたくさんあった。一九八六年に国鉄線が廃止になり、その六年後に道央自動車道の室蘭―伊達間が開通。少しずつ張りを失い、皺を増やす人間の顔のように、地方都市の表情も変化していった。

四十五分が経過するころには、本名で表札を掲げることはないだろうという諦めが、胸中を色濃く支配し始めた。それなら別の手を捻り出さなくてはならない。

だが、門田は気力を振り絞ってもう一度地図上の市街地に視線を落とした。目を皿のようにして、紙の上に人差し指を滑らせていく。

「違う、違う」などとブツブツ言いながら指を動かしていたそのとき、通り過ぎたカタカナに一瞬、引っ掛かりを覚えた。

指がなぞった線を引き返した。

英語塾　レインボー

門田は絶句し、高い天井を見上げた。

滋賀と北海道の架け橋は、まるで予想していなかった場所にあった。事が動き出す予感が、手応えのある興奮へと変わっていく。

門田は大きな地図を両手で持ち上げて顔を近づけた。それから九三年の地図を手に取り、同じページを開いて確認する。

空白だった。

つまり「英語塾　レインボー」は九三年版の調査時にはなく、翌年までの間にできたということか。「レインボー」ではなく「英語塾　レインボー」である。こんな偶然があるだろうか。

波打つような脈拍が自問を強く否定する。

徒労に終わったはずの滋賀の取材。門田はスマホを取り出し、一枚の写真を画面に映し出した。白いブラウスを着た髪の長い女性。少女の隣で涼しげに微笑んでいるのは、事件とは無関係のはずの橋本孝子だ。

その少女の母親は、孝子が高島市の「海津」に住んでいたのではなかったかと証言した。「海津」には、地元住民から通報された父子がいて、あの高木浜とほど近い距離にある……一度は捨て去ったはずの可能性がむくむくと膨れ上がってくる。

門田は司書に住宅地図のコピーを依頼し、ノートパソコンで写真添付のメールを一件送信した。そして司書の女性からコピーを受け取ると、礼を言って図書館を飛び出した。

市街地ということもあり、現場は車で五分の距離にあった。大通りに面した一帯には商店が多く、九四年の住宅地図に載っている店も少なくない。

目的地の前で車を停めたとき、門田は唖然とした。かつて「英語塾　レインボー」があった場所は、完全に更地になっていた。

驚いたのはその広さだ。地図を見たときから思っていたが、実際に目にすると却って現実味がない。優に百坪はある土地に、門田はかつてあったはずの塾がイメージできなかった。

聞き込みは住宅地図に表記のある昔ながらの商店から始めることにし、門田はコピーを示して英語塾について尋ねていった。だが、有力な情報はまるで得られず、それどころか「レインボー」の存在を憶えている人が少なかった。

歩道で立ち止まり、ペットボトルの茶を飲んでハンカチで汗を拭う。髪が熱を持ち、帽子を持ってくるんだったと後悔する。商店で結果が出なかったため、病院に手を広げることにした。

これまで新聞記者をしていて、最も怒られた取材先が医者と弁護士だ。苦手意識が染み付いていたが、贅沢は言っていられない。

正午過ぎ、一番近い内科医院を訪れた。診療時間外でもあり、中年の女性看護師に煙たがられたものの、何とか医師に門田の来意を告げてもらった。

「どうぞ」

意外とすんなり奥の診察室へ通された。

医師はかなり高齢で、頭にはほとんど毛が残っていなかったが、その丸い頭が陽気な笑顔によく合っていた。

「突然、申し訳ありません」

診察以外で内科の丸椅子に座るのは初めてだった。

門田は、ある画家の行方を追っていて「英語塾　レインボー」の講師がその画家の知人である、というストーリーを披露した。ひどく曖昧にはしたが、ギリギリ嘘はついていない。

医師は門田の名刺を見ながら「講師って、一人で塾をされてましたけどね」と言い、何かを思い出すようにきつく目を閉じて右手の人差し指を振った。

「えー……橋本さん」

橋本と聞いた門田は、すぐにバッグからスマホを抜き取った。

「橋本孝子さんですよね？」

「あー、そうそう！　橋本孝子さん」

「この人ではありませんか？」

門田は白いブラウス姿の写真を表示してスマホを差し出した。医師は老眼鏡に掛け替えると、嬉しそうに「あー、この人、この人」と笑った。

「改めてお尋ねしますが、橋本さんは画家と親しくしていませんでしたか？」

「画家……画家……」

医師はさらに「画家……」と繰り返したが、手応えのない様子で首を横に振った。

「先程、橋本さんが一人で塾をされていたとおっしゃいましたが、塾にしては随分と大きな土地ですよね？」

「もともと個人所有の家が建ってたんですよ。庭が広くてね。天気のいい日は外で授業することもあったそうです」

個人所有という点を頭にメモし、インタビューを続けた。

「橋本さんはいつごろ、こちらに来たのか分かりますか？」

「いやぁ詳しいことはねぇ。ただ、一度彼女にお願い事をしたんですよ。『武者まつり』のときにね……」

伊達家の家臣たちが集団移住して開拓した街という背景から、伊達市では毎年八月に武者行列の祭りを開く。昨日読んだ市の広報誌に書いてあったので、門田はすぐにイメージできた。

医師によると、オーストラリアから来た友人を「武者まつり」に連れて行く際、孝子に通訳を頼んだという。

「当たり前ですけど、英語が達者でね。それだけじゃなく、よく気が利く人で、事前に祭りのことを調べてくれてまして。あれは立派な人です」

「それはいつのことか分かりますか？」

「憶えてます。Jリーグが開幕した年の八月ですよ。私はサッカーが好きでね。ほら」

医師はそう言うと「コンサドーレ札幌」のロゴ入りマグカップを掲げた。

一九九二年に滋賀県高島市にいた橋本孝子は、翌年八月に北海道伊達市にいた。取材対象が射程圏内に入ってきたという感覚が門田に芽生えた。今、頭にある答えは、もはや推測の域を脱している。

それ以上の情報は得られなかったものの、愛想のいい老医師は大きな収穫をもたらしてくれた。門田は丁重に礼を言って内科医院を後にした。

外で聞き込みを再開する前に、支局の若手記者に一本電話を入れた。

「あの、申し訳ないんだけどさ……」

お願い事を終えた後も取材を続けた門田だったが、苦労の甲斐なく坊主であった。

いつの間にか午後一時半になっていた。昼食にしようとラーメン屋の駐車場に車を停めたタイミングでスマホが鳴った。

「あっ、又吉です！」

「どうもご無沙汰しております」

門田はそのまま運転席に座って会話を続けた。電話を掛けてきたのは、以前「トキ美術館」を案内してくれた写実画家の又吉圭だ。

「先程送っていただいた写真ですけどね……」

又吉はそこで言葉を切ると、何かを飲んだような音を響かせた。野本と同じ美術の予備校で講師をしていたこともあり、今朝図書館を出る際に橋本孝子の写真を送っておいたのだ。

「この人、野本優美ですよ！」

「本当ですか！」

大声を出すと同時に、門田は握った拳をおもいきり震わせた。

橋本孝子が野本優美だった――。とうとう突破口が開いたのだ。

「優美さんの居所が分かったんですか？」

「いえ、残念ながら。ただ、彼女は一九九二年に滋賀で、九三年には北海道で英語を教えていました」

「そうなんですか……転々としてたわけだ。確かに優美さんは東京でも塾で英語を教えてました」

「優美さんは橋本孝子と名乗っていたようです」

「あぁ、偽名を……野本は？　野本も滋賀と北海道にいたんですか？」

「恐らく……」

門田ははっきりと答えられなかった。野本の絵について触れれば、朔之介が作品を倉庫に隠し持っていることを言わねばならない。

しかし言葉を探す不自然な間が、又吉を事実へと導いた。

「野本が描いてるんですね？」

察した者に問われれば、嘘は醜悪になる。門田は写実画家の思考回路に降参する思いで「琵琶湖や北海道の街並みを描いたものがあります」と答えた。

「もう十年以上前になるんですが、朔之介さんに野本の作品を観せてほしいと頼んだことがあるんですよ。彼は持ってないと答えてましたが……」

それから門田は、質問に答える形で神田の倉庫のことを話した。

「その十二点はずっと人目を忍んできたわけだ」

又吉は小さく唸り声を上げて「罪深いことを」とつぶやいた。

「朔之介さんにも事情がおありなんだと思います」

「えぇ、そうなんでしょうね。何も彼を恨んでるわけではないんです。あの週刊誌の記事が出て、あなたが私に会いに来られて……優美さんが偽名を使って、各地を転々としていた。門田さんが何を取材されているかは、ある程度想像できます。でも、曲がりなりにもプロとして生きている私には、野本の才能が、その価値が痛いほど分かるんです」

又吉の口調は力強く、揺るぎなかった。同じ写実画家だからこそ抱く、野本への畏敬の念が伝わってきた。

「しかし、朔之介さんがあなたに絵を見せたということは、彼の中で心境の変化があったということでしょうね。彼もまた真贋を見極める目を持つ人間なので、人一倍罪悪感を抱いているはずです」

又吉は神田の倉庫にあった作品について、事細かく聞いてきた。尊敬する画家の絵を自分の目で鑑賞したいという思いが溢れ出ていた。

「野本と優美さんが、なぜそのような道を選んだのかは分かりません。ただ門田さん、あの野本貴彦という男は崇高な精神の持ち主ですよ。生まれながらの芸術家なんです。今後もし彼に会うことができたら、私は何があってもおまえの味方だと伝えてください。頼ってくれと」

その真摯な言葉は、友人のことを憂え続けた歳月の結晶に思えた。門田は「必ずお伝えします」と約束して電話を切った。

ラーメンを待つ間、門田はノートパソコンを開いてメールを確認した。

受信欄に支局の若手記者の名前があるのを見つけ、すぐにクリックした。優秀な記者なので、早速ひと仕事済ませてくれたようだ。

メールに添付されたファイルをクリックすると、不動産登記簿謄本の画像が表示された。

最初に現場を見たときに覚えた違和感は、やはり広すぎるという単純なものだった。門田の中で滋賀の「レインボー」との釣り合いが取れなかったのだ。そして医師が話した「個人所有」という言葉。

門田はここに第三者の存在を嗅ぎ取った。

登記簿上、あの土地は昭和四十八年に「所有権移転」により「酒井龍男（さかいたつお）」のものとなっている。

門田は酒井の住所を控えると、支局の記者にお礼のメールを送った。それから「酒井龍男」をネットで検索した。

登記簿の住所が示すように、酒井は小樽で「北星物流」という会社を経営しているようだ。会社のホームページによると、出入庫から配送までを取り扱う物流会社をメインに、近年は物流不動産ビジネスや物流施設の自動化システム開発へと事業を発展させている。従業員数三百八十人という立派な会社だった。

いくつかのネット記事によると、酒井自身は十一年前に社長の座を長男に譲り渡し、会長職へ移っている。地元では大きな会社のはずだが、酒井龍男個人に関する記事がないことから、取材嫌いかもしれなかった。

ただ、若いころもそうとは限らない。

門田は店を出ると、大日新聞北海道支社に連絡して協力を要請した。再び「英語塾　レインボー」のあった土地へ車を走らせている途中、小樽支局の男性記者から電話が入った。門田が簡潔に事情を説明すると、年配と思しき記者は「あの神奈川の誘拐事件ですか。憶えてます」と弾んだ声を出した。刺激に飢えていたのかもしれない。

「あの事件が小樽を掠めるとは。いや、承知しました。至急取り掛かります」

記者は酒井龍男についても「聞いたことがあります」という頼りがいのある言葉を残して電話を切った。

疲れを覚えた門田は聞き込みを中断し、頭の中をリセットするためドライブすることにした。気分転換も仕事のうちだ。

市街地から十分も車を走らせると、遮るもののない雄大な景色に包まれる。緑のススキが自然と背丈を揃えて絨毯のように広がり、風が吹くと長く平たい葉が揺れて波を起こす。

門田は葉が生い茂るジャガイモ畑の近くで車を停め、外に出てから大きく伸びをした。澄んだ空気を肺いっぱいに吸い込んで深呼吸する。今日は霞むことなくきれいに晴れている。

耕地の色濃い土の向こうに林があり、さらに奥に見える有珠山が峰をしならせている。お誂え向きに、白い雲が煙のような形をしていた。この茶色い肌の火山は、二〇〇〇年の噴火で大きく形を変えたという。

碧空に覆われた自然は明るさに満ち、小鳥のさえずりが耳に心地よかった。

野本優美は東京を離れ、この穏やかで感じのいい街で暮らしていたのだ。彼女に会ったことがないにもかかわらず、門田にはあの土地で子どもたちと楽しそうに過ごす優美の姿が想像できた。

小樽支局の記者から電話が入り、酒井龍男の経歴と過去記事のコピーを添付送信したと報告を受けた。記者と同年代の門田は誘拐事件について少し雑談してから電話を切り、車に戻ってノートパソコンを開いた。

過去記事のファイルをクリックすると、地方版の大きな記事が画面に広がった。

【小樽】「北星物流」酒井さん　札幌で特別展に出品――

冒頭から酒井龍男が絵画コレクターであることが分かり、門田は胸騒ぎがした。

記事は一九九五年に掲載され、札幌の美術館が開く特別展に、酒井が参加するという内容だった。道内の絵画収集家たちが所有する名画を一挙公開する企画で、酒井の出品作の中には日本の著名写実画家たちの作品も含まれていた。

地方版においては大きなネタらしく、写真が三枚も使われている。メインは丸顔に口髭の酒井が豪快に笑っているインタビューカット。次に本人提供の集合写真で、最後に札幌の美術館の外観を小さく載せている。

提供写真には「東京の美術仲間と。多忙な日々でも月に一度は上京する（酒井さん提供）」という説明文が入っている。

レストランの楕円形テーブルで、十人ほどいるスーツ姿の男たちが上座の酒井を囲む。朗らかに微笑む酒井につられるようにして皆がカメラ目線で笑顔を見せる。

そして門田は、ここに胸騒ぎの正体を見た。

ノートパソコンのパッドをクリックして画像を拡大する。「見つけた」と漏らし、静かに息を吐く。

酒井の隣の席でワイングラスを掲げているのは、岸朔之介に違いなかった。

4

酒井龍男は一九四七年、北海道伊達市で生まれた。

高校を中退し、札幌へ出て小さな梱包会社で働き始めた。六年後、大阪万博の年に地元の先輩が興した小樽市内の倉庫会社「北星倉庫（ほくせいそうこ）」に就職。最初は梱包や商品管理のみだったが、先輩でもある社長が交通事故で亡くなった後に会社を引き継ぎ、運送会社を合併して「北星物流」に社名を変えた。

八〇年代には東京、仙台、名古屋、神戸と順次支社をつくり、業績を拡大。平成不況で規模の縮小を余儀なくされたものの、地元小樽で有力企業として地位を築いた。二〇一一年に社長を退き、現在は会長を務めている。

道央自動車道から札樽自動車道に入った門田はまさしく、伊達から小樽へ出て成功した酒井龍男のドリームロードをなぞっていた。

一代で企業をつくり上げた経歴は、常人が持ち合わせぬ胆力を感じさせる。借りていた倉庫を所有するようになり、首都や政令市に進出する中で、リスクを伴う決断が多々あっただろう。生き残った事実が、酒井の先見の明を表している。

物流業界は現在、働き方改革による「長時間労働の是正」によって、値上げやドライバーの収入減を余儀なくされる「二〇二四年問題」に揺れている。だが、後を継いだ長男はマネーゲームの側面を持つ不動産ビジネスや施設のオートメーション化に挑戦し、一定の成果を上げていることから、今後も父親譲りのバイタリティで荒波を乗り越えていくのだろう。

後進への道を含めて人生の成功とするならば、酒井龍男は稀なる成功者だった。

伊達と小樽は、道央の南北両端に位置する。北海道全体の地図で見ればさほどでもないように映るが、直線距離で百三十キロほどあり、車で約二時間半の道のりだ。数年に一度、余暇でこの北の大地を訪れるが、門田はそのたびに広大さを思い知らされる。

小樽支局の記者を通して酒井の自宅住所と電話番号を入手した門田は、早速家の固定電話に連絡した。

受話器を取ったのは意外にも酒井本人で、記者であることを明かした上で「英語塾　レインボー」の土地について尋ねたが「よく分からない」とはぐらかされた。野本優美の名前を出しても反応がなかったことから、門田は会ってから明かそうと思っていた情報をぶつけることにした。

「『画廊　六花』の倉庫で、野本貴彦の作品を観ました」

沈黙する酒井に門田はたたみ掛けた。

「一九九五年の私どもの新聞に、酒井さんが取り上げられています。札幌の美術館の特別展に、あなたのコレクションを出品することを紹介した記事です。そこに写真が三枚あり、そのうち一枚に……」

「書くんですか?」

酒井が唐突に言葉を発したため、すぐに反応できなかった。

図らずもそれは、門田が先送りにしてきた課題に鋭くメスを入れるような問い掛けだった。

記者である以上、最終的には「書く」ことを目指す。しかし、昨年十二月から半年続けてきた取材で、門田の意識は専ら「知る」ことに集中していた。インプットとアウトプットはセットであることは分かっているつもりだったが、実際に何を「書く」のかイメージが固まっていなかった。

しかし、門田次郎個人のレンズから俯瞰し、新聞記者のレンズを通してなら見えるものもある。

神奈川二児同時誘拐事件は、歴とした犯罪であった。被害者が無事に戻ってきたことで、世間的には一件落着という流れになっているが、犯行そのものが消えたわけではない。大人に連れ去られた幼い子どもたちの恐怖と絶望は、確実に存在したこの世の不幸だ。

刑事たちが時効によって武器を奪われた今こそ、ペンを持つジャーナリストが未解決の「未」の字を剝がしに行くときである。

「書きます」

それは退いてはならないという直感が言わせた台詞だった。

「そうですか……」

酒井はそう漏らすと、電話口の向こうで再び押し黙った。「何を書くのか」という肝が宙に浮いたまま、互いに無言の牽制を続けた。

そして、先に間合いを外したのは酒井だった。

「自宅までいらしてください」

電話から約二時間半後、終点手前のインターチェンジで高速を降りた門田は、近くの住宅街に向けて進んだ。

午後四時半過ぎ、陽の光には疲れの色が見えていたものの、小樽の空は青く風が心地いい。

坂の上の広い公園の近くに酒井龍男の家はあった。門田は酒井から言われた通りに、邸宅の斜め前にある小さな空き地に車を停めた。ここも彼が所有する土地らしい。

周辺は広々としているが、いわゆる高級住宅街という感じでもない。しかし、少し歩くだけで高台から海が見渡せる気持ちのいい街だった。

酒井邸の玄関横のシャッターは、車三台分ほどの幅がある。こちらはさすがの面構えだ。インターホンを鳴らすと、酒井の声で「右手の応接室にどうぞ」と返ってきたので、門田の背より高い鉄門扉を開けて敷地内に入った。

駐車スペースが倉庫のように幅を利かせているせいか、思ったより庭は広くなかった。それでも縁側があり、種類の異なる数本の植樹が若葉を輝かせ、ピンクや赤紫のツツジが鮮やかな花を咲かせている。

何より心奪われるのは家屋だ。二階部分の外壁はクリーム色の下見板張りで、格子の縦長窓が五つ並ぶ。末広がりの瓦屋根には重厚感があり、建築士が腕を振るったことが見て取れる和洋折衷の館だった。

光沢のある木製ドアを引き「失礼します」と声を掛けると、すぐ右手にある部屋から「はい」と嗄(しゃが)れた声がした。

十畳ほどの応接室に入ったとき、門田の目は束の間カメラのレンズになった。一人用のレザーソファにどっしりと腰を掛けている酒井龍男とその奥の壁に掛けられている肖像画。上下に同じ顔が並んでいる象徴的な光景に、目の前の空間を静止画として捉えたのだ。

門田は再び「失礼します」と言って腰を折った。

「後ろの絵が気になりますか？」

「肖像画ですよね？」

酒井の短髪は白く、口髭も同様だ。時を刻むように顔の皺も深まっている。絵の中の酒井龍男は髪も黒く、活力に満ちた表情をしていた。

だが、門田は表面上の変化がさほど気にならなかった。それは誰しもが辿る加齢の道であり、額に収まる男の延長線上に、ソファに座る男がいるというだけの話だ。

それよりも絵から伝わってくる「強さ」に焦点が合っていた。酒井龍男という男が持つありのままの精悍さと落ち着き。まともに話したことがないにもかかわらず、人間的な魅力が滲んでいる。それはきらめくような輝きではなく、鈍さを伴った底光りに近い。そこにしぶとさに似た「強さ」を感じるのだ。

この肖像画が描かれた恐らく三十年以上前から、画家の目には現在の酒井龍男の姿が見えていたかのように思わせる、そんな有無を言わせぬ本質的な説得力があった。

「どうぞ近くで見てください」

門田は対面のソファに取材バッグを置くと、酒井の背後に回った。

見上げる形でシンプルな木製額縁に入った肖像画の前に立つ。A３用紙ほどのF６号サイズだが、背景が分厚く絵に重みがある。

キャンバスの右下に「T．N」のサインを確認した。神田の倉庫の絵にも同じサインがあった。

野本貴彦の作品で間違いない。

これで野本夫妻が酒井龍男を介してつながったことになる。先ほどは「レインボー」の件でとぼけていた酒井だが、門田を自宅に招いた今、もはや小細工を弄するつもりはないだろう。

門田は名刺を渡した後、中央の大きな丸テーブルを挟んで座った。酒井の前にはひょうたん形の瓶に入った「ヘネシーX.O」がある。日本酒に合いそうな切子グラスの酒盃が琥珀色に染まっていた。見るからに酒が好きそうな面構えだが、七十五歳にして夕方前から呑み始めるとは随分と鍛えが入っている。

「やりますか?」

酒井はそう言って、同じような切子の酒盃を掲げた。

門田は後先を考えずに「ぜひ」と応じた。叩き上げ相手に御託は通じない。この部屋に入ってきたときから、酒井の値踏みは始まっているのだ。

三角と菱形の幾何学模様を描くグラスは、仕事が細かく手触りがいい。ガラスの街小樽にふさわしい逸品だった。

門田が手酌でブランデーを注ぐと、酒井が「では」と言ってグラスを上げた。門田もそれに続き、香りを楽しんでからひと口入れた。喉を焼くと同時に深みのある風味が口内に広がり、熟成された豊かな香りが鼻腔を抜ける。

普段はやや邪(よこしま)にロックで甘みを楽しむ門田だったが、久しぶりに生(き)のままで飲んだブランデーは芳醇だった。まさに気つけの一杯だ。

「門田さんはうまそうに飲みますね」

「私もブランデーは家で飲みます」

一杯のコニャックが場に落ち着きを与えた。

門田は再度ヘネシーを口に含んだ後「少し長くなりますが」と前置きし「ある事件について野本さんが事情を知ってるかもしれません」と言って、取材のうち主に野本のパートについて語り始めた。酒井は言葉を差し挟むことなく、時折グラスを傾けるだけだった。

「月並みな言い方になりますが、パズルのピースが嵌り始めたのは北海道に来てからでした。神田の倉庫で見た絵と同じ風景があり、滋賀にあった英語塾と同じ名前の塾があり、橋本孝子なる女性が野本優美であると確認できました。そして今、酒井さんを要にして野本貴彦と優美のつながりが見えたんです」

酒井は空になったグラスにブランデーを注ぎながら前を見た。

「門田さんは現場の人ですね」

「いえ、この年になって初めて取材に本腰を入れた次第で」

二人して笑うと、門田は最初の質問を投げ掛けた。

「昔『英語塾　レインボー』があった伊達市内の土地は、酒井さんのもので間違いないですね？」

「えぇ。もともとは私が両親を住まわせるために買った土地です。二人が亡くなってからは空き家であることが多かったですね」

「平成五年に野本優美さんに家を貸しましたね？」

「そうです。塾として使えるよう改装もしました」

「きっかけは何だったんです？」

酒井は即答を避け「想像はつくでしょう」と返した。

「岸朔之介さんから頼まれた、と？」

酒井はグラスに口をつけて頷いた。

「野本夫妻は塾に住んでいた？」

「いいえ。住まいは別です」

「それも酒井さんが？」

「えぇ」

門田は「随分と気前がいいですね」とソファの背もたれに上体を預けた。

「朔之介さんは悪いからね、人の弱みにつけ込むんだ」

白髪になってもオーラを漂わせる経済人にとって、弱みは一つしか考えられなかった。

「酒井さんも野本貴彦の才能に魅せられたんですね」

「あんな画家はもう出ませんよ。今でこそ『トキ美術館』とかパソコンのおかげで写実を気軽に観ることができるようになりましたけど、昔は『写実』という言葉はあってもジャンルとして認知されてませんでしたからね。初めて彼の絵を見たときは『何だこれは』と思って、しばらく言葉が出なかった」

酒井は思い出を辿るように視線を上げ、口元に笑みをつくった。

「初めて野本さんの絵を見たのはいつだったんですか？」

「平成の初めごろだったと思いますけど、朔之介さんに紹介したい画家がいるって言われてね。それで東京で会ったんですよ」

野本が「六花」の専属になった直後のことだった。酒井は作品を観て、早速北海道の風景画を依頼したという。

「野本さんの友人の画家に、彼が大学の恩師と揉めていたと聞きましたが」

「そのようなことを言ってましたね。朔之介さんも『権威主義に立ち向かうんだ』って張り切って

たしね。『今度反転攻勢の個展やるんだ』って」

「その個展はご覧になったんですか？」

「いや、これが行った記憶がないんだな」

恐らく横槍が入って中止になった「福栄」の個展だろう。酒井はかなり初期に野本と接触している。朔之介にとっても頼りになるコレクターだったに違いない。

「野本さんとは定期的に会ってたんですか？」

「いや、最初に会ってからちょっと間が空いたんじゃないかな。次に朔之介さんから連絡がきたときは、住むところを都合してくれって話だったから」

酒井の口調がくだけてきたところで、話が核心に迫ってきた。

「先程『野本さんがある事件の事情を知っているかもしれない』という旨の話をしましたが、その事件には子どもが関係しています」

酒井は頷いて先を促した。

「内藤亮という少年です。一九九一年、平成三年の十二月に彼は誘拐されました。世間的には『神奈川二児同時誘拐事件』と呼ばれる事件ですが、詳細は省きます。その二児のうちの一人が亮少年です。彼は今、如月脩という名で画家をしています。写実画家です」

酒井はこれといった反応を示さなかったが、それは「知っている」ことの表れと言えた。

「これは岸朔之介さんが保管している作品の一枚ですが、モデルとなっているこの公園は『伊達紋別駅』の南側にある児童公園です」

門田は写真を表示したスマートフォンを差し出した。そして取材バッグからタブレットを取り出

すと、さらに一枚の絵を画面に映し出した。

「こちらは如月脩の作品です。制服を着た少女がキノコのオブジェに片足を乗せていますが、このキノコのオブジェと芝生の様子が、公園の絵とほぼ一致しているんです。つまり、二人は同じ公園を訪れた可能性が高い」

酒井は相変わらず無言のままで、スマホとタブレットの絵を見比べている。

「内藤亮が誘拐された同時期に、野本夫妻は姿を消しました。まず二人は関西へ行ったものと思われます。滋賀の英語塾、高木浜の風景画、美術誌のコラムにあった京都の書斎の作品——などの形跡があるからです。そして、内藤亮もこの時期に母親にハガキを送っています。そのハガキには京都の風景印が押してあったんです」

そこまで一気に話すと、門田はブランデーで渋く喉を潤した。

「それから野本夫妻が北海道に移り住んだことは、私より酒井さんの方が詳しいでしょう。ハガキの京都の風景印、少女の絵に描かれているオブジェ。関東——滋賀——北海道と、男と女と子どもが、同じ時間軸で同じ都市を移動している。さすがに偶然では片付けられない、と私は考えています」

全てを吐き出し、今度は門田が口を噤む番だった。これ以上、付け加える言葉はなかった。

「朔之介さんの倉庫にある作品のうち、北海道の絵は私が買ったものです」

酒井から返ってきた意外な言葉に、門田はグラスに伸ばそうとしていた手を止めた。

「コレクターの酒井さんが、なぜ手元に作品を置かれないんですか？」

「野本さんが公表されることを望んでいなかったからです。それは滋賀の風景画も同じだったので、朔之介さんに一手に引き受けてもらったわけです。私もコレクションの保管は専門業者に頼んでいますし、自分で持つとなると誰かの目に触れる可能性がありますから」

野本が作品を公表しなかったのは〝逃亡先〟を隠すためか、発覚後の証拠となるのを恐れたためか。その意図は想像するしかないが、酒井はそれを承知で絵を買ったのだ。

酒井はスマホとタブレットを返すと、門田から向かって右手にある台形出窓の方を指差した。簡易的なラックがあり、そこに差し箱が一つ置いてあった。

「その差し箱をテーブルまで持ってきてくれませんか？」

門田が布製のタトウ箱を運ぶ間に、酒井はヘネシーの瓶とグラス二つを自分のソファの隣にあるサイドテーブルに移した。

「箱から出して絵をこちらにもらえますか？」

門田は指示通りに箱から作品が包まれている黄袋を取り出した。立派な箱だったので、落とさないように両手でそっと手渡した。

酒井は黄袋から額縁を取り出すと、丸テーブルの中央、門田の視点に合わせて静かに置いた。

「これは……」

門田は驚きのあまり、立ったまま身を乗り出した。

先程までタブレットの画面に表示していた、少女がキノコのオブジェに片足を乗せている作品だった。画面では伝わらない油絵の具特有の艶めきが、原画であることを物語っている。

「なぜこれを酒井さんが……」

ソファに腰掛けた酒井は「買ったからですよ」とにべもなく言う。

状況を整理しようと門田が懸命に頭を働かせている最中に、酒井が話し始めた。

「この制服の女の子はね、私の孫なんです」

「えっ、お孫さん……」

「内藤亮君に描いてもらったんですよ」

「レインボー」があった土地、自らの肖像画、そして孫をモデルにした絵——酒井龍男は重要な三人を指し示すもの全てを所有していた。それは取りも直さず野本夫妻と亮が、この地にいたことを表している。酒井が「如月脩」ではなく「内藤亮」と言ったことが、その証左だ。

「酒井さんは少年だった内藤亮をご存じなんですね？」

酒井はそれには答えず「まぁ、お座りください」と席を勧めた。門田は素直にソファに腰掛けた。

「門田さんを前にこんなこと言うのは失礼なんですが、私はあまり記者が好きではないんです。若いころに何度か嫌な記事を出されたんですが、私が腹立たしかったのは、彼らがほとんど調べずに書くことです。最初から方向性が決まっているものが大半で、ひどいのになるとこちらに取材すらしない。私がつくったのはちっぽけな会社ですけど、それでも仕事だけは真面目にやってきた」

耳が痛い話だった。門田自身も忙しさに流されておざなりな取材で原稿を書いたことがあった。ネットがインフラになった現代では、現場を踏まないことへの罪悪感も薄れている。

「しかし、あなたは彼らとは違う。門田さんがここまで来られるのに、かなり苦労をされたことは伝わってきました。だからこそ聞いておきたいんです」

酒井はサイドテーブルにあった門田のグラスにブランデーを注ぐと差し出した。門田は腕を伸ばしてそれを受け取り、口にはせず姿勢を正した。

「なぜ書くんですか？」

そう問うた酒井は肘掛けにゆったりと両腕を乗せ、悠然とソファに座っていた。奥の肖像画が「強さ」を放っているのに対し、実在の酒井龍男は静かな「深さ」をまとっている。

門田には半端に答えると先がないことが分かっていた。酒井龍男が全てを知っている以上、この根本的な問いは取材を締め括る最後の試練なのだろう。

人間を、それも子どもを不幸に巻き込んだ事件。記者として調べたことを公開し、社会的な教訓とするのは当然の使命である。ＳＮＳが定着してからは、愚にもつかない個人情報をあけすけにする人が増えた一方で、社会で共有すべき事実に大して関心を示さない人々が可視化されるようになった。被害者と聞くだけで「そっとしといてやれ」と思考停止の言葉をフリック入力し、一週間もすればきれいさっぱり忘れているのである。

人は成功からも失敗からも、偉業からも愚行からも、幸からも不幸からも学んで前進してきた。そこには常に「伝える者」の存在があったはずだ。

しかし門田は、そのような御高説を垂れる資格があるほど真剣にジャーナリズムと向き合ってこなかった。彼もまた無責任なＳＮＳユーザーと同様、思考停止の頭でノルマのための記事を数多く書いてきたのだ。

これまでと今回の取材は何が違うのか。その決定的な差異はどこにあるのか――。

「取材を続ける中で、ある元刑事に会いました。そこで彼が話してくれたことを聞いて、私の事件への眼差しが決定的に変わったんです。七歳の亮少年が横浜に戻ってきたとき、彼の所持品で未だメディアが書いていないものがあります。彼の乳歯です」

「乳歯？」

「ええ。乳歯が十本ほど手作りのケースに入っていたそうです。そのケースは口の形をしていて、歯が抜けた日付も丁寧に書いてあったと」

酒井は束の間、呆けたような表情を見せた。知らなかったようだ。

「誘拐は子どもを拐うという時点で相当悪質な犯罪です。事実を探し当て、司法やジャーナリズムが検証を重ねることで、最終的に捜査能力や防犯意識の向上につなげることは重要なことです。口幅ったい言い方をすれば、真っ当な報道は社会の共有財産になり得ると考えています」

門田は少しだけブランデーを含み、唇を湿らせた。

「しかし、その視点のみで書いてしまえば、犯罪報道は『自分たちと縁遠い悪人たちによる出来事』で終わってしまう。でも現実は被害者も加害者も皆人間です。『空白の三年』を経て帰ってきた少年は、読み書きができ、きちんと挨拶ができる子どもになっていました。彼の祖母の木島塔子は仲良くなった刑事に『情けないけど、生みの親より育ての親っていうのは本当ね』と漏らしています」

この木島塔子の言葉も、当然初耳なのだろう。酒井は新鮮な反応を示し、何度かゆっくりと頷いた。

「私はきちんと人間を書きたい。仮に誘拐に加担したとしても、大切に乳歯を取っておくような人たちがいたのなら、彼らを『犯罪者』という先入観で塗り潰したくありません。釈迦に説法ですが、私はこう思うんです。人には事情がある、と」

門田が話し終えると、酒井はしばしの黙考を経て「今おっしゃったことは本心ですか？」と尋ねた。門田は背筋を伸ばし、取材対象者の目を見て言った。

「私は人間を書きます」

酒井はしばらくの間、門田の顔を見つめると、上着のポケットの中から折りたたみの携帯電話を取り出した。そして二、三のボタン操作をしてから電話を耳に当てた。

「あぁ、酒井です……えぇ……そうです。もう大体のことはご存じです……えぇ……私は彼に一縷(いちる)

の望みを託したいと思いますが、どうでしょう？」

酒井は「分かりました。ではそのように」と言って電話を切ると、再び門田と向き合った。

「門田さん、今日はここに泊まっていってください」

突然の提案に戸惑っていると、酒井はヘネシーの瓶を手にして言った。

「明日、朔之介さんがここに来ます」

5

ポーンとこもった音がして、シートベルト着用サインがオレンジ色に灯った。

あと十分ほどで新千歳空港に着陸する。里穂は眼下の青い海を見て、落ち着いている自分を意外に思っていた。微かな胸の高鳴りは「彼」というより旅情と連なっている。

内藤亮は未だ遥か遠く、記憶の中にいた。その思い出の結び目は、美しく収まることなくダランと紐が垂れ下がっている。「また会おうね」も「元気でね」も、そして「さよなら」も言えないまま、彼は消えた。


勉強以外のことに精を出したのは、何ヵ月ぶりだろう？

里穂は手作りのチョコレートが入った小箱をラッピングしながら、ぼんやりと考えた。受験生にとって、バレンタインデーは最悪の日取りである。入試を直前に控え最もナーバスになっている時期であり、同時に「高校生活最後のチャンス」というプレッシャーもかかってくる。

だが、二月の中旬ともなると「今更ジタバタしても」と開き直れるのもまた事実で、里穂はこの久しぶりの息抜きを案外楽しんでいた。

むしろ鬱陶しいのは父親だ。ダイニングテーブルであれこれ包装紙を取り替える娘に冷やかしの眼差しを送ってくる。

「果たしてその色彩感覚で、未来の大画家のお眼鏡に適うかどうか……」

美術雑誌を手に、老眼鏡をひょいとズラして上目遣いに見てくる様がいかにも嫌味で、里穂は何も言わずに冷たい一瞥をくれた。父親は相手にされないことが一番応えるのである。

大方の準備を終え、里穂は玄関先の姿見で前髪やマフラーの位置を入念に整えた。外に出るとツイードの手袋をして、リボン付きの小さな紙袋を自転車の前かごに入れた。チョコレートが倒れないように神経を使い、ゆっくりと木島家に向かった。

冬休みが明けて三学期が始まってもほとんど授業はなく、大半の生徒が自宅で追い込みの勉強をしている。ご多分に漏れず里穂も睡眠時間を削って机に向かい続け、その甲斐あって第一志望の大学も手応え充分だった。

そんな進学校において、内藤亮は数少ない就職組だった。いや、就職先も決まっていない彼は、極めて稀な存在なのだ。受験シーズンが到来しても一人余裕の雰囲気を漂わせる亮は、同級生からやっかみ半分で「金持ちは時の流れが違う」などと言われていた。

授業も試験もない彼は、日々何をして過ごしているのだろうか。興味津々の里穂だったが、あの変な空気になったお見舞い以降、二人の間にはギクシャクした空気が流れていた。学校で顔を合わせても「おはよ」と「バイバイ」が関の山。しかし、後に訪れる「究極の気まずさ」に比べれば、まだこのときの関係は良好だったと言える。

里穂の高校では、三年生の五月に修学旅行がある。札幌と小樽を二泊三日で巡ったのだが、クラスが違うこともあってあまり亮と話せなかった。里穂が印象的だったのは、小樽で他の友だちがオルゴールやガラス細工、食べ歩きに夢中になっている中、彼が小さな運河を飽きることなく眺めていたことだ。レンガ造りの建物を背景に、橋の上で考え事をしている横顔がとても魅力的だった。そして改めて思い知るのだった。彼が好きだと。

旅行から帰った後、専属カメラマンが撮った写真が売り出された。数多ある中で、里穂の目はある一枚に吸い寄せられた。小樽運河での亮の写真があったのだ。もう少し引きの構図で、周囲に数人の友人がいたものの、ピントは亮の横顔を捉えていた。里穂は友だちにバレないかとドキドキしながら、その写真を買った。秘密を保ったまま手元に届いたときには、一人、胸を撫で下ろした。

しかし、それは「究極の気まずさ」の前触れに過ぎなかった。里穂の宝物は最悪の形で露呈することになる。

ある秋の日、一人で帰る亮の後ろ姿に気づいた里穂は、自転車を押してそっと彼に近づこうと試みた。緊張して話し掛けられなかったので、偶然を装いたかったのだ。人間は考え事が過ぎると、体の末端まで神経が行き届かないことがある。気がついたときには、大きな音とともに自転車ごと転倒していた。

「大丈夫?」

膝と手のひらを擦りむいてしまったものの、亮に助け起こされたことで痛みどころではなかった。彼は前に里穂が骨折した左手首を心配してくれたが、幸い大事には至らなかった。いや、実際には別のところで大事に至っていた。

自転車の前かごから落ちたかばんの中身が雪崩を起こし、手帳に挟んでいた亮の写真——〝小樽運河のあなた〞——が、表を向いて落ちていたのだ。当然の流れとして、その写真を拾って渡してくれたのは、被写体の彼だった。

亮は大したケガではないと分かると、ハンカチ一枚を里穂に渡し「じゃあ」と言って去って行った。

考えうる限り最悪の結末。猛烈な恥ずかしさのせいで、誇張なく十日ほどまともに眠れなかった。それから徐々に精神を回復していったが、無論のこと、それ以来亮の顔をまともに見られなくなってしまった。

あれから約四ヵ月。怖気づいてはいるものの、やはり今年のバレンタインデーは「高校生活最後のチャンス」だった。里穂はありったけの勇気を振り絞ってペダルを踏んでいた。

豪邸の前に着いて自転車のスタンドを立ててからが、ひと勝負だった。なかなかインターホンが押せない。手袋越しでも冷える指先に息を吹きかけ、自らを鼓舞して約十分。結局何もできないまま、扉の方が先に動いた。

「あれ?」

鉄門扉を開けて顔を出したのは、亮本人だった。

「どうしたの?」

完全な不意打ちに、里穂は今朝完成したチョコレートのように固まった。

「ちょっと散歩がてらに……チョコレートでもどうかなと思って」

緊張で自分でも何を話しているか分からなかった。亮は何か思い出したような感じで「あぁ、チョコレート」とつぶやいた。気恥ずかしさから「バレンタイン」と言えないのは、彼も同じようだ。

「これ、もしよかったら」

「ありがとう」

紙袋は亮の手に渡るとより小さく見えた。あまり表情豊かでない彼でも、喜んでいることが伝わってきた。

「時間があれば上がっていってもらいたいんだけど、ちょっと出掛けなきゃいけなくて」

チャコールグレーの膝丈のコートが、亮をより大人っぽく見せていた。バレンタインデーなので、デートの約束でもあるのかもしれない。不安な想像で気が重くなったものの、里穂は「間に合ってよかった」と笑みをつくり、自転車に乗った。

「土屋さん！」

進み始めてすぐ、亮に呼び止められた。彼の大きな声を聞いたことがなかったので、里穂は何事かと、自転車を止めてすぐに振り返った。

「試験、がんばって」

エールを送ってくれる亮の笑顔が輝いて見え、嬉しさのあまり胸が苦しくなった。そのままでいると呆けてしまうと思った里穂は、礼を言うとすぐに自転車のペダルを踏んだ。

「土屋さん！」という彼の声が、記憶の中で心地よく響く。高校生活の最後まで「さん」付けではあったが、よそよそしさは感じなかった。

元気づけられた里穂は「最悪の日取り」のはずのバレンタインデーが、試験の直前でよかったと節操もなく思うのだった。

ひと月後のホワイトデーの日、普段の生活からは考えられない午前六時という早い時間に、里穂は布団を抜け出した。人生の中で数えるほどしかない自発的な朝。顔を洗い、お出掛け用のセーターとロングスカートで装いを整え、丁寧に髪をまとめ、迷った挙げ句、目元と口元に化粧を施した。気合いは悟られたくないものの、きちんと準備したことは伝えたい、という少々面倒な心持ちを形にし、里穂は自室に戻った。

第一志望の大学に合格してからは、友だちとカラオケに行ったり、家でＤＶＤを観たりと、自堕落な生活を送っていた。自他ともに認める燃え尽き症候群だ。多少の罪悪感はあったが、遅寝遅起きの生活が心地よく、朝六時に起きるなど考えられないことだった。

寝不足でボーッとする頭でも、里穂の視線は注意深く通りに向いていた。張り込みの刑事よろしく部屋の窓から外を眺める。もちろん、真っ先に亮を見つけるためだ。

バレンタインデーのときと同じく、午前十時すぎになって大きなトートバッグを肩掛けした青年の姿が見えた。亮だと直感した里穂は高鳴る胸に手を当て、深呼吸した後に部屋を出た。

インターホンが鳴るまで中にいるつもりだったが、速まる鼓動をコントロールすることができず玄関ドアを開けた。ちょうど家の前に来ていた亮と目が合い、待ち構えていたのがバレバレだったが、彼が笑ったのを見て些末な駆け引きが頭から消し飛んだ。

「どうしたの？」

白々しく問い掛けた里穂に、亮は「散歩がてら……粗品でもどうかなと思って」と前例を踏襲した。

「粗品？」

妙なことを言うと思った里穂だったが、彼がバッグからタトウ箱を出したのを見てハッとした。

「これ、つまらないものですが」

亮からＦ６サイズの箱を受け取ると、里穂は何と言っていいか分からなくなった。お返しに絵をもらうなど考えてもいなかった。

「ちょっと……チョコと絵じゃ釣り合わないよ」

「そう？　あのチョコ、すごくおいしかったよ」

「あんなの、いくらでもつくるよ。それより、申し訳なくて……あっ、お茶飲んでいく？　お父さんも喜ぶし」

さりげなくを装って誘ってみたが、無論、入念なリハーサルの成果だった。

「あぁごめん。いろいろ話したいんだけど、用事があって」

進路不明の彼は、何に時間を取られているのだろう。今日がホワイトデーということもあり、里穂はまた、勝手に女の子の影を見て暗い気持ちになった。

亮が帰った後、里穂は自室に戻ってまずは呼吸を整えた。

箱から黄袋を取り出し、傷つかないようゆっくりと引き下ろす。姿を見せた油絵を見て、モデルが誰かを悟ったそのそばから、里穂の両目に涙がこみ上げてきた。

北海道大学のキャンパス。小川が流れる芝生の上で、ミルクティの缶を持って笑っている自分の姿が描かれていた。修学旅行のカメラマンが撮影して販売した一枚で、もちろん里穂はその写真を持っていた。

涙が出てきたのにはいくつか理由があるものの、最も心を揺さぶったのは、画家のメッセージがこの上なく明白だったからだ。

つまり、亮もその写真を持っているという事実。

昨年の秋にかばんをひっくり返して手帳の写真を見られたときは、恥ずかしくて冬眠したくなったが、亮もまた、里穂の写真をこっそり買っていたのだ。

そして、作品が油絵であることにも感激した。その圧倒的にリアルで細密な筆致を考えれば、とてもひと月で描けるものではないと分かる。

彼はずっと前からこの絵を描き始めていた――。

今にもしゃべり出しそうな自分の絵を眺め、あまりの完成度にしばらく放心してしまった。箱の中のメッセージカードに「合格おめでとう」と書いてあるのを見て、里穂はまた泣いたのだった。

間違いなく、人生で最も幸せな日。

その夜、亮にお礼の電話をした後から、土屋里穂は一端の作家と化した。卒業式がある一週間後を締切日に、ひたすら手紙を書いたのだ。パソコンでの下書きに五日、万年筆による清書に二日。便箋を封筒に入れてシールを貼ったのは、実に卒業式の日の朝だった。

その手紙には重要な気持ちが書かれていた。ずっと言えなかった亮への想い。どちらかと言えば内向的な里穂が、そんな大それた手紙を渡そうと決めたのは、言うまでもなく、あの絵が背中を押してくれたからだ。彼が自分の写真を持っていると思うと、それだけで幸せに浸れた。

学校に着くと里穂はすぐに亮の姿を探したが、彼はどこにもいなかった。式の間も亮のことが気になって仕方なかったが、結局、その顔を見ることなく学び舎を去ることになった。

里穂が制服のまま自転車に飛び乗り、何かに突き動かされるようにして木島家へ急いだのは、胸中に嫌な予感が芽生えたからだ。

邸宅の前に自転車を止め、荒い息のままインターホンを押したが応答はなかった。里穂は怒られるのを覚悟で、何度もインターホンのボタンを押した。

時間が経つごとに、単なる予感が現実として象られていく。

木島家の表札も庭の草花も、以前と変わりなく目の前に存在している。しかし、そこには住人の気配がまるで感じられなかった。

飛行機が高度を下げ、里穂は両耳に違和感を覚えた。

もう間もなく、北海道の地に降り立つ。修学旅行以来、十七年ぶりのことだった。

岸優作に依頼されてからの三ヵ月間、里穂は亮に手紙を書き続けていた。最初の手紙を優作に渡した際、彼は亮がスランプであることを告げた。週刊誌の報道以来、気にしていない素振りを見せているものの、筆が鈍っているという。

里穂は高校を卒業してからのことをあれこれと書き継いでいった。亮からは一向に返事はなかったが、構わなかった。あの卒業式の日に味わった喪失感と比べれば、彼が読んでいるという事実だけで充分だった。たとえそれが一方通行であったとしても。

昨日、優作から「急な話なんだけど、北海道に来られますか?」と電話が入り、すぐにチケットを予約した。何かが始まるという思いは、そのまま人生の岐路を意味していた。

里穂は手帳を開いて、写真を手に取った。

小樽運河の橋の上にいる十七年前の彼。もうすぐ会えると思うと、ようやく旅情が緊張感に変わり始めた。写真を胸に当て、小さく息を吐く。

里穂は期待や不安をありのままに受け入れることで「生」を実感した。身を預けていた機体が滑走路に着陸し、大げさな振動が細い体を震わせた。

第七章――画壇――

1

この世で紳士淑女ほど信用ならないものはない。

都内ホテルの大宴会場に集う大人たちは男女問わず着飾って、グラスを片手に談笑している。見上げても視界に収まりきらないほど高く長い天井に、藤のようなシャンデリアが等間隔に垂れ下がり、多面的な輝きを惜しげもなく放っていた。

惜しげもなくと言えば、広い長方形の会場を縁取るように並べられた料理の数々も同じで、海の幸をふんだんに使った品々やステーキは言うに及ばず、ひと口大のデザート類も豊富に揃う豪勢さである。

一方、パーティが始まってからの一時間、野本貴彦のストレス値は高まる一方だった。目に入る物全てが縁遠く、嘘くさい。

「野本、先生のグラスが空いてるだろ」

松本豊寛(まつもととよひろ)が貴彦の耳元で囁いた。その冷たい声音は大学で教わっていたころから変わらない。

東都藝美大学(とうとげいびだいがく)教授の松本は、来年還暦を迎えるというのに軽々しいほど若い。手入れの行き届いた短髪で、今日もDCブランドの黒いスーツ姿である。

貴彦が「藝美」を卒業して十年。ゼミの教授だった松本とは未だ切っても切れない関係にあった。

「先生、グラスをお預かりします」

貴彦は天地信幸のグラスを交換すると、また松本の後ろに控えた。

天地はシャンパングラスを手渡されても礼を言わないどころか、貴彦の方を見ようともしなかった。

短い体軀に腹回りの目立つ天地は年相応の老け込み方をしているが、寂しい白髪頭の容貌に相反して、目には脂気の多い野心を宿している。そして齢七十一の男をギラつかせる正体が、この会場の中心にあった。

貴彦の上には松本がいて、その上に松本の師である天地がいる。さらに天地の頭上に立つのが、本日の主役である。


――大河原兼光先生　米寿祝賀会――


大河原兼光は絵画の世界で頂点に君臨する洋画家である。

日本最大の公募団体「民展」の看板であり、「国立芸術院」会員、文化勲章受章など芸術家として栄華を極めた「超」のつく大御所と言える。

会場には画壇は無論のこと、政治、経済、文化、芸能、スポーツなど各界を代表する著名人が群れを成し、まさしくシャンデリアの光がよく映える成功者たちの宴と化していた。

「大河原先生には、そのお名前の通り、いつまでもケンコウであられることをお祈りし、わたくしの挨拶とさせていただきます」

現文部大臣はこなれたスピーチで場を沸かせると、大河原と二言三言交わし、秘書たちを引き連れて足早に去って行った。その後も親交のある自動車会社や放送局の社長が壇上に立ち、歯の浮くようなお世辞を並べ立てた。

世情に疎い自分でも見覚えのある企業家や俳優、デザイナーたちが目の前を歩き回る空間は、貴彦には非現実的に思える。華やかな場に慣れた出席者にとっては人付き合いやビジネスの一環だろうが、持たざる者にとっては苦行でしかない。

来場している人間の思惑はどうであれ、結果的に「大河原兼光」の看板の下に集っているのであり、盛大なる祝賀会を開いたという事実こそが重要なのだ。大画家の威光はこの夜を通して、さらに輝きを増すのだろう。

「やっぱり飛んだらしいよ……」

近くにいた全国紙の美術担当記者同士の会話が漏れ聞こえてきた。彼らはある百貨店の外商職員の噂話をしていた。

空前の好況の崩壊はもはや見て見ぬふりができない状況にあり、昨年の大蔵省による急激な引き締め策で日本経済はショック状態に陥っている。八〇年代の有終の美を飾った、四万円目前の日経平均株価は、九ヵ月ほどで半値まで下落した。

そして今年に入り、経済大国のメッキが次々と剝がれ落ちていったのである。虚像を演出し空高く舞い上がっていたバブル紳士たちは、強い引力によって地に叩きつけられた。地上げ屋や仕手筋、銀行員ら金融喜劇の演者たちは、手錠を嵌められてから現実に気づく有様で、品のない異名を持つ彼らは、後にまとめられる平成経済事件史の主要人物になるのだろう。

ゴルフ会員権と並ぶバブル商法の代名詞が絵画販売である。先ほど新聞記者たちが話していたのも、時代を象徴する事件と言えた。百貨店の外商担当だった男は「闇社会の帝王」と呼ばれたバブル紳士と知り合ったことから我が世の春を謳歌し、最後には帝王に言われるがまま絵画鑑定書の偽造にまで手を染めてしまう。その結果が海外逃亡だ。

このような犯罪行為を抜きにしても、投資目的の絵画売買には常識外れの札束が乱れ飛んだ。百貨店の美術画廊は構えを立派にし、大幅に人員を増やした。さほど有名でない画家でも、ものの数年で本人が心配になるほど画料が上がっていったのだった。

世の中は「ええじゃないか」とばかりにダンスブームで、高校生ダンスや三ヵ月前にオープンしたお立ち台のあるディスコが連日メディアで紹介されている。恋愛ドラマが軒並み高視聴率を記録し、F1会場には来場者が殺到。全国区のテレビ放送で吉本新喜劇のギャグが炸裂した。この会場の絢爛にも好況の残り香が漂っていて、金融業界との時差が如実に表れている。

舞台上では『紅白歌合戦』の常連である女性演歌歌手がミニステージを終え、その後は歓談の時間となった。

前方で「大河原兼光」と書かれた戦国時代のような幟が立ち上がり、貴彦は目を丸くした。その幟目掛けて出席者が列を成す様は、まさしく大名行列を思わせる光景だ。米寿にして自己顕示欲の衰えぬ将軍を拝み倒す民たち。

胸が悪くなる絵面だが、天地と松本は気力を漲らせて列の殿(しんがり)についた。

四十分ほど待って順番が回ってくると、天地は着座する大河原と視線を合わせるために片膝をついた。何のためらいもない、滑らかな体重移動だった。

「先生、天地でございます。このたびは誠におめでとうございます。さすが、圧巻でございますねぇ。日本中の花という花を集めたような、眩いばかりの宴であります」

天地は普段、貴彦たち若い者の前でふんぞり返っていることなど噯にも出さない徹底した商人風情で頭を下げた。

「先日の『福栄』での個展、まさに至福の時間でした。特に『陽が微笑むとき』はあまりの崇高さに、この天地、しばらく身動きが取れませんでした」

必死に媚びる後輩に、大河原は「あい」と掠れた声で返事をして茶を口に含んだ。

「誠に僭越ながら『陽が微笑むとき』は、美術画廊に無理を言って、この天地のアトリエに収めさせていただきました」

「あぁ、そう。それはどうも。ありがとうね」

大河原にとっては、配下の者がお近づきのしるしに絵を買うなど当然のことなので、気のない様子である。

「滅相もございません！　お礼を申し上げるのはこちらの方で、先生に半歩でも近づけるよう、この天地、毎日作品を鑑賞しては学んでおります」

スケジュール管理を任されている大河原の男性秘書は、スキのない黒縁メガネを指の腹で押し上げると、天地に近づいた。列は途切れる気配がない。まだまだ〝陳情〟は続くのだ。

タイムリミットの間際になって、天地は大河原にグッと顔を近づけて小声で囁いた。

「先生、秋に向けて、この天地、全力を尽くす所存です」

大河原がすっとぼけた顔で「秋……」とつぶやくと、天地は「はいっ」と力強く頷いた。至近距離で腹を探り合う八十八歳と七十一歳はなかなかにグロテスクで、貴彦は鼻白んで視線を逸らした。

「そうか……キクチ君も、もうそろそろだよねぇ」

わざとなのかボケているのか、大河原は平然と名前を言い間違えた。

「少し涼しくなりましたらこの天地、必ずご挨拶に伺います」

男性秘書が声を掛ける寸前にすくっと立ち上がった天地は、松本とともに深々と一礼した。

「先生、これからもどうか健やかにお過ごしくださいませ。この天地にご用命の際は、飛んで参ります。それでは、失礼いたします」

列を離れてしばらく歩くと、天地は止血バンド状態のネクタイを緩めた。そしてそのまま早足で会場を出て行った。貴彦は松本とともに丸い背中を追った。

「野本、荷物取ってこい」

貴彦はクロークで天地と松本が預けていた鞄を受け取ると、急いでエスカレーターに乗った。二人は既に一階のロビーにいて、何やら難しい顔をして話していた。

「松本君、どう思う?」

「『キクチ君』ですか?」

「うん。あれはわざとなのかボケてるのか」

「もう名前を憶えられないんでしょう。中務(なかつかさ)先生も『キクチ君』って呼ばれたそうです」

「全然違うじゃねぇか。もう誰が来てもキクチでまとめるつもりなんだな」

「他意はないかと」

先程までとは打って変わり、天地はずっと顰めっ面をしている。

「先生、この後は?」

「いや、もう帰るよ。くたくただ。明日の昼にでも電話してくれ」

「かしこまりました」

天地は貴彦から鞄を受け取ると、タクシーで去って行った。

貴彦もすっかり〝紳士淑女〟に胸焼けしてしまった。早く家に帰って絵筆を握りたかったが、松本は自分の鞄を弟子に持たせたままだった。

「さて野本、一杯やるか」

2

いかにも松本が好きそうなバーだ。

同じ店ではないだろうが、青いライトの水槽に熱帯魚が泳いでいるこの感じは、何かのドラマで観たような気がする。教授と向き合うソファセットはその水槽が壁になって半個室状態で、うまい具合に他者の視線が遮られる。

「それにしても下品なパーティだったたな」

松本が口元を歪めて不敵な笑みをつくる。こういうとき、貴彦はうまく相槌が打てない。同じ松本ゼミでも同期の篠原なら、さっとパーティのワンシーンを抜き出し、教授の求めに応じる。

松本は貴彦の覇気のない返事に機嫌を損ねたようで、しばらく沈黙が続いた。

「まぁ、天地先生もこれからが正念場だからな。七十一にして未だ戦場なんだから、この業界、長生きしなきゃ話にならない」

金の話になる予感を抱きながら、貴彦は無言のまま頷いた。

「全く美しい世界だよ。俺も来年還暦だっていうのに、こんな手帳を持ち歩かなきゃならん」

松本は鞄から年季の入った黒革の手帳を取り出し、カランダッシュの銀のボールペンを手の内でクルクルと回した。

「今回はなかなか骨の折れる選挙戦になる。志村先生に赤澤先生、そして我らが天地先生。欠員は一人だけだからな、票も割れてる」

松本が話しているのは「国立芸術院」の会員選挙のことで、同院は芸術に関する重要事項を話し合って大臣に提言するなど、その発展に尽力する組織だ。

会員百二十人以内という規模で「美術」「文芸」「音楽・演劇・舞踊」の三部から成り、第一部「美術」の内訳は、日本画▽洋画▽彫塑▽工芸▽書▽建築――の六分科である。

「天地先生は三年前の前回選挙では次点で負けた。現状、最有力候補だが、基礎票が増えてるわけでもないので、予断を許さない状況だ。正直言って、志村先生にはいつひっくり返されてもおかしくない」

松本が開いた手帳には「美術」の全会員、五十余名のフルネームが書き込まれ、それぞれ「天地」「志村」「赤澤」「未定」のいずれかに振り分けられている。三人の候補者には各々推薦人の会員がいるが、それ以外の会員の票を取り込まねばならない。

松本の分析によれば、天地と志村の差はわずか二票。〝無党派層〟が二十人近くいた。

「十月の投票まであと二ヵ月しかない。さすがに今回は負けられんからな」

「天地先生は相当無理をなさってるんじゃないですか？」

貴彦の素朴な質問がおかしかったのか、松本はカクテルを噴き出しそうになった。

「野本、それが人生ってやつだよ。ここ一番で頑張れない人間が名を残せると思うか？　選挙のために家を売った画家だっている。落ちれば一億の札束を焼却炉に放り込むのと同じだからさ、誰だって無理ぐらいするさ」

芸術院会員は非常勤の国家公務員で、黙っていても年額二百五十万円の終身年金を受け取れるが、それよりも名誉が物を言う。箔が付いて画料が上がるのはもちろんのこと、天地の場合は「民展」での発言権がさらに強まって、各賞を選考する審査員を任命できる立場となる。亡くなった後も従四位、従五位の栄誉を賜るのだから、実際にそんなニンジンが目の前にぶら下げられれば、理性など吹き飛んでしまうのだろう。

「ここ数ヵ月、先生はほとんど絵筆なんか握ってないよ。会員の作品を買ってお勉強する時期だからな。今押さえてる人は当然だけど、少しでも可能性のある会員も外せない」

「一度ご挨拶に行くだけじゃないんですよね？」

「少ない人で三回、多い人で七回ぐらい行ってる。地方行脚（あんぎゃ）も含めてだからな。その都度お土産を考えて、商品券も仕込んでな。いくら趣味嗜好を調べたって、候補者が同じ物を渡したんじゃ迷惑になる。この辺りはセンスだな。土産で失敗したら、それを吹聴（ふいちょう）する会員もいるから」

生き生きと話す松本からは、年相応の落ち着きがまるで感じられなかった。戦で武器を手に取らなくなって半世紀が過ぎたこの国において、選挙こそが闘争本能を満たす戦場なのかもしれない。

貴彦の浮かない顔を見て、松本は再びカランダッシュを巧みに回した。

「でも、まだまだ序の口だよ。これからゲンナマが宙を舞う。天地先生だけじゃないぜ。志村先生も赤澤先生も。がめつい会員はこうやって〝元手〟を回収するんだ。是が非でも会員にならなきゃならない訳が分かったか？」

平然と言ってのける松本は、ゴルフ会員権の話をしているのではない。芸術の発展に寄与する人材を選ばんとするこのとき、作品論や創作論には目もくれず、堆く積み上げるのは「誰に何を渡すか」「誰にいくら配るか」の打算と皮算用。

ここに芸術などない——。

貴彦の脳裏にチラついたのは、欲望渦巻く医大の教授選を描いた『白い巨塔』であった。あちらは国立医大の医師で、こちらは国家公務員の絵師。地位が人を狂わせていく。

「そろそろ個展やるか？」

三杯目のカクテルに手を伸ばした松本の舌は滑らかに回り続ける。

個展と言われても、貴彦は伏せていた目を上げることができない。これまで何度も煮え湯を呑まされている。

「画廊の方でも君の作品を楽しみにしてるからな」

心のこもらぬ言葉が、時代の浮かれを映し出すバーに虚しく漂った。近ごろでは松本の口から「作品」と発せられることすら、貴彦には不快だった。

美術の中心地、銀座から遠く離れた「東都藝美大学」周辺の貸し画廊。ひっそりと開いて、一週間したら静かに幕を下ろすほとんど意味をなさない展示会だ。観に来るのは大学関係者がほとんどで、燻っている自分を見られるようで恥ずかしさすら覚える。

この個展は美術界の強烈な縦社会を表す鋳型の一つだ。まず、一週間のギャラリー代は全額貴彦の自己負担で、出品する約三十点のうち、販売が許されるのは松本が認めた三点のみ。松本が言う「芸術家が売り絵を描くな」は建前で、何かの間違いで弟子の方が売れて秩序が乱れることを懸念しているのだ。売れっ子になって公募団体を辞める者が相次げば、その分の出品料が減り、自らの思い通りに動く駒もいなくなってしまう。

さらに腹立たしいのは、松本が貸し画廊からキックバックを受け取っていることだ。弟子を援助するどころか苦境に陥れているのである。

はっきりと返事をしない貴彦に対し、松本は「日程はこちらで決めておくから心配するな」と、強引に話を打ち切った。こうなれば従うしかなく、金のことを考えると胸の内が重たくなった。

「ところで、あっちの方は進んでるのか？　例の寺の紅葉は」

兵庫県にある寺のドウダンツツジに心奪われた貴彦は、「民展」に出品する大作にしようと日々キャンバスと向き合っている。座敷の向こう、裏庭を埋め尽くす紅葉は、燃えるような厚みと色彩で鑑賞者に迫りくる。頭の中のイメージは鮮やかなのに、キャンバスに写し取ろうとすると途端に嘘くさくなる。その原因がどこにあるのか、貴彦はつかめずにいた。

「どうしても対象が捉えられないんです。ずっと遠くにあって一向に近づけない状態が続いていま す」

松本は四杯目のカクテルを頼むと、眠そうな目で弟子をひと睨みした。

「そう気取らずとも絵は描けるよ。プロの画家にとって大事なのは、締め切りまでに絵を仕上げることだ。特に君のような若い人はもっと数を描かないと」

貴彦は石像のようにじっとして、同意を示さなかった。雑な絵を描いても次につながらないことがどうして分からないのだろうか。或いは気づいているのかもしれないが、それを無視できる神経が理解できなかった。

それに自分だってもっと描きたい。だが、作品を売ることが許されず、予備校の講師料だけで生きていくのは至難の業だ。内緒で美術の家庭教師のバイトもしているが、創作以外のことに時間が取られて集中できないのだ。

「おもいきって手放してみるのも一つの方法だよ。写実の連中は自己満足に陥る傾向にあるから、注意しないと」

松本はゼミの教授ではあるが、写実画は描かない。作品になかなかサインを入れない貴彦の姿勢に対しては、一貫して冷ややかだ。

『民展』だって、出さないと評価はないぞ。君の同期の篠原なんか、もう七回も入選してる。同じ人間だ。やればできるよ」

「しかし、評価していただくには、いろいろと才覚が必要ですし……」

貴彦は言外に金のことを含んで、ビールグラスを手にした。

有力審査員たちに熨斗袋持参で挨拶に行き、出品作品の下見があればそのお礼、入選した暁にはさらなるお礼を用意する。生活して画材を買うだけでもギリギリなのに、どこに袖の下を渡す余裕などあるのか。早く回収する側になれ、ということかもしれないが、その前に心身が擦り切れてしまう。

篠原は神奈川の土地持ちの息子だ。生まれてくる家の差で如実な有利不利があり、出身大学や公募団体のしがらみから抜け出せない現状は、もはや身分制度と何ら変わりはない。

貸し画廊の個展にせよ公募展の入選にせよ、参勤交代のような忠義を強要されているようでうんざりする。

「入用なら、バイトがあるぞ」

疲れた雰囲気が顔に出ていたのか、松本が珍しく優しい声を出した。

「君もたまには息抜きが必要かもしれんな。どうだ。来週、京都に行ってみないか？」

「京都ですか？」

「選挙で天地先生が関西を回るんだが、特に京都は会員が多いから、運転手が必要なんだ。野本、免許持ってるだろ？」

会員宅への挨拶回りだ。気疲れするのは目に見えているが、自由時間に京都を散策できるのはありがたかった。

「交通費と宿泊費は俺が出してやる。バイト代は天地先生からいただけるはずだ」

使い勝手のいい駒を失うわけにはいかないので、松本なりに考えたのだろう。やたらとムチを振るう教授の久しぶりのアメだった。

お金をもらえて旅行ができるのなら多少の我慢は仕方がなく、話に耳を傾ける以外に選択肢はなさそうだ。

松本がトイレに立ったので、貴彦はライトアップされた水槽を眺めて気を休めた。

脚の長い水草とカラフルな熱帯魚の尾ヒレがシンクロするように揺れている。俗っぽい世界から逃避してため息をつく。だがそれも束の間、貴彦は違和感を覚えて少し腰を浮かした。

一匹の黄色い熱帯魚が事切れたように力を失い、妖しく光る水槽の底へ沈んでいった。

3

四日後の夜、貴彦は京都の洛北にいた。

住宅街の一角にある屋敷は瓦屋根の純和風で、夜ではあったが庭の木々が橙色の灯りに照らされ、白砂利が敷き詰められていることが分かる。面積はさほど大きくないものの、瓦を載せた白壁や門横のイロハモミジがつくる陰影など、さすが日本画家と言いたくなる造形美だった。

八月下旬の京都で、盆地特有の蒸し風呂のごとき責め苦に遭いながらも、貴彦は路上でひたすら木谷鳳林（きたにほうりん）の帰りを待っていた。

今日の午前中に京都駅に着いた貴彦は、松本の教え子という男から車を借りた。日産の「セドリック」はまだ購入して間もないとのことで、シートが柔らかくにおいも新しい。快適ではあったが、見知らぬ土地での運転には緊張を強いられた。

昼食をとった後に四条のホテルへ天地夫妻を迎えに行き、芸術院会員への挨拶回りが始まった。いずれも京都市内で、午後五時半までに三人の家を訪ね、土産物が入った箱に〝実弾〟の封筒を滑り込ませた。三人とも態度を決めかねている無党派だったが、天地の感触はよさそうだ。

後部座席に着く七十一歳と六十五歳の夫婦にはほとんど会話がなく、たまに土産やこれから訪ねる会員について話すぐらいだった。車内では車の走行音がやたらと響く重苦しい雰囲気が続いた。

鳳林宅に着いて留守だと知ると、天地は貴彦に携帯電話を渡した。四ヵ月ほど前に発売された世界最小・最軽量の電話は、CMにハリウッド俳優を起用して派手に宣伝したが、申し込みが殺到して手に入らないことが話題になっている。既に二台確保していた天地は「これからは皆が電話を持って歩く時代だ」と誇らしげで、聞いてもいないのに保証金や新規加入料、月々の使用料など金にまつわる説明をした。

鳳林宅に着いたときは午後六時過ぎで、まだ陽はあった。近所迷惑を考えて、百メートルほど離れた路肩に駐車することにしたのだが、角を曲がるため家が見えない。携帯電話は鳳林が帰ってきたことを知らせるために渡されたのだった。

気のせいかもしれないが、目の前の家からは香のにおいを感じる。貴彦は品のいい住まいに、憧れと同時に親近感を抱いた。三十三になるこの年まで、物欲に振り回されたことはほとんどなかった。その欲のなさが天地や松本に疎まれる一因なのだが、こういう家なら住んでみたい。生活に関するささやかな夢をみると、貴彦はいつも妻の優美の顔を思い浮かべる。

待ち始めて三十分が過ぎるころには陽も落ちて、今は街灯が控えめに闇を押し返している。近隣住民の目があるので日没は歓迎だったが、盆地の蒸し暑さだけはどうしようもなかった。小さな携帯電話を握りしめながら、貴彦は雅なはずの古都で空虚な時を過ごした。これまで何人の芸術家が同じようなことをしてきたのだろうか。

壮絶を極める会員選挙は昨日、今日に始まったことではない。篠原によれば、毎年十月になると、第一部「美術」の会員に、事前運動をした候補者には投票しないよう注意を呼び掛けるチラシが配られるらしい。このチラシ配布は一九六〇年代から続いているというから、問題は相当に根深い。

無論、会員が国家公務員である以上、金品のやり取りは贈収賄に当たる。裏道を通る金なら確定申告の帳簿にも表れない。だが、大半の関係者はこれが犯罪ではなく習慣と思い込んでいる。習慣は時に無味無臭な同調圧力をつくり出すため〝ご挨拶〟はいつしか常識となった。既に個人を責めてどうこうなる話ではなくなっているのだ。

それでも、金品の一切を受け取らない会員もいる。或いは角が立たぬように土産だけ受け取って商品券は返す者、商品券までは受け取って現金は返す者、返礼品を贈ってバランスをとる者など人によって対応は異なる。実際、生活に困っている会員がいるわけでもなく、この悪しき習慣を迷惑に思っている人も少なからずいるのだ。

その代表者が木谷鳳林である。昔から潔癖な性格で知られ、選挙運動を一切せずに実績と人徳で会員になった。後ろめたさや〝回収〟の必要がない鳳林の姿勢は首尾一貫している。

ではなぜ、天地は土産物一つ受け取らない日本画家の家にやってきたのか。それは会員の妻たちによる「奥様ネットワーク」に引っ掛かったからだ。

ライバルである志村のお土産を鳳林が受け取ったらしい——妻から聞かされた天地は、すぐに鳳林が酒好きという情報を仕入れ、入手困難な大吟醸を用意したのだった。

天地は日本の洋画界で相当の高みにいるのは間違いない。それでも老体に鞭打って、全国各地で頭を下げて回るのである。

天地の妻もこの引くに引けない戦場に駆り出されるのは、夫婦で訪問することが暗黙の了解になっていることと、妻たちによる情報網が頼りになるからだ。

地方遠征のときに泊まるホテルは高すぎても安すぎてもダメ。最初に滑り込ませる現金の額も然り。酔っ払った松本によると、天地は自分の醜聞をにおわせてきた業界のフリージャーナリストに口止め料まで払ったという。

無事選挙戦に勝てば文化功労者、さらに文化勲章への道も拓けてくる。少なくともあと十年は元気でいなければならない。そう考えると天地は今、青春真っ盛りなのかもしれない。

午後七時近くになり、貴彦はヘッドライトに全身を照らされた。

トヨタの「マークII」が鳳林の家の前で停まり、電動シャッターが自動的に上がっていく。貴彦はすぐさま天地に電話した。

「家に入る前に声を掛けろ。絶対に家の中に入れるんじゃないぞ。木谷先生のインターホンにはテレビがついてる。一度入ったら出てこないかもしれない」

貴彦は天地の情報収集力に舌を巻いた。ずっと家の前にいた自分でもインターホンにカメラがついていることには気づかなかった。

ヘッドライトが消えたため、貴彦は慌ててガレージの前に向かった。屋根付きガレージは門の真横にあり、シャッターを閉めてしまえば外からは見えない。恐らく中から庭に出られる構造なのだろう。つまり、車が見えているうちに声を掛けなければ手遅れになるということだ。

「木谷先生」

着流しの鳳林は家の前に立つ男に気づいていたようで、「何かご用で?」と関西弁で尋ねてきた。短めの白髪はきれいに手入れされていて、薄いベッコウのメガネがよく似合っている。

助手席から出てきた妻も和装で、こちらは髪が黒々としていて色白だった。いかにも京美人といった出で立ちで、百貨店の紙袋を両手に持ち、やや怪訝な表情で貴彦を見ていた。

「私は東京で画家をしております野本貴彦と申します」

まだ天地夫妻が来る気配がなかったので、時間を稼がなければならない貴彦は焦った。

「まずは突然参上した無礼をお許しください……」

鳳林が「はぁ」と戸惑いながら返事をする。同じ画家とは言え、日本画と写実画では住む世界がまるで違う。適切な言葉が見つからないまま、冷や汗が背中の真ん中を伝っていく。

「本日私がお伺いしたのは……」

どこまで事情を説明していいのか分からなかったので、すぐに言葉に詰まる。鳳林よりもむしろ、夫人が苛立っているように見えた。

「木谷先生!」

天地夫妻が息を切らしながら走ってきた。最低限の役目を果たした貴彦は、とりあえず胸を撫で下ろした。天地を見た鳳林はようやく状況が呑み込めたようで、あからさまに嫌な顔をする。

「木谷先生、洋画の天地です。大変、ご無沙汰しております。この暑い中、突然お邪魔しまして……」

「天地さん、もう単刀直入に言いますけど、例の件なら私には何もできませんよ」

柔らかな京都弁のイントネーションだったが、表情からは断固とした拒否の姿勢が窺える。

「いえいえ、この天地、決して何かのお願いに上がったわけではなく、先生がそのぉ、大吟醸がお好きと伺ったので、お裾分けをと思いましてね」

「でも、今まで付き合いらしい付き合いもないのに、急に来られるっていうことは、やっぱりあの件やと思うんですよ」

両手の荷物が重いのか鳳林の妻はどんどん不機嫌な顔になっていく。これでは逆効果ではないかと貴彦は気を揉んだ。

天地が日本酒の一升瓶が入った箱を渡そうとすると、鳳林は何度も胸の前で手を振って受け取りを拒んだ。

すると天地夫妻は事前の打ち合わせでもあったかのように、ゆっくりと地面に膝をついた。そのまま土下座しそうになったので、鳳林は慌てて前に出てきた。

「天地さん、もう勘弁してください。暑い中、せっかく来てもらって申し訳ないけど、あんたにもろたら、他の人と差ぁついてしまいますから」

「でも先生は、志村さんとお親しいと聞いたもんですから」

「誰がそんなこと言うたんや。全然そんなことあらしまへん。志村さんは一遍もこの家に来たことがないし、何ももらってませんから」

それでも天地夫妻は膝をついたまま動こうとしなかった。七十一歳の日本画家を前に、犬が腹を見せるようにプライドを捨てる七十一歳の洋画家。

貴彦はあまりのことに言葉を失い、立ち尽くすよりほかなかった。恥も外聞もないとはこのことで、ここまでしなければならないのかと思うと、絶望的な気持ちになった。

「天地さん、近所の人に見られたら変に思われますから」

「では引き上げますが、どうかこの大吟醸だけは受け取ってください。ほんとに他意はないので」

天地が日本酒の箱を手渡そうとし、鳳林がまた首を振る。

「ほな失礼ぇしますぅ」

鳳林の妻が京都弁で冷ややかに言い残し、ガレージの奥へ向かった。

突然のことで男たちは呆気にとられたが、天地の妻だけは口元に嫌な笑みを浮かべていた。その鮮やかな去り際は、よく斬れる日本刀のようなシンプルな怖さがあった。

「ほんなら、私も失礼します。天地さん、すんまへんな」

鳳林は振り切るようにして妻の背を追い、芝居の幕のように目の前で電動シャッターがゆっくりと下りていった。

しばらく膝立ちのままだった天地は「カット」の声がかかった役者を思わせる切り替えの早さで、妻に「志村は来てないんだな」と言って立ち上がった。妻も夫の隣に並ぶと「やっぱり京都人は食えないわね」と膝の砂を払った。

貴彦にすれば、この二人こそ食えない人たちだった。車に向かう夫婦の後ろ姿を見ていると、何もかもがバカらしくなってくる。天地は絵筆も握らず、日々このような選挙運動を繰り返しているのだ。

鳳林の妻の「ほな失礼ぇしますぅ」という冷笑的な声が耳の奥で蘇り、その嘲りが自分にも向けられているような気がしてならなかった。天地夫妻が角を曲がって目の前から姿が消えると、貴彦は見知らぬ京の地でぬかるむような底なしの不安に苛まれた。

4

九月に入ってもセミはセミだった。

日曜であろうが朝からけたたましく鳴き続ける、忖度なしの目覚まし時計である。首筋の寝汗が鬱陶しいので起きることにした。

「あら、もうお目覚め？」

畳の居間で雑誌を読んでいた優美が茶目っ気のある笑みを見せた。二日酔いの夫をからかう気満々といった顔だ。

座布団に胡座をかくと、優美が座卓にシジミの味噌汁を置いてくれた。ひと口啜るとホッとして、それだけで少し気分がよくなった。貴彦はあまり酒が強くない。付き合いがあった日の翌朝は、必ずこれをつくってくれる。

「いやぁ、生き返る。ありがとう」

クーラーの利いた部屋でテレビをボーッと見ていたら、優美が大きなカゴを持って居間に入ってきた。二人して洗濯物をたたみ始めた。貴彦がタオル類で、優美が衣服を手に取るのは特に決まりがあるわけではない。暮らしの中で自然とそうなったのだ。二人の生活には無意識のうちに定まったことがいろいろとある。

食器を洗う人と拭く人、台所をきれいにする人と風呂やトイレを掃除する人、切れた電球を買ってくる人と電球の取り付けや家具の修理をする人——何一つ示し合わせたものはなく、力を合わせて生きてきた。

無心になって洗濯物をたたむ優美の横顔を見て、貴彦は密かにかわいいなと思う。目元は涼しげだが、やや厚めの唇は色濃く口元に愛嬌がある。ニュース番組を見て怒るときも、漫画を読んで笑うときも、皿を割ってしょげているときも、疲れて寝ているときも、優美にはお嬢様というより真っ当な人としての品がある。

貴彦はあまり運のいい方ではないと思っているが、一つだけ誰にも負けない強運を持っているとすれば、それは優美の存在だ。しかも物心ついたころからずっと一緒にいるので、誰しもが苦しむ失恋すら経験していない。

貴彦は一九五八年、東京・根津で生まれた。実家は豆腐店で、兄弟は三つ上の雅彦が一人。貴彦が三歳のとき、向かいに木原昭二(きはらしょうじ)の一家が引っ越してきて、その木原家の一人娘が優美だった。

木原は自宅近くで砲金加工工場を経営していたが、同じ商工会に入っていた貴彦の父と仲がよく、母親同士も交流があったため、子どもたちは自然と遊ぶようになった。

特に木原の妻は優美に兄弟姉妹がいないことを気にしていたので、よく家に招いてくれた。築浅の優美の家はいい香りがして、食べたことのないお菓子を出してくれる。いつしか豆腐屋の兄弟にとって、なくてはならない場所になったのだった。

同い年だった貴彦と優美は小学校の六年間、ほとんど毎日一緒に登校した。雅彦は彼が五年生になったころから一人で通い始め、両家の親もやがて男女の壁が立ち塞がると思っていたが、その予想は見事に外れた。もともと相性がよかったのだろうが、二人には共通の趣味があった。テレビアニメだ。

小さいころから暇があれば絵を描いていた貴彦は『魔法使いサリー』や『リボンの騎士』など人

気作のキャラクターを描いては優美にプレゼントした。小学校高学年になると、優美が実在のアニメを基にストーリーを考え、貴彦が重要なシーンのイラストを描くという同人誌的な遊びを始めたことで、日曜日も互いの家を行き来していた。

同じ中学に進学した二人は、周囲に冷やかされるのが嫌で一緒に登校しなくなった。優美が英語の面白さに目覚め、貴彦が油絵を描き始めた時期だ。それぞれ夢中になるものが見つかり、塾や部活で忙しくすれ違うようになったが、家の前でバッタリ会うとそのまま映画館や美術館に行った。互いにデートという認識ではなかったが、面倒なので友だちに見つからないように会ったり、ちょっとした手紙をやり取りしたりするうちに、周囲にこれほど仲のいい男女がいないことに気づき始めた。そして、それがいかに貴重な関係であるかということも。

中学三年の秋になって、優美が同じクラスの男子に告白されたという噂を耳にした。その男子生徒は貴彦の友だちではなかったが、俳優の竹脇無我(たけわきむが)に似ているという評判の男前であった。

貴彦は気が気でなく、その日は何も手につかなかった。美術部も早退して、自分の部屋で画集を眺めてもデッサンを描いても集中できない。優美とその男子生徒が腕を組んで歩いているところや誰もいない部屋で唇を重ねているところなど、それぞれのシーンが写実的に浮かび上がって、貴彦は胸を掻きむしられた。

これまで何も意識せずに、優美とはずっと一緒にいるものだと思っていた。だが、いざ危機に直面してみると、足場などない脆い関係だったのではないか、幼なじみと恋人には天と地ほどの差があるのではないかと不安に陥り、じっとしていられなくなった。

いや、本当は昔から自分の気持ちには気づいていたのだ。ただ、わざわざ口にしなくてもという甘えや万が一片想いだったときの失うものの大きさを考えれば、何もしないことが最善手だった。

しかし、もはや状況がそのズルさを許してはくれない。貴彦にとって優美は、一人の女性としてかけがえのない存在だった。

夕飯の前になって我慢の限界に達し、向かいの家を訪ねることにした。するとそのタイミングでインターホンが鳴った。

「貴彦！　優美ちゃん！」

このようなテレパシーを疑いたくなる瞬間が、二人の間にはよくある。優美が喜びそうだと思って買った画集やレコードを、彼女も貴彦のために買ってくれていたということが度々あった。貴彦は今こそ自分に正直になろうと決めた。

優美はたくさん天ぷらが並んだ大きな皿を抱えて立っていた。野本家が男兄弟なので、木原家からよくお裾分けをいただく。

「レンコンがシャキシャキでおいしいの。絶対食べてね」

そう言うと優美はすぐに踵を返した。お裾分けをもらうときはいつもこんな感じなのだが、今日はやけに冷たく感じる。貴彦は堪らなくなって優美を呼び止めようとしたが、答えを聞くのが怖くて声を出せなかった。

自分の家の前まで来ると、優美は両手を後ろに組んだまま、くるりと振り返った。そして、貴彦の顔をしばらく見つめた後、頰を緩めて言った。

「断ったよ」

安堵で力が抜け、貴彦はその場にしゃがみ込んだ。涙が出そうになったので、うつむいたまま下腹に力を入れて必死に堪えた。貴彦は立ち上がると、天ぷらの皿を抱えたまま優美に言った。

「今日一日、何にも手がつかなくて……もし、優美ちゃんがＯＫしたらどうしようって」

優美はわざとらしいほど大げさに頷くと、満足げに笑った。

「大丈夫だよ」

女の方はあっさりしたものだった。互いに手を振ると、優美は家の中に入った。

大丈夫だよ、の意味を噛み締めた貴彦は、満ち足りた気持ちで少しだけ星が見える空を見上げた。

改めて優美を誰にも渡したくないと思う。

やっぱり、ちゃんと想いを告げよう――。

引っ込み思案な貴彦にとっては荷が重かったが、もう今回のような苦しみを味わいたくなかった。

だが、思春期の少年の彩られた前途に、墨を撒き散らすような深刻な問題が生じた。

兄、雅彦が警察に捕まったのだ。


洗濯物をたたみ終えると、貴彦は仕事場に向かった。3DKのうち、一室を仕事場兼書斎としている。大きな作品は勤め先の予備校に借りているアトリエで保管しているが、小品に関してはこの賃貸アパートに置いてある。

ほとんど壁一面状態になっている書棚には、画集、写真集、絵画技法書、哲学書、コミックが密に並ぶ。

その中で貴彦は古本市で買ったまま読んでいない単行本を見つけた。ある男が窃盗容疑をかけられて高飛びし、夫婦で十三年にわたりアジア、ヨーロッパと逃げ回って、最後にはギリシャで大人気画家になる話である。

貴彦が読んでもない本の概要を知っているのは、これが実話だからだ。男は長い逃亡劇にピリオドを打って帰国し、逮捕された。実刑判決を受けたが、その画家が出所したかどうかまでは分からない。

前科という不名誉はあるものの、貴彦は男のことが羨ましかった。美大を出ずとも公募団体に所属せずとも人気画家になったのだ。自由の強さが眩しかった。

本を持って居間に戻り、定位置に胡座をかいて読み始めた。優美が隣に座って雑誌をめくる。貴彦はこうした静かな時間が好きだった。沈黙がむしろ心地よいと思えるようになるまでの時間を、二人はともに過ごしてきた。言葉は交わさなくとも、違うジャンルの本を読んでいても、水面下でつながっている感覚がある。

貴彦は台所のテーブルにグラスを二つ置いて、冷たい麦茶を注いでから座布団に戻った。一つを優美の前に置き、自らの分を飲み干すと小さくため息をついた。

「昨日のこと？」

夫のこととなれば、優美は何でも見通す。貴彦は頷いて、頭の中を整理しながら昨晩の集まりについて話し始めた。

都内の料亭に集まったのは、天地と松本、二人の作品を引き受ける銀座の大物画商、そして雑用係を務める貴彦の四人だ。

議題は言うまでもなく選挙対策だ。票計算では志村との差がほぼ読めなくなっていた。甘く見ればこちらが二票、辛く見れば向こうが一票多く獲っている。投票まであと一ヵ月で、いかに〝無党派層〟を自陣に引き寄せるかがポイントとなる。

会話の中で、天地は木谷鳳林を批判し続けた。

「さらに腹が立つのはあの嫁だよ。人を小バカにしよって。なぁ、野本君。あの女の無礼、目に余るものがあっただろ」

顔が引きつりそうになるのを我慢して、貴彦は頷いた。天地はその反応の薄さが気に入らなかったようだが、バイト代として手渡された封筒の中に五千円札一枚しか入っていなかったことに、未だ引っ掛かりがある。あれほど人をこき使っておいて、無礼はどっちのほうだと言いたかった。

如才ない同期の篠原がこの場にいないのは、彼が松本に内緒で大阪の画廊のグループ展に出品していたことが発覚したからだ。教授の逆鱗に触れた篠原は今、半ば干されている。これで八回目の「民展」入選はなくなった。

四時間の談合の中で男たちが話したのは、選挙、画家と画廊の陰口、女性関係のみ。そして、下世話を絵に描いたような宴のお開き間際、画商の放った言葉が貴彦の胸に突き刺さった。

「野本さん、結局巨匠というのは、画商を稼がせる人のことを言うんですよ。私はいい絵かどうかは分かりませんが、売れる絵かどうかは分かる」

ここでどっと座が沸き、各々が帰り支度を始めたのだった。

貴彦が話し終えると、優美は「バッカみたい」と言って、読んでいた雑誌を閉じてしまった。台所へ向かう彼女の後ろ姿を見ていると、自己嫌悪に陥る。

画家は食えない。それは分かっている。特に写実は一作を仕上げるにもかなり時間がかかるため、英語塾で講師をしている優美の稼ぎがなければ生活できない。東京で暮らすとなればギリギリの収支なので、子育てなどとても不可能だ。

優美も現状を理解しているため子どものことは口に出さないが、貴彦がその気なら喜んで賛成するだろう。だからこそ、貧しい状況のまま三十三歳になった妻を思うと、申し訳ない気持ちで胸が苦しくなる。

写実画家として生きていくために、妻に犠牲を払ってもらった。にもかかわらず、満足に創作もできず、絵も売れない環境で塩漬けにされている。

貴彦は時折、このまままともな絵を一枚も描かずに死んでしまうのではないかと絶望しそうになる。悪夢で目が覚め、暗闇の中で必死に乱れた鼓動を整えているときは、不甲斐なくて泣いてしまう。いつまでも幼い自分が、堪らなく嫌だった。

「あっ、そうだ。ビデオを借りてきたよ」

優美は駅前のレンタルビデオ店のナイロンケースを手にして居間に戻ってきた。貴彦は剝き出しのVHSテープを受け取り、タイトルの文字を目で追った。

「『ハラスのいた日々』……何の映画?」

「犬の話らしいよ」

レンタルビデオでの映画鑑賞は、金のかからぬ二人の趣味だった。動物の話をよく観るのは純粋で感動的な物語が多いからだが、貴彦はこれも子どもがいないからかもしれないなどと妻の内心を忖度する。

「お菓子食べながら観ようよ」

優美が再び台所へ行き、貴彦がビデオをセットしようとしたとき、チャイムが鳴った。

「僕が出るよ」

貴彦は手で優美を制してチェーンを外し、ドアを開けた。

アパートの細い廊下に痩身の中年男性が立っていた。

「あっ……」

「お休みのところ、突然お邪魔して恐縮です。仕事で近くまで来たもんですから、ご挨拶だけでもと思って」

関西弁の岸朔之介は、そう言うとケーキの箱を掲げた。

5

優美がいただき物のケーキでお茶を用意している間、貴彦は襟付きの半袖シャツに着替えて居間に戻った。

「何にもないところで申し訳ありません」

スーツ姿の朔之介はかしこまって座布団に正座している。

「何やえらい厚かましい展開になりまして……」

朔之介は気を使ってケーキを六つも買ってきていたが、二人暮らしで消費期限が一日とあれば確かに多すぎる。結果、彼は自分が持ってきたケーキを食べることになったのだ。

「ほんまにケーキだけ渡して帰ろうと思ってたんです」

「いえいえ、私たちも暇を持て余してたので、ビデオでも観ようかって話してたんです。ねぇ？」

受け答えは専ら優美が担い、貴彦はニコニコと頷くだけだった。こういうときは妻の社交性がありがたい。

「野本さんが羨ましいですわ。こんな素敵な奥さんがおられて。私んとこなんか、気ぃ抜いとったらご飯に毒入れられますからね」

「えっ、うちも入れますよ」

「こらえらい奥方や！　恐れ入りました」

関西弁のおじさんが一人加わるだけで、普段静かな家が賑やかになった。

朔之介との出会いは半年前に開いた貸し画廊での個展で、そのときに作品を絶賛してもらったのだ。「六花」は業界で有名な企画画廊なので、名刺をもらったときは跳び上がらんばかりに嬉しかったが、松本のことがあるので作品を預けるわけにはいかず、話を前に進めることができなかった。それでも朔之介は二ヵ月ほど前に勤めている予備校まで来てくれ、帰りにご飯をごちそうしてくれたのだった。

「この前会ったときは天地先生の選挙戦の話もしましたが、いよいよですねぇ」

当時は篠原が手伝っていたので気楽に話したのだが、まさか自分が手伝わされるとは思っていなかった。

「実は昨日もその会合があって……」

貴彦は探りさぐりではあったが、辟易している胸中を打ち明けた。その背景には朔之介の実力主義を頼る気持ちがあった。

「聞くところによると天地先生は、京都で土下座したらしいですね」

朔之介の耳の早さに驚き、貴彦は目を見張った。まだ一週間ほどしか経っていない。あの場には貴彦を含めて五人しかいなかったのに、もう噂が回っている。魑魅魍魎（ちみもうりょう）渦巻く美術業界の一端を垣間見た気がした。

そして気がつくと、貴彦は堰を切ったように自分の想いを吐き出していた。今日はシラフだというのに、作品に金が紐付いている風潮に対し、怒りが迸（ほとばし）った。

「周囲があまりに政治的で、僕は今、芸術とかけ離れたところでもがいています。金がないと悪循環に陥るシステムなので、僕みたいな弱き者は本当に蟻地獄ですよ」

ちょうど十歳年上の朔之介は、大人の余裕で一人の画家の苦悩を真綿のごとく吸い取ってくれた。

貴彦は箍が外れた状態になり、その激情は隣の優美が心配顔になるほどだった。話し終えた後にアイスティーを口に含んだ貴彦は、興奮の反動で目眩がした。

「野本さん、いや、貴彦さんと呼ばせてもらいましょか。今のあなたのお気持ち、この業界が長い私には痛いほど分かります。そこで一つ断言しておきますけど、画家は画商を稼がせるために存在するのではありません。そもそも画商を名乗りながら、いい絵が分からん、というより分かろうとしないおっさんの言うことなんか気にせんでよろしい」

朔之介の言葉がささくれていた心に温かく染み込んでいった。ずっと孤独を抱えていた貴彦は、初めて美術の世界で理解者を得たような気がした。

「無理してお金をつくって『民展』であと八回入選してもやっと会友です。会員になるにはさらに特選を二回獲らなあきません。特選になるともっと用意せななならん金が増えます。審査員を三回して評議員、大臣賞獲って、その次は芸術院賞、それでようやく芸術院会員の候補ですわ。それも欠員待ちで。そのときには貴彦さん、何歳ですか？　少なくとも私は死んでますわ」

朔之介の冗談に優美が遠慮なく笑う。

「ほんまに、お葬式来てくださいよ」

「参列します。貴ちゃんが天地先生からもらったバイト代があるんで、香典は心配しないでくださ い」

「そら成仏できんな。それにしてもまぁ、なんぼ習慣や言うてもね、訳の分からんお金なんて使う必要ありませんから。それこそ、私の香典に残しといてほしいわ」

朔之介の話術には絶妙な緩急があり、その心地よさについ本音を漏らしてしまうような魔力が備わっていた。

「人間っていうのは、立ち止まったり引き返したりするのが苦手な生き物ですよ。そうすることでこれまでの自分を全て否定されるような気持ちになってしまう。例えば教授のために尽くした労力であったり、入選のために使ったお金であったり、ここで止めたら今までの苦労は何やったのかと。でも、このまま突き進んで得られるのは地位であって真理ではない」

真理という言葉に貴彦はハッとさせられた。ずっと追い求めてきた写実絵画の真髄。まだ何も見えてはいない。

「画家の時間は絵を描くためのものです。『民展手帳』に載ってる幹部会員の名簿に、家族構成や贈り物の情報を書き込むためにあるんやない」

平然と土下座しようとする天地夫妻の残像が貴彦の脳裏をかすめた。あれが将来の自分だと思うとぞっとする。

「まぁ、あんまり長居したら邪魔になるんでそろそろお暇しますけどね。貴彦さん、あなたは決して弱き者やない。ちゃんとした絵が描ける画家ほど強いもんはないんです。確かにダ・ヴィンチの言うように芸術に完成はありません。でも最期の日に、誰かを恨んで死ぬか前向きに倒れるかは選べます」

貴彦もそのダ・ヴィンチの言葉が好きだった。「芸術に完成はない。諦めただけだ」——自分が進んだのは一生懸けても極められない道。余計なことに気を取られている場合ではない。

「今度、奥さんと一緒にうちの画廊に来てください。よかったらご飯を食べましょう。私は貴彦さんの才能を信じてますが、私自身もまた、信用されるようにがんばります」

朔之介はバッグから書店名が印字されている小さな紙袋を取り出した。

「これ、お土産です。お時間があるときに」

朔之介は駅まで見送ると言った貴彦の申し出を断り、軽やかにアパートの階段を下りていった。

玄関のドアを閉めた貴彦は、早速書店名の入った紙袋のテープを剝がした。中には文庫本が一冊入っていた。

「あっ、モームだ」

隣にいた優美が本の表紙を覗き込んで言った。読んだことがあるらしい。

「知ってるの？」

「イギリスのすごく有名な作家。この作品も世界で読まれてるよ」

貴彦は理由もなく『月と六ペンス』の表紙を撫でた。朔之介はなぜ、この本を自分に渡したのだろうか。

「これ、どんな話？」

優美はショートケーキのイチゴにフォークを刺して思案顔になった。

「そうだね……天才画家が破滅する話かな」

「破滅か……」

「でも、幸せそうだったよ」

優美の矛盾した感想に、貴彦は首を横に振って笑った。

果たしてこの世に幸せな破滅などというものがあるのだろうか。

「誰かを恨んで死ぬか前向きに倒れるか」――朔之介の言葉を思い出し、貴彦は今の自分が前者なら、既に破滅しているに等しいのではないかと思った。

画家としていかに生きるのか。貴彦は文庫本の一ページ目を開いた。

第八章——逃亡——

1

「逃げるのか？」

松本の顔が見る見るうちに憤怒の色に染まっていく。

予想していたことではあったが、貴彦は恐ろしさに身を固くした。松本が手にしているカランダッシュのボールペンがいつ飛んでくるかもしれない。心音がこれ以上ない速さで鳴っている。

選挙戦で暑苦しかった夏が終わり、気がつけば夜の虫の音も寂しい十月末となっていた。

十五分前に教授室を訪れたとき、ワープロで原稿を書いていた松本は上機嫌だった。

「この画壇というやつは野本、生涯現役でいられるようなシステムなのかもしれんな。御年七十一、天地先生の喜びようを見ろよ。どっからどう見たって十七歳の春だぜ」

欠員一人を巡る「国立芸術院」第一部「美術」の会員選挙は、二位の志村に五票差をつけて天地が勝った。天地がまた一つステータスを上げたということは「民展」での松本の地位も連動するということだ。

七十一歳の男が十七歳のように見えるなら、その差五十四年分の人間的成長がどこかで止まっているのかもしれない、などと貴彦は辛辣に思うのだった。

一方、京都で会った日本画家の木谷鳳林のように、己の腕一本で上り詰めた人もいる。ただ絵が好きで美大に入っただけなのに、いつの間にか俗っぽい方のルートを歩んでいる。しかし、これまでの人生の中で、自分にどれほどの落ち度があったというのか。

「個展の方はどうだ？　進んでるか？」

松本はデスクの前に座ったまま、近くにある粗末な木の椅子を貴彦に勧めた。

確かに個展の準備はしている。だが、それは松本が言う貸し画廊でのものではない。

朔之介が訪ねてきてくれた九月のあの夜、貴彦は興奮してなかなか寝付けなかった。大学に入ってからずっと五里霧中だった視界に道標のような光が差し込んできたからだ。そして、朔之介からもらったサマセット・モームの『月と六ペンス』を読むうちに、霧は鮮やかに晴れていった。

イギリスで株の仲買人をしていたチャールズ・ストリックランドは、四十歳にして妻と仕事を放り出してパリへ出奔。彼の妻から依頼を受けた主人公の作家がその行方を追い、見つけ出して交流を持つが、ストリックランドは頑なに帰郷を拒む。

金融人だった彼は芸術の街でひたすら絵を描いていた。臨時の仕事や人々の施しを受けながらギリギリの生活を送る中、やがて天才的な画家として覚醒していく――。

どれだけ人から嫌われ、笑われようとも絵筆を握り続けるストリックランドに主人公は魅了され、つまり読者である貴彦は惹きつけられた。世の中が求める善悪の基準は、それが盲目的になるにつれ真理とかけ離れていく。十五センチの物差しで山の高さを測るようなものだ。

無論、貴彦にストリックランドのような破滅的な生き方はできない。だが、気づくことはできた。芸術とは結局、自分の問題なのだ。自己の奥底にあるものを吐き出すのに、自らを見ないでどうする。天地や松本が重んじる人間関係や習慣、名誉は皆、外にあるものだ。外はよく見えるが、内は見えにくい。だからこそ、そのゼロのような存在に価値がある。これまで虚像がつくり出していた恐れや不安が薄れると、自ずと取るべき行動が見えてきた。

「もう『民展』に出品することを止めようと思っています」

時が止まったように松本の顔から表情が消えた。その後、筋の悪いフィクションだと言わんばかりに軽く笑った。

「どういうこと？　締め切りに間に合わないってこと？」

「いえ、今後作品を出さないということです」

「いや……いやさぁ、野本、まずは会友ぐらいにはなっておけよ。かっこつかないぞ。大丈夫だ。おまえなら出せば入選できる。特選だって、ちゃんと仁義切れば大丈夫だから」

分かっていたことだが、松本は「段取り」しか口にしない。作品そのものには見向きもしないのだ。

松本の向こう側にあるイーゼルには、五〇号ほどのキャンバスが立て掛けられている。草原に立つ白いワンピースの女、空に浮かぶ三日月が歯並びのいい人間の口になっている。何を訴えかけたいのかさっぱり理解できない具象画。ただ陳腐な絵だということだけは分かる。絵の具や筆がきれいに収納できる木製のボックスは確かに見栄えがするが、いかにも使い勝手が悪そうで人目を意識していることがありありと伝わってくる。書棚に溢れる技術書や画集にもほとんど目を通していないだろう。

「もう決めたことなので」

「何勝手に決めてんだ。おまえ今、相当まずいこと言ってるんだぞ。これまで積み重ねてきたもの全てがふいになるような」

段々と声が大きくなってくる。貴彦はこういう脅しにずっと屈してきた。

そして、松本は脚を組んで言ったのだ。「逃げるのか？」と。十数年も恐れ続けていた男の顔が怒りに歪んでいく。貴彦は強烈な圧を感じたが、ストリックランドの不屈を支えに踏ん張った。

「逃げるのではなく、前に進みたいんです」

「黙れ！　屁理屈を言うな！」

廊下のざわめきが静まったのは、教授室から漏れた大声のせいだろう。貴彦は背筋を伸ばしたまま嵐が過ぎ去るのを待った。背を丸めてしまうと挫けてしまいそうだった。

「野本、俺を足蹴にするということは、画家を辞めるということだぞ。画家の王道を歩まず食っていけるほど、甘い世界じゃないんだよ。予備校の講師にしたって、あれは東都藝美大学のもんだ。即無職だ。作品を発表する場所もない、定期収入もない。これでどうやって生きていく？」

松本が貴彦の退路を一つひとつ断っていく。生活のことを考えると怖くなる。一昨日、同じ予備校で講師をしている又吉圭にも言われた。「後戻りできないぞ」と。だが、貴彦は笑って返事をした。「前に進むんだ」──。

「画廊がついたんだな。何を吹き込まれた？　才能があるって？　絵が高く売れるって？　そんな嘘八百に惑わされるな。何にだって下積みはある。もうちょっとの辛抱じゃないか」

松本の顔にはまた油断ならない笑みが浮かんでいた。貴彦は意外だった。ここまで引き止められるとは思わなかったからだ。

松本から人が離れているのかもしれない……同期の篠原も自分から去っていった可能性がある。天地──松本のラインは言うほど盤石ではないのではないか。

「特選二回で家が建つ。今度俺の家に遊びに来いよ」

もともと貴彦は折り合いをつけたり、物事を両立したりすることができない。絵を描くことしか能がないし、優美以外の女性とは会話にすら困る。

大河原兼光の大それたパーティ、天地信幸の形だけの土下座、松本豊寛の嘘っぽい部屋。全てうんざりだった。

誰かの前で意味もなく跪く人生は真っ平だ。

しがらみを全て断つという意思は、怒ったり懐柔したりする松本の態度を見てさらに強くなった。

貴彦は椅子から立ち上がって、十数年のけじめとして深々と一礼した。

「これまでお世話になりました」

向けた背中に激憤の視線が突き刺さる。

「恩を仇で返すつもりか！」

貴彦はそれには応えず、後ろ手でドアを閉めた。すっと気持ちが楽になる。たとえ木板一枚の隔てであれ、人生の「以前以後」を画す境界線には違いなかった。

学生たちの好奇の視線を受け流しながら廊下を進んだ貴彦は、ようやく大学を卒業したのだと実感した。

2

放っておかれたらずっと絵を描いているのだろうと、時々思う。

暮らしの中での変化は、ほとんど妻がきっかけになっている。食事から外出まで、貴彦は優美の声掛けで絵筆を置く。特に年に二回ほどの貧乏旅行は全て彼女任せだった。

今描いている絵は、二人で山の中腹にある旅館へ行ったときの景色だ。寒い季節に優美と並んで眼下の街を眺めた。

夕暮れ、枯れ木の向こうに見える土色の田畑。空のパレットには陽と夜の色が混ざり合い、オレンジや紫、群青の光が移りゆくものの儚さを美しい存在にしている。刻一刻と趣を変える空を背景に、折れそうなほど繊細な三日月が浮かぶ。田畑の近くに点在する民家から暖かい色の灯りが漏れ、今日の日が終わりに近づいていく。

空色の美しさと田舎町の静けさが織り成す切なさ。東京で生まれ育ったにもかかわらず、山河を見れば帰巣本能を刺激されるこの感覚はどこからくるものなのか。

そのとき撮った写真を脇に置き、キャンバスに絵の具を塗り重ねていくが、夕焼けのグラデーションはなかなか難敵だった。椅子から立ち上がり、少し離れたところで全体を眺める。完成の一歩手前であるにもかかわらず、まるで納得できない。

イーゼル横の作業台の上にある手書きメモが目に入った。

——不可能であるがゆえにこそ、信ずるに値する——

ゲーテの格言を走り書きしたものだ。貴彦は言葉を大事にする画家だった。書棚に哲学書が多いのも、本質を知りたいという欲求の表れである。

完璧な作品を目指しては挫折する——創作はその繰り返しだ。しかし、恐らくその不可能は正しい。だからこそ今の自分が信じられるのだ。具現化への長い道のりの中で迷うことはあっても、目的地そのものは間違っていない。

再びキャンバスの前に座ったとき、ふと「戻れるなら」という言葉が浮かんだ。先ほど覚えた帰巣本能のような感覚は、場所ではなく自らの過去への道程ではないだろうか。

そう考えて改めてキャンバスと向き合ってみると、随分と漫然とした作品に映る。どうすればあのとき抱いた切なさを表現できるのか……。

電話が鳴ったので、貴彦は握ったばかりの絵筆を置いた。台所から優美の声が聞こえてきた。

「貴ちゃん、岸さんから電話」

受話器を取るとすぐに朔之介の弾んだ声が聞こえてきた。

「貴彦さん、朗報です。来年夏に『福栄』で個展ができそうです！」

「本当ですか！」

貴彦は電話口で何度も頭を下げて礼を言った。

「福栄」と言えば一流百貨店である。実績のない自分がいきなり個展を開けるとは思ってもみなかった。純粋に作品で評価してもらえたこと、そして朔之介が相当骨を折ってくれたであろうことが伝わってきて、貴彦の胸に迫るものがあった。ついひと月前まで松本が壁になって見向きもされていなかったのだ。

「あとアトリエの件も、もうすぐ決まりそうなので、また相談しましょう」

「何から何まですみません……」

「傑作をいただくんやから、これくらいはせんと」

「そんなプレッシャーかけないでください」

朔之介は「創作の邪魔になるから」と、用件だけ伝えると電話を切った。

安くて使い勝手のいいアトリエを見つけてもらえることは、何よりもありがたかった。もう予備校のアトリエは使えない。

松本に訣別を宣言した翌日、貴彦は勤めていた予備校の校長から呼び出された。

「誠に申し上げにくいんだが……」

年内で辞めてもらえないか、という相談だった。もともと松本の推薦で得た仕事だったので予想していたことではあったが、翌日の通告という仕事の早さには、さすがに呆れた。

一方、貴彦もまた、松本とのあらゆるつながりを断ち切るつもりでいた。受け持っていた生徒のことは気になったものの、講師の職を求めている優秀な画家はいくらでもいる。

貴彦が「では本日限りで」と返事をすると、事情を知っている校長は気の毒がって、内々に退職金を用意した。

その日休みだった又吉に電話して生徒のフォローを頼むと、彼は「松本先生は度が過ぎてるよ！芸術を冒瀆(ぼうとく)してる！」と怒り心頭で、最後には「野本君、腐っちゃダメだぞ。君の才能は僕が保証するから」と励ましてくれた。

大学を出てからはつらいことの方が多かったが、同志である又吉との語らいの時間は、大きな心の支えだった。

「何かいいことあったの？」

英語のテキストを片手に、優美が待ちきれない様子で聞いてきた。個展が決まりそうだと伝えると、彼女はその場でぴょんぴょんと跳ねて喜んだ。

「よかったねぇ！『福栄』で個展なんてすごいじゃん！貴ちゃん、画家みたいだよ」

「いや、一応画家なんだけど」

「やっと報われるね……」

優美のしみじみした口調が胸に響いた。幼なじみ、恋人、夫婦と年齢によって関係性を深めてきたからこそ、真に喜びを分かち合うことができる。貴彦の幸せは優美の幸せで、逆もまた然り。

「朔之介さんは天使かもしれない」

優美がそう言うので、貴彦は背広姿の画商に輪っかと羽をつけてイメージしてみたが、変態みたいになったので途中で止めた。だが、確かに朔之介は福の神かもしれなかった。

天地――松本という鳥籠から解き放たれ、貴彦の気力は充実していた。もう展覧会の賄賂やチケットノルマ、その他雑用のことは一切気にしなくていい。絵を描くことのみに集中できる、創作に溺れられる幸せ。

生活費も当面の間は何とかなりそうだ。朔之介が紹介してくれたある企業家の肖像画の仕事で、多額の報酬を得ることができた。足繁く会社に通って煙たがられたものの、出来栄えに満足した社長が画料を上乗せしてくれたのだ。予備校の校長からもらった退職金もある。

貴彦はキャンバスの前まで移動し「戻れるなら」という語感から来る切なさを胸の内で深めていった。トンネルに差し込む光が見えたような気がした。

これまでは松本が絵を売ることを禁じていたので、未完成の作品が多かった。しかし、個展に出すということは、自作を手放すことを意味する。今後は一つひとつの絵にサインを入れていかねばならない。

できればずっと作品に手を入れていきたい。だが「芸術に完成はない」。どこかで線を引く必要がある。

チャイムが鳴った。

隣室で「私、出るから」と優美の声がして、貴彦は小さく返事をした。頭の中で絵のピントを切り替えていく。

「貴ちゃん……」

いつにない妻の強張った声に驚いて振り返った。優美の後ろにいる男を見て、貴彦は絶句した。

「おっ、がんばってるな」

汚らしい無精髭の男が、無遠慮に仕事場に入ってきた。キャンバスを眺めて「いいじゃんか」と、心のこもらぬ声を出す。

兄の雅彦を見るのは、五年ぶりだった。


雅彦が最初に警察に捕まったのは、高校三年生、貴彦が中学三年生の秋のことだ。

凶事はノックをせず、ある日突然生活に押し入ってくる。強いて予兆を挙げるなら、第四次中東戦争を背景にしたデマの影響で、トイレットペーパーや洗剤が商品棚から消えた社会の混乱がそれと言えた。

休日になると貴彦は東京中のスーパーとデパート、商店街を歩き回り、品薄になっていた砂糖や塩を調達した。そんな落ち着かない日々の一ページに、野本家を揺るがす騒動が起こったのだ。

夕方、貴彦が中学校から帰宅すると、店のガラス戸の内側に色褪せたカーテンが引かれていた。営業時間中にもかかわらず店を閉めている。異変を察知して中に入ると、照明が消されていた。店舗に所狭しと置いてあるショーケースや水槽、バケツも大釜もどことなく沈んで見える。

父は奥の居間で胡座をかいていた。見るからにうなだれていたので声を掛けると、返事の代わりに留守番を頼まれた。

「今から警察署に行くから、母さんが帰ってきたら一緒に来てくれ」

「警察って、どういう……」

「雅彦が逮捕された」

貴彦は驚きで父の前にへたり込んだ。身内から犯罪者が出たことに大きなショックを受けると同時に、どこかで「やっぱり」と思う自分もいた。

「お兄ちゃんは何をやったの？」

「分からん。詳しいことは警察で聞く」

父を見送った後、貴彦は家族がこのまま豆腐屋を続けることができるのかと不安になり、引っ越しは免れないだろうと悲観した。日ごろの近所付き合いを考えれば、恥ずかしくて外を歩けない。弟の自分はどうなるのだろうか。店をたたむのなら大学はおろか高校進学もままならない。だが、貴彦が最も気掛かりだったのは優美のことだった。この件がもとで二人の間に隙間風が吹くかもしれない。たとえ優美がいいと言ってくれても、彼女の両親はそうは思わないだろう。

店のガラス戸が開く音がして、ほんの少しカーテンが開く。「すみませぇん」の声とともに顔を見せたのは優美だった。

貴彦は激しく動揺した。話を聞いてほしい反面、最も顔を合わせたくない相手でもあった。

「お店、閉めちゃったの？　おじさん、ご病気？」

隠し通せないと判断した貴彦は優美を居間に通し、お茶も淹れずに事情を説明した。

雅彦が逮捕されたと聞いたとき、優美は口元に手を当てたまま押し黙った。彼女にとっても雅彦は幼なじみであり、親しい存在に違いなかった。

「まだ何も分かってないから、まずは本当かどうか確認しなきゃ」

励ますように言った優美だったが、彼女も雅彦の危なっかしさを承知しているはずだった。ろくに学校も行かず、パチンコ屋や酒場にいるところを近所の人に何度も目撃されている。

突然の不幸ではあったが、優美が寄り添うような姿勢を見せてくれたことで、貴彦はひとまず心を落ち着けることができた。

間もなく帰ってきた母親に息子の逮捕を告げると、彼女は予想に反してしっかりした口調で「どこの警察署?」と貴彦に聞いた。うなだれていた父とは対照的に、母は普段の穏やかさが嘘のようにすばやく臨戦態勢に入った。

「優美ちゃん、せっかく来てくれたのにお茶も出せずにごめんね」

そう謝ったものの、母は心ここにあらずといった感じで眉間に皺を寄せた。

貴彦は母と二人で流しのタクシーをつかまえて、兄が留置されている警察署へ向かった。

雅彦は中学・高校の同級生、尾崎康夫と地元の先輩を合わせた計四人で、面識のない小学六年の男児を恐喝した疑いで逮捕された。貴彦は尾崎と面識がある。何度か家に遊びに来たからだ。

高校生でありながら逮捕されたのは、犯行が単なるカツアゲではなく、先輩のアパートに小学生を三時間もの間監禁したからだ。顔を見られていたため親に言わないよう強く脅し、さらに家から金を持ち出すよう仕向けるつもりだったという。

被害者の歯科医の息子が塾の月謝を持っていることに気づいた尾崎が、その金を巻き上げ、先輩のアパートに連れ込んだのだ。

母が依頼したベテランの弁護士が「初犯の従犯であり、反省している」と強調し、雅彦は翌日に家庭裁判所を出て帰宅することができた。

小学生を相手にしたあまりに情けない事件。父は帰るなり、雅彦を張り倒した。竹刀で何度も打つ父と「止めてください」と間に入る母もともに泣いていた。みじめな涙だった。

その後、弁護士が被害者との示談交渉を巧みにまとめ、雅彦に家裁の裁判官との面接をレッスンした結果、少年審判で不処分となる。

二日後、貴彦は兄と二人で不忍池へ行った。畔に立つと雅彦がタバコを勧めてきたので断った。

「兄弟で何でこんな似てねぇんだろうな」

雅彦は苦笑いして煙を吐いた。そのまま黙って粗末な手漕ぎボートが浮かぶ池を眺めた。

貴彦が向こう岸の辯天堂をぼんやりと見ていると、雅彦が「なぁ、優美を俺にくれよ」とふざけて言った。

「絶対に嫌」

弟の断固とした拒否に、兄は「いいなぁ、おまえは」とつぶやいて帰路に就いた。

事件後、雅彦は高校に通うようになり、地元の住宅会社に内定をもらったことで家族はようやくひと息つくことができた。嵐が過ぎ、また東京のありふれた一家に戻ることができる。野本家の面々は誰もがそう思っていたはずだ。一人を除いて。

高校を卒業した明くる朝、雅彦は姿を消した。


向かい合った兄弟の雰囲気を察して、お茶を出した優美が二人の真ん中に正座した。

「久しぶりだね」

ボサボサの髪をかき上げた雅彦が「まだピチピチだねぇ」と笑い掛けた。消息を絶っていた五年の間、相変わらずだらしなく過ごしてきたことが伝わってくる崩れた雰囲気だった。

「もう来ないと思ってたけどね」

弟の冷たい一言に雅彦は「まぁ、まぁ」と執り成すように両手を前に出した。

「不肖の兄貴だってことはよく分かってるよ」

「ご覧の通り、金目の物なんかないよ」

貴彦がきつく当たっても優美が静観しているのには訳がある。

五年前、父が病で急死したとき、雅彦に知らせようにも連絡先が分からなかった。放浪する長男を最後まで心配していた父だったが、息子は葬式にすら顔を出さなかった。

せめてもの救いは前年に貴彦が優美と結婚したことだ。父をはじめ両家の親が殊の外喜び、それぞれの家がお金を出してくれたので、貴彦たちは新婚旅行にハワイへ行った。

父にすれば、職業が不安定なものの次男が所帯を持ったことで、より長男の行く末を案じるようになったのかもしれない。たまに貴彦のアパートに電話してきては雅彦の消息について尋ねた。

兄に対し心から愛想が尽きたのはその後だ。葬式が終わって二ヵ月ほどして、雅彦がひょっこりと帰ってきた。どこで聞いたのか父の死を知っていた様子だったが、特に悪びれる様子もなかった。

「俺に何か言ってなかったか?」

この言葉だけで母子は金の話だとピンときた。

「何にも」

貴彦が答えると、雅彦は「おまえは何かもらったか? 形見か何か」と上目遣いに弟を見た。

母も貴彦も穏やかな性格ではあったが、さすがに何も言う気になれず返事をしなかった。これだけ迷惑をかけてきて、まだ骨の髄までしゃぶり尽くそうというのか。

高校を卒業して六年後、雅彦はまた警察に捕まった。仲間とともに深夜の宝飾店に侵入して、数あるショーケースを叩き割って四百万円相当の貴金属を奪った窃盗事件。このときも同級生の尾崎が共犯だった。

被害弁償や弁護士費用など両親が貯蓄を取り崩し、身元を引き受けることで何とか執行猶予つきの判決となったのだ。当時二十四歳の雅彦は実家に住んでしばらく家業を手伝っていたが「地元は居づらい」などと文句を言い始め、半年ほどすると黙って家を出た。

それから父が亡くなるまでの七年間、一度も姿を見せず、やっと戻ってきたと思えば金をせびった。実家で冷たくあしらわれた雅彦は、翌日の早朝に出て行ったが、父の形見の腕時計がなくなっていた。

このような兄が突然家に押し掛けてきたのだ。警戒しないわけがない。

「それ、面白いのか?」

雅彦がテレビの方に向かって顎をしゃくった。

レンタルビデオのテープが出しっ放しにしてあった。九月に観た『ハラスのいた日々』だ。優美が気に入ってもう一度借りたのだった。

貴彦はそれには答えず、小さくため息をついた。

「おまえたちは子どもはつくらないのか?」

雅彦はズルズルと音を立てて茶を飲み、無神経な一言を発した。無視されても気にならないようだ。愛想のいい優美も苦笑いするのが関の山だ。子どもに関しては、妻に無理を言っている貴彦にとっても触れられたくない話だ。

「優美は子ども好きだっただろ?」

「まぁね……」

優美は貴彦に目配せした。貴彦は咳払いをした後、兄の目をまっすぐ見て言った。

「個展が近いんだ。悪いけど……」

「いや、長居するつもりはねぇよ。俺も自分の立場ぐらい分かってるから。でもよ、一つだけ頼まれてほしいんだよ」

「金ならない」

「金じゃねぇ。今、友だち夫婦が揉めててさ、子どもがかわいそうなんだよ」

「子ども？」

「そう。まだ四歳の男の子。この子をちょっとの間預かってくれないか？」

予想外の提案に、貴彦は眉根を寄せた。話が突飛すぎる。

「その子のおじいちゃんとかおばあちゃんは？　親戚ぐらいいるんじゃない？」

優美の疑問はもっともだ。友人の弟夫婦など距離が遠すぎると貴彦も思う。

「いや、その夫婦がいわゆる親不孝もんでさ――俺が言うなって話だけど――孤立してんだわ。何とか三日ぐらい頼めないか？　俺も年とったんだろうな。かわいそうでさぁ」

普通の兄なら何も言わずに請け負っただろう。だが、雅彦はまるで信用ならなかった。

「いや、散々家族に不義理しておいて、いきなりやって来て知らない子の面倒見ろなんて、虫が良すぎないか？」

「申し訳ない。俺もこんなこと頼める義理じゃないことはよく分かってる。でも、あんな修羅場に子どもを置いとくことできないから」

「自分で預かればいいだろ」

「いや、今、不動産の仕事しててさ、移動が多いんだよ。子連れでは仕事ができなくて」

不動産と聞いて、地上げやブローカーだろうと見当をつけた貴彦は、関わり合いたくないので深く聞かなかった。汚れた綿パンに薄いナイロンのジャンパーという出で立ちから、大して儲かってはいないことが分かる。

「もちろん、無理強いはできないからさ、ちょっと考えといてくれよ。その子、今は嫁の方の友だちが面倒見てるんだ」

雅彦はそう言うと忙しなく立ち上がり、何度も「すまん、すまん」とつぶやいて玄関へ向かった。部屋に静けさが戻ると同時に、空気の淀みが浮き彫りになった。顔を合わせると、優美は困ったように小首を傾げた。

嫌な予感がする――朔之介の登場で流れが変わり始めた矢先である。関わっていいことなんか何もない。分かってはいるものの、貴彦はその四歳の男の子が気になった。

どんな子どもなんだろうか。

3

嫌な予感は当たった。

貴彦は画廊「六花」の応接室にいた。物が少なくすっきりとした部屋だが、経年変化で艶めく床や革のコの字型ソファ、大理石とガラスを組み合わせた置き時計など大人の気品が漂っている。

コーヒーカップとソーサーを貴彦の前に置いた朔之介は、ジャケットのボタンを外して対面に腰掛けた。いつものような柔和な雰囲気はなく、表情が冴えない。

「単刀直入に言います。個展ができなくなりました」

先日、電話で朗報を受けてからまだ四日しか経っていなかったが、貴彦は少し息を吸い込んでから「はい」と落ち着いて返事をした。ここに呼び出されるときの電話の声音で、いい話でないと予想はついていた。

「松本先生ですか？」

問い掛けに朔之介は「恐らく」と短く答えた。

失望で胸が苦しくなりはしたが、貴彦は案外冷静に事態を受け止めていた。これまでの辛苦から、そう簡単にバラ色の人生へと転換できるはずがないと思っていたからだ。

「福栄」は来年早々、天地信幸の特別展を開催する予定である。執念深い松本による嫌がらせの可能性が高く、芸術院の会員になった天地と無名の画家など天秤に掛けるまでもない。

朔之介の顔には、百貨店に対し相当抵抗したのではないかと思わせる悔しさが滲んでいた。結果は残念だったが、一方で貴彦は朔之介の本気が嬉しかった。

「私はね、貴彦さんの人生を狂わせた張本人だと自覚してます。そやから今回のことはほんまに申し訳ないことやと思ってます。堪忍してください」

「いや、止めてくださいよ。僕は朔之介さんに感謝しかありませんから」

深々と頭を下げる朔之介に貴彦は慌てて手を振った。

「僕はまだ何の実績もないですし、やっとスタートラインに立てた気がしてるんです。何より絵を描くのが楽しくて仕方ない」

朔之介はゆっくりと顔を上げると、怖い顔をしてコーヒーを啜った。

「よっしゃ。こっちにも意地がある。今、貴彦さんから預かってる作品とお描きになってる作品、それ、全部売りましょ」

「全部？　どうやって？」

「ここで個展やります。心配ありません。もう何人もお客さんの顔が浮かんでますから。まずは貴彦さんに筋のええお客さんについてもらうことや」

朔之介は何やら思案顔で二言三言漏らしたが、貴彦には聞き取れなかった。実際に客の顔を思い浮かべているのかもしれない。

松本に訣別を宣言してから、その影に怯える自分がいた。だが、個展を潰されて影が実体として目の前に現れても、貴彦の心には微塵の後悔もなかった。むしろ朔之介との結びつきが強まり、より前向きになっている。

朔之介がコーヒーのおかわりを淹れに部屋を出た。貴彦は応接室に飾ってある静物画に視線をやった。

黒い花瓶に白椿の一輪挿し。繊細なモチーフとは対照的に背景のベージュの壁は所々欠けて、粗野な魅力がある。壁の厚みの中で超然としている椿が凜々しい。

こういった強い写実画を観ると、すぐに絵筆を握りたくなる。

「いい絵でしょ?」

おかわりのコーヒーをテーブルに置いた朔之介と、しばらく無言で絵を眺める。

「いつか、僕の絵もこの応接室に飾ってほしいです」

朔之介はにんまりとして、背もたれに体を預けた。

「嬉しいこと言うてくれますねぇ。でも貴彦さん、この壁に飾る絵は『六花』秘蔵の逸品ですから、相当気張ってもらわな」

やる気のない貸し画廊で個展をするよりも、ここに掲げられた方が次につながるような気がした。確かな眼力を持つ人の目に留まる、そんな絵を描きたかった。

「あっ、そうや。ええこと思い出した」

貴彦が先を促すように見ると、朔之介はジャケットの内ポケットから折りたたまれた用紙を取り出した。

「アトリエが見つかったんですけどね、なかなか広いとこなんですわ。ここは心機一転、引っ越ししませんか？」


東京の多摩地域、二年前まで画家が住んでいたという一軒家は、一階のアトリエが吹き抜けになっていて、理想的な創作環境だった。

現地に見学へ行ったとき、優美もひと目で気に入ったので早速転居の運びとなったのだ。

「仕事、見つかりそう？」

「何軒か英語の教室があるみたいだから、電話して面接行ってくるよ」

ダンボールだらけの部屋でこたつに入り、インスタントコーヒーを啜りながら話す。一人は不安定な画家で、もう一人はあと少しで勤め先を辞める。行きあたりばったりだが、今の日本には「転職してなんぼ」の気楽な風潮がある。

「つい十日前までは、全然引っ越しすることなんて考えてなかったのにね。人生なんて分からない」

優美の言う通りだ。夏には京都にいて、天地夫妻の土下座を見ていたのだ。朔之介を選んだことで、松本から離れて勤め先をクビになった。今、全てのしがらみを断ち切って、新しい街に向かう。

「何か人ってさ、意外と何でもできるよな。勝手に蓋しちゃってるだけで」

「貴ちゃんがそんなこと言うの珍しいね」

マグカップを片手に優美が笑う。こういうひと時が幸せだった。

「雨も止みそうだし。もうひとがんばりしますか」

こたつから出て立ち上がった優美が、気持ちよさそうに伸びたので、貴彦もまねをした。一週間後にはこのアパートともおさらばだ。

貴彦は居間の小さな置き時計に目をやった。

一九九一年十二月十二日午前十時五十二分。チャイムが鳴った。

夫婦の間に流れていた日常の時間が、一瞬だけ止まる。貴彦が何となく落ち着かない気分になったのは、兄のことがあったからだ。同じ直感が働いたのか、優美が玄関へ向かう夫のすぐ後を追う。

「年末に悪いな」

こういうありがたくない勘はよく当たる。ドアを開けて視界に入ったのは、雅彦の愛想笑いとリュックを背負った幼い子どもだった。

「前に言ってただろ？　友だち夫婦んとこの子で……」

ドアノブをつかんだまま、貴彦はため息が出そうになるのをすんでのところで堪えた。このまま何事もなく引っ越しして兄を振り切りたかったが、間に合わなかった。

互いの思惑を探り合うような妙な間が空いた。これから転居するというタイミングで子どもを預けられるのは迷惑な話だ。だが、実際幼い子を目の前に連れて来られると、断るにしても言葉選びが難しかった。

雅彦と手をつないでいる男の子は、髪が伸び放題で暗い顔をしている。何より薄いパーカーに半ズボンという服装が寒そうだった。

「とりあえず入ってもらったら」

家に上げれば不利になるのは分かっていたが、優美もさすがに見兼ねたのかもしれない。

「何だ、引っ越すのか？」

ダンボールだらけの部屋を見て、雅彦は驚いたようだった。

「どこに越すんだ？」

貴彦は優美と目を合わせた。この兄にだけは転居先を知られたくない。

「教えたくないってわけか」

「まぁね」

「随分冷たいな」

「よく言うよ。もう何年も連絡を取ってなかったのに」

こたつに並んで座る雅彦と男児は、みすぼらしい親子に見えた。優美がオレンジジュースを出しても、男の子は「ありがとう」もなく、ただうつむいているだけだった。

「ぼく、お名前は？」

優美が問い掛けても、頑なに顔を上げようとしない。

「マサオ……っていうんだ。なぁ？」

貴彦が漢字を聞くと、雅彦は少し考えてから「正しいに夫で『正夫』だ」と答えた。いかにもぎこちない答えに、貴彦はすぐに偽名だと分かった。自分の名前から「マサ」の響きを連想したのだろう。

「で、いつ引っ越すんだ？」

雅彦が話題を変えてごまかした。貴彦はうんざりして「一週間後」とだけ返答した。

「そんなときに申し訳ないんだが、まだトラブルが片付きそうにないんだ。この子、前に言った嫁の友だちの家も追い出されてな」

「追い出されてって、その家にも事情があるだろ」

子どもを預かることを軽く考えている兄の軽薄さが透けて見え、貴彦の口調が尖る。優美がそっと夫の腕に手をやって、子どもの前であることを知らせた。

貴彦は上着を羽織ると、兄に外へ出るよう言った。アパートの階段を下りてから、雅彦が「車で話そう」と先を進んだ。近くの公園前にトヨタの「ハイエース」が停まっていた。

雅彦が運転席に乗り込んだので、貴彦は助手席に乗った。

「ジロジロ見られるの嫌だから、適当に流すぞ」

冷えた車内にふさわしく、兄弟の間にも寒々しい空気が流れていた。赤信号で止まったところで、雅彦が切り出した。

「三日だけでいい。面倒見てやってくれないか？」

「三日だけって。人様の子どもを三日預かるのって大変だよ」

「いや、悪い。口が滑った。しかも引っ越し前の忙しい三日間だもんな。大変なのは分かってるけど、何とか頼めないか？」

「その前にあの正夫って子はどこの子なんだ？」

「都内だ」

「両親は何をしてんの？」

「父親が塗装業で、母親はラウンジでバイトしてる」

父親が酒乱で、アルコールが入ると妻子を手ひどく殴るという。

「正夫君も暴力を受けてるってこと？」

「だから避難させてやらなきゃならん。黒田は——父親のことだが——仕事は真面目にやるんだよ。責任感も強いし。でも、如何せん酒癖が悪い」

今はそれぞれの友人が間に入り、離婚に向けて詰めの話し合いの場が持たれているらしい。雅彦は信用ならないが、一方で正夫の暗い雰囲気に接すると幸せな子とは思えなかった。

「三日以内に必ず話をつける。大丈夫だ」

あまりに軽々しい「大丈夫」。右折の際に出したウインカーの音にすら苛立ちを覚える。

しかし、貴彦は不幸を絵に描いたようなあの少年が不憫に思えて仕方なかった。ここで突き返すと、どこに連れて行かれるか分からない。

「分かった。ただし、本当に三日だけ。期限を過ぎたら、すぐに親御さんのところに行くからな」

「ありがとう。恩に着るよ。絶対に迎えに来るからさ」

公園に戻ってきた雅彦は、キーを差したまま車から降りた。

「子どもがいるから車は置いてく。ここに停めといてくれればいいから」

「何かあったときの連絡先と親御さんの住所を教えてくれ」

雅彦は運転席のサイドポケットに入れてあった、カーテンのパンフレットの裏表紙に余白を見つけ、青鉛筆で自らの電話番号と両親の住所をさらさらと書いて寄越した。

「じゃあ、俺、これから名古屋に行かなきゃならんから」

兄の安っぽい後ろ姿を見送るうちに、貴彦の中で「間違ったかもしれない」という不安が膨張していった。

部屋に戻ると、優美が正夫のリュックの中身を検めていた。

「貴ちゃん、これ」

優美が黒い板を表紙にした紐綴じのノートを差し出した。

雅彦のものと分かる角張って乱れた文字で、地名や金額などを走り書きしている。

「車にあったのを勝手にリュックに入れちゃったみたい」

優美に生返事をしながら、ノートをめくる。まだ大半が白紙だったが、その中に一枚だけ拙いデッサンがあった。

車の運転席を斜め後ろから描いている。先ほど見た「ハイエース」の車内だとすぐに分かった。明らかに幼さを残すタッチだが、貴彦が驚いたのは観察眼の鋭さだった。ハンドルやシフトレバー、座席にある細かな傷や汚れまで再現しようとしている。不完全ではあるが陰影らしきものまで描き込まれていた。

「これ、正夫君が描いたの?」

貴彦が問い掛けると、男の子は小さく頷いた。

「今、四歳なんだよね?」

同じように首を縦に動かすのを見て、貴彦は言葉を失った。とても幼児が描く絵に思えなかった。さらにいくつか質問した後、貴彦はスケッチブックと鉛筆を渡してこたつの上にみかんを一つ置いた。

「時間がかかってもいいから、このみかんを描いてみて」

男の子は表情こそ変えなかったが、弾むように頷いた。

まず貴彦が驚いたのは、少年がみかんを凝視して全く鉛筆を動かさなかったことだ。小さな子のお絵描きは、何も考えず自由な線を引いていく。だが「正夫」はモチーフを食い入るように見ている。

先ほどの質問で絵を習ったことがないと言っていた。なら、自然と観察することを身につけたということだろうか。

男の子が鉛筆を動かし始めると、貴彦はさらに興奮した。ゆっくりと円を描いたのだが、その線の確かさは四歳のそれではなかった。既にみかんの画像が頭に入っているのか、スケッチブックから目を離そうとしない。次にこたつの天板の木目を描き始めたのを見て、貴彦は唸った。

「みかんを描いて」というのは一種の暗示である。大抵の人はみかんのみに神経を集中させるだろう。しかし「正夫」は、目の前に存在する「ありのまま」を描こうとしている。

そして何より、描画の姿勢から並外れた集中力を感じるのだった。

この子には才がある——。

電話が鳴っても「正夫」は鉛筆を止めなかった。しばらくして優美が居間に戻ってきた。

「貴ちゃん、雅彦さん宛に電話があったんだけど……」

「兄貴に？　誰から？」

「ナカノさんって男の人なんだけど、いないって言ったら切れちゃった」

勝手に人の家の電話を使おうとしたことにムッとはしたが、それぐらいのことは平気な人間だ。それより、優美の浮かない顔の方が気になった。

「どうしたの？」

「そのナカノって人の声なんだけど、どっかで聞いたような気がするのよね。知り合いかな……」

「芸能人なんじゃないの」

優美は側頭部に指を当てて「そうかもしれない」と上の空で返事をした。

男の子が描いた絵は「ハイエース」の運転席のものより進化していた。優美もその出来栄えに目を丸くしている。

「貴ちゃん、ひょっとして、この子、すごいんじゃない？」

「そうだね……」

子どもを押し付けられたことへの憂鬱は影を潜め、貴彦は俄然この男児に興味を持ち始めた。なぜ、こんな絵が描けるようになったのか。少年の冴えない表情と鮮やかな才能の対比が、暗闇で輝きを放つ蛍光を思わせる。

「正夫」の素顔を見るには、まず〝仮面〟を外さなくてはならない。貴彦は正座する子どもの前で胡座をかいた。

「おじさんは絵を描くお仕事をしてるんだけどね。君の絵がとても上手だから、びっくりしてる」

男児は頷く代わりなのか、ゆっくりと瞬きした。くっきりとした二重瞼が自分に似ている、と貴彦は思った。

「もっと絵の話がしたいから、坊やのことをたくさん知りたい」

この部屋に入ってくるときはずっと下を向いていたが、今は真っ直ぐに貴彦の目を見ている。

「まず名前からね。おじさんは、のもとたかひこ、と言います。坊やの名前を教えてほしい」

「正夫」の顔に迷いが生じ、助けを求めるように優美を見た。優美が穏やかに「大丈夫だよ」と言っても、しばらくは指でもじもじと半ズボンの裾を触っていた。

「まっ、言いたくなったらでいいからね。何か食べる？」

貴彦が優しく言って立ち上がろうとしたとき、男児が小さくつぶやいた。聞き取れなかったので「ん？」と首を傾げると、今度はよく通る声で言った。

「ナイトウ、リョウ」

4

四日経っても雅彦からの連絡はなかった。

案の定と言うべきか。五日目の昼前になって、貴彦はパンフレットの余白に書かれた番号に電話したものの「現在使われていない」旨のアナウンスを聞くはめになった。

「じゃあ、この住所もいい加減かもね……」

悲しげにつぶやいた優美が、仕事場にいるリョウを見た。

四日前、貴彦の絵を見たリョウはイーゼルの前に立ち尽くした。呼吸の仕方を忘れたように口を開け、全身が作品世界に吸い込まれているように見えた。

小さな体から興奮が伝わる。貴彦はその混じり気のない反応が嬉しくてならなかった。画家にとって、自作に心奪われる人を見るのは至福である。

「写真みたいだろ？」

写実画家が飽きるほど聞かされる「写真みたい」。だが、子どもが相手になると、自然と言葉が易しくなる。

キャンバスに近づいたリョウは、油絵の具の凹凸を確認するようにゆっくりと首を振って鑑賞した。それは子どもらしい明るい好奇心というより、真剣な観察であった。

「写真じゃない」

リョウが振り返って言ったことは当たり前のことなのだが、貴彦の心に響くものがあった。

たまに言われる「写真でよくない？」に対する答えは、自分の中で確固としてある。その一つひとつをこの子に伝えたいという気持ちが湧き上がってきたのは、子どもを慈しむ人間の本能か、或いは才にひれ伏す芸術家の性か。

気がつけば濃淡六本の鉛筆を削り、リョウに握らせていた。貴彦自身も鉛筆を手のひらの中に収めて「いろんな持ち方があるんだ」とスケッチブックに芯を落とした。

直線、曲線、波打つ線。自由自在なプロの線を目の当たりにしたリョウの顔に、初めて笑みが差した。自分とよく似ている二重瞼の目が細められるのを見て、貴彦はその愛らしさに打たれた。

初日の夜、銭湯に行って見たリョウの度を越した痩身。言葉を失った貴彦は内心を悟られないよう陽気に振る舞い、骨ばった体とフケだらけの髪を丁寧に洗った。

帰宅後、乾燥機で温められた布団に入ったリョウは、顔を隠して静かに泣き始めた。感情を押し殺すように吐息を乱す様が哀しかった。

「お父さんとお母さんに会いたい?」

掛け布団に手を添えた優美が聞くと、頬に涙の筋をつくったリョウが顔を出した。

「布団があったかい」

貴彦はリョウが嘘をつけない子だと見ていた。絵を描くときの対象を捉える目が純粋に過ぎ、それは取りも直さず貴彦自身を示していた。

だからこそ分かるのだ。布団の温かさが身に染みる、その背景にあるこの子の生活が。家族と布団の温もりが、子どもの冷え切った心の琴線に触れたことが。

堪らなくなった優美が、隣の布団に移って痩せ細った体を抱きしめた。しばらく続いた泣き声は、やがて安らかな寝息に変わった。

それから寝食をともにした濃密な四日が過ぎ、夫婦は蓋をしてきた現実に向き合うときを迎えていた。

学生のころ、優美と観に行った松本清張原作の映画『鬼畜』。本妻に愛人との子ども〝始末〟を言いつけられた男が、幼い長女を東京タワーに置き去りにするシーンは、今も忘れられない。

展望台のフロアに残された娘と一人でエレベーターに乗る父親。扉が閉まる寸前に、親子の視線が切なく重なり合わさる――性質が悪いことにこの情けない男は、長女が父親の名前と住所が言えないことを事前に確認してから愚行に走った。

「リョウ君、おうちって東京にあるのかな？」

心配になった貴彦が仕事場に入って尋ねた。線を引く手を止めて顔を上げたリョウは、頼りなげに首を振る。

「お父さんの名前は？」

答えられないリョウの姿に、貴彦は背筋が冷たくなった。

この子は捨てられたのではないか――。

「お母さんは？」

「ヒトミ」

かろうじて母親の名前だけは知っていた。

万が一のときは警察に「ナイトウヒトミ」という名を告げれば、何とか特定はしてくれるのではないか。

「リョウ君、あーんして」

夫の意図を察した様子の優美が、リョウの口を開けさせた。

「この子、結構虫歯治してるよ」

「虫歯？」

「うん。小説で読んだことあるんだけど、治療痕があるってことは、歯医者さんの記録と照合できるかもしれない」

「あー、つまり指紋みたいに個人を特定できるってことか」

この手のことに関して言えば、警察はプロだ。素人にはない方法論で両親を見つけ出してくれるに違いない。そう思うと、貴彦は少し肩の荷が下りた。

「兄貴は信用できないからさ、もうちょっと預かってみて音沙汰がなかったら、今後を考えないといけない」

「そうだよね……」

物憂げな表情の優美が、スケッチブックに向かっているリョウの柔らかい髪を撫でた。

たった四日間ではあるが、男児の存在が夫婦に少なからぬ影響を与えていた。二人きりの生活に一人加わるだけでこれほど時間の流れが変わるものかと、夫婦は「人一人」の重みを実感した。また、リョウが大半の子どものように屈託なく明るい性格なら気持ちよく送り出せるのだが、この子には庇護欲を刺激する暗いか弱さがある。それが貴彦と優美に別れを躊躇させるのだった。

「さて、私、買い物に行ってくるから、リョウ君お願いね」

気持ちを切り替えるように、優美が勢いよく立ち上がった。

そろそろ線を描くのも飽きてきただろうと思い、貴彦はさらなるデッサン技術をリョウに伝えた。

「絵を描くときに『だいたいこんな感じ』はダメ。分かる？　きちんとありのままの形を描く。例えばこのみかんを描くときは、先にね、こうしてみかんがちょうど入る四角を描いてみる……」

もともと目がいいリョウは、既にこの「枠」の感覚を身につけていたが、物を捉えるときの厄介な先入観を取り除くべく、貴彦はシルエットの重要性を説いていった。

意外に早く玄関ドアの開く音がして、優美が騒がしい足音を立てて仕事場に入ってきた。

貴彦は妻の血の気の引いた顔を見て、瞬時に重大な何かが起きたことを察知した。

「貴ちゃん……」

妻の腕を取り、居間を通ってダイニングまで移動した。

「これ……」

優美の手には全国紙が握られていた。


――神奈川で二児同時誘拐――


白抜きの見出しが横断幕のごとく紙面上部に躍る。

一面の中段に掲載されている、保護された小学生の男児と家族が抱き合う写真に目を奪われた。無数にも思えるフラッシュの中で、泣きながら息子を抱き締める母親のビジュアルは、紙面に溢れる活字を弾き飛ばすほどの強さがある。たった一枚の画像が、フィクションではなくこの世の現実だと雄弁に物語っている。

詳報が他の計五面に展開される旨が書かれていて、かなりの騒ぎだと分かる。一面の記事は事件概要をまとめていた。

六日前の十二月十一日夜、神奈川県厚木市内で小学六年の男児が自転車で塾から帰宅中、二人組の男に車で拐(さら)われた。そして翌日午後一時ごろ、今度は横浜市内の木島茂方にボイスチェンジャーを使った声で「孫を誘拐した」「現金一億円を用意しろ」という内容の脅迫電話がかかってきた。

貴彦は次の一文を読み、音が鳴り響くほど強く新聞を握り締めた。

――誘拐されたのは、木島さんの孫の内藤亮君(四つ)とみられる――

考えられない事態に、貴彦は目を閉じて天を仰いだ。いつもは気丈な優美も顔を覆ってしゃがみ込んでいる。その衝撃は十八年前に経験した雅彦の逮捕の比ではなかった。

何てことをしてくれたんだ……。

とっくの昔に愛想を尽かした兄。縁を切ってしまいたいと思ったことは数え切れない。だが、ここまでバカだったとは……。

「あっ」

優美がしゃがんだまま貴彦の顔を見上げて言った。

「電話がかかってきたって言ったでしょ？　雅彦さんがここに来た日」

「あぁ、聞き覚えがある声って言ってた……」

「そう。あれ、多分雅彦さんの同級生だよ」

「同級生？」

「そう、一緒に逮捕された」

「尾崎のこと？」

「そう！」

尾崎康夫は二度とも雅彦と一緒に捕まっている。確かに尾崎の声は掠れて聞き取りにくく、特徴的と言えた。

高校三年生のとき、雅彦と尾崎は塾に通う小学生を拉致している……厚木の事件と同じだ。

貴彦は貪るように新聞を読んだ。ショック状態だった貴彦の頭が、段々と動き始めた。

犯人が木島方に脅迫電話をかけたのが十二日の午後一時ごろ。雅彦がリョウを連れてきたのはその二時間ほど前だった。辻褄は合う。

厚木の立花敦之という少年は十二日の夜になって、川崎市内の倉庫にいるところを保護された。

――……犯人側からの接触は途絶え、捜査本部では警視庁や近隣の県警に応援を要請し、亮君の行方を追っている――

貴彦は仕事場に視線をやった。リョウは夢中になって円を描いていた。

ここにいる……警察が、いや全国民が捜している子どもがこの部屋にいる。寒気が走り、新聞を持つ手が震えた。

記事の中の捜査関係者が明かす「厚木は囮で横浜の事件が本命」という見立てには説得力があった。それほど内藤亮誘拐事件は手が込んでいた。

現金一億円を祖父の茂に持たせ、事前に用意した指示書を使って横浜市内の喫茶店やレンタルビデオ店に運ばせる。最終目的地となった公園は、視界が開けて警察が思うように動けなかった。新聞は「狡猾な犯人像」を書き立てていたが、貴彦は身代金入りのバッグが落とし物として交番に届けられたという結末に、詰めの甘さ、もっと言えば素人くささを感じるのだった。

兄の顔がチラつき、五日前のことを思い出した。リョウが勝手にリュックに入れたらしい黒い板表紙の紐綴じのノート。貴彦は仕事場へ行き、ノートをめくっていった。

解読できない字も多く、読めても商売上の地名や金額、日程ばかりで意味を成さない。だが、リョウが描いた絵の前のページに気になる表記があった。

黒木↓「シネマ」　小中↓「ダンテス」　尾崎↓「文学館」

暗号にも見えるこの記述の中に「尾崎」を見つけた。意味は分からないが、事件に関する内容に思えてならなかった。

知るほどに疑念が漆黒に染まっていく。

正夫という名前、両親のトラブル、都内の住所——雅彦が言ったことは全部嘘だ。

新聞に報道協定に関する説明書きがあった。協定解除の理由として、内藤亮が拐われて一定期間が経過していること▽身代金が遺失物として届けられたこと▽犯人側から一切の接触がないこと——から警察が公開捜査に切り替えたという。

優美がダイニングに置いてきた新聞を持ってきて、怪訝な表情を見せた。

「ねぇ、リョウ君の顔写真が載ってないよ」

そう言われて貴彦は初めて重要なことに気がついた。名前を出して写真を出さないのは筋が通らない。そもそも被害者本人の顔写真がない公開捜査に効果などあるのだろうか。

報道協定の期間、何も知らなかった貴彦と優美は、突然現れた子どもと一緒に穏やかに過ごしていた。それは新鮮で刺激的で充実した時間だった。絵を描くことが大好きな子どもとの安らかな交わり。それは貴彦の知る「誘拐」とはあまりにかけ離れたものだ。

しかし、次々と吸い寄せられる状況証拠が指し示す現状は、残酷なほど写実的だった。貴彦は言い逃れができない地点まで追い詰められ、認めるよりほかなかった。

リョウは、内藤亮だ。

優美が貴彦の腕を取って、玄関前まで引っ張っていった。

「考えなきゃダメなことといっぱいあるけど、確かなのは、ここにいると危ないってこと」

そして、優美はつかんでいた貴彦の腕を強く揺さぶって言った。

「雅彦さんに返したら、あの子、殺されるよ」

それから二時間後、貴彦は横浜行きの電車に乗っていた。

危険を察知した二人は「ハイエース」に詰め込めるだけのダンボールを押し込み、優美がそのまま亮を連れて新居へ、貴彦が横浜へ向かうことにした。

一刻も早く通報しなければならない。貴彦も優美も気持ちは同じだった。しかし、肝心の亮が一筋縄にはいかなかった。

「お父さんとお母さんのところに帰ろうね」

優美がそう語り掛けたとき、亮は体を強張らせて首を横に振った。

だが、誘拐という切迫した状況下で、これ以上面倒をみるのは不可能だった。優美が説得を続けると、亮は段々と昂ってそれまでのおとなしさが嘘のように「いやあだ！」「いやあだ！」と泣き喚いた。狂気を感じさせるほどの頑なな拒絶。

驚いた貴彦は、新聞記事を読んでいたときの違和感を思い出した。母親の「内藤瞳」という名前は、亮が言っていた「ヒトミ」と一致するものの、主要人物であるはずの母についてはほとんど書かれていない。父親に至っては、全く報じられていなかった。身代金を運んだ祖父のことが中心になるのは当然にしても、なぜ両親に関する情報がこんなにも少ないのか。顔写真のない理由が透けて見えてきた。

貴彦は泣き疲れて静かになった亮に、スケッチブックと鉛筆を渡した。最初は家の周辺地図を描いてもらおうと思ったが、幼い子どもには無理な話だった。分かったのは「キャッチ」というスーパーマーケットが近くにあることのみ。

「じゃあ、おうちの絵を描いてくれる？」

出来上がった絵には無論のこと、写真のような正確性はない。だが、四歳とは思えないほど形を捉えていた。二階建てアパートの全体図には、総戸数や屋根の形状、階段の位置といったヒントがちりばめられていて、十分に実用的だった。

家に帰りたくないという亮の強い意思の原因を知るまでは、軽々に決断できない。新聞にある大まかな住所とスーパー「キャッチ」、それに一生懸命描いてくれた絵を頼りに、貴彦は内藤瞳を捜すことに決めた。

ＪＲ「石川町駅」の改札を通って外に出た。青空商店街を西へ向かい、途中の角地で足を止める。貴彦は新聞に目を落とした。木島茂が身代金を持って回った地点をまとめた略図。犯人の指示に従って最初に入った喫茶店が、この付近にあるはずだ。

貴彦は「満天　コーヒーと軽食」と書かれた緑色の看板テントを見て、或いはここかもしれないと思い、後で略図の通りに回ってみようと決めた。

だが、その前に内藤瞳である。十五分ほど歩き、新聞が書いた大よその住所まで来たが、スーパー「キャッチ」は見当たらなかった。程なく南北の道路に並んでいるバンやハイヤーが視界に入った。テレビの中継車だと気づいた貴彦は、記者たちの群れを見つけた。カメラマンたちが、二階建ての粗末なアパートを撮影している。

屋根の形状と階段の位置を確認し、貴彦は亮が描いたアパートだと確信した。

「やっぱ怪しいの？　あのお母さん」

「いやぁ、どうでしょうねぇ。近所で有名なんですか？」

「パチンコばっか行ってるよ。あれ、絶対犯人だよ」

自転車にまたがったジャンパーの中年男と記者と思しきスーツ姿の男が、暇つぶしの雑談をしていた。

「子どもの写真持ってませんか？」

「いやぁ、付き合いないからね。あの子、いっつも独りでいたよ。かわいそうに」

「誰か写真持ってる人、知りませんか？」

「一枚もないの？　そりゃ異常だな。あの母親じゃ誰の子を孕んだか分かんないんじゃない？　男も入れ替わり立ち……おっ、出てきた」

記者たちの一眼レフカメラが一斉にシャッター音を鳴らした。アパートの二階廊下に出てきたのは、明るい色の髪をした若い女だった。プラスチックの大きな籠を抱え、洗濯機に衣類を入れていく。その全てが丸見えで、新聞やテレビのカメラに記録されている。

「あれがお母さんですか？」

「そうだよ。いっつもあんな気怠い感じ」

記者と野次馬はともに以前からの知人のように会話を続ける。住宅密集地で闖入者たちと地域住民が異様な空間をつくり上げていた。被害者であるはずの女に同情がないという異質な素地が、そこかしこで芝居じみた人間関係を演出している。

その芝居の主役を務める内藤瞳は、お誂え向きのくわえタバコで紫煙をくゆらせる。子どもが誘拐され、今なお安否が不明であるにもかかわらず、まるで意に介さない様子だった。

部屋に戻ってから数分して再び外に出た瞳は、バッグを斜め掛けにしてアパートの階段を軽快に下りていった。家を離れれば取材してもいいというルールでもあるのか、五十人ほどの記者たちが瞳に向かって駆けていく。貴彦も慌てて後を追った。

あっという間に群衆の渦に呑まれた瞳に、テレビ局の記者がマイクを突きつける。皆、気遣うように「今のお気持ち」を問い掛けるが、矢継ぎ早に質問が繰り出される様は、とても被害者の家族に接しているようには見えなかった。

仏頂面の瞳が「おい、どけよ！」「パチンコだよ！」と怒鳴ったのは、本人の性格に依るところが大きいのだろうが、背景にはメディアの無遠慮に潜む罠があるように思えた。

貴彦は一人その場から離れ、集団を見送った。形容し難い感情が胸に迫り上がってくる。内藤瞳の振る舞いは、到底受け入れられるものではなかった。我が子がいなくなるということは、人生最大の不幸ではないのか。

亮の痩せ細った体と頑なな拒絶がここにつながる。とても子どもを送り返せる場所ではなかった。くわえタバコで洗濯し、平然とパチンコへ行く瞳を見ていると、誘拐がまるで他人事のように思える。メディアの強気の裏には、恐らく犯人視がある。逮捕された後に、これでもかと報じる素材を確保しているのだ。

だが、貴彦は犯人が誰かを知っている。遠く離れても見える記者たちの一群は、まるで巣にまとわりつく蜂の群れだ。実の兄が逮捕されれば、あの毒針を持った蜂たちが貴彦と優美の生活をめちゃくちゃにするのだろう。

想像するだけで脚が震えた。改めて身内が重大犯罪を起こしたのだと思い知らされる。通報すれば後戻りはできないという重圧が、両肩に重く圧し掛かった。

アパートから離れた貴彦は、新聞の略図を見ながら木島茂の足跡を辿っていった。

先ほど見掛けた「満天」を起点に、今度は商店街を東進する。「第二現場」であるレンタルビデオ店に着いた。看板の店名は「シネマ」。確か雅彦の走り書きにも「シネマ」の文字があり、誰かの名字を記していた。もはや偶然とは思えなかった。

貴彦は元町ショッピングストリートへ向かった。人混みをかき分け、石畳の上を足早に進む。「第三現場」の家具店に着いたとき、既視感を覚えた。歩道に立ってぐるりと周囲を見渡すと、ビルの二階にある看板が目に留まった。モノクロの風景の中で、一点だけ絵の具を落としたような奇妙な感覚。

――ダンテス――

再び紐綴じのノートが頭に浮かんだのも束の間、貴彦の記憶の箱が突然開いた。

昔、ここに来たことがある……。小学六年のときだったか。雅彦に連れられて、優美と三人で元町に遊びに行った。

雅彦はこの店でホットケーキをご馳走してくれた。何を話したのか、どんな服を着ていたのか、具体的なことははっきりしない。ただ、会計のときに一万円札で支払った雅彦が、とても大人に見えたことはよく憶えている。

「シネマ」そして「ダンテス」。もう疑いようがなかった。おもいきり叫びたい衝動を堪えて、貴彦は激しく左手の人差し指を噛んだ。痛みが増すほどに、これが現実だと突きつけられる。

画家として見つめ続けてきた現実。しかし、現実とは何と残酷なものだろう。貴彦はもう一度「ダンテス」の看板を見上げた。

あのとき中学生だった兄は二十一年後、誘拐犯になった。

第九章――空白――

1

冷水を張ったタライからスイカを持ち上げた。

両腕で抱えたひと玉をシンクの調理スペースに置いて、厚い皮をノックするように軽く叩いた。包丁を手にする前に冷たい手を首筋に当てる。束の間涼んだ後、優美は力仕事を前に「よし」と気合を入れた。包丁に体重を乗せてざっくりと二等分し、さらに小さく切り分けていく。

朝からセミが派手に鳴いているが、じっとりとした嫌な暑さはなかった。コンクリートの土間は風が通って気持ちよく、まだクーラーをつける必要はない。

古民家らしく玄関土間が奥まで続き、突き当たりに調理場がある。冬は寒くて仕方なかったが、この季節は快適に過ごせる。

優美が居間に目をやると、貴彦と亮がミケランジェロの作品集を見ながら話していた。貴彦が熱く語り亮がじっと耳を傾ける、という光景も見慣れてきた。

「これ壁画だから、フレスコなんだよね。生乾きの漆喰にさっと描いちゃわなきゃいけない。間違ったら削んなきゃダメだから失敗できないんだ。これを一人でやったんだって。信じられる？　ミケランジェロってすごいね」

フレスコやら漆喰やら言っても五歳児には分からないだろうと思うが、亮が律儀に頷くので優美はおかしかった。

「やっぱりこういう作品を観てると、絵画っていうのは崇高でなきゃと思うわけ。祈りの対象になるような……それには根源を描かないと。ダ・ヴィンチも解剖学って言って、体の仕組みを勉強し続けてたからね……」

まだまだ続きそうだと思った優美は切ったスイカを皿に載せ、居間へ上がった。

「解剖学なんて言ったって、分かるわけないでしょ。ねぇ？」

どちらの味方をすればいいのか分からない亮は、笑顔で首を傾げた。

「意味なんて分からなくても伝わるもんだよ」

「意味が分からない時点で伝わってないってことよ」

三人で扇風機に当たりながらスイカを食べる。不思議なことに夫婦の会話は、子どもが一人加わるだけで遠慮のないものになる。

木造の古い家は全て和室で部屋が五つもあった。風を通すため、今は全ての襖を開けてある。

「写実が目指すのはね、キャンバスの中から息遣いが聞こえてくるような、もうちょっと言えば、絵を観てる人がキャンバスの中にいると感じるような作品を……」

この七ヵ月で亮は随分と心を開いてくれるようになった。しかしそれは決して一方通行のものではなく、大人たちも同じだった。貴彦などは亮に話すことで考えを整理している節があり、ますます創作に意欲的になっている。集中しているときは朝から深夜まで、食事と風呂の時間以外はずっとイーゼルの前にいる。

人生がまるっきり変わってしまった。この広々とした家を見て、優美は改めて思った。

昨年十二月のあの夜、横浜から多摩地区の新居に戻ってきた貴彦は、いつになく硬い表情で言った。

「とてもあの母親のもとには帰せない」

新聞を読んで抱いた違和感に現実味が増し、母親にも雅彦にも渡せない行き止まりに突き当たった。仮に木島家に送り届けることができても、再び内藤瞳が引き取る可能性も十分にある。

「このまま東京にいて大丈夫かな？」

突然犯罪に巻き込まれた若い夫婦には、当然ながら有事におけるマニュアルなど頭になかった。そして幸か不幸か、引っ越しのために最低限の荷物がまとまっていた。優美は英語塾を辞めていて、画家はどこでも絵が描ける。

つまり、逃げようと思えば逃げられた。

亮の寝顔を見ているうちに、二人は鋳型に流し込まれるようにして稚拙な結論へ向かった。

「美大時代の友だちの実家が、多分、空き家なんだ」

貴彦によると、以前、工芸科の友人から「安く貸すよ」と言われたことがあるらしい。しかし、卒業後十年の生活を懸けるにはあまりに細い糸だった。

「その人の実家ってどこなの？」

「滋賀」

そう言われてもやっと琵琶湖を思い浮かべるぐらいで、優美の辞書に「滋賀」に関する情報はほとんどなかった。

その友人は今、佐賀で陶芸家をしていて、両親は奈良に住んでいるという。貴彦はこの両親とも顔見知りらしかった。

「ちょっと電話してくる」

新居にはまだ電話がなかったため、貴彦がアドレス帳を片手に公衆電話を探しに外へ出た。

暖房は小さな電気ストーブのみで、薄暗い照明の下でブランケットに包まっていると、寂しさと不安で押し潰されそうになった。

子どもを守りたいという気持ちに嘘はないが、自分たちが間違った方向へ進んでいるような気がしてならなかった。理由はどうあれ、この子を連れて逃げれば、犯罪に加担したことになる。

こういうとき、頼りになる相談相手がいれば話は変わってくるのだろうが、優美と貴彦はこれまであまりに狭い世界に生きてきた。小さな英語塾の講師と売れない画家。お金や派手な出来事とは無縁だったが、それなりに満足していた。しかし、その緩やかな生活の軌道が少しでも狂うと手も足も出ないという心許なさが、二人の暮らしにはあった。

アドレス帳を持って帰ってきた貴彦が、電気ストーブの前で両手をこすり合わせながら言った。

「家賃、タダでいいって」

その後、二人の間に落ちた沈黙には、息苦しいほどの重みがあった。非現実的な計画のはずが、すんなりと準備が整ってしまった。

あとは決断を残すのみ。だが、優美と貴彦は陽のない未来を前に怖気づいた。結局、何も決められないまま床に就いた。

翌日、よく晴れた朝の空を眺めていた貴彦がポツリと言った。

「滋賀に行こっか」――。

あれから七ヵ月、優美はその滋賀でスイカを手にぼんやりと庭を眺めていた。

頭の中がすっきりしないのは寝不足のせいだ。昨夜は緊張してあまり眠れなかった。今日を境に、また人生の軌道が変わるかもしれない。

東京から車に乗って滋賀を目指した。その途中、貴彦はサービスエリアの電話ボックスに入り、朔之介へ電話した。

「もう会えません。僕のことは忘れてください」

夫から報告を受けたとき、優美はもう少し言いようがあるだろうと思ったが、その不器用さが貴彦だと納得するしかなかった。

理由を聞いてきた朔之介に、貴彦はただ謝って電話を切ったという。朔之介に恩義を感じていた優美は、ずっとこの不義理が心残りだった。

あれから冬が終わり、春を経て夏を迎えた。慌ただしい時間が過ぎて三人での暮らしが日常になってくると、揺り戻しのように今度は平穏な日々が落ち着かなくなってきた。

優美も貴彦もこのまま亮を育てられるなどとは思っていない。もう警察が手掛かりをつかんでいるかもしれないし、今後亮の学校の問題で周囲に不審がられる可能性もある。

穏やかな生活を幸せに思うほどに、来たるべき喪失の刃が鋭くなっていく。

いずれにせよ、経済的な破綻が目に見えてきた状況で、若い夫婦が頼りにできるのは一人しかいなかった。

一昨日、貴彦が画廊「六花」に電話し、滋賀に住んでいることを話すと、朔之介はただ「会いに行きます」と言って住所を聞いてきたという。そして今夜、ここに来ることになっている。

貴彦と亮は手を洗うと、アトリエにしている奥の部屋へ行った。十畳ある一番大きな和室だ。イーゼルには常にキャンバスが掛かっていて、周辺の台に画材道具一式が揃う。画集や哲学書を収める本棚は、もともとあったものを使っている。

皮肉なことに東京のアパートにいたときより、充実した創作環境になっていた。

「あんまり細かいことばかりに気を取られてると『細部は全体の中にある』ってことを忘れちゃう。細かい部分と大きな全体像を行ったり来たりして世界をつくっていく……」

貴彦が木炭紙の束をめくりながら亮に話し掛ける。亮は今、木炭でのデッサンに夢中になっていた。二人の会話の大半は絵画に関することだ。貴彦は〝親〟らしいことを何も言わないが、美術教師としてはこれほど熱心な先生もいないだろう。

優美とは対照的に、貴彦の声が心なしか弾んでいるように聞こえた。深刻な現状は理解しているはずだが、久しぶりに朔之介と会えることが楽しみなのかもしれない。

その日「八ツ淵の滝」へ写生に行ったのは、亮を歩かせるためだ。できるだけ体を動かして、夜にぐっすり寝てもらう狙いだったが、夫婦の思惑通り亮ははしゃいで山道を走り回った。

帰宅後は早めに夕食を摂って、すぐに風呂も済ませた。運動とスケッチを目一杯楽しんだ充実した一日。優美が絵本を読み聞かせているうちに、亮は寝息を立てた。

静かな田舎町の夜に革靴の音が小さく響いたのは、午後十時を少し過ぎたころだった。

磨りガラスの向こうに人影がぼんやりと映っている。優美が引き戸をスライドさせると、サマージャケットを着た男がブリーフケースを小脇に挟んで立っていた。

「夜分にどうも」

そう言って手持ちの紙袋を掲げる朔之介には、以前と変わらぬ親しみやすい雰囲気が漂っていた。

優美はホッとして「どうぞお上がりください」と中へ案内した。

「ほぉ、これはええ家ですねぇ」

朔之介は古民家の佇まいが気に入ったようで、土間でぐるりと家の中を見回して「平屋は天井が高う(たこ)て気持ちええなぁ」と優美に笑い掛けた。

優美が土間から上がって木戸を開けると、居間では貴彦が立っていた。

「あっ、貴彦さん。お久しぶりです」

朔之介の姿を認めると、貴彦は黙ったまま深く頭を下げた。挨拶というより謝罪の角度だ。

「ここの焼き菓子、評判ええんですわ」

朔之介は座布団に腰を下ろすなり、紙袋から包装紙に包まれた菓子缶を取り出した。

「それ、かなり大きいですね」

優美が指摘すると、朔之介は「万が一足りんかったらあかんなと思って」と、目の前の夫婦に差し出した。

「最初、朔之介さんが東京のアパートに来てくれたとき、ケーキを六つも買ってきてくださって」

思い出して噴き出した優美に、朔之介は「あぁ、そうやったなぁ」と、ブリーフケースから扇子を抜き取った。

「まさか関西にいはったとは」

座卓に茶が出て場が落ち着くと、朔之介が和やかに切り出した。貴彦は「はい……」と言ったきりうつむいてしまったので、朔之介は優美に視線を移した。こういうとき、貴彦はまるで頼りにならない。

「お子さんがいるようですね……靴があったから」

優美が隣の貴彦を見ると同意するように頷いたので、全てを打ち明けることにした。

「これから話すことは、お伝えすること自体、とても勇気が必要で……」

「何を聞いても口外しませんので、その点はご安心ください」

朔之介に促される形で、昨年、事件の第一報を伝えた全国紙の朝刊を座卓の上に置いた。

——神奈川で二児同時誘拐——

白抜きの見出しが躍る新聞紙を手に取った朔之介は、束の間固まった。チラリと夫婦を一瞥した後、一面から記事を読んでいく。無言だったが、何を読むべきかは分かっている様子だった。

事件に関する全ての記事を読み終えた朔之介は、優美に新聞を返した。

「ちょっと深呼吸させてもらいますよ」

ゆっくりと息を吐き、指先で顎を撫でる。銀座を舞台に海千山千を相手にしてきた男だが、あくまでそれは「画商として」である。さすがの朔之介も予想だにできなかっただろう。

「お二人が突然東京を離れたのは、この誘拐事件が関係していると考えていいですか？」

「はい」と夫婦で自然と声が揃う。

とうとう告白してしまった。優美は動悸がしてこめかみの血管が脈打っているように感じた。もはやブレーキは利かない。

「どうしてこんなことになったのか、これからどうすればいいのか、貴ちゃんも私も分からなくて」

「一人が見つかっているということは、あの土間の靴はこの記事にある内藤……内藤亮君……のものということでいいですか？」

察しのいい朔之介は、既に状況を把握している。しかし、全てをさらけ出すにはそれ相応の勇気が必要だった。

「お二人のことですから、何か事情があったんでしょう。少しずつでいいんで、ありのままを話してください」

優美が躊躇っていると、貴彦が「やっぱり僕から話すよ」と言って、居住まいを正した。

「僕には雅彦という三つ違いの兄がいます。去年の十二月、その兄が子どもを一人預かってほしいと頼みにきました。正直、僕は兄のことが嫌いで、このとき会ったのも五年ぶりだったんです」

貴彦は雅彦の前科を含めた経歴や親不孝について詳細に語り始めた。

朔之介は適度に相槌を打つ以外に言葉を差し挟まなかった。そして、実際に雅彦が子どもを連れて来て、その子が誘拐された被害者だと知ったときの貴彦の驚きと憤りを聞く段になって、深くため息をついた。

「新聞は私が買ってきました。見出しが目に入って、胸騒ぎがしたんです」

「びっくりしたでしょう?」

「もう言葉にならないというか……雅彦さんは昔から危なっかしい人でしたけど、こんな卑劣な犯罪にまで手を染めるとは……私、情けなくなって」

この七ヵ月のことを思うと、目に涙が浮かぶ。自分の、貴彦の人生はなぜこうも狂ってしまったのか。

「亮君を親御さんのもとに帰そうとは思わなかったんですか?」

朔之介の疑問は真っ当なものだ。優美もその当たり前の行動をとっていれば、今ごろ東京で静かに暮らしていたかもしれない、と考えることがある。

「僕たちもそう思いました。でも新聞を読んでいて一つ気になったことがあって」

「親のことですか?」

朔之介があまりに鋭いので、優美は何か事情を知っているのではないかと、両手を座卓の上に乗せて前のめりになった。

「週刊誌が書くことなんで眉唾なんですが、あの母親はなかなかのタマだそうで、子どもが誘拐されたのにパチンコに行ったり、アパートに男を連れ込んだり、何やそんなことが書いてありました」

滋賀に来てからというもの、優美たちはニュースが亮の目に触れることを恐れ、極力情報を遮断して暮らしていた。実際、報道で捜査の進展を知ることが怖く、くさいものに蓋とばかりに現実から目を逸らしていた。

「実は僕、母親を見に横浜へ行ったんです」

貴彦はそのときの内藤瞳の様子、そして銭湯で見た亮の痩せ細った体や異常なほど無口だったことを説明し「とても帰せませんでした」と力なく首を振った。

「私たちが一番恐れたのは、亮君の身の危険です。犯人が自分たちの顔を知っている子どもを生かしておくだろうかと考えると、かなり危ないのではないかと。それに家族のもとに帰したとしてもあの親です。放っておかれて、雅彦さんたちがいつまた亮君に近づくかも分かりません」

「僕は……」

声が掠れ、貴彦は一つ咳払いをした。

「僕は横浜でマスコミの大群を見て怖くなりました。本当、情けないんですけど、兄貴が捕まって報道されると、自分たちの人生もめちゃくちゃになるんじゃないかって。母ももう六十代半ばですし、これ以上の親不孝はちょっと……完全に自己保身なんですが」

「お二人は親御さんに何て言うてはるんですか?」

「僕の絵の仕事の関係で、しばらく後援者がいる滋賀に住むと」

優美も両親に同じ話をしていた。今のところ、疑念を抱いている様子はないが、親にも本当のことを話せないのがつらかった。

「まるっきり『逃亡画家』やな」

言われてみれば、以前貴彦が読んでいたノンフィクションと状況が似ている。朔之介の一言で、場を縛っていた緊張の糸が緩んだ。

「ちょっと信じられへん話やけど、大体の事情は分かりました。いや、私はてっきり貴彦さんが別の画廊の世話になってるんやないかと思って、それを心配してたんです」

「いや、そんなことは絶対にないです」

朔之介に恩義を感じている貴彦が強い口調で否定した。

「貴彦さんにその気がなくても、あることないこと吹き込んで画家を囲おうとする画廊はありますからね。それで東京中の画廊を見て回ったんですが、さっぱり行方がつかめんかったんで心配しとったんです」

「ご迷惑をお掛けしてしまって……」

頭を下げる夫に優美も倣った。

「ただ現実は想像の遥か上を行ってましたけどね。ここまで来たんで遠慮なく聞きますけど、生活はできてるんですか？」

貴彦と目を合わせた優美は、英語塾で働いていることを伝えた。

「『レインボー』っていう小さな塾なんですけど、履歴書だけですんなり雇ってもらえて。古き良きって感じで、給料も手渡しなんです」

優美は講師歴が長く、何より「英検一級」を取得しているのが大きかった。

「貴彦さんの方はどうです？」

「前に朔之介さんに紹介していただいた肖像画の代金と予備校からもらった退職金を取り崩す形で、新たな収入はないんです」

「そうですか……大体の事情は分かりました」

朔之介が居間の奥にある閉まった襖に視線を移した。

「ところで、亮君はどんな子なんですか？」

貴彦は手元に置いていた木炭紙の束を差し出した。受け取った朔之介が最初の一枚を目にしたときから、顔の表面に浮かんでいた笑みがスーッと引いていった。

同じサイズの正方形が縦に十個積み上げられたグレースケール。上へ行くほど色が薄くなっていくのだが、木炭一本で繊細に十段階のグレーを表現している。正方形も定規で引いたような美しい線で乱れはない。

「これをその子が？」

貴彦が頷くと、朔之介は「でも四歳でしょ？」と疑うように尋ねた。

「誕生日がきたんで五歳です」

「いや、どっちにしても、です。ちょっと信じられへんわ」

「この七ヵ月、毎日デッサンをしてます。何も言わなくても、ずっと描いてるんです」

朔之介は、布団乾燥機やスイカなど日常の静物が描かれた木炭紙に次々と目を通していく。そして全て見終えると「いやぁ」と目を瞑ってしばらく動かなかった。

「言葉が出んな……」

優美も亮の絵に才能を感じていたが、目利きの朔之介が絶句するのを見て、やはり間違っていなかったのだと確信した。亮が第三者に認められるのは初めてのことで、我が事のように喜びが込み上げてきた。

その後、貴彦がアトリエを案内する運びになったので、優美は朔之介の床を用意してから休んだ。熟睡している亮の寝顔を見て、無限の未来を感じる。そう思うと、優美は今の生活が亮の可能性を奪っているのではないかと不安になった。だが、子どもがいなくなっても平然とパチンコに行くような母親が、亮を幸せにできるとはとても思えない。

一方で、全てを打ち明けた後の朔之介の反応が意外と穏やかだったことで、優美は安堵した。たとえそれが一時的な安らぎだとしても、重大な秘密を抱える生活は精神的な負担が大きい。信頼する相手に現状を吐き出せたこともあって、優美はその日珍しくよく眠れた。

翌朝、既に陽は昇っていて、優美は慌てて布団を抜け出した。ガラス戸が開け放たれ、亮が長い縁側に腰掛けてスケッチをしていた。いつもと違うのは、朔之介がその様子を後ろから見物していたことだ。さすが銀座の画商らしく、既に襟付きシャツとスラックスに着替えている。

何気なく振り返った亮が、朔之介を見る。気づいていなかったのか、体が固まった。だが、すぐさま優美を見つけると「お母さん」と言って、駆け寄ってきた。

いつの間にか「お母さん」と呼ばれることにも慣れていた。

亮が初めて優美のことをそう呼んだのは、海津大崎の桜並木が満開のころだった。車で県道を走っているとき、後部座席で隣にいた亮が小さなチョコレートの包みを手渡してきた。「これくれるの？　誰に？」と聞いた優美に、か細い声が返ってきた。

「お母さん」

恥ずかしそうにうつむいてしまった亮がかわいくて、優美は「ありがとー」と明るく言って抱き寄せた。罪悪感が根底にある生活の中で張り詰めているからか、小さじ一杯の幸せでも涙が出そうになったのだった。

その亮が今、自分の後ろに隠れて〝闖入者〟を見ている。

「いやぁ、驚かせてすまんなぁ。おっちゃん、お母さんのお友だちやから、心配せんでええで」

その後朔之介と一緒に朝ご飯の食卓を囲んだが、亮は緊張しておかずをほとんど残してしまった。

気を使って早い時間に家を出た朔之介は、貴彦にある提案をしていた。

「手紙？」

「うん。木島家には亮君の無事を知らせた方がいいんじゃないかって」

「でも……」

言い淀む優美に貴彦が「まず朔之介さんが木島家を調べてみるって。まともな人たちなら、母親に代わって育ててくれるかもしれないから」と補った。

「朔之介さんがそう言ってるの？」

「うん。あと手紙を出して、それがメディアに漏れるかどうかも見てみたいって」

朔之介はかなり先のことまで見据えている節がある。もちろん自分たちにとって最善の結果を考えてのことだろう。だが、現実に事が動き出す気配が漂うと、優美の胸中に微かな影が差した。どういう経緯を辿ろうとも、その着地点には亮との別れが待っている。自分のことを「お母さん」と呼んでくれる子どもと、もう二度と会えない。想像すると胸が痛んだ。

縁側に座ってスケッチを再開した亮を見て、優美は無性にその後ろ姿を抱きしめたくなった。

朔之介とのやり取りは、貴彦が定期的に公衆電話から連絡を入れるという単純なものだった。木島家に向けた最初の手紙は、亮の無事と謝罪、あとは本人が祖父母の家で暮らしたい旨話していることを記した。実際は亮が茂や塔子について話したことなどなかったが、朔之介の指示に従ったのだ。手紙がいたずらでない証拠として、また写真の代わりとして亮が描いた絵を同封した。

手紙はまず銀座の「六花」に送り、指紋を消してから関東のいずれかで投函する形をとった。

意外だったのは、優美が内藤瞳にハガキを送るか否かを尋ねたとき、亮が「送る」と返事をしたことだ。朔之介には止められたものの、やはり後ろめたさに勝てず、三人で京都の夏祭りへ行った際に内緒で投函したのだった。瞳が好きな桃の絵を描く亮の横顔に、優美は疎外感に似た寂しさを覚えた。

朔之介が滋賀を再訪したのは、夏の終わりごろだった。亮に対し、百戦錬磨の画商が用意した策は、三十六色の色鉛筆。朔之介がスケッチブックに居間の座卓をささっと描いて色付けしてみせると、亮は目を輝かせて絵に近づいた。ずっと白黒の世界で絵を描いていたので、淡い色味が新鮮に映ったようだ。

その日の夕食時にちょっとした事件が起きた。漬け物を噛んでいた亮が、口の中にあった物を一つ吐き出したのだ。

「あっ、これ歯じゃない?」

優美が指先で白い欠片のような物をつまんだ。不思議そうな顔をして口を開いた亮の下の前歯に、小さな空洞ができていた。

「ほんまや!　乳歯が抜けたんや。初めてかいな?」

優美が亮の口を確認すると、他の小粒な歯はきれいに揃っている。

「〝初物〟だ。亮君、子どもの歯が抜けたよ。もうすぐここに大人の歯が生えてくるからね」

優美がかわいらしい歯を人差し指の腹に載せると、大人たちが笑った。亮は恥ずかしそうに首を傾げている。

「優美ちゃん、それ捨てちゃダメだよ」

「そうだね……でも、どうするの？」

「僕が箱をつくるよ」

貴彦が言うには、箱の中身を口の形にしてどこの歯が抜けたか分かるようにするという。

「全部揃ったら楽しくない？」

「それやったら、抜けた日付を書けるようにしたらどうですか？　そっちの方が思い出しやすいんとちゃうやろか」

男二人で盛り上がっているのを横目に、優美は「いいねぇ」と調子を合わせたが、箱のことを想像すると複雑な気持ちになった。

子どもの歯が生え変わるというのは、肉親にとって大きな楽しみではないかと思ったのだ。内藤瞳については分からないが、祖父母の楽しみを奪っているのかもしれないと思うと心苦しかった。

そしてさらにつらかったのは、この乳歯の箱が完成するまで自分たちと亮が一緒にいられる可能性が、限りなく低いことだ。これからつくる箱のどこかの時点で、この子と別れなければならない。たった八ヵ月しか暮らしていないというのに、優美は自らの感情の昂りに驚いた。この後、寝食をともにするほどに切なさが募っていくことは、容易にイメージできた。

夜には庭で花火をした。普段あまり外で遊ぶことができない亮は、花火が発する彩り豊かな光と派手な音に興奮し、子どもらしくはしゃいだ。貴彦が同じように騒いでいるのは、かわいそうな思いをさせていることへの罪滅ぼしかもしれない。

「例の手紙ですがね、今のところ何の反応もないんですわ」

しゃがんで線香花火をしている朔之介が、優美だけに聞こえる声で話し掛けた。優美も隣にしゃがんで線香花火をつけた。

「警察に届けなかったんでしょうか？」

「まだ分かりませんけどね。警察が切り札として、隠し持っているのかもしれません。もうちょっと探ってみます。当てがないこともないんで」

「本当に申し訳ありません。でも、決して無理はなさらないでくださいね。ただでさえご迷惑をお掛けしているのに」

「いやぁ、構わんのです。僕は自分を頼ってくれて嬉しいぐらいです。お二人の人柄も知ってますしね。亮君のあの楽しそうな顔を見てたら、何が正解か分からなくなる」

亮が両手に花火を持って貴彦を追いかけ始めた。周囲には火薬のにおいが立ち籠め、花火が自らの身を燃やして吐き出す白い煙が、闇の中を龍のように昇っていく。

「ただね」

朔之介はそこで言葉を切って、優美を一瞥した。

「この生活は、長く続かんよ」

その言葉の鋭さに、優美の手が震えた。

火花を散らし終えた線香花火が、日没のごとく夕日色の赤い玉を落とした。

2

朝焼けの色は、なぜこんなに優しいのだろうか。

まだ新鮮な陽が空を淡い水色と薄いピンク色に染めている。今日未明まで雪を降らせていた雲はもう見えない。高木浜の砂は全て雪に取って代わられたようで、ひたすら真っ白な湖岸には足跡もほとんどなかった。

そんな白銀を溶かす波打ち際は、水面が陽光を控えめに反射してUの字を描く。汀線が行き着く先にある松林は、穏やかに揺れる湖面に逆さ絵として映っていた。

長靴を履いた貴彦と亮は、雪の上に折りたたみ椅子を開いて並んで座っている。後ろからスケッチをしている二人を見ていた優美は感傷的になった。

もちろん、滅多に見られない美しい白の世界が影響しているのだが、さらにこの場所に立つことが最後かもしれない、という状況に対して感極まるものがあるのだった。

英語塾の生徒の保護者に妙なことを言われたのは二週間前、年が明けて二度目のレッスンが終わった後のことだった。

「先生って息子さんがいはるんですか？」

お迎えで来ていた母親に言われ、動揺してしまった。

「いえ……なぜですか？」

「旦那さんと小さい男の子と三人で車乗ってはるとこ見たから」

仮住まいということで町内会にも入らず、自宅近くの付き合いは最低限で済ませてきた。歩いているところを話し掛けられるのが嫌なので極力車で移動していたものの、乗車中に見られたならどうしようもない。

「あぁ、多分、甥っ子だと思います」

塾には結婚していることは伝えてあったが、子どもはいないことにしていた。塾と自宅は車で二十分ほど離れていたので、月日が経つごとに油断が生じていたのだろう。

「ほんなら大丈夫やね。もし息子さんやったら、気ぃつけといた方がええと思って」

「気をつけるって?」

「何かこの辺の警察が子連れの浮浪者を捜してるらしくってね。私も又聞きやからよう分からんねんけど」

血の気が引いた。

警察が捜しているのは自分たちと関係のない親子かもしれない。むしろ、そちらの可能性の方が高いのだろう。だが、万が一警察が家を訪ねてきて亮のことを見つけたとき、言い逃れができるだろうか。

運転免許証は野本優美だが、塾では埼玉県出身の橋本孝子として勤めていた。亮のことを不審に思い、万が一警察が「レインボー」に行ったとしたら……不安が悪い想像を呼び、優美は怖くて堪らなくなった。

家に帰ってから貴彦に相談すると、彼はすぐに「六花」へ連絡した。朔之介は「その保護者の話を聞いて急におらんようになるんもなぁ」と、あと二週間ほど様子を見るよう言ってきたという。

朔之介によると事件発生一年のタイミングで新聞各社がまとめ記事を出し、ワイドショーも誘拐について放映したが、未だ亮の顔写真一枚入手できていない有様で、さほど話題にならなかったらしい。

優美は塾に「親が倒れてしばらく埼玉に帰ることになりました」と説明し、怪しまれることなく辞めることができた。だが、荷物を整理しながら過ごしたこの約半月の間は、生きた心地がしなかった。いつ警察が呼び鈴を鳴らし、玄関の戸を開けて入ってきてもおかしくはない。実際、脈絡のない夢の中に二人組の刑事が出てきて、ハッと目を覚ましたこともある。

「この雪景色ってさ、何もしてないのにきれいだろ？　美しいものはありのままできれいなんだよ。美しく見せようと意識すると、もう何でもなくなっちゃう」

貴彦はまた子ども相手に難しいことを言っている。それに対して亮は根気強く耳を傾けていた。

「目を閉じてもその絵が浮かんでくる。お父さんは残像のある絵を描きたいんだ」

この滋賀で暮らしているうちに、自分たちのことを「お父さん」「お母さん」と呼ぶようになっていた。最初は気恥ずかしさと申し訳ない気持ちがあったものの、今ではすっかり馴染んでいる。

貴彦と亮がスケッチブックを椅子に置いて、湖に近づいた。いい街だった。最後にこんな美景をプレゼントしてくれるとは思わなかった。

今日、滋賀を去ることへの安堵は大きい。しかし、こうして亮と琵琶湖を見ることがなくなると思うと、寂寥が胸を突いた。

遠ざかる二人が綿のような新雪につける大小の足跡を目にしたとき、優美の瞼が不意に濡れた。寄り添って続く足跡が、親子のものにしか見えなかったからだ。

湖の波はいつも、静かに語り掛けてくる。湖畔の凜とした空気を吸い込み、そっと吐き出す。

そうして優美は、街に別れを告げた。


北海道は夜だった。

フェリーから吐き出された古びた「ハイエース」が、頼りないエンジン音を響かせて港を走る。

後部座席の亮は振り返って、ターミナルの灯りを名残惜しそうに見ていたが、港を出ると隣の優美の手を握って目を閉じた。

あまり暖房が利かない車内はひどく冷えた。亮に毛布をかけた優美が、寝かしつけるようにトントンと肩を叩く。数分もしないうちに寝息が聞こえてきた。疲れているのだ。

滋賀を出て六日。車でひたすら北上し、途中で高速を降りてサウナや安宿で体を休めた。日本海側を通るルートだったので東京を通らなかったが、いずれにせよ子連れで実家に帰るわけにもいかない。加賀の温泉や秋田では男鹿の海岸に寄ることはあったものの、基本的には引っ越しの味気ない旅だった。特筆すべきことはなく、移動中に二月になったことと貴彦の方向音痴ぐらいか。

八戸で本州に別れを告げ、カーフェリーで苫小牧へ。昼過ぎの便だったが、苫小牧の港に着いたときは既に陽が落ちていた。

港町らしく周囲には民家や店が多く、生活の気配を漂わせていたが、しばらく走るうちに目に見えて灯りが少なくなっていった。疲れと静けさ、それに適度な振動もあって優美は束の間、夢うつつの状態になった。

声が聞こえ、慌てて上体を起こした。

「あっ、寝てた？　ごめん」

「ちょっと意識が薄れてた。こっちの方こそごめんね。運転してくれてるのに」

窓の外を見ると、さらに緑が深くなっていた。

「ここ、どこ？」

「やっぱ北海道は大きいよね」

「つまり？」

「迷ったみたい」

この六日間で何度聞いただろう。優美は「出た」と言って笑った。

「もう本屋も開いてないだろうなぁ」

「そもそも本屋さんがなさそうだもんね」

北海道の地図一つ用意していないことに、優美は我ながら呆れた。

「交番もないし。参ったなぁ」

「逆の方向だったら嫌だね」

「いや、さっきの信号で案内標識見たけど、多分、方向は合ってると思うんだ」

「まぁ、急ぐ用もないことだし、いざとなったら車で寝られるから」

「エンジン切ったら凍えるだろうね。八戸でガソリン満タンにしてきてよかった」

暗く広い道が続く。ただでさえ夜は不安なのに、土地鑑のない田舎道とくれば尚更だった。静かな車内から代わり映えしない景色を見ていると、優美は闇に吸い込まれそうな錯覚に陥った。流れ着いた、という表現がしっくりくるようで、心に漂ううら寂しさはどうしようもない。

「あれ？　何かすごく明るいところがあるよ」

貴彦の声につられて前に視線をやると、左手にグラウンドが見えた。

「ナイター照明だよね。人もいるみたい」

貴彦の声が弾んでいる。一人前方で運転する彼も暗い夜に心許なさを覚えていたのかもしれない。

「何か催しかなぁ？」

「ねぇ貴ちゃん、行ってみようよ。道も聞けるし」

グラウンドの近くで車を停めると、亮が目を覚ました。一緒に外に出て、あまりの寒さに三人で固まった。

小学校の校庭ほどの広さがあるグラウンドは、スケートリンクだった。スポーツ施設というより、もっと粗末な感じがする。照明で白く光る氷の上で、三十人ぐらいの子どもたちがはしゃいでいる。

「スケートしてる……信じらんない」

唇を震わせる優美を亮が心配そうに見上げた。優美は小さな手を自分のコートのポケットに入れて温めた。

「あのリンク、手づくりじゃない？　ほら、周囲に雪が残ってるだろ？」

「私、よく知らないんだけど、スケートリンクって雪でつくるの？」

「いや、僕もよく分かんないな……」

リンク上で子どもたちの明るい声が響き渡っている。夜道を走って不安になっていたが、まだ八時を過ぎたところだった。人と灯りがあると心に余裕が生まれる。

白いテントが二つ張ってあるだけの何の変哲もないグラウンドで、人々がスケートを楽しんでいた。しかもナイター照明まで使って。

「私たち、北海道に来たんだね……」

優美のしみじみした声に貴彦が頷いた。

亮はその場で足踏みしながら、子どもたちをぼんやりと眺めていた。

「亮君も滑りたい？」

優美が尋ねると、亮は大きくかぶりを振った。引っ込み思案な亮ならそう答えるだろうと思ったが、子どもたちが楽しそうにしているのを見ていると、優美は申し訳なく思う。

亮のことを想うほどに、してあげられない一つひとつが胸を刺す。育児を半ば放棄していた内藤瞳に正義はないが、こうして幼い子どもを連れ回している自分たちにも倫理はなかった。

「僕、ちょっと道聞いてくるね」

冷えてしょうがなかった優美は、亮を車に誘った。スライドドアの前まで来たとき、スケートリンクを振り返って思った。

北海道にはいつまでいるんだろう。

3

太鼓のリズムと人々のざわめきが心地よく耳に響いた。

五月の北海道の風はさわやかで、街中に若い緑の色が溢れている。休日に初夏の景色を楽しもうと、優美たちは道央自動車道の「有珠山サービスエリア」を訪れた。地元では眺めがいいことで知られている。

その日は珍しくサービスエリアでイベントが開かれていた。売店などが入った施設の前で、ねじり鉢巻の男たちが立派な太ももを露わにして和太鼓を叩いている。大きな太鼓を載せる台に「武者太鼓　伊達」と書かれていて、優美は改めて自分の住む街が伊達家ゆかりの土地であると実感するのだった。図書館で普段は手に取らない郷土史の本を読んだのは、新しく塾を開くことになって街のことが知りたかったことに加え、北海道があまりに未知の領域だったからだ。

あちこちに幟が立ち、縁日や特産品の販売もあって周囲には祭りの雰囲気が漂っている。「ハイウェイ・ナウ」というイベントらしく、地元の子どもたちが辺りを走り回っていた。

そんな賑やかな会場から少し離れた広場に、貴彦と亮の姿があった。優美が太鼓の演奏を見ている間に移動したようだ。

「残念だね」

本来なら駒ヶ岳や有珠山も見える展望スポットなのだが、春霞のせいで伊達の街すらほとんど見えない。優美はいつか貴彦に、晴れた日のここからの眺めを描いてほしかった。

「今も亮君とその話をしていたんだけどね、この霞が僕にはすごく美しく見える」

「えっ？　だって何にも見えないよ」

「霞だけに焦点を当ててみると、光ってるんだよ。静かに光ってる。空とか海とか鮮やかな青と比較すると曇って見えるけど、霞そのものは落ち着いたいい色をしてる」

「何か貴ちゃん、幸せそうだね」

「亮君のおかげでね、最近やっと絵描きになった気がするんだ」

空前の好景気をもたらした夢の泡が弾けても、世の中は相変わらず目に見えて分かりやすいものやすぐ手に入るものに取り憑かれている。その軽薄さは優美も感じるところだった。これまで画壇の俗っぽさに毒されていた貴彦は、皮肉にも亮と逃げることによって芸術と向き合っている。

一度、何もかも捨て去る必要があったのかもしれない。

貴彦の感性が研ぎ澄まされることは本来、喜ばしいことだ。しかし、夫としての貴彦も変わってしまうような予感がして、優美は置いてけぼりを食わされたような虚しさを感じていた。

先ほどまで華やかに聞こえていた太鼓の音に切なさの色が重なって、優美の鼓動をほんの少し狂わせた。


移り住んだ伊達市は、道内では温暖な地域だった。気候に恵まれていることから質のいい野菜が育ち、市街地から離れた所に住む優美たちの家は、周囲に広大なジャガイモ畑がある。

色の濃い畑の土や生い茂る林の若葉。見渡す限りの自然の中で緑のススキが風にそよぎ、どこかの木の枝で羽を休める小鳥たちが澄んだ声でさえずる。

現状を忘れてしまいそうなほど、長閑(のどか)で清らかな日々だった。

新しい住処も滋賀と同じく平屋で、古民家ではないものの築年数は相当なものだと分かる。あちこちに段差があり、収納が少ない。家中の引き戸の立て付けが悪く、薄いカーペットはシミだらけ。譲り受けたダイニングテーブルや石油ストーブもかなりの年代物だ。

だが、部屋数は十分で庭も広かった。優美は念願の家庭菜園を始め、トマトとキュウリ、それに枝豆を育てている。こんな状況下で手を差し伸べてくれた朔之介には、いくら感謝してもしきれない。

百貨店「福栄」での個展が中止に追い込まれた後、朔之介は精力的に画家・野本貴彦を売り込み、数人の有力なコレクターを見つけていた。そのうちの一人が酒井龍男だった。

酒井は道内の著名な経済人の一人だが、特に出身の伊達では立志伝中の人として知られている。「北星物流」を優良企業に育て上げた一方で文化事業にも力を入れ、北海道の美術界では絵画のコレクションで有名だった。

貴彦の絵を気に入った酒井だったが、作品数が少ないため手に入ったのは静物画が一枚。朔之介が「しばらく北海道で面倒を見てもらえないか」と打診したところ、二つ返事で承諾したという。

朔之介のきめ細やかさは、優美への配慮も怠らないところだ。後援者を見つけたところで、絵が完成しないことには生活できない。朔之介が酒井に優美の働き口を相談したところ「そんなに英語ができるんだったら、塾を開いたらいい」と空き家を使わせてもらえることになった。

一度、優美は朔之介に連れられて酒井の所へお礼の挨拶に行ったことがある。小樽の自宅で歓待を受けたのだが、貴彦も一緒だったため亮を連れて行かざるを得なかった。

もちろん、酒井は誘拐事件のことを知らない。優美は亮の年を一歳幼くし「貴彦の仕事で移動しながらの生活になるので家庭保育にしている」などといった〝設定〟を用意して後援者宅への訪問に臨んだのだが、実際は美術談義と事業の失敗談、あとは亮の絵を観ることに時間が費やされたのだった。酒井は親が子どもに読み書きを教えているというエピソードに感心したらしく、後日ドリルや絵本をたくさん送ってくれた。

優美は決して偉ぶらず、酒を飲んでも乱れることのない酒井に好感を持ち、折に触れて感謝の手紙を書いて送った。

この逃亡生活で皮肉を覚えることがいくつかあったが、優美にとっては英語塾を開くという夢の実現がそれに当たる。家賃はタダ同然で、机やホワイトボード、教材といった初期費用についても援助してくれた。

「しばらくは食えないかもしれないですが、ご主人の絵はかならず高く評価されます。がんばって稼いでください」

酒井はブランデーグラスを片手に明るく話し「苦労のない人生は振り返り甲斐がない」と言い添えた。

塾名を「レインボー」にしたのは、単純に虹が好きなこともあるが、中途半端な形で生徒のことを投げ出してしまった滋賀での経験が負い目になっていたからだ。優美の中では高島での続きを演じているつもりだった。盛況とまではいかないが、人件費もかからない個人塾の収入は、生活に若干のゆとりをもたらした。

アトリエに使っている八畳間で、いつものように貴彦が絵筆を握っている。

キャンバスにあるのは、高島の棚田の絵だ。緩やかな稜線を描く山々に抱かれるようにして、眩しいほど青い田んぼが規則正しく段差をつくる。山の深い緑に対し、田にあるのはもっと瑞々しい緑だ。手つかずの自然と人の手が入った自然が、一枚の絵の中に違和感なく共存している。優美が遠目から見てもいい絵だと分かる。

「終わり?」

貴彦が筆を置いて体を伸ばすと、隣で酒井からもらった本を読んでいた亮が尋ねた。

「いやぁ、最後には諦めるしかないんだけど、あとひと息だね」

コーヒーを飲んで小さくため息をついた貴彦が、キャンバスに向かって言う。

「いつまでも完成しないと、怖くなったり虚しくなったりするんだけど、画家はそれを受け入れるしかないんだよ」

貴彦は新しい木製パレットを用意し、ペインティングナイフで絵の具と溶き油を混ぜ合わせていく。

亮と暮らし始めてから、貴彦は使わなくなった絵の具や使えなくなった筆を迷わず処分するようになった。創作に集中している夫を見ていると「捨てる」ことを意識しているように映る。

それは道具だけに留まらず、誰が見ても美しい、いわゆる名所的な風景に興味を示さなくなった。駅舎や児童公園など暮らしの延長線上にあるようなものをスケッチする時間が増えた。

自身であやふやになっていた事柄を亮に話すことは、貴彦にとっても大切な気づきの時間になっているようだ。

その日の夕食時、亮が「喉が痛い」と訴えた。使い捨てカイロを探してタオルに巻いて喉を温め、八時には寝かしつけた。一緒に暮らしてみると亮は意外に丈夫で、これまでに熱を出したことは一度しかない。

子どもということもあって、優美と貴彦はひと晩寝れば治るだろうと楽観していた。だが、夜になってひどい寝汗をかき始め、体温を測ると三九度二分もあった。

ゴム製の水枕に氷を詰めて、押入れから毛布を引っ張りだしてとにかく体を温めた。

「これ以上熱が上がったら、病院に行かないとダメかもしれない」

優美の言葉に、貴彦は黙ってうつむいていた。病院へ連れて行くということが何を意味するのか。二人には十分過ぎるほど分かっていた。

保険証も母子手帳もない。入院ということになれば「後ほど持って来る」と言って逃げることもできない。病院へ行くことはあまりにリスクが大きかった。

優美の脳裏に、英語塾の近くにある内科の存在がよぎった。医師とは顔見知りなので、無理を聞いてくれるかもしれない。既に深い時間だったが、近所に自宅があると話していた。

だが、知人となれば尚更保険証について嘘はつけない。家に医学に関する本はなく、特に体の小さい子どもにどう対処すればいいのか全く分からなかった。考えるほどに可能性の扉が閉ざされていく。

こういう形で唐突に亮との暮らしが終わってしまうのかと、突きつけられた現実を前に優美の心中は混乱を極めた。紫に変色した亮の唇に指を当てたとき、深刻な可能性に気づいた。

予防接種を受けていない……。

これまでもずっと気になっていたことだ。万が一、重病に罹っていたら、命に関わることになる。やはり病院に連れて行くしかない——亮を抱きかかえようとしたとき、貴彦が優美の肩にそっと手を置いた。

「朔之介さんに電話してみよう」

「そんなの意味ないよっ。画商は医者じゃないんだから」

「一旦、落ち着こう」

「ダメだよ。この子、予防接種を受けてないんだよ。すごく怖い病気に罹ってるかもしれない」

「とにかく、朔之介さんに電話させて」

「何でよ！　私たちが悪いんじゃない！　亮君につらい思いさせて……こんなに苦しそうなのに、病院に連れてってあげられない……」

パニックの中で涙が止めどなく溢れ、優美は布団に手をついて泣いた。

貴彦は無言のまま立ち上がると、居間へ行って電話を掛けた。貴彦の相槌の声を聞くうちに少し冷静さを取り戻した優美は、自分も居間へ向かった。

「あぁ、びっくりしたでしょう」

貴彦から受話器を受け取ると、朔之介の朗らかな声が聞こえた。気が抜けるほど呑気な声を耳にし、縋りつきたい気持ちになった。

「子どもはよう熱を出すんですわ。本来、解熱剤はいらんのですけど、私、前にいろいろと生活用品送ったでしょう」

朔之介はたまに洗剤やインスタント食品などの日用品を送ってくれる。

「そこにね、絆創膏とか細かいもんを入れた袋があったと思うんですけど、その袋に病院でもらって使わんかった解熱の座薬があるんですわ」

「本当ですか！」

「うちの下の娘が小児科でもらったもんで、そんな古いもんでもないんで使えると思うんです。亮君やったら、半分に切った方がええかもしれんけど」

救われる思いがして、また涙が出てきた。

「朔之介さん、本当にありがとうございます……ほんとに……」

呼吸が乱れてうまく感謝の気持ちを伝えられなかった。

「まぁ、そんな思い詰めずに。ただ、四〇度を超えるようなら、さすがに病院へ行かなあかんと思います」

電話の前で何度も頭を下げ、受話器を置いた優美は再び亮の熱を測った。まだ三八度七分あったため、朔之介が話していた座薬を見つけ、半分に切って使った。

翌朝は三七度台まで熱が下がり、顔色もよくなっていた。少しずつ食欲が戻り、さらに一日経つと平熱に戻った。

その週末、働きながらの看病になって疲れが溜まったのか、今度は優美が寝込むことになった。一人布団に入ってうとうとしていたとき、滋賀で聞いた朔之介の言葉が熱っぽい頭に浮かんだ。

この生活は、長く続かんよ――。

4

久しぶりに酔ってしまった。

陽気な声が飛び交う満席の居酒屋。座敷の座布団に横座りして、優美はお冷を口にした。役割を果たせたという安堵と店の騒々しさが手伝って、あまり飲めないはずの酒が進んだ。

「今年は特に盛況だったんですよ」

対面で胡座をかく横山医師は、焼酎グラスを片手に誇らしげだった。既に十回以上同じことを言っている。隣に座るデイヴィッドも「セイキョウ」と親指を立てる。もう訳さなくても大丈夫らしい。

デイヴィッド・パーカーはオーストラリアで輸入雑貨会社の社長を務めている。デイヴィッドの息子のホームステイ先が横山の家だった縁で交流が続いているそうだ。

今回はデイヴィッドの来日がちょうど「伊達武者まつり」と重なることから、横山が近所で英語塾を開く優美に通訳のアルバイトを依頼したのだった。

伊達の地名は明治時代、仙台藩主分家である亘理(わたり)伊達氏が、宮城県から北海道のこの地に集団移住して開拓したことに由来する。街の伝統として武者行列が夏祭りになっているのだった。

今日のメインイベントは夜の山車(だし)パレードだ。迫力ある武者絵が描かれた大きな山車が次々と街を練り歩き、最後は「凱旋(がいせん)式」と称して地元小学校のグラウンドに全二十一基が集結。暗い中、電飾で光り輝く山車が勢揃いする様は圧巻だった。サプライズの打ち上げ花火が上がると三千人ほどの観衆が沸き、デイヴィッドも手を叩いて喜んでいた。

「橋本さんは本当に英語が流暢ですね。私なんか耳が悪いからさっぱりですよ」

「橋本さん」や「孝子先生」と呼ばれることにも慣れた。酒井には本名を告げていたので迷いはしたが、逃亡中であるという意識がどうしても拭いきれなかった。

明日の午後からは甲冑武者たちによるパレードがあり、引き続き通訳に駆り出されることになっている。

腕時計を見た優美は十一時を過ぎていることに驚き、慌てて暇を告げた。横山の言葉に甘えてタクシーで帰らせてもらい、その車中で久しぶりの充実感に浸った。仕事で認められたことが嬉しかったのだ。

英語塾を開いている現状には心からの感謝があった。しかし、大人と関われない環境の中で、自分の英語力が鈍っているかもしれないという不安は常につきまとっている。優美にとって英語は人生の柱の一つと言ってよかった。いつも仕事に集中できる男の人を羨ましく思っていた。だからこそ、自分の能力が求められ、その期待に応えられた今日という日が特別に思えた。

念の為、自宅から少し離れたところでタクシーを降りた。以前東京でタクシーに乗ったとき、アパートのドアを開けるまで運転手に見られていたことがあったからだ。

夏とはいえ、あまり陽が照らない肌寒い一日だったので、酔った体に夜風が心地よかった。のんびりと星を見ながら歩いていると、一人だけの時間がありがたく思える。

自宅の前で視線を落とすと、風除室の前に人影があった。鈍い色の電灯の下で体育座りしていたのは、亮だった。

「亮君!」

優美が呼び掛けると、亮は体をビクッとさせて顔を上げた。眠っていたようだ。

「あっ、お母さん」

坊ちゃん刈りの亮が嬉しそうに笑うので、優美は立膝をついて抱き締めた。

「待っててくれたの?」

柔らかい髪を撫でると、シャンプーのいい香りがした。胸の中で「うん」というかわいらしい声が返ってくる。幸せだった。先ほどまで一人の時間を楽しんでいたが、今は自分のことを待ってくれていた亮が愛おしくて仕方なかった。

「寒かったんじゃない?」

長袖の薄いシャツ一枚だったが、亮は首を横に振った。これまで布団に入るときに一緒にいなかったことはなかった。不安だったのだろうと思うと、申し訳なさが込み上げる。

「お父さんは？」

「寝てる」

二人で顔を見合わせて笑った。家の中に入るとき、優美は亮が横浜でも同じことをしていたのではないかと思った。アパートの冷たい階段で、帰ってこない母親を待つ少年のイメージが頭に浮かび、もう一度柔らかい髪を撫でた。


キャンバスの前に座る貴彦が、左脇に立て掛けてある写真を食い入るように見ている。

アトリエにはジョージ・ウィンストンの『Ｌｏｎｇｉｎｇ／Ｌｏｖｅ』が流れていて、この曲を聴くと優美はハワイのビーチを思い出す。八年前のホノルルでの新婚旅行は、人生の大切な一ページだった。

朝早くに起きて海岸沿いを一キロほど歩き、ビーチのレストランでモーニングを食べたこと。ショッピングセンターで貴彦に似合わないアロハシャツを買ったこと。バスに乗って当てもなく島中を巡ったこと。優美は人目を気にせず貴彦にくっついていられることが嬉しかった。

沈みゆく夕陽が空を幻想的な色に染め始めたとき、海の見えるバーで白人のピアニストが演奏していた光景は今も鮮明に憶えている。そのピアニストが奏でた曲が『Ｌｏｎｇｉｎｇ／Ｌｏｖｅ』だった。ピアノの音色に耳を傾けながら、優美はこの幸せがずっと続くことを祈った。

「髪の毛の一本、一本を描いていくか、というのも考え方次第でね。もちろん、髪は一本ずつ存在するんだから、それを描くのが写実だって言うのも一理ある。でも、こうやって肉眼で人の頭を見たらさ、髪の毛なんか塊で見てるだろ？　この実際に見えてる感じを描くのが写実なんじゃないかって捉え方もある」

貴彦は今日も子ども相手にアクセル全開である。

近ごろ亮と話していると「肉眼」や「対象」という言葉が出てきて驚くことがある。まだ六歳だが、毎日貴彦と話しているのでかなり変わった子に育っていた。

優美はときどき心配になる。亮がいつか社会に出たとき、時間をかけて物事を見つめるというこの姿勢が、裏目に出ることはないだろうか、と。真摯な態度が世の中の流れに合わず「要領の悪さ」や「鈍感」といった言葉で片付けられはしないだろうか、と。疎外感を覚えながら生きていくことはつらい。例えば貴彦のように。

「うまい絵なんて描こうとしなくていいから。大事なのは存在。このお父さんの絵はね、モデルのおじさんはそこそこ描けてるんだけど、背景が薄っぺらくて緊張感がない。だから嘘っぽく見える。対象物だけ見てちゃダメ。分かる？　キャンバスの中のものはみんな等価値、つまり、みんな同じぐらい大切ってこと」

貴彦が写実画家として真理に近づこうともがいていることが、優美にはよく分かっていた。以前なら芸術家として熟成していく様を嬉しく見ていたが、最近は妙な迫力が漂っていて戸惑うこともある。話していて遠くに感じる時間が増えてきた。

インターホンが鳴り、優美は玄関へ向かった。ドアを開けて顔を上げたとき、絶句した。

制服姿の警察官が立っていた。

一気に鼓動が速まり、うまく息が吸えない。挨拶の言葉も口にできない中、かろうじて笑顔をつくった。

「いやぁ、奥さん、休みの日に申し訳ありません」

小柄で丸い体型をした警察官は、愛嬌のある笑みを添えてお辞儀した。

「巡回連絡簿をつくってましてね。家族構成なんかを教えてもらいたいんですよ」

聞き慣れない言葉を耳にし、状況が呑み込めないまま家族について問われ、優美の全身は強張った。

「あっ、怪しいもんじゃないですよ」

警察官は近くの交番から来たと言い、災害時や交通事故などの際、スムーズに連絡を取れるようにするためだと、巡回連絡簿の必要性を説いた。

だが、それだけでは目の前の警察官を信用できなかった。本当は亮について密告があったのではないか。名前を言った瞬間に逮捕されるのではないか。疑心暗鬼で頭がおかしくなりそうだった。

考える時間がほしかったが、何を言っても疑念を持たれそうで焦りが募った。

「あぁ、ご主人」

貴彦が音もなく前に出てきて、家族の名前や生年月日を淀みなく答え始めた。ごく自然に対応する夫の姿を見て、優美の強張りは少しずつ解れていった。変にごまかそうとしたり、嘘をついたりした方がリスクは高い。

「画家の先生ですか。はぁ、才能のある方は羨ましいです」

「先生なんてとんでもないです。しがない絵描きで、家族は苦労してます」

いつの間にこんなに堂々と人と話せるようになったのだろうと、優美は一種保護者のような心持ちで貴彦を見た。

「ちなみになんですが、このお宅は昔、『北星物流』の酒井社長のご親戚が住んでいらしたんですが、何かご関係はあるんですか?」

巡回連絡の用紙には備考欄があり、『北星物流』酒井社長親戚宅と鉛筆書きで記入してあった。予め調べられているかもしれないと思うと気味が悪かった。

「酒井社長には創作の応援をしていただいてまして」

「あっ、そうなんですか。いわゆるタニマチってやつですか? それはそれは、やっぱりすごい画家の先生なんですね」

警察官は備考欄に「社長が絵の応援」と乱れた字で書き込み、近隣で起こった軽犯罪について話した後、去って行った。

玄関ドアを閉めると、優美はへたり込んでしまった。

「ちょっと驚いたね」

貴彦が呑気なことを言うので、優美は「ちょっとどころじゃないよ!」と抗議した。夫が差し出した手につかまって立ち上がったとき、一つ気掛かりを覚えた。

塾で偽名を使っていることに気づきはしないだろうか。今から警察が塾へ行って確認するかもしれない。確か滋賀でも同じような不安を抱いたことがある。だが、こうなった以上、もはや対処法などなかった。運を天に任せるしかない。

優美は後ろに手を回し、汗で背中に張り付いているブラウスを引っ張った。

5

伊達に移り住んで一年が過ぎた。二月の北海道は雪の国だ。

悠然とした末広がりの構えで蝦夷富士とも言われる羊蹄山が、粉糖をかけたように白く染まっている。その名山から長い年月を経て辿り着いた湧水が、岩々の落差を激しく流れ落ちて小川をつくる。普段は苔の美しい緑が映える岩に、今日は雪が積もっていた。

優美たちがいる「ふきだし公園」は、伊達の自宅から車で約一時間の京極町にある。周りを木々に囲まれている自然豊かな園は、見渡す限り白銀に輝いていた。

湧き水の池の上を通る遊歩道もまた、雪の小路になっているが、貴彦と亮は小さな折りたたみ椅子に座って湧き出る水のスケッチをしていた。高木浜のビーチが白く染まったときも、二人は同様に雪の上に椅子を置いて絵を描いていた。

一年前に北海道に着いたときは夜の道に不安を覚えたが、今では北の大地の生活も随分と板についてきた。あの夜、優美が遠くまで来たと実感したのは、グラウンドにつくったスケートリンクを見たからだ。この公園に流れる清らかな湧水や雪の花をつける木々にも、北海道の澄んだ風情があった。

亮の鼻歌が聞こえて、優美は目を細めた。ここがお気に入りの場所ということもあるのだろうが、特に最近はよく笑うようになった。二年と少し前、雅彦に手を引かれてやって来たときからは考えられないことだ。

湧き水の弾んだ音が降り積もった雪に吸い取られているようで、朝の公園は静かだった。

「電動イーゼルなんてあったらいいなぁ。大きな絵も脚立に乗らずに座ったまま描けるって最高だよね」

気持ちのいい空気の中で貴彦が理想のアトリエについて語り始めた。

「天井が高くて真っ白でさ、パレットなんか大理石なの。離れにあって、生活のにおいなんか一切ない、創作だけの凜とした雰囲気が漂ってるわけ」

楽しそうな貴彦につられて、亮が笑った。上の前歯が二本抜けているので、少し間の抜けた愛らしい笑顔になる。

「そんな日がきたらいいねぇ」

後ろから優美が声を掛けると、亮が振り返って「ここがいい」と言った。

「えっ、この公園にアトリエつくるの？」

亮が嬉しそうに頷くと、貴彦が「町長でも難しいだろなぁ」と首を傾げみんなで笑った。

段々と人が増えてきたので帰ることにした。椅子をたたんで立ち上がった貴彦は、名残惜しそうに澄んだ池を眺める亮の頭を撫でた。

「いつか、広いアトリエで一緒に描きたいね」

一九九四年七月、東京を出て二年七ヵ月が過ぎた。

どこかで鳴った風鈴の音が、風に乗って部屋まで届く。そんな夏の風情を台無しにするような大きな音を立てて、貴彦がタッカーでキャンバスの木枠に釘を打ち込んでいく。優美と亮も表面が緩まないよう木枠にかかる麻布を力いっぱい引っ張った。絵は目に見えないレベルで収縮するので、ここでがんばらないと後にたわんでしまう。大きなキャンバスになると結構な重労働だ。

釘打ちが終わると、白い絵の具に溶剤を混ぜて地塗りの準備をする。刷毛を表面全体に走らせ、麻布の目にしっかりと染み込ませていく。二度、三度と塗り重ねていくことで絵の具の食いつきがよくなり、キャンバスの重厚感が増す。最近の貴彦はさらに凹凸が出るほど分厚く地塗りをするので、色を入れる前から壁のような存在感がある。

準備に割く時間が創作を重ねるごとに長くなっている。貴彦のそばで一部始終を見ている優美は、作品がより緻密になっていると実感していた。

ちょうど地塗りが終わったところで、インターホンが鳴った。

「いやぁ、ご無沙汰してまして」

玄関口で朔之介が柔らかいハットを取って挨拶した。

この家に来るのは二度目だ。前回は越してからひと月ほど経ったころだったので、一年以上前になる。仕事の話をするとき、貴彦と朔之介は小樽で会っている。

限られた世界に生きる亮にとって、朔之介は社会へつながる唯一の扉だった。まだ数回しか会ったことがないというのに「神戸のおじさん」と言って慕っている。子どもにとっては銀座の画商というより、関西弁のおじさんとしての印象が強いのだろう。

その「神戸のおじさん」は、亮にガンダムのプラモデルを買ってきた。大人向けの「Z(ゼータ)ガンダム」で、子どもがつくるにはかなり難しそうだったが、亮は大喜びでパーツを床にばら撒いて組み立て始めた。

その日の悩みの種は、塾だったのでご飯の用意ができないことだ。そこで以前、横山医師たちと行った居酒屋で客人をもてなすことになった。

塾が終わって直接店に行った優美は、亮が「Zガンダム」のプラモデルを持って来ているのを見て噴き出した。男三人で額を合わせて組み立てたという。大人二人が亮に巻き込まれる形で、プラモづくりに勤しんでいるシーンを想像するとおかしかった。

亮が眠たそうにしていたので、食べ終わるとすぐに会計し家に戻った。就寝の準備を整えて床に入った亮は、寝かしつけている優美に「Zガンダム」のお気に入りのパーツを誇らしげに語った。

「色を塗るともっとかっこよくなるんだって。今度『神戸のおじさん』がスプレー買って来てくれるよ」

珍しくずっと話していたが、しばらくするとガンダムを手にしたまま眠りに落ちた。優美はその邪気のない寝顔を眺めて幸せを味わった後、居間へ向かった。

「殿はお休みになりましたか？」

「ええ。よっぽど楽しかったみたいで、大はしゃぎでした」

優美が礼を言うと、朔之介は手を振って「うちは上の男の子が生意気盛りですから、久しぶりにかわいかったころを思い出しましたよ」と上機嫌に猪口を傾けた。

場が落ち着いたところで、朔之介が「いや実はね……」と改まった声を出した。

「木島さんの話で少し耳寄りな情報がありまして」

木島、と名前が出た瞬間に、優美はピリッと背筋に電流が走ったように感じた。隣の貴彦もスーッと頬から笑みの形が消えた。

「亮君のおじいさん――茂さんですが――が、なかなか値打ちのある日本画を数枚持ってるらしいんです。とある銀座の画廊から買ったという話で。狭い世界ですから私も店主と二、三度会ったことがありましてね、それで不自然にならんようにお近づきになったんですわ」

コレクターの情報交換の流れで、茂がこの画廊から日本画を買ったことを確認したという。

「今年の春ごろ、茂さんがその画廊にフラッと顔を見せたそうで、店主が慌てて応接室に通したそうです。ほとんど絵の話ばっかりやったそうですが、最後の方に茂さんが『心休まるのは絵を観てるときと音楽を聴いてるときだけ』と言ったんで、店主が『大変でしたね』と気遣うと『警察がヘマしなけりゃ』と一言だけ漏らして帰ったようなんです」

これまで木島家には三度手紙を送っている。いずれにも「木島家で亮を養育すること」と「警察には知らせないこと」を条件として書き、孫の近況とイラストを添えて、朔之介が東京、埼玉、千葉のポストから投函してきた。

今のところ手紙のことは一切メディアに漏れておらず、優美たちも本当に通報していないのではないかと思い始めていた。

「前に小樽で貴彦さんに会ったとき、新聞記事の切り抜きを渡したでしょ？」

去年十二月、事件発生から丸二年のタイミングで出された全国紙の記事。優美も貴彦から渡されて目を通した。

「記者の直撃に、茂さんが警察への不信を露わにしてますよね。『犯人を取り逃がしたことには違いはない』ってコメントしてます」

現金受け渡し場所となった「港の見える丘公園」での警察と犯人の攻防。茂は霧笛橋に立っていた不審者について、警察が尾行に失敗したことを非難していた。

橋の南には「神奈川近代文学館」があり、優美は雅彦のノートに【尾崎→「文学館」】の記述があったことを思い出した。尾崎康夫は雅彦の中高の同級生で、二度一緒に逮捕されている悪仲間だ。

「今までの手紙も外に漏れてる気配もないし、茂さんの警察に対する悪感情も本物やと思う。私はね、貴彦さん。うまくいくんやないかと思ってるんです」

朔之介の言う「うまくいく」は、亮が木島家で育てられ、自分たち夫婦が何事もなかったように元の生活に戻ることを指す。つまり、表面上は一九九一年の、あの事件前へと時計の針を巻き戻すということだ。

「でも、その画商さんの話と新聞記事だけじゃ、警察の動きは分からないと思います」

貴彦にしてはきっぱりと反論した。優美も頷いて同意を示す。

「いや、おっしゃる通りです。でもね、これ以上の確認となると、私ももっと危ない橋を渡ることになりますし、藪蛇になる可能性が高いと思うんです」

「朔之介さんには本当に申し訳な……」

「いや、謝ってほしいんやのうて、何やろな、現実的に〝時〟が近づいてるってことでね」

優美はそこでようやく朔之介の来意を知った。彼は文字通り「現実的」な話をしに来たのだ。

「酒井社長がね、亮君の小学校のことを気にしてるんです」

目を背けてきたことに強いライトを当てられて、優美は心臓をギュッとつかまれたように感じた。

「『もしよかったら、こっちでランドセル用意するよ』って。まぁ、それはお断りするにしても、小学校へ通ってるフリをするっていう嘘は限界があるなって。近所の目も厳しくなってきますし、前に巡回連絡簿のことを言うてはりましたけど、何か一つのきっかけで警察が嗅ぎつける可能性は十分にあります。段々網の目が狭まってくるのは間違いない」

朔之介の言うことは尤もで、タイムリミットは確実に迫っている。そろそろ心の準備を、ということなのだろう。

「本当なら亮君は小学一年生や。遅くなればなるほど、本人が軌道修正に苦しむ」

それに加え、やはり優美は予防接種のことが引っ掛かっていた。万が一重病に罹るようなことがあれば、取り返しのつかない罪を背負うことになる。

「お二人の人生も元の軌道に戻さないと」

優美の胸中に、再び朔之介の「うまくいく」が浮かび上がった。亮と離れ離れになること、恐らく二度と会えないことをどうしても「うまくいく」とは思えなかった。

その一方で、優美は逃げることにも疲れていた。亮の病気や警察が出てくる嫌な夢を見て目を覚まし、寝汗を拭うことが習慣のようになっている。

それぞれが言葉を選ぶような沈黙が続き、炙り出しのように現状の深刻さが浮き上がった。

「そろそろ、ですよね」

貴彦の掠れた声に苦しさが滲んでいた。耐えきれなくなった優美がハンカチを目元に当てると、朔之介が「とりあえず、今日は寝ましょうか」と明るく言って幕引きにした。

翌朝、朔之介が旅行かばんから笹の枝を取り出した。

「もうすぐ七夕ですから、短冊飾りましょか」

朝から気合の入る画商に、優美は申し訳なさそうに言った。

「すみません……北海道の七夕って一ヵ月遅いんです」

「えっ、何それ?」

固まった朔之介を横目に、亮が短冊に願い事を書き始めた。

「そんな桜前線みたいな展開があるんですか?」

大人たちがひと笑いした後、鉛筆を置いた亮はさっと短冊を裏返した。何やら恥ずかしげだ。

優美が「見せて」とお願いすると、亮は笹の枝に短冊を括りつけた。

——みんなといっしょで　ずっとくらしたい——

6

手をかざして、目を細めたくなるほどの眩さだった。

クリスマスツリーのように電飾に身を包んだ遊覧船が、出航前の準備運動とばかりに穏やかな波に揺れていた。

十月下旬ともなると、夜の洞爺湖は冬の訪(おとな)いを予感させる。亮を真ん中にして家族で手をつなぎ、足早に船に乗り込んだ。

遊覧船は中世の古城をイメージしたつくりで、石垣のような白いタイルと、船の四隅と真ん中にある三角屋根の小塔が異国の雰囲気を演出している。

小さな亮にはこの三階建ての遊覧船が、お城とは言わないまでもお屋敷ぐらいには映っているのかもしれない。一階の客室を我が物顔で歩いて回ったり、二階へ続く階段を恐る恐る眺めたりしている。船が動き出すと優美が座っていたソファの隣に来て、大きなガラス窓越しに、電飾でほんのり色がついた湖面を興味津々の様子で見ていた。

心からクルージングを楽しんでいる姿を目の当たりにすると、優美は複雑な感情に苛まれた。

「お父さん、水はどうやって描くの？」

「水を描こうとしないこと、かな。実際に目にしているものを丁寧に拾っていく。透けて見える石とか太陽の光とか水面の揺らぎとか。そういうものを一つずつ描いていくと、いつの間にか水があるように見える」

「じゃあ、いつもと変わらないってこと？」

「そう、変わらない。あとは、前に『明暗』と『色彩』について話しただろ？　キャンバスの中でその二つがきれいに重なり合わさる瞬間があって、このときに絵が静かに澄んでいく」

「そこまでがんばれば、本当の水みたいに見えるってこと？」

以前はニコニコしながら貴彦の話を聴くだけだった亮は、夏ごろからいろいろと質問をするようになった。疑問が解けて理解が深まることに喜びを覚えているようで、優美は子どもの確かな成長を感じるのだった。

三階は一面がデッキになっていて、全身に風を浴びることになる。優美は亮の首にマフラーを巻いて、毛糸の手袋を渡した。

デッキには展望スペースへつながる小さな階段があり、さらに高みからの眺望が楽しめるのだが、狭いところに人が集まっていたので、そのまま三階に留まることにした。

洞爺湖では一年のうち約半分の夜に花火が上がる。優美は最初にそれを知ったときに驚いたが、今では花火が始まる晩春と休みに入る秋に季節を感じるようになっていた。

これまでも亮を連れて湖畔で見たことは何度もあるが、夜の遊覧船から見るのは初めてだった。

「もうすぐかなぁ」

折りたたまれた救命ボートの一群があるすぐそばで、亮が優美の顔を見上げた。その直後、少し離れたところに浮かぶボートから銃声のような音がして、一瞬の静寂の後「ボン！」という破裂音が響いた。夜空に緑や赤の光がチカチカと輝き、いくつもの光の筋が尾を引いて消えていった。

「大きい！　すごい大きい！」

周囲の歓声に負けじと、亮も興奮気味に手すりを叩いた。

黒い背景に咲き乱れた大輪の花が、枝垂れ桜のように金色の枝を揺らめかせたかと思えば、湖面のすぐ近くで放射状に飛び散った緑の光が扇をつくる。

洞爺湖の空は華やかで多彩だった。白い煙が霞のように漂い、その向こう側でぼんやりと月が光る。船から見える温泉街の灯りは、派手な空とは対照的にどこか寂しげだった。感傷的になっているのか、優美にはそのおぼろげな電球色の一群が漁火（いさりび）のように映った。

佳境に入ると迫力はさらに増した。黄金色の花火が連続で宙に舞い、間髪を容れずに水面付近で同色の光芒が噴き上がる。夜空に破裂音が続いて、立ち昇る煙がゆっくりと闇に吸い込まれていく。

「うわぁ！　すごいねぇ、すごいねぇお母さん！」

亮は次々と色を変える空に圧倒されている。貴彦はチラリと優美を見て、小さく首を横に振った。

この船の上で亮に告げるつもりだった。だが、これほど無邪気な顔を前にしては、勇気を振り絞れない。


今月、朔之介がとうとう木島茂との接触に成功した。

それ以前に貴彦は四通目の手紙を書いていた。謝罪、そして愛情を持って育ててきたことをこれまで以上に丁寧に伝えた。その上で改めて「亮を木島家で育てること」と「一切の他言無用」という条件を提示。返事を受け取ってから、年内の然るべき時期に孫を帰す旨を亮が描いたイラストとともに同封して知らせたのだった。

条件を呑む場合、指定された日時に茂が「港の見える丘公園」へ行き「イギリス館」前の庭の土に、ネーム入りの万年筆を埋め込んで立ち去ることを指示した。該当箇所には予めプラスチックのペンケースを埋めておき、難なく作業を終えられるようにしてある。もちろん、手紙にはペンケースの位置に「×」印をつけた庭の写真も入れた。

朔之介は誘拐犯と同じく「港の見える丘公園」の見晴らしのよさを利用し、確実な返事としてネーム入りの万年筆を取引に使うことにした。この方法なら第三者の手に触れることはない。

その分リスクは高まるが、三通の手紙がマスコミに漏れていないことを拠り所に、朔之介は賭けに出たのだった。

当日の夜、公園へ向かう朔之介は脚の震えが止まらなかったという。

「警察に見つかったら、あの事件のときみたいに万年筆を交番に持って行ってやろうと思いましてね」

貴彦に電話で伝えた朔之介は、そう言って笑ったらしい。

極度の緊張と冷や汗で打ち震えながらも、朔之介は暗い中でライトもつけずにペンケースを回収した。ケースの中で万年筆が鳴ったときは声が出そうになったが、まずは無事に帰り着くことが先決だった。

何度も尾行を確認し、タクシーを二度乗り換えて取引の成功を確信してから帰宅。自宅の書斎でケースの土を払い、万年筆を取り出したときは安堵でめまいがしたという。

朔之介曰く「王道のモンブラン、マイスターシュテュック一四九」。キャップに「S.Kijima」と筆記体で刻印されていた。そして驚いたことに、そのキャップの内部には細長いメモがあった。

——お約束は必ず守ります——

ブルーブラックのインクで書かれた端正な文字を見て、朔之介は茂本人の字だと直感した。

報告を受けてから二週間経ったが、未だ警察の影はないという。最大限の危険を冒して状況を前に進めてくれた朔之介には、この上ない感謝があった。同時に心苦しさも抱えていた。だからこそ、どうしても告げなければならない。

花火が終わり、船が発着場へ引き返し始めた。三角屋根の頂にある旗が強く波打っている。夢中になって空を見上げていたが、長い間冷たい夜風に身を晒していたらしい。

優美は貴彦とともに亮の手をつないで階段を下りた。

一階の客室に戻ると、亮は一人でスペース中央に点在するテーブル席の間を縫ってウロウロし始めた。船から頭上に打ち上げられる花火を見て、気持ちが昂っているようだ。

亮が跳ね回るのを複雑な思いで眺めていた優美は、窓の向こうに視線をやった。船体に巻き付いた電飾の輝きが湖面に映り込み、進むごとに波紋が歪んでいった。

結局、寝る直前まで言い出せなかった。

このままでいられたらどれだけ幸せだろう、と心が折れそうになる。しかし、それは亮の人生を奪うことを意味する。

真ん中に小さな布団を敷き、川の字になる。貴彦が掛け布団の上に正座して「亮君」と呼び掛けた。いつにない硬い声に感じるものがあったのか、亮は優美の膝の上に座った。

「これから大事な話をするから、よく聴いてね」

亮が頷くと、貴彦はひと呼吸分の間を置いて話し始めた。

「物事には必ず終わりがあって、今日の花火もそうだけど、美しいものほど早く消えてしまう」

貴彦は唇を湿らせてから亮の目を見て言った。

「このままずっと、お父さんとお母さんとは暮らせない」

膝の上で小さな体にグッと力が入った。それだけでショックを受けていることが分かった。

「今、お父さんは悪いことをしてる。もう全部正直に話すけど……亮君の横浜のお母さんは子どもを育てることが、ちょっと苦手な人なのかもしれない。でも、茂おじいちゃんと塔子おばあちゃんは、亮君のことが大好きでね、すごく会いたがってる」

亮は何も反応を示さず、ただじっと貴彦の顔を見つめていた。

「本当はもっと早く連れていかなきゃダメだったんだけど、本当におじいちゃん、おばあちゃんが亮君のことを育ててくれるのかが分からなくて……」

貴彦はそこで「はぁ」とつらそうに息を吐くと、両手で頬をパンパンと叩いた。

「お父さんはね、初めて亮君の絵を見たときから、血のつながった子どもなんじゃないかと思ってる。毎日たくさん絵のことを話して、一緒にご飯を食べて、お風呂に入って……そうするうちに、亮君のいない生活が考えられなくなってしまった」

優美も胸が苦しくなって、涙が浮かんできた。この約三年の間に、亮は少しずつ笑顔の日を増やしてきた。家族でいろんなところに出掛けて、夜には物語を読んで、文字や箸の使い方を教えた。だが一方で、全力で泣いたり笑ったりする亮と過ごして、その純粋さに打たれて教わることの方が多かったように思う。

「どうしても帰らなきゃダメ？」

あまりにか細い声に、貴彦は「そうだね……」と言ったきり言葉を失い、タオルを目元に当てたまま動かなくなった。

膝の上に座る亮は、体を小刻みに震わせて静かに涙を流した。体温を通して悲しみが伝わってくる。

「また会える？」

「分からない。でも、たとえ会えなくても絵でつながることはできる……画家は孤独を恐れてはダメなんだ。最後は自分との闘いだから」

優美には、貴彦が自らに言い聞かせているように見えた。

「いっぱい本を読んで、いっぱい人の話を聴いて言葉を知ってほしい。絵を描くときは『何が描きたいか』『なぜ描きたいか』をできるだけ言葉にしなきゃいけない。キャンバスに向かう前から勝負は始まってるから」

こういうときでも貴彦は絵の話しかできなかった。その不器用さは本人も自覚しているだろう。だが、自分なりのやり方で大切なことを伝えたいという熱が、優美にはひしひしと伝わってきた。

「これから世の中がもっと便利になって、楽ちんになる。そうすると、わざわざ行ったり触ったりしなくても、何でも自分の思い通りになると勘違いする人が増えると思うんだ。だからこそ『存在』が大事なんだ。世界から『存在』が失われていくとき、必ず写実の絵が求められる。それは絵の話だけじゃなくて、考え方、生き方の問題だから」

全てを理解できたとは思えないが、亮はしっかりと頷いた。貴彦が亮の頭を優しく撫で、優美も自らの額を柔らかい髪にくっつけて泣いた。三人で一つになるこの幸せが、今日は悲しい。

優美が泣いていたからか、亮が心配そうに振り返り「お母さんは警察につかまるの？」と聞いてきた。

「大丈夫だよ」

そう答えた優美だったが、自分たち夫婦のこれからなど見当もつかなかった。亮を帰したその日から、警察は全力で犯人の行方を追うだろう。このまま逃げ果せることなど不可能ではないかと、半ば諦めてもいる。

「一緒に暮らせるのはあと二ヵ月ぐらいだから、その間はできるだけ『存在』について話すね。何度も言うけど、写実画を描くということは『存在』を考えること。情けないけど、お父さんは亮君にこれぐらいしかしてやれない」

「二ヵ月って冬？」

「そう。これから一日一日を大切に生きて、十二月になったら『神戸のおじさん』が迎えに来てくれる。おじさんと一緒に横浜へ行って、それで……」

再びタオルを目に当てた後、貴彦は声を絞り出すようにして言った。

「一緒に暮らした……お父さんとお母さんのことは、忘れなさい」

7

師走のその朝は、雪が降った。

明るくなる前に目を覚ました亮は、優美の布団に入ってきて声を押し殺すようにして泣いた。東京のアパートに来た最初の夜も、乾燥機で温かくなった布団の中で涙を流していた。

あれから三年――。優美は小さな頭を撫でながら、カーテンのない小さな高窓に視線をやって、はらはらと舞う雪を眺めていた。やがて一人で立ち上がると、ダイニングの石油ストーブをつけて少しの間暖を取った。洗面所で顔を洗ってから居間へ行き、手鏡で軽めのメイクをした。

居間は電気カーペットをつけっ放しにしていたので暖かい。メイクの後、亮に持たせるリュックの中身を確認した。着替えのセーターを手にし、改めて大きくなったと実感する。そして、貴彦がつくった木箱を取り出した。蓋を開けると、上下に歯型の穴が複数空いていて、不規則に白い欠片のような乳歯が九本入っていた。

愛らしい乳歯を見た瞬間、優美は耐えられなくなって木箱を床に置き、声が漏れないように両手で口元を覆った。

最初の下の前歯は、滋賀で抜けたのだ。朔之介とともに夕飯を食べていたとき、漬け物を噛んだ際に抜け、驚いて吐き出したのだった。その光景が浮かんだ後、堰を切ったようにいろんな「亮」が溢れ出してきた。

カーフェリーで北海道に着いたとき、夜の冷えた車内で毛布に包まっていた亮。病院に連れて行ってもらえず、高熱を出して苦しんでいた亮。「伊達武者まつり」で帰りが遅くなったとき、玄関先に座って優美を待っていた亮――不安、罪悪感、喜び……子どもがいなければ抱くことのなかった様々な感情が、優美を少しずつ大人にしていった。

自分たちといたことで友だちもつくれず、予防接種も受けられず、小学校にも行けず、亮には不自由な生活を強いてきた。

それでも、毎日が楽しくて仕方なかった。子どもの成長が、自分を必要としてくれることが、家族として育っていくことが、これほど尊いものとは知らなかった。

これ以上、亮のことを想うと心が壊れてしまいそうで、優美は無理に感情を断ち切り、震える手で乳歯の入った木箱をリュックに入れた。

「帰りたくない」

すぐ後ろで声がして、優美がハッとして振り返ると、泣き腫らした少年の目があった。

亮はしばらくの間、左手の親指の爪先を指でいじっていた。そして、意を決した顔で優美に訴えた。

「急に叩かれたりね、寒くても階段で待ってたり、硬いご飯を口にガーッて入れられたり……『嫌い』とか『死ね』とか、もう言われたくない。ずっと帰らなかったから、絶対怒られる」

きつく目を閉じ「僕、怖いよ」と震える亮を見ていると、胸が張り裂けそうになった。

ずっと言えなかったのだ。それを言わせてしまっている自分の情けなさがつらかった。

「おじいちゃんとおばあちゃんが育ててくれるからね。絶対大丈夫だから。それだけは絶対守ってくれるから」

抱き締めて骨張った背中をトントンと叩き「大丈夫、大丈夫……」と呪文のように唱えた。

最後の朝ご飯を食べた後、貴彦は亮にシュリザクラの美しいパレットをプレゼントした。

「本当のさよならじゃないからね。前にも言ったけど、僕たちは絵でつながってる」

午前十時過ぎ、朔之介がやって来た。

「一つ、記念撮影といきましょか」

茶を飲む時間も取らず、大きなショルダーバッグから立派な一眼レフカメラと折りたたみの三脚を取り出した。

縁側の戸を開け放ち、その前に椅子を並べた。亮を真ん中にして腰掛けたが、外は雪なのでかなり寒かった。

「はい笑って……みんな表情硬いな。三人とも素人みたいやで」

関西弁でうまく乗せられて、やっと笑うことができた。朔之介は何度もシャッターを切り「まぁ、一枚ぐらい使えるやろ」と言って、カメラと三脚をバッグに戻した。

亮がトイレに行っているとき、朔之介が「お約束は必ず守ります」と書かれた木島茂のメモを貴彦に渡した。

「優美さんの英語塾は年内いっぱいでしたね？　お二人も早めに区切りをつけて東京に戻ってきてください。間違いなく亮君の写真が報道されますから、ここも安全じゃなくなる」

貴彦は酒井龍男に宛てた謝罪の手紙を朔之介に手渡した。

「しばらくは大騒ぎでしょうから、落ち着いたら三人で謝りに行きましょう。お二人の人柄も知ってはりますし、きっと分かってくれると思います」

優美は朔之介に「お茶の一杯でも」と勧めたが「小樽に寄ってから帰るんで」と断った。長居すると別れがつらくなると分かっているのだろう。

これで本当の最後となる。玄関先で膝をつき、亮のマフラーを巻き終えた優美は、三年で大きくなった体を抱き締めた。

「ありがとうね、亮君、本当にありがとうね……ありがとう、ありがとう……」

ずっと涙を我慢していた亮が、声を上げてしがみついてきた。優美はありったけの想いを込めて愛しい子を抱き留めた。

「ずっと味方だからね。何があっても、亮君のことを想ってる人がいるからね」

朔之介に手を引かれ、亮が遠ざかっていく。周囲は雪化粧した畑が広がり、遮るものは何もない。雪は音もなく落ち、時折小鳥が甲高くさえずる。

畦道の二人が少しずつ小さくなっていく。雪を見るうちに、優美は滋賀の高木浜で見た貴彦と亮の〝親子〟の足跡を思い出した。それから「有珠山サービスエリア」で春霞を見つめ、洞爺湖の打ち上げ花火を見上げていた亮の横顔が頭をよぎり、もう一度だけあの柔らかい髪を撫でたいと切に願った。

いくら胸の内で「行かないで」と叫んでも叶わない。『Ｌｏｎｇｉｎｇ／Ｌｏｖｅ』のかかるアトリエで、貴彦と二人で夢中になって絵を描いていた、あの光景を見ることは二度とないのだ。

下り坂の手前で亮が振り返った。両腕を頭上に伸ばして何度も交差させる亮に、優美と貴彦も力の限り手を振った。

朔之介に何か言われた亮は一つ頷くと、最後にもう一度大きく腕を交差させ、下り坂の向こうに消えた。

どうかあの子が幸せな人生を歩めますように――。

優美は両手をきつく組み合わせて祈った。そして玄関まで走って戻ると、その場に蹲って歯型がつくほど指を噛んで泣いた。

コートのポケットに入れていた七夕の短冊を手にする。止めどなく溢れる涙が、幼くてかわいい文字を二重、三重にした。

――みんなといっしょで　ずっとくらしたい――

終章——再会——

果つる先のない一本道が、消失点まで続く。

朔之介が運転する「レクサス」のクーペが、落ち着いた走行音を響かせてスムーズに前へ進む。後部座席に座る門田は少し窓を開けて、晴天の北海道がもたらす涼風を頬に浴びた。目を閉じれば眠ってしまいそうなほど気持ちいい風だった。

高齢者にハンドルを握らせて後ろの席でふんぞり返っているのは気が引け、何度か運転を代わると申し出たが、その都度明るく断られた。

「あと何年かしたら免許返納せなあかんからね。ええ見晴らしに、ええ車。最高の贅沢や」

門田は本当に贅沢だと思った。晴れた日の北海道を車で走っていると、会社の人間関係や老いてゆく寂しさが薄れていく。

焦茶の土色に染まる広大な畑の向こうで、羊蹄山が悠然と構えていた。

「こうやって見ると、本当に富士山みたいですね」

「阪神の帽子みたいでしょ?」

いかにも年季の入った関西人といった感想だが、確かに山が縦縞に雪を落として独特の風情がある。

昨日、酒井龍男の自宅に来た朔之介は応接室に座ると「気付けの一杯」と言い訳し、手酌で「へネシー」をグラスに注いだ。その遠慮のない様子に、酒井との深い信頼関係が窺えた。

「心の片隅で、こんな日を待っていたのかもしれません」

そう前置きした朔之介は、野本貴彦、優美、そして内藤亮がともに過ごした「空白の三年」と、その後の三人について詳細に打ち明けた。

複雑な軌道を描いた〝親子〟の人生を、朔之介は原稿でもあるのかと疑いたくなるほど破綻なく語った。その筋の通った話しぶりが「こんな日を待っていた」という彼の言葉を裏付けていた。

夕食を挟んで夜深くまで続いた朔之介の告白。門田は時折質問を差し挟みながら、少しずつ真相に迫っていった。

全てを話し終えると、朔之介はさすがに疲れた顔を見せて漏らした。

「これ以上、野本貴彦の絵を独り占めできませんわ」

三十年余り、秘することを守り続けた画商の本音だった。

流れゆく大らかな景色が、門田の心象に働き掛ける。車に揺られながら、知られざる刑事たちの辛苦を思い描いた。

警察は確かに重要な不審人物を見失い、同時に木島茂の信用も失った。だが、彼らは時効を迎えても、マスコミに非難されても、刑事の本分を忘れなかった。

定年後も一人、細い糸を手繰(たぐ)って全国を駆けずり回った中澤。思うように体が動かなくなっても「港の見える丘公園」へ向かう三村。霧笛橋の周辺で闇に消えた犯人の幻影を追い続ける富岡。中澤と被害者対策班の一員として臨場した先崎も、狂言の線で被疑者の相関図をつくり続けている。

特に記者嫌いの先崎が、時効になったとは言え新聞記者に調査を依頼するのは屈辱だっただろう。だが、中澤との関係一点において目を瞑って情報提供したに違いない。

そんな刑事たちと因縁を持つ門田が、心の中で彼らに語り掛けた。

空白を埋めに行ってきます――。

ずっと望遠で捉えていた羊蹄山の山肌が、肉眼の距離に迫ってきた。

車が目的地の京極町に入った。


林の中を進んでいた日産「エルグランド」が、ゆっくりと四輪駆動のタイヤを止めた。

「ここです」

フロントガラス越しに見える若葉が手招きするようにそよぎ、里穂はそこに薫風の姿を見た。

岸優作が運転席から降りると、里穂は後部座席のスライドドアに手を掛けた。

新千歳空港から車で約二時間。酒井龍男が建てたという京極町の館に到着した。

「この林って、全部家の庭なんですか？」

「やっぱり企業家って、スケールが桁違いですよ。お互い、道を間違えたね」

優作の後に続いて歩を進める。周囲は原生林ではなく、人の手が入った自然だ。芝を敷いた小さな丘が至るところにあり、背の高い木々が群れて陰をつくっている。

視線の少し先に瀟洒な建物があった。和洋折衷の二階建て。外壁は板張りで、二階に整然と並ぶのは縦長の格子窓。対照的に瓦屋根は重々しく、末広がりの兜のようだ。優作によると、この母屋は小樽にある酒井の自宅とよく似ているらしい。

隣接と言っていいのか分からないが、その三十メートル東に佇む建築物はさらにユニークだ。

立方体と直方体をL字に組み合わせただけの、子どもが描きそうなシンプルな外観。手前の立方体が平屋、奥の直方体が二階建てなのか倍ぐらいの高さがある。だが、実際に二階の有無が分からないのは、正面から見て一切窓がないからだ。そして外壁は、全てシラサギのような白さで統一されている。この異様なオーラを放つ建物が、画家・如月脩のアトリエだった。

ここに亮がいる――。

そう思うと里穂の胸は高鳴った。

スマホの待受画面を表示する。北海道大学の芝生の上でミルクティーの缶を持っている自分の絵。高校生のころに亮が描いてくれた作品を見て、自らを勇気づけた。

漏れ聞こえる微かなピアノの音に耳を傾け、玄関スペースに足を踏み入れた。グレーの大判タイルが敷かれた段差のないバリアフリー仕様で、落ち着いた雰囲気が漂う。

突き当たりがトイレで左右に部屋があるだけという極めて単純な構造だ。生活のにおいが一切せず、創作以外の要素を削ぎ落とすという強い意志が感じられた。

左手の直方体の部屋の向こうから聞こえていたピアノは、ＣＤではなく生演奏だった。そして、その旋律で演奏者が誰であるかが分かった。

ジョージ・ウィンストンの『Ｌｏｎｇｉｎｇ／Ｌｏｖｅ』は、二人にとって大切な曲だ。里穂はあまりの演奏の滑らかさに驚いた。ずっと練習を続けていたのかと思うと、胸が熱くなる。

「ピアノを弾いてると、頭をからっぽにできるそうです。とりあえず、こちらへ」

優作に案内された部屋は、如月脩の作品展示室だった。正方形の空間の縁を象るように二十数点の額が吊るされ、いくつかの小品は細長い鉄製スタンドに載せて見せている。

絵の他に目を引いたものもあるが、まずは上品なベージュの壁の前に展示されている絵画に心奪われた。里穂の中で記憶と現実がシンクロしていく。

高校生のときに亮のアトリエで見せてもらった絵と同じ構図のものがいくつもある。スケッチブックにあった旧型の布団乾燥機と滋賀・高島の棚田。青々と瑞々しい棚田は、スケッチブックのデッサンとともに里穂がその目で見た雪の棚田とも重なり合わさる。

そして、亮のアトリエのイーゼルにあった小川の絵の前で、里穂はしばらく動けなくなった。高校生のときからずっと手を入れ続けてきたことが分かったからだ。躍動する水の流れが、当時とは比べものにならないほどの厚みで描かれている。

「その湧き水の絵、いいですよね」

「湧き水？」

確か亮も同じことを言っていた——モデルになった場所を聞こうとしたタイミングで、亮の祖母が部屋に来たことを里穂は懐かしく思い出した。

「この近くに『ふきだし公園』っていう場所があるんですけど、そこの湧水を描いたものなんですよ。今日、ぜひ寄ってってください。透き通る水が本当にきれいなんです」

また一つ、心のノートに大切なエピソードが書き加えられた。亮が見ていた景色をなぞることができる。「彼の過去」と「自らの現在」に交点を見つけ、里穂の胸に喜びが込み上げた。

他にも大小様々な風景や静物の写実画が並び、それぞれが圧倒的な存在感を放っている。人気の美人画系の絵は一枚もなかった。里穂にはこの部屋が「如月脩」というより「内藤亮」の作品室に思えた。

絵画とピアノの音色によって全身で彼を感じていた里穂だったが、やがてその耳に徐行する車の音が聞こえ始めた。

「童話に出てきそうな建物ですね」

車から降りた門田は「我が道をゆく」といった雰囲気を漂わせるアトリエに近づいた。思わず触りたくなる真っ白な外壁の質感は、スプレーでは出せない。左官の丁寧な仕事が明るさと重厚感を両立させている。

何枚か写真を撮った後、朔之介に続いて玄関に入った。ピアノの生演奏に驚いた門田だったが、案内されたのは反対側の部屋だった。

「一旦、こちらで待ちましょか」

如月作品の展示室には先客がいた。二人ともマスクをしていたが、門田はそのうち一人が朔之介の息子の優作だと気づいた。しかし、見た感じ三十歳前後の女性には見覚えがなかった。

「お茶でもいただきましょう。奥にソファがありますから、どうぞお掛けください」

朔之介はそう言って展示室を出た。

部屋の奥にテラスがあり、半円形のソファと細長いガラスのローテーブルが見える。先客がそこに立っていたので、門田は名刺入れを手にして「どうもお邪魔いたします」と二人に近づいた。

優作は門田と名刺を交換する際「お噂は父から聞いてます。さすがの父も白旗を揚げてましたよ」と言って笑った。

女性の名刺には「わかば画廊　土屋里穂」とある。門田が「土屋さんも如月さんとお付き合いがあるんですか?」と尋ねると、優作が「土屋さんは亮と高校の同級生なんです」と教えてくれた。

「なので、今日は同級生としてここにいます」

なぜ級友がここにいるのかは分からなかったが、門田は亮に友人がいると知って安堵した。昨日聴いた朔之介の話が、まだ深く胸底に沈殿している。

朔之介と一緒に、ライトグレーのマスクをした女性がカップの載ったワゴンを押して入ってきた。

亮はあの和洋折衷の館に一人暮らしをしていると聞いたが、朔之介は確か、お手伝いがいると言っていた。

雰囲気から女性が高齢であることが分かる。紅茶のカップとクッキーは各自で取ってテーブルに置いた。ソファが半円形なので、それぞれが適切な距離を空けて座った。

正面から見たときは窓がなかったが、側面には酒井が好きそうな洋風の格子窓があって庭の緑が見える。

全員が示し合わせたようにマスクを外し、門田が紅茶のカップを手にしようとしたとき、里穂と目があった。

妙な間が空いたのは、その引っ掛かりが門田の一方通行ではなかったからだろう。

「あっ」

声を出したのは里穂の方だった。少し遅れて門田も思い出した。

高木浜だ――。雪色に染まった湖の畔で、門田は貴彦の風景画のモデル地を探し当てた。後からその湖岸に来た女性が、まさに里穂だった。

奇跡的な再会に二人は声を出して笑った。聞けば、里穂は亮の絵のモデルを探しに滋賀へ行ったのだという。

「あの棚田の絵なんですけど」

里穂が指差した棚田の作品は、同様のものを貴彦も描いている。同じ関東から一人が貴彦の影を、もう一人が亮の影を追い求め、白銀の琵琶湖で人生が交錯していた。

「こんなことってあるんですね」

長い記者人生の中で何度か口にした言葉だが、これほどの奇遇は経験がなかった。

門田には里穂が分厚いコートの袖で涙を拭っていたような記憶がある。きっと彼女にも事情があるのだろう。

お茶を飲み終えると、門田は朔之介に部屋の中を案内してもらった。中央にはこの建物に合わせたようなキューブ形の展示台があり、旧型の布団乾燥機や木製パレットなど静物作品のモデルが並ぶ。パレットは貴彦が亮に贈ったシュリザクラのものらしい。色の深みからかなり使い込んでいることが分かる。

門田は一体のガンプラの前で足を止めた。これは朔之介が幼い亮に買い与え、後にリュックから出てきたものだろう。一九九〇年発売の旧キットだ。中澤も同じものを持っていたので、門田は胸に迫るものがあった。

「有珠山サービスエリア」から見た春霞の絵も、貴彦と同じ大きさのキャンバスに描かれていた。

「美術界の雑音に鼓膜を破られた野本貴彦が、絵に哲学を求めたのは当然の帰結やと思います。ここにはいわゆる売り絵が一枚もありません。亮君には野本イズムが流れてるんです」

朔之介の言う通り、作品群を鑑賞すると、亮が画家・野本貴彦の背中を追っていることが見えてくる。

その画家は同じ曲を何度も演奏していた。いつ終わるか、何をきっかけに終わるかは誰にも分からないという。ただ確かなことは、演奏が終わると絵の世界に戻っていくということだけだ。

門田は昭和につくられたであろう布団乾燥機が気になり、許可を得てから手に取って、しばらく眺めた。

長く続いたピアノの音色が止んだ。

優作がソファから立ち上がり、門田と里穂に向かって言った。

「さて、そろそろ行きましょうか」

とうとうこの日を迎えた。

優作に続いてアトリエに入った里穂は、異空間に紛れ込んだような気になった。

外壁と同じく白で統一されたアトリエは全て吹き抜けになっていて、高い天井の中央に大きな正方形のライトが埋め込まれている。中央奥に画材道具を集めた作業台があり、箱のような筆置きに細筆から角筆まで十五本ほどが寝かせてある。絵の具のチューブも整然と立てられていて、面積十分の四角いパレットは大理石でできていた。

仕事上、画家のアトリエを訪れる機会が少なくない里穂だが、大抵は数種類の静物のモデルが転がっているものだ。だがこのアトリエは極端に物が少なく、それ故に五十畳あるという部屋がさらに広々として映る。

後から入ってきた朔之介と門田が何も言葉を発さないのは、空間に漂う緊張感がそうさせているのかもしれない。恐らく光を均一にするためだろうが、室内には窓がない。天井が高く面積もあるので本来は開放的なはずが、脱力することを許さないような張り詰めた空気が流れている。

SNS上では「ゆるーく」や「まったり」などという言葉が好んで使われているが、如月脩の創作現場はそういった世の中の雰囲気を完全に無視していた。

京極町に来るまでの車内で、里穂は優作から亮の過去についてたくさんのことを聞いた。だからここが、野本貴彦が話していた理想のアトリエであることにもすぐに気づいた。

入口と対角線上にあるグランドピアノ。その向こうで椅子に座った亮が、天井を見上げていた。室内灯の白い光を浴びている様子が神秘的で、この場にいる五人の中で彼だけが別世界にいるようだった。

　ほとんど誰とも会わない生活を表すように、亮はマスクをしていない。チャコールグレーの薄い長袖シャツをだらしなく着ているものの、ラフさ加減が色落ちしたジーンズとよく合っていた。必要以上のオシャレを楽しまなくなった今の里穂は、質素な服装が様になる人に憧れを持っている。まさしく彼は、服以前に存在感を身にまとっていた。

　椅子から立った亮が中央奥にある作業台の横に歩いて行き、訪問者たちに軽く頭を下げたので、里穂も慌ててお辞儀した。そして顔を上げたとき、亮の視線が真っ直ぐ自分の目を捉えていた。やっと会えた……そう思うと自然と涙が込み上げた。里穂は彼の美しい二重瞼を見返した。

「うまくなったでしょ？」

　真っ先に話し掛けてくれたことが嬉しかった。ピアノのことだと気づいた里穂は、ハンカチで目尻を拭きながら「別人みたい」と言って笑った。弾き手の感情が伝わるいい演奏だった。

　あれほど細密に描写する手がありながら、亮のピアノの才能は絶望的なほどだった。オクターブの感覚が分からずに固まったり、恥ずかしそうに音階を口にしながら鍵盤を押さえたりしていた男子高校生の影は微塵もない。

「よくあんな難しい曲をノーミスで弾けるね」

「いや、この曲しか弾けないんだ」

　静かなアトリエに笑いが起こる。

「いつ来ても同じ曲を聞かされるのは、結構つらいよ」

　優作の冗談にまた場が和む。関西弁こそ使わないが、話し上手なのは親譲りなのかもしれない。

その優作が移動したので、里穂たちもつられて歩いた。ちょうど部屋の端と端で向き合うような形になった。

「今日はわざわざ申し訳ありません」

亮は再び頭を下げると、作業台にある銀色の装置に近寄った。スイッチと小さなレバーが二つずつ付いている。

「お二人に観ていただきたい絵があります」

亮がスイッチを押すと唸るような機械音がして、彼のすぐ後ろの床に走っている長い溝から、特大のキャンバスがゆっくりと姿を現し始めた。

電動イーゼルは、画商の娘として育ってきた里穂ですら見たことがなかった。さらにこれだけの規模になると唖然とするしかなく、映画のワンシーンでも観ているようで圧倒されてしまった。

段々と全容が明らかになっていく。優作から話を聞いていたおかげで、里穂はこの絵に誰が描かれているのかを察することができた。

イーゼルが止まり、完全にキャンバスが露出した。見上げなければ視界に収まらない大作を前に、里穂はもちろん、門田も言葉を失っていた。同じ人物画でも、よく売れている美人画とはまるで別物だ。

五百号はあるだろうか。民家の縁側に椅子を置いて座る三人の家族。向かって右側の男性が野本貴彦、左側の女性が野本優美、真ん中の少年が亮なのだろう。大人二人はかろうじて笑みをつくっているが、亮は口を真一文字にして泣き出しそうな顔をしていた。

背景は庭の木々や灰色の塀、遥か向こうにほんの少し山脈が見える。庭に舞う雪が美しくも儚い。室内で撮られた写真にもかかわらず、窓を開け放ったことによって風景画としての趣も加味されている。

中でも里穂は、野本優美の表情に魅せられた。端整な顔立ちから心情を見出すのが大変で、哀愁や安らぎ、諦念に愛情、見方によって解釈が変わる多面的な女性がそこにいた。

驚いたのは、野本貴彦と亮の顔が似ていることだ。当然ながら血のつながりはないのだが、二人は繊細で中性的な雰囲気を共有していて、くっきりとした二重瞼は遺伝のようだった。

キャンバスの左隣に銀色のパネルがあり、拡大された家族写真が真鍮のマグネットで貼り付けられている。だが、その写真の役割はもう終わっている。絵画は既に迫りくる臨場感を漂わせていて、里穂にはキャンバスが今、二次元と三次元の間を行き来しているように思えた。

人の温かみが作品そのものを包み込もうとしていて、最大限に単純化して言えば、三人は家族にしか見えなかった。両親からは品格が、子どもからは可能性が感じられ、親子は確かに一体となっていた。

「これ、お父さんの絵なんだ」

思いがけない言葉に里穂は「亮君の絵じゃないの？」と反射的に尋ねていた。人の作品なら、わざわざ電動イーゼルに固定して、パネルに写真を貼る意味がない。

亮は間近にあるキャンバスを見上げながら答えた。

「僕が未完成の絵を引き継いで描いてる」

門田は隣にいる朔之介の横顔を盗み見た。

この写真は家族で暮らした最後の日に、彼が撮ったものだ。その写真がこうして神がかった絵画になることを、当時想像できただろうか。

「芸術に完成はない。諦めただけだ」

朔之介がつぶやいたのは、貴彦が好んで使っていたダ・ヴィンチの言葉だ。小さな声だったが、静かなアトリエではよく響いた。

「でも、この絵は諦め方が分からないんです。一枚ぐらい写実画家として宿題があった方がいいんじゃないかって、今はそう思って描いてます」

定年が目に見えるようになってから、門田は「託す幸せ」について考えるようになった。親が子に想いを託し、先輩が後輩に経験を託して社会は前へ進んできた。自らがリングを降りる寂しさや無念は、誰かに託すことでしか消化できない。受け取ってくれる人がいる——その幸せが今の門田には眩しい。

「油絵って不思議なんですけど、絵の具の層に土地の空気が入ってるんです。だからこの絵を描いてるときは、僕は父と会ってるんです」

託す者と受け継ぐ者として、野本貴彦と内藤亮は一本のロープでつながっている。

門田はこの絵を見るまで「空白の三年」は「三年だけの疑似家族」の話だと理解していた。しかし、それは間違いだった。家族はキャンバスの中でずっと生きていた。決して完成することのない絵の中で。

亮が横浜の木島家に姿を現し、日本中がパニックになった。警察は無論のこと、マスメディアも総力を挙げて犯人を追い掛けた。だが、それぞれの組織は予想だにしなかった壁に進路を阻まれた。

木島茂だ。茂は貴彦たちとの約束を守り、警察の捜査に協力せず、マスコミの取材も拒否し続けた。

そして、世論のいい加減さが茂の味方についた。メディアは常にネタが取れる否かが生命線であり、次々と宿主を変える。世間の耳目がよそへ向くと、捜査機関への重圧も薄まる。現場の刑事が狂言の線を強く押したところで、証拠がなければ公判維持はできず、検事が渋面を見せるのは自然なことだった。

しかし、実際はその水面下で事態は動いていたのだった。

一九九五年一月、亮が横浜に帰って一ヵ月後のことだ。朔之介と野本夫妻が小樽で酒井と会い、全てを打ち明けた。事前に手紙で知らせていた上、連日複数のメディアが事件について報道していたので、酒井はほぼ全容を理解していた。

「乗り掛かった船ですから、最善を尽くしますよ」

荒波を乗り越えてきた企業人の懐の深さに、貴彦と優美は助けられた。

だが、既に歯車は狂い始めていた。波乱の九五年。特に一月の「阪神・淡路大震災」と三月の「地下鉄サリン事件」は歴史的な大惨事となり、社会が騒然としていた。

野本夫妻は表面上、東京での生活に順応しているように見えたが、警察の影に怯える優美は自律神経が不安定になって体のあちこちに痛みが出るようになった。

亮に会いたい――。貴彦も優美も亮が心配でならなかったが、祖父母と生きようと頑張っている子どもの邪魔はしたくなかった。経済面の格差もそうだが、何より義理を果たしてくれた木島茂を裏切ることなどできない。

優美は再就職した英語塾を休みがちになり、貴彦も新作のためのロケハンに行かなくなった。旧作にサインを入れ、それを酒井が買い上げる形で何とか生活が保たれていた。

東京に帰ったからと言って、時計の針は巻き戻らなかった。亮への想いと警察の影。あれほど満ち足りていた二人の生活が、いつか見た霞の向こうに消えていく。朔之介は若い夫婦のことが気掛かりで、事あるごとに二人を食事に誘った。だが、それもほとんど効果はなく、特に優美の笑顔は会うごとに少なくなった。

そんな悶々とした生活を二年ほど続けて迎えた九七年二月某日。朝、冬の空に立ち籠める黒い雨雲を見た貴彦は、嫌な予感にため息をついた。それからものの一、二分でその予感は現実のものとなる。

一軒家の窓から空を見上げていた貴彦が視線を落とすと、路上に男が立っていた。

兄貴――。

黒いキャップをかぶった雅彦が近づいてきたので、貴彦は玄関まで走っていった。優美のことを考えると、絶対に中に入れるわけにはいかなかった。

「おまえにしては、なかなかやってくれたな」

雅彦が乗ってきた軽自動車の助手席で、貴彦は沈黙を続けた。型の古いマニュアル車で、振動の大きさと座席の硬さでかなり乗り心地が悪い。それが如実に雅彦の現状を表していた。

「単刀直入にいくわ。内藤亮を拐った奴らがさ、全部ぶちまけるって言ってるわけ」

予想していた通り、口止め料の話になった。だが、貴彦は兄が何を言っても頑なに口を開かなかった。相手に緒（いとぐち）を与えないこと、また雅彦にしても大事な金蔓（かねづる）を失うわけにはいかない、という事情をよく理解してのことだ。

「ここで手を打っておかないと、あいつら、おまえたちのところに来るぜ。今は何とか俺が食い止めてるって状態なんだよ」

ひたすら無視を続ける弟に業を煮やした雅彦が、声を荒らげたり宥めすかしたりしても、貴彦は貝になったまま押し通した。

「おまえは知らないだろうけど、逮捕(パク)られたらきついぞ。一回でも前科がつきゃ、やり直しなんか利かない。おまえだけじゃない。優美もおんなじ目に遭うんだぞ」

あの手この手で籠絡しようと試みた雅彦だったが、ついに根負けし「ヤクザ敵に回すとほんと厄介だぞ」と、陳腐な捨て台詞を吐いて去って行った。

貴彦が家から二、三キロ離れた地点で車を降りたのは、優美にどう伝えるか迷ったからだ。だが、勘のいい妻にあからさまな嘘は通じないと思い、正直に打ち明けた。

優美と話し合った結果、朔之介に相談することにした。東京を離れた方がいいと判断した朔之介は、再び酒井に助けを求めたが、後援者から返ってきた答えは意外なものだった。

——自首するというのも、一つの手かもしれません——

酒井は朔之介から夫婦の精神状態が悪化していることを聞いていたらしく、たとえどのような刑罰が下ろうとも自分が責任を持って支えていく旨が書かれていた。

絵を買ってくれる後援者から自首を勧められたことは、野本夫妻に少なからぬショックを与えた。恐れていたことが現実に迫ってきたのである。

人生の岐路になるような決断なだけに、朔之介も慎重に判断するよう助言した。

二ヵ月後の四月、雅彦がまた家に来た。今度は強引に上がり込んできたので、優美も一緒に会うはめになった。

「もう後がない。おまえら、本当に殺されるぞ」

再訪に二ヵ月かかったということは、雅彦自身も東京にいられない事情があるのではないか、と貴彦は勘ぐった。顔色から服装まで全てが荒(すさ)んでいて、かなり追い詰められていることが透けて見えた。

「貴彦、おまえ銀座の『六花』っていう画廊の世話になってるんだな」

尻に火がついた状態でも、雅彦は小悪党らしく弱点を調べていた。犯罪者のくだらなさをこれでもかと見せつけられ、情けなくなった。

貴彦は怒りで我を失いかけたが、隣の優美が「雅彦さんには関係のないことです」と冷たく言い放って、相手の出鼻をくじいた。

「でも、おまえらに金がないなら、その画商に頼るしかないだろ」

未練がましく金を無心する兄にほとほと愛想が尽き、貴彦は追い立てるように雅彦を帰らせた。

だが、これで諦めるような兄ではなかった。もし、やけになった雅彦が全てを暴露するようなことになったら――。最低限の矜持がない男だけに、小金と引き換えに情報を売る可能性は十分にあった。

そうなると木島家や朔之介に大きな迷惑を掛け、亮の人生にも悪影響を及ぼすことになる。

一方で二人が自首した場合も、裁判を通して詳細が明らかになることは否めない。どちらに転んでも、迎える結果は同じようなものだった。

数日にわたって話し合った結果、夫婦は自首することに決めた。悪党に金を毟(むし)り取られるより、一度罪を清算して再スタートを切る方がいいと判断したのだ。

翌五月、商用で東京を訪れる酒井と会って、結論を伝えることにした。その前日、朔之介と電話で話した貴彦は途中から泣き始め、犯罪に巻き込んでしまったことを何度も侘びた。そして電話を切る前、掠れた声で言ったのだった。

「やっぱり、悪いことはできませんね」

だが当日、酒井との会食の席に現れたのは優美だけだった。茫然自失といった感じの彼女が疲れた顔で告げた。

「貴ちゃんがいなくなりました」

酒井は自分の手紙が、繊細な画家を追い詰めてしまったのかもしれないと、後悔した。真相を明かさぬまま捜索願を出したところで、警察が事件性のない行方不明者を追うとは思えない。かと言って貴彦に黙ったまま「空白の三年」について告白することもできなかった。

酒井と朔之介に打つ手はなく、まんじりともせず貴彦の帰りを待ったが、時だけが虚しく過ぎていった。

六月の雨の日、朔之介が夫婦の自宅を訪れると、優美の姿がなかった。不吉に思ったのは、家から暮らしの気配が消えていたからだ。朔之介は周辺に聞き込みをしたものの、近所付き合いのない若い夫婦の動向を知る者はいなかった。

それ以来、二人の行方は杳として知れない。


門田は犯罪を背負うことの重みを考えずにはいられなかった。

被害者家族と警察との溝を突いた朔之介の計画は、一見うまく運んだように見えた。だが、貴彦と優美には、ただ夫婦として暮らすということが途方もなく難しくなっていた。事実、帰京後の二人の生活は、二年半で破綻している。

門田が小樽へ行った際、酒井が朔之介へ電話を掛けて言った。

——彼に一縷の望みを託したい——

それは門田の記事によって、二人に呼び掛けようとする試みだったのかもしれない。

祖父母に育てられた亮は、中学生になって初めて「六花」を訪れた。神田の倉庫に連れて行かれた彼は、野本貴彦が残した数々の作品に圧倒される。そして、高島や伊達の風景を見て感極まって泣いた。

貴彦と優美に会いたいとせがむ亮に、朔之介が伝えられることは一つしかなかった。

「どこにいるか分からんのや」

拳を握って現実と向き合う亮の前に、未完成の大作が掲げられていた。キャンバスの中の両親は、亮に微笑み掛けていた。

あれから「如月脩」という名の画家になった亮が、引き継がれた絵を見上げている。

彼について考えるとき、門田は「大日新聞」の記者たちが集めた聞き込みメモを思い出さずにはいられない。

重くなったオムツを身につけ、拾ったパンを口にし、ガリガリに痩せているにもかかわらず、食料にありつくと食べすぎてお腹を壊す。そして部屋から追い出され、一人、アパートの階段で花札の絵を描いていた——。

だからこそ、彼は会いたいのだ。本当の「お父さん」と「お母さん」に。

「父は写実画を描くことで『質感なき時代に実を見つめる』大切さを教えてくれました。もう会えないかもしれない。でも、この絵には締切がありませんから、諦めません」

亮の真摯な言葉に、門田はノートに万年筆を走らせた。

「不可能だから、信じられるんです」

緑のトンネルの間を赤茶けた下り坂が続く。

高い木々の上からセミの声が聞こえて、里穂は驚いた。五月の涼しい北海道で、声変わりしたヒグラシのようなセミが鳴いている。

坂を下りきって、湧き水の吹き出し口に辿り着いた。

亮と二人きりで歩くのは、何年ぶりだろう。

「ここを描いたんだ」

隣の彼を少し見上げてから、里穂は流水の鳴る方へ視線を移した。

躍り出るような湧水が派手に白い波を立て、苔むした岩や石の間を流れていく。周囲の若葉が微風に揺れ、セミの合唱を背景に小さなコムクドリのキュルキュルという鳴き声が心地よく耳に響く。羊蹄山から生み出される新しい水と、希望に満ちたような瑞々しい木の葉が光り輝いている。気持ちに張り合いが出る、生命力に溢れた場所だった。

十八年前に亮の部屋で観た三〇号のキャンバス。あの絵の世界が今、目の前にある。

「亮君はここにいたんだね」

「ふきだし公園」の鮮やかな風景の中、ただ佇んでいるだけで喜びが込み上げてくる。里穂は生まれ変われそうな気がして、清らかな空気を肺いっぱいに吸い込んだ。生きていれば、こんな素敵な瞬間に出会える。

これまでは、好きな人と結ばれることが幸せだと思ってきた。でも、今は違う。忘れられないほど好きな人、どんな道を歩もうともずっと太陽のように自分の心を照らしてくれる、そんな人と巡り会えることが、本当の幸せなのだと気づいた。

「今度、あそこ行こうか?」

隣で里穂が首を傾げると、亮が「シンボルタワー」と言ったので、二人で声を上げて笑った。

思えば変な出会いだった。『Ｌｏｎｇｉｎｇ／Ｌｏｖｅ』の旋律とともに、無心になって階段をスケッチしていた彼の横顔が蘇る。何の因果か、高校でも階段で再会した。

それから互いに別々の階段を上ってきたが、こうしてまた同じ地点へ導かれた。

「高校生のときにさ、亮君の部屋で『うちの画廊に一枚描いて』ってお願いしたら、ＯＫしてくれたの憶えてる？」

亮は懐かしそうに頷きながら言った。

「また階段を描けばいい？」

二人でふらりと歩いて、遊歩道の上から新緑で縁取られた池を眺めた。透き通る湧き水が陽光を照り返して輝き、不規則な波紋が葉の影を揺らす。

「卒業式の日にね、ずっと亮君を捜してたの」

式の後、里穂は自転車に飛び乗って亮の家へ急いだ。だが、そこからは既に生活の空気が失せていた。

「これを渡そうと思って」

里穂はバッグから思い出の封筒を取り出し、亮に差し出した。

彼への正直な気持ちを綴った手紙。あのとき、この手紙を亮に渡せていたら、二人の未来は変わっただろうか。

亮はしばらく黙ったまま封筒を見つめていた。それから視線を空に移して言った。

「さっきの絵を描くって話だけど、もう一度土屋さんを描くよ」

里穂は嬉しさが胸に詰まって、声が出なかった。

希望に満ちていた高校生の自分といろいろあって少しは大人になった自分。生きてきた証を世界で一番好きな画家に描いてもらえる幸せ。

「約束できる?」

亮が小指を差し出して、互いに向き合った。見つめ合ううちに、瞼がじんわり潤んでいく。ぼやけて見える彼の長い指に、里穂は震える小指をそっと絡めた。


背の高い木々の葉が、五月の風にそよぐ。

その心地いい囁きを耳にしながら、門田はアトリエの外にある林の中を歩いていた。

「空白の三年」の真っ只中に飛び込んだ今、中澤からたびたび言われた台詞が蘇る。

「結局、門ちゃんは何でブンヤやってるの?」

三十一年前、警察庁の記者クラブで被害児童の写真が一枚もないと知らされて感じた闇。その闇に光を照らしたのが野本貴彦の芸術であり、優美の愛情だった。

あの誘拐事件の裏側にあった紛れもない事実。目に見えているのに気づいていない、そんな存在の美しさをこの世に表すため、貴彦や亮は絵筆を握り続けてきた。

貴彦と亮の「実在」を書きたい、と門田は心の底から思った。「生きている」という重み、そして「生きてきた」という凄み。

この原稿の着地点に、或いは中澤の問いに対する答えがあるのかもしれない。

和洋折衷の館とアトリエの間に小さな菜園がある。先ほどお茶を出してくれたお手伝いの女性が、数種の青々とした葉にジョーロで水をやっていた。

少し離れた所でその様子をぼんやりと眺めてから、門田は真っ白なアトリエの方に視線を移した。

あの家族写真の絵は、いつ完成するんだろう。そう思った刹那、門田の脳内風景は作品展示室に飛び、胸騒ぎがした。何かが引っ掛かる気持ち悪さを覚えたそのとき、キューブ型の展示台にあった旧型の布団乾燥機の画像が迫ってきた。

なぜ、あれがここにあるのか――。

無意識に視点を変えた門田は、目の前の風景に違和感を覚えた。

家庭菜園で水やりをしていた女性が、ジョーロを片手に自分の方を見ていた。

ほっそりとした体型で、白いブラウスと濃紺のロングスカートが清楚な雰囲気によく合っている。

白いブラウス……。一枚の写真が浮かんだとき、前方で女性がマスクを外した。

門田の時計の針が三十年の時を巻き戻していく。滋賀にある「英語塾　レインボー」で撮られた写真、貴彦から亮へ受け継がれた五百号の絵、そして約十メートル前方でジョーロを持つ実在の女性――指紋のような正確さで、答えが導き出された。

二人の写実画家を見守り続けた、妻であり母でもある一人の女。

母と子は再会していた――。

言い知れぬ衝動が門田を芯から貫いた。乳歯一つにも愛情を注いだ人が辿り着いた、揺るぎない終着。

揺さぶられて立ち尽くす記者に、重なり合うエゾハルゼミの鳴き声が降り注いだ。

野本優美は門田に深く一礼すると、マスクをして背を向けた。そして、迷いのない足取りで館の門へ歩いて行った。


〈了〉

【取材協力】
野田弘志さん
永山優子さん
曽根茂さん
江副拓郎さん
保木博子さん（ホキ美術館館長）
松井文恵さん
仁木行彦さん（前伊達市副市長）
伊達市の皆さん
妻鳥隆太さん（横浜元町ＳＳ会広報）

謝辞
ここにお名前を挙げられなかった方々にもご協力いただきました。ご多忙の中、お力添えくださった皆様に心から感謝申し上げます。

【参考文献】

『リアリズム絵画入門』（野田弘志／芸術新聞社）
『写実絵画とは何か？』（安田茂美・松井文恵／生活の友社）
『写実を生きる』（安田茂美・松井文恵／生活の友社）
『写実絵画の魅力』（安田茂美・松井文恵／世界文化社）
『コラム「色いろ調」一九八五―一九九〇　当世美術界事情』（安井収蔵／美術年鑑社）
『絵話　諸縁　近頃　美術界の話題を掬う』（安井収蔵／講談社エディトリアル）
『完売画家』（中島健太／CCCメディアハウス）
『アトリエの巨匠に会いに行く』（南川三治郎／朝日新書）
『絵画制作入門―描く人のための理論と実践』（東京藝術大学　佐藤一郎＋東京藝術大学油画技法材料研究室編／東京藝術大学出版会）
『洋画を学ぶ①　デッサンと制作　洋画の用具用材』（京都造形芸術大学編／角川書店）
『美術市場２０２２』（美術新星社）
『児童虐待―現場からの提言』（川崎二三彦／岩波新書）
『ネグレクト　育児放棄―真奈ちゃんはなぜ死んだか』（杉山春／小学館文庫）
『ホビージャパンＭＯＯＫ１０４５　ガンプラカタログ Ver.HG GUNPLA 40th Anniversary』（ホビージャパン）
『やりたいことから引ける！　ガンプラテクニックバイブル』（小西和行／成美堂出版）

『広報だて』（第４１３号、第４１９号、第４２０号、第４２１号、第４２５号）
『室蘭民報』（１９９３年8月6、7、8、10日）
『ゼンリン住宅地図　横浜市中区　平成4年度版』
『ゼンリン住宅地図　北海道伊達市　平成6年度版』

［初出］「未到の静けさ」
週刊朝日二〇二二年四月一日号〜二〇二三年六月九日号掲載
＊単行本化に際して改題・加筆修正しました。

塩田武士（しおた・たけし）
一九七九年兵庫県生まれ。関西学院大学卒業後、神戸新聞社在籍中の二〇一〇年『盤上のアルファ』で第五回小説現代長編新人賞、一一年第二十三回将棋ペンクラブ大賞を受賞。一六年『罪の声』で第七回山田風太郎賞を受賞、「週刊文春ミステリーベスト10」国内部門第一位。一九年に『歪んだ波紋』で第四十回吉川英治文学新人賞を受賞。著書に『女神のタクト』『崩壊』『騙し絵の牙』『デルタの羊』『朱色の化身』などがある。

存在(そんざい)のすべてを

二〇二三年九月三十日　第一刷発行
二〇二四年六月二十日　第八刷発行

著　者　塩田武士
発行者　宇都宮健太朗
発行所　朝日新聞出版
〒一〇四-八〇一一　東京都中央区築地五-三-二
電話　〇三-五五四一-八八三二（編集）
〇三-五五四〇-七七九三（販売）

印刷製本　図書印刷株式会社

©2023 Takeshi Shiota
Published in Japan by Asahi Shimbun Publications Inc.
ISBN978-4-02-251932-0
定価はカバーに表示してあります

落丁・乱丁の場合は弊社業務部（電話〇三-五五四〇-七八〇〇）へご連絡ください。
送料弊社負担にてお取り替えいたします。